回眸

校友散文选集 上

纪念毛泽东同志题写校名并指示『一定要把湘潭大学办好』暨建校六十周年丛书

《回眸 校友散文选集》编写组 编

湘潭大学出版社

纪念毛泽东同志题写校名并指示
“一定要把湘潭大学办好”暨建校六十周年丛书

《回眸——校友散文选集》编写组

主　　编：刘建平

副 主 编：齐绍平　申永丰　张俐明

参编人员：谌　君　张子清　袁丽霞　王成奇

丁德凤　李雯雯　李勋亮　邹　鹏

牢记“一定要把湘潭大学办好”的嘱托

（代序）

作为毛泽东同志亲自倡办、亲笔题写校名、亲切嘱托一定要办好的综合性全国重点大学，湘潭大学在新中国高等教育史上具有特殊地位。1958 年，根据毛主席“想在家乡办一所大学”的心愿，湘潭大学得以创办。六十年来，几代湘大人牢记伟人嘱托，秉承“博学笃行、盛德日新”的校训，潜心科学研究，精心教书育人，在湘江之畔谱写了学校建设发展的华美篇章。特别感动的是，在支援主席家乡大学建设的热潮中，全国近百所高校和科研院所的 622 名教师放弃优越的生活条件，来到湘潭大学，宿农舍，点油灯，边劳动建校，边教学科研，一步一个脚印地艰苦创业，奠定了学校高起点办学的坚实基础。

党的十九大报告指出：“建设教育强国是中华民族伟大复兴的基础工程”，要“加快教育现代化，办好人民满意的教育”。办人民满意的大学，最终要落实到提高人才培养质量这一核心任务上来，在办学理念、改革发展与教育实践中，真正落实和解决好“为谁培养人、培养什么样的人、怎样培养人”这个根本问题。大学的人才培养，更重要的是思想和价值的引领，是文化和精神的熏陶。坚持不忘初心，担当大学使命，归根结底就是要落实好立德树人，培养中国特色社会主义建设者和接班人。湘潭大学地处湖湘文化发源地，拥有得天独厚的红色基因和血脉，这种文化优势和红色基因，转化成了湘大育人育才的责任与情怀。

历史是最好的老师，了解历史，方知初心。六十年来，几代湘大人牢记嘱托、荒山建校、艰苦奋斗、开拓进取的历史足迹，积淀形成了艰苦奋斗、自强不息，牢记使命、追求卓越，以人为本、关爱学生的办学传统，这是我们在新的历史起点继续前行的强大精神动力。走得再远，也不能忘记我们为什么出发。湘潭大学的历史画卷，正是在毛泽东同志“一定要把湘潭大学办好”的嘱托中开启的。校史是承载学校精髓和灵魂的精神系统，每一个篇章、每一个人物、每一个数字，背后都有湘大历史的记忆和文化的印记。深度发掘校史中鲜活的故事，用真实的历史彰显学校的人文底蕴、办学理念，为莘莘学子成长成才提供了生动教材，为学校及师生不断前行凝聚了强大的能量。

大学是思想的殿堂，精神的家园。六十年来，不少校友，立足校园，放眼社会，铁肩担道义，妙手著文章，传递正能量，提振精气神，在校园文化建设中留下了浓墨重彩的记忆。这些文字，或珍藏记忆，或记录青春，或畅想未来，或抒发乡情，或寄寓哲思，或颂赞时代，既是对湘大开拓进取“创业史”的珍贵记录，也展现了湘大人昂扬向上、艰苦奋斗的精神风貌，无不凝聚着全体湘大人的韶华记忆与美好期待。

回眸是对历史的审视，是为了更好地展望，更好地出发。在毛泽东同志题写校名并指示“一定要把湘潭大学办好”暨建校六十周年这一特殊的时间节点上，整理、出版《湘潭大学校史》《回眸——校友散文选集》《回眸——校友诗歌选集》《毛宇居诗词笺析》，既为记录历史，也为展望未来，通过这些宝贵的文字，我们能够启迪智慧、激越心灵、砥砺前行。

建成“有鲜明特色的高水平现代大学”是全体湘大人的湘大梦，这一梦想凝聚着湘大力量，见证了湘大行动，既是对湘大历史的总结，更是对湘大未来的展望。六十年，只是历史长河的一个瞬间，却谱写了几代湘大人顽强拼搏、锐意进取的壮美诗篇。这是一部锲而不舍的“创业史”，在筚路蓝缕的征程中，湘大人不忘初心，砥砺前行；这是一份值得点赞的成绩单，在热情与汗水的交融中，湘大人追求卓越，超越自我；这是一个满载希冀的新起点，在建设教育强国的伟业中，湘大人扬帆起航，快马加鞭。

湘大，因你而美好！

湘潭大学党委书记　黄云清

2018 年 8 月 18 日

目　录

湘大记忆（复校40周年征文“湘大记忆——我的湘大我的梦”专辑）

青春足迹

故土乡情

湘大记忆

球缘·棋缘·湘大缘

何云波

我大学打排球，研究生踢足球，研究生快毕业时学围棋。后来，足球基本不踢了，排球与围棋，却成了一生的爱好。

而这一切，都与湘大有关。

一

先说排球。

我 1979 年进湘潭大学，16 岁，一米五三的个头，体重 40 公斤，典型的还没有发育完全。这样的身体条件，本来跟排球、篮球之类需要身高和肌肉的运动是挨不上边的。但大学里除了读书，闲暇时间很多，总得找点游戏之事打发时光。唱歌跳舞、吹拉弹唱的通通不会，便打球。一帮人找个空地，站圈、练传球，就这样与排球结下了缘分。

站圈练球，一直到大三。个头蹿了十多厘米，球技也日益进步。学校举行各系之间的排球赛，79 级的慢慢成了老大，我也有幸被伯乐发现，成了中文系排球队的一员，司职二传。

接着就是训练、比赛。我在大学四年，人小，又生性羞涩腼腆，很少有在公开场合露脸的机会。那时当过的最大的“官”就是寝室长，负责督促寝室的同学搞卫生，创“文明寝室”，有次我们寝室被评为全校的两个“文明寝室”之一，班上让介绍经验。上台去，一紧张，结结巴巴，没说几句像样的话，就灰溜溜地下来了，真是耻辱啊！

而今，终于又有了露脸的机会，并且是一个更大的“舞台”。那时学生的业余活动比较单调，像篮球赛、排球赛之类，就成了大家关注的焦点。每有自己系的比赛，啦啦队便里三层、外三层的，坐一排、蹲一排、站一排、凳子上一排，桌上再站一排，把球场围得水泄不通。锣鼓声、加油声、喝彩声、嘘声，此起彼伏，真是热闹极了。

我第一次打正式场地的比赛，又面对如此阵势，难免紧张。作为二传，开始时，经常会莫名其妙就把球传过网了。后来慢慢适应了，也开始享受被围观、被叫好的感觉。特别是让不少女生知道了中文系有个会打排球的秀气的小男生，那种被欣赏的感觉，真是好极了。

那年是 1982 年，中文系排球队得了第四名。成绩不算好，但总算是进了半决赛，应该知足了。

那年排球赛的六位主力，79 级除了我，还有许学忠，现在在岳阳县，曾任县委办公室主任。80 级的彭振国，现为湖南省计生委副主任。81 级的于磊焰，新华社湖南分社社长，聂雄前，深圳《女报》杂志社社长。82 级的一位男生，名字忘了。后来，大家偶尔见了面，说起当年一起打球的情景，总会生出许多感慨。然后，我就想，几十年后，不知能否再次把他们招到一起，在湘大的球场上，重温一番旧梦。

毕业后，我被分配到长沙铁道学院外语系任教。外语系的教工男排，曾拿过铁道的三连冠。后来，在中南大学教职工排球赛上，外语院男排几次屈居亚军、季军之后，最近一届终于登上冠军宝座。而球队的两位二传：我和孟泽（原名张桂喜），都来自当年的湘大 79 级中文班。

离开湘大近三十年，重新回到湘大。本来一直保持着与学生一起打打球的习惯，中南外语院的教工与学生男、女排，每年也会有一个“毕业杯”师生联谊赛。还有不少毕业的学生，节假日回来，就是为了重新与老师打一场球。到了湘大，却突然发现，没有了当年排球的氛围。

二

1985 年，重新回到湘大读研究生，师从张铁夫教授，攻读俄罗斯文学。

研究生几年，学业之外，突然迷上了足球。排球平时不打了，只在比赛时参与一下。那时的研究生排球队，与其他院系相比，算是强队，基本上是冠、亚军的水平，似乎也就没有了追求、奋斗的动力。

足球呢，从头学起。那时住在北山青年楼，那也是湘大研究生培养的鼎盛期之一。一大群研究生和青年教工，每天下午，在楼前的空地上，圈一块地，一边放两个砖头，作为球门，便开始了一顿乱战，风雨无阻。大冷天的，一身泥一身汗，回宿舍冲个冷水澡了事。研究生三年，就没去过学校的澡堂。这样锻炼下来，连感冒之类的小病也没有过。唯一的一次上校医院，是脚踝被踢了，去做理疗。

踢着踢着，水平也水涨船高。一年之后，就踢进了研究生足球队，司职边后卫。那时除了学校举办的学生足球比赛，还有名目繁多的各系之间的双边、多边交流。有一回，记不得是哪家出面，弄了个湘大足球精英赛。北山文科联队、南山理工科联队、教工队、子弟学校队、研究生队，先循环赛，前两名出线争夺冠军。研究生队虽然没能出线，但能够与其他联队抗衡，也算是面上有光了。

每次踢完球，一干球友就会找家小酒馆，喝邵阳大曲，五六个人，喝三四瓶不在话下。一次，一位师弟喝高了，高谈阔论、手舞足蹈，回到宿舍，为示亲热，还一边卡着我的脖子，一边跟我说话。这场景，便成了日后经常被翻出来的笑谈。还有就是，司职前锋聂鲁达的名言：射门千万别追求什么角度，你就对着守门员去，反正会射偏的。

聂鲁达，名雄前，因为长相、性格看起来酷似《水浒传》中的鲁达（鲁智深），故有此外号。仗着一副好身胚，扣球、射门势大力沉，占据了排球队主攻、足球队主力前锋的位置。虽然技术粗糙点，那临门一脚，却颇有杀伤力。

研究生那几年，正是举国期盼中国足球队冲出亚洲、走向世界之时。虽然一直未能如愿，但并没有影响大家的热情。一帮热爱足球的研究生，一边踢球，一边看球。1986 年

6 月，第十三届世界杯足球赛在墨西哥举行。青年楼活动室的电视机，便成了大家的最爱。研究生、青年老师们看球也分成了不同的派别。记得法国与巴西在八强赛中相遇，拥法派与拥巴派看比赛的时候，便截然对立，各自为自己心仪的球队加油。结果那场球赛法国赢了，拥巴派差点就要痛哭流涕了。那天看完球已快天亮，一夜不眠，坐火车去参加一个学术会议，旅途中，足球仍然是一个说不尽的话题。

毕业了，球基本上不踢了。因为中国足球的不争气，看球的热情也慢慢淡了。但经常还会想起，在湘大那段激情燃烧的岁月。对于我来说，足球，代表的其实是研究生岁月的一段记忆，一种生命状态。有一次，在几名研究生的撺掇下，心血来潮，跟他们一起在小球场上踢了次球。一上去，追着球跑，心在飞，脚步却跟不上，一摔，手掌便磨去了一层皮。然后就想，曾经在湘大的球场上奔跑的、撒野的青春，真的是一去不复返了。

三

研究生毕业那个学期，我迷上了另外一种游戏：围棋。

足球体现的是力之美、动态之美。围棋却是静的艺术、优雅的格斗。

第一次接触围棋，是在 1985 年，我研究生刚入学。第一届中日围棋擂台赛进入最后的高潮，聂卫平与藤泽秀行的主将对决。在这之前，这局棋已在社会上炒得沸沸扬扬，我身边那些会下棋的同学，也早就等着看中央台的直播。尽管在这之前，我基本上没怎么听说过围棋，也被这种气氛所感染，跟着那帮同学，早早就等在了电视机前。那是我第一次看围棋的电视直播，棋的招式自然是不懂，只能听解说者对局势的分析，心情也随之乍喜乍忧。还有，就是黑白子纵横交错，本身就组成了一幅奇妙的黑白山水画……只是，真正地走进围棋，与之相知，已经是两年以后了。

研究生最后一年，全力准备学位论文。我写的是《论陀思妥耶夫斯基的宗教意识》，年底初稿出来了，交给导师，他看了后，就说可以了。第六个学期，就剩等着答辩了。闲下来，干点什么呢，那就学棋吧！

同专业的研究生同学，有两个会下棋。其中一个是我们的班长，姓龚，年纪最大，我们叫他龚兄，不过他更喜欢女同学叫他老龚（公）。从让六个子开始下起，被蹂躏了几次之后，痛下决心，发愤看书。一个月后，我就把龚兄打下去了。后来才知道，我眼中的第一个围棋高手，水平实在是不入流。不过，龚兄从此有了炫耀的资本。有一年，我们去给曹让庭、张铁夫老师祝寿，他们正好一位80，一位70。而龚兄也快60，准备退休了。路上聊天，龚兄说："何云波现在是围棋界的名人了，可当初我还是他的启蒙教练呢。"说起来，龚兄也应该算是我的导师之一。席间，我祝酒，祝两位老师健康长寿。我又说："龚兄也想升级，取得跟两位导师一样的资格，这次就算了。10年后，再来为他们一起做七、八、九吧！"大家便笑，纷纷说好！

龚兄就是这么一个幽默的人，人也长得像圆圆的棋子，慈眉善目。他原在一个地市师专教书，有两个孩子，老婆户口在农村，没有工作，自己又出来读书，家里经济自然紧张，但从来没有见他叹过气、抱怨过什么，总是一副乐呵呵的样子。他棋艺不长进，我们也就理解为胜固欣然败亦喜了。

我的第二个围棋启蒙老师，是本科时的同班同学邱运华，人称邱老，我们平时叫他邱毛。邱老大学毕业后去了内蒙古大学读研，三年后回到母校教书，俨然就成了围棋高手。自从把龚兄之流打了下去，下一个目标就是高高在上、高不可攀的老邱。从九子开始，一子一子艰难地往上攀登，半年后，终于能分先了。毕业后一次回母校，在老邱家下棋，上一年级本科的一位姓谢的师兄（后来当了好几个大学的校长、书记），算是资深棋迷，见了，问："让几子。"老邱说："对下。"谢哥说："从来没有听说过何云波会下棋，怎么一下子这么厉害了啊？"我回答："士别三日哦！"

棋下着下着，就对围棋文化感了兴趣。2001 年出了棋文化方面的第一本书《围棋与中国文化》。2003 年，又有了博士论文《围棋与中国文艺精神》，虽然拿的是比较文学学位，却被称为中国第一个"围棋博士"。接着，又在中南大学弄起了围棋文化研究中心，编撰了围棋文化研究丛书，主持了中国棋院杭州分院中国第一个围棋博物馆的内容展陈设计、文字撰稿，拿到了棋文化第一个国家社科基金项目《中国围棋思想史》。《新闻天地》（2009 年第 12 期）刊载《湖湘文化人物心路历程之：何云波的黑白人生》，介绍我与围棋的结缘。这一切，算起来，都是因为当年在湘大求学的机缘。当年的围棋启蒙老师老邱现在已经是首都师范大学的副校长。这几年邱副校长又开始关心起围棋事业来，把国学网挂靠在首都师大，支持国学网弄起了“国学杯”和编撰《中国围棋古谱集成》。我曾带中南大学教职工围棋队去北京与清华等高校交流，而第一站就是首都师大。“国学杯”在广州棋院举行时，搞了个围棋文化论坛，请我参与。我问广州棋院的容坚行院长，还邀请了哪些人，他第一个就说到有首都师大邱校长，我说：我们是大学同班同学啊！容院长便感叹：“哎呀，你看，这个世界真小。”

我就附和：“是啊，是啊，因为有围棋嘛！”

中南大学在刚合并时的招生宣传中，就曾把围棋文化当作学校人文社会科学与素质教育的亮点之一。我也曾经好几次回母校作围棋文化方面的讲座。而今彻底回归湘大，就想着，怎么建一个平台，把湘大的棋文化研究与交流弄上去，使之成为学校在全国乃至全世界的一块品牌呢？

——刊发于 2014 年 5 月 15 日（第 841 期）

圆梦湘大

郑祖铤

岁月如梭，我从43岁的中年到78岁的暮年，在湘大已度过了人生宝贵的35年时光，回首我圆梦湘大的往事，真是感慨万千。

人生总有个目标，这目标就是当今讲的“梦”。记得1959年我在武汉大学历史专业毕业时，面临着多种职业和单位的选择，每个毕业生可填五个工作志愿。我的志愿是当一名教师。于是我在志愿表上的职业和地点栏中，清一色地填上了“教师”“湖南”。从那时起，做一名教师就是我的人生梦。

那时，大学毕业生由国家统一分配，所谓“党指向哪里，就奔向哪里”！结果我如愿被分配到原湖南师范学院历史系做了3年的“世界近代史”助教工作。可是，人生道路如同其他事物一样总是曲折的。当时国家正处于自然灾害的困难时期，高校压缩编制，我回到了故乡，在道县一中工作。后又调入中共道县县委宣传部工作，我的教师梦被打断了。1974年，湘大复校后需要专业教师，1980年我调入湘大历史系，得以继续圆我的教师梦。

圆梦湘大

湘大虽然在1980年还处于复校初期，但已是声名赫赫，令人敬仰和向往。“归队”湘大，湘大为我提供了圆梦的机遇和平台，我酬志满怀。

作为教师，首先要教好课，在讲台上能站稳脚。从到湘大报到至接赵铭煌老师的世界近代史的课，中间有半年多时间。这对我来说，因为历史专业教学已中断多年，原有的专业知识不足以对付现今大学教学的需要。古云：“学之广在于不倦，不倦在于固志。”为适应教学需要，我全力以赴，以只争朝夕的精神，以笨鸟先飞的姿态，立足三尺讲堂，上好每一节课。基于这种认识和态度，我从宏观和微观的结合上构思教学纲目，撰写教学讲稿，不断忙碌着。外语丢了这么多年，也要重拾起，压力之大可想而知。有一分劳动便会有一分收获。第一堂公开课（也是试教课），系领导和有关教师到场指导，讲的内容是“马克思主义的诞生”。因为我任理教干部时研究和讲授过这个内容，加之我多年教学经历，从内容到教态我自信会有好成效。果然在课评会上得到了老师和学生的一致好评。

在20世纪80年代，湘大历史、党史专业一时受到商品经济的冲击，似乎前途暗淡。1987年前，历史系含有历史、党史两个专业，每年招生，往往历史招两个班，党史招一个班，可谓兴旺发达。1988年，在全民经商的商品经济冲击下，教育商品化、高校市场化，不分基础专业和应用专业，而以所谓社会需求来界定是否招生和招生数量。于是省教委决定让湘大的历史、党史专业停止招生。但又在“教改”名义下新办了一些专业。虽有这些变化，“世界近代史”这门课程的教学任务仍然是繁重的。因为，除本系的历史、党史两个专业外，还有成教部的干训班，乃至岗前培训班也安排了这门课程。在那若干年里，我的周课时多达18～20课时，有些学期同时上四门课程。我先后教授过“世界近代史”“社会主义学说史”“现代化比较研究”“企业管理学”“客源国”“历史唯物主义”等课程。

那些年我还有自学考试的繁重教学任务。湘大是自学考试干部班的主考单位，面向全省的干部班安排了“世界近代史”课程，我成了主讲教师。我先后到过长沙、株洲、湘潭、常德、益阳、湘乡等10多个教学点讲过这门课。我利用周六、周日和寒暑假时间，奔走于各教学点，面对渴望学习这门课的学员，我热情以对，认真讲解，有问必答。因为任务重，时间紧，我采取了“速成”教学法，把这门课的内容梳理出三条主线，即资本主义发生、发展和开始走向衰落，国际共产主义运动，殖民地民族独立解放运动，并将有关的重大历史事件分别归属于这三条主线上，使学员从宏观和微观上掌握这门课的基本内容。这样，把历史专业这门课一年的教学内容缩短在3～5天完成讲授。与此同时，我编写了《世界近代史名词和问答汇释》小册子，湖南《学习导报》分6期连载了我提供的这门课的辅导材料，湘大自考办录制了我讲课的磁带出售。后来，我将讲稿整理出版了《简明世界近代史》一书（国防科大出版社出版，1987 年），34 万字，印数 1 万册，两年中销售一空。我也因此书连同几篇论文被评为副教授。期间，我曾受省自考办委托去南昌参加“题库”的命题工作。由于以上表现，我被评为湖南省自学考试先进工作者。

湘大是教学研究型大学。作为个人也应将教学与科研结合起来，两者兼备，相互促进。我 43 岁“归队”湘大，科研起步晚，必须从头做起。我开始没有明确的科研方向，而是以通过科研拓展专业知识面为目的，于是想个问题就写个问题。1983 年，我在湘大学报的第一、二期上连发了关于《世界史科学体系》和《亚洲三次革命高潮》等论文。自从我们教研室申请到“马克思的东方社会理论研究”国家社科基金后，我定下了这个科研方向，围绕着这一主题写了近 20 篇的系列论文，其中 10 多篇为人大复印资料全文复印，《马克思论印度公社及其前途》一文被收入 1996 年总第二期的《世界历史研究・年刊》的首篇，另一篇《马克思古代东方社会理论形成的历史》同时收入此书的研究综述中。这是我首次在国家级专业刊物上发表论文。

教授头衔是高校教师追求的目标，我也把教授头衔作为圆梦的指标。20 世纪 80 年代末至 90 年代，省评职称一年一次，这既是催人奋进的机遇，又是强加于人的压力。评教授有两个硬指标，一是专著和论文，二是外语考试过关。对我来说，这两项均是难题。但为圆梦，没有退路，必须迎难而上。

早在1983年，我与陈永麟、谢建明参加了由武大李植枏教授主编的《外国历史词典》的编写工作。我承担了近代部分的德国、日本、非洲、空想社会主义共161个词条约7万字的编写任务。1985年完成初稿，1988年定稿后，几经周折，终在1990年由湖北教育出版社出版（165万字、印数3000册）。我通过参编此书，阅读了许多有关资料，受益匪浅，尤其是此事使我萌生了编辞典的念头。1994年，我与原湘潭师院副院长唐希中教授合作，筹划编写《社会主义历史辞典》，并取得了湖南人民出版社易孟醇编辑的鼎力支持。后因少数参编者推迟交稿和易编辑退休等原因，此书未能如愿出版，给我留下了终生的遗憾。

1989年，我参加了由武大、湘大等8所高校历史专业部分教师编写的《从分散到整体的世界史》高校教材的工作。我承担近代分册的4章中共9节10余万字的写作任务，并与周友光、郑昌发为该分册的主编。这套高校教材为国内第一次用宏观思维考察和审视从分散到整体的世界历史，从纵向和横向的结合上阐述世界历史逐步形成和演变的历史过程及其规律性。它区别于以往国内世界史教材按5种社会形态演变的次序，分段分期编列各地区和国家的历史体例。这套教材分5册，合计163万字，由吴于廑教授作序，周谷城题写书名，1990年在湖南人民出版社出版，印数5500册。出版后，多家媒体发表了肯定性的书评。它作为高等学校教材被多所高校历史专业所采用。

个人专著是评教授的必备硬件。我受当时改革潮流的启示，结合世界史特点和我主讲世界近代史的有利条件，选定了“近代各国改革”的主题，采用比较方法写作，这似乎有点新意，也利用了我个人的有利条件。古云：“成己欲其精专，取人贵于兼揽”。既是个人专著，“精专”是核心，“兼揽”是方法。为完成这部专著，我集中了时间和精力，广泛收集材料，完善构思结构，精心拟定纲目，一气呵成写出了初稿，最终定书名为《近代各国改革的比较》。由吴于廑教授题写书名，1991 年在湖南人民出版社出版，28 万字。赵立坤老师发表了肯定性的书评。此书曾获湖南第三届社科优秀著作奖。

外语考试是评教授的另一硬件。我中学时学英语，大学时学俄语，因工作后少用外语而荒废多年，因此都得从头拾起。于是我集中精力和时间刻苦自学，终于过了评讲师、评副教授和教授的英语考试关。1992 年，我被评为教授。期间，我曾担任过湘大世界史教研室主任、湖南世界史学会副理事长、中国近现代世界史学会的理事，先后去北京、沈阳、上海、郑州、绵阳等地参加学术会议，每次都精心准备了论文。1993—1997 年，我先后被聘为湖南省高校教师系列高职称评审委员会历史学科组成员、副组长和组长。

个人的圆梦都与家庭密不可分。我圆梦湘大，家庭是其中的重要内容。家庭是个人圆人生梦的依托和基地，是享受天伦之乐的安乐窝。所谓成家立业，则以家为首。家是以夫妻为核心的包括子女后代构成的动态整体。我安家湘大，继续着我与妻相伴而避免两地分居的种种困难，这是人生最难得的安定和幸福。三个女儿也都成家立业，我们夫妻退休后老有所依、老有所乐，过着幸福安康的晚年。湘大给了我一个幸福美满的家。

由于教学、科研、家庭的收获，我圆梦湘大。

延梦湘大

悠悠岁月催人老，眨眼已到60岁的退休年龄。我延聘了3年，63岁办理了退休手续。

退休是人生道路上的一个重大转折点。诗云："夕阳无限好，只是近黄昏。"如何度过垂暮余生，又面临着人生的一个重大选择：是退而休还是退而不休？我曾有过激烈而又冷静的思考。我既深思过人生意义何在，又熟虑过自己的具体情况。人们常发出人生苦短的感叹，提出爱护生命和珍惜生命的警示。爱护生命意在保护身体健康，珍惜生命意在提高生命质量。个人生命与个人圆梦是不可分割的。生命尚存，圆梦必将延续。我又回忆起大学时代"劳卫制"的体育锻炼和"健康工作50年"的口号，它给了我勇气和力量。于是，我选择了退而不休的积极人生观和价值取向。

那么，我退休后做些什么呢？

教学方面，由于工作需要，我被院系聘为世界史硕士研究生导师，为研究生上课，指导毕业论文和参加论文答辩，直到75岁我的封门弟子毕业才结束了这项工作。期间，为加强本科教学，我与戴柏汉老师曾担任过学院的督导工作。

从1997年湘大设置文化素质教育课至今，我全程伴随着它的进程，以“世界历史与文明”为课程名称，每学期讲授2～3个专题，每期200～300学员，反映良好。

科研方面，“君子之学，死而后已。”活到老、学到老、学术研究到老，不因身体的生理衰老而中断学术生命，这或许是中国知识分子的传统之一，也是个人圆梦的延续。我参加了中共湖南省委宣传部主持的“信念教育读本”丛书中的《什么是封建主义？怎样肃清封建主义？》一书的写作，此书于2000年由湖南教育出版社出版，分别获得湖南省和国家的“五个一工程”奖。我也参加了2008年由湘大出版社出版的《湘大校史》的编写，负责其中关于本科和研究生的教学部分编写。尤其令我欣慰的是2001年我旅居澳洲布里斯班期间，在华人办的《世界周报》上发表的5篇文章。我写这些文章的直接动机是因为看到该报发表的许多攻击中国大陆和拥护陈水扁“台独”主张的文章。我作为中共党员和爱国者，为捍卫民族尊严和国家利益，有义务和权利发出中国人民的声音。为此我针对性地写了《如何看待中国“煮过”的数字》《大一统——中国历史传统之一》《如何认识民族主义》《中国近代科技文明为何落后于西方》《中西文明应该交流互补》。这5篇文章是我对“台独”和攻击中国共产党言论的反击。

社会工作方面，有两件事作为延梦值得记录。第一件事，2011—2013年，我担任东坡村退休党员支部书记工作。我以主题鲜明和形式独特的支部活动，引导退休党员积极向上，克服消极处世并取得成效，所在支部被评为优秀党支部，我也首次被评为优秀党务工作者。第二件事，我多年应邀担任湘大“百灵鸟”辩论大赛的学生辩论队的指导老师。退休前为哲史文化学院学生辩论队的指导老师，先后获得亚军和冠军。退休后担任数学与计算科学学院学生辩论队的指导老师，先后获得季军和亚军。我与青年学生的忘年之交，为我带来了青春心态和快乐。

回顾“归队”湘大 35 年的历程，是湘大给了我圆梦的机遇和平台，我深爱着湘大，愿以有限的余生再为湘大做点力所能及的事。祝湘大的前景更加辉煌。

——刊发于 2014 年 5 月 25 日（第 842 期）

法治梦想的启航

何文燕

与湘大结缘

我与湘大结缘，始于1983年春天的一封商调函。当时信息闭塞，我对湘潭大学还一无所知，而且自己在绥宁县人民法院担任副院长，工作虽然辛苦繁忙，但事业、生活都处在平顺阶段，因而也没有前往湘大的打算。不料，时任湘大法律系临时党总支负责人庞志仁同志竟亲赴绥宁，向我介绍湘大，动员我调去湘大。而与此同时，另外两家单位也前来与我商谈调动事宜。当知晓湘大是毛主席亲自倡办的大学，而且一批又一批来自五湖四海的知识分子，不计个人得失，克服重重困难，远赴湘大为祖国的教育事业奋斗时，我十分心动。我长年身在基层，更能深刻体验到人才短缺的局限和人才培养的重要。教育是一个国家的强国之本、兴国之要。且当时湖南省还没有专门的法律人才培养机构，师资力量十分奇缺，一种紧迫的责任感在心中升起。于是，略经思索，我便选择了湘大。这或许也是一种缘分吧。我谢绝了县里的挽留，毅然来到了陌生的湘潭大学，成为湘大法律系的第一批“追梦人”。

虽然后来又有几次调去外地的机会，但我都放弃了。这或多或少基于一种伟人情结——湘潭大学是毛泽东同志亲自倡办、亲笔题写校名，并嘱托一定要办好的综合性全国重点大学。出于对毛主席的无比崇敬之情，我决心坚守在这所学校的教学岗位上，不再思迁。即使有某些委屈和心酸，也无怨无悔。

湘大远离市区，地处湘潭市西郊长城公社红旗大队、卫星大队辖区的荒山上，校内横亘着几座山坡，被大家戏称为“黄土高坡”。图书馆的后山上还经常会有野兔倏地从眼前一跃而过。在很长一段时间里，白天，除了读书声外，课余时，常能听到老师和同学们唱着：“我家住在黄土高坡，大风从坡上刮过，不管是西北风还是东南风，都是我的歌我的歌……”这首歌，已出离了流行歌曲的消遣，而是与无异于黄土高坡的自然条件做斗争的生活写照。当冷冷的山风刮来，当有人在泥泞山路上摔倒，其他人上前搀扶时，也把这歌吼上两句，大家会心一笑，歌声和笑声中饱含着一种不惧艰难、对未来充满希望的湘大精神。晚上，周边狗的吠叫、田野里的蛙鸣，俨然是一片农家气息。那时，湘大是一片净土，城市的喧哗和热闹还未来得及在这里留下痕迹。在这里，有着湘大特有的、质朴清新的自然风光，有着湘大人踏实践行毛主席“一定要把湘潭大学办好”的嘱托的努力，也有着湘大人争取实现“北有清华，南有湘大”的梦想。

筚路蓝缕，以启山林

湘潭大学法律系于1982年开始筹建，1983年正式招生。我刚来时，虽然比起此前很多老师借住于附近的农民家里，点着蜡烛备课的情形要好些，但条件仍然比想象中艰苦。法律系最初在南阳村两间旧宿舍里办公，1983年借用第二教学楼的几间教室办公和教学。当时通往二教的道路尚未修通，老师和同学们只能从堤坝上出入，下雨天，堤坝上的泥巴又湿又滑，走路都得小心翼翼。这条泥泞小路见证了法律系最初的艰难，湘大法律人的法治梦想也由此启航。我则从零开始谱写新的人生。

1984年春，法律系临时负责人李行同志因病去世，从全国各地引进的人员相互间还不大了解，正处于磨合期，法律系更是困难重重。此时湘大正值机构改革，经过民意测验和组织考察，1985年1月，我被任命为法律系副主任，全面主持法律系的工作。同年4月，任命魏宜文老师为法律系副主任，分管教学科研工作。同时任命了党总支人员，法律系有了第一届领导班子。

初期的建设工作确实艰难，存在着人员奇缺、没有办学经验、资料不全、工作和生活环境简陋等一系列问题。幸亏学校领导重视，总是认真了解我们的情况，解决各种问题，各职能部门对法律系建设也极力支持，使法律系在较短时间内就走上正轨，并取得了可喜成效。我们组织现有教职工，发挥团队的力量，软件硬件同时抓。对于极其重要的文献资料，我们到外地学校借来誊印，并学习各地经验，收集外校的教学大纲作为参考。那时家用电话尚未普及，我们经常分别登门到各个老师家去传达工作任务或沟通思想。为了充实教师队伍，我们通过各种渠道引进人才，法律系的教师队伍从刚开始的十几人扩充到 1987 年的 40 多人。其中既有成熟稳重的中老年骨干，又有奋发有为的青年才俊。如以王远瞻、刘骖、李奋武、黄常模、陈学儒为代表的老同志和以黄庭生、刘汉娥、舒代钧、陈乃新、李永嘉为代表的中青年，他们很快就成为法律系早期的中坚力量。特别是刘健、谭桂珍、唐泰来、谢勇、杨翔、单飞跃、吴传毅、胡肖华、胡旭晟、彭熙海、刘敏才等一大批高校毕业生的加盟，更增添了法律系的活力，带来了法律系的希望！

教学与科研方面，我们在立足于全日制本科教育的前提下，创办多层次成人教育，不仅为国家培养了一批批法律人才，也由此向社会展示了实力，使湘大法律系拥有了一定的知名度。随着第一批本科生毕业，法律系的社会影响力日益扩大。与此同时，我们开始了艰辛的法学研究工作，成果逐年增多，质量不断提升……

从来不需要想起，永远也不会忘记

在湘大当年的露天电影场，法律系 83 级 1 班尹红同学演唱的《酒干倘卖无》至今似乎仍然余音缭绕。回忆当初的点点滴滴，确有许多的人和事“从来不需要想起，永远也不会忘记”！

忘不了法律系筹备组的李行、庞志仁、王远瞻、王玉珍、韩开石、彭根武、魏宜文等老师为创建法律系所付出的努力！

平易近人的庞志仁同志作为法律系临时党总支负责人，为法律系的筹建做了许多工作，勤勤恳恳，任劳任怨。他风尘仆仆到绥宁动员我到湘大法律系任教，我们调来的那天，他和他的夫人做好晚饭一直等我们到深夜。虽然他后来调到了教材科，但至今还关注着法律系的发展。

法律系的负责人李行老师，为筹建法律系呕心沥血，辛苦操劳，无论大小事，尽力亲为。我们调来时，他亲自帮我们卸行李，为我们安排住房。记得1984年春节前，他与我们就法律系工作进行了一次长谈，他谈了对我们的要求，谈了对法律系发展的设想。却没有想到，这是他与我们的第一次谈话，也是最后一次谈话。春节后回校时，得知他突然病逝。我们永远怀念他！感谢他对法律系的贡献，也忘不了他的坚韧和对事业高度负责的精神！

忘不了王远瞻老师。他是湘大老牌讲师之一，有真才实学，并能用中英文双语教学。他有个性，正直坦率。他不仅积极参与和协助法律系负责人引进人才，为法律系建设出谋划策，而且十分关心中青年教师的成长。他亲自陪我去请外语系廖老师为我辅导俄语的情景，犹如昨天！

忘不了原校领导左维校长和杨楚乾副校长对法律系建设和对我本人的关心和支持。他们对我的鼓励和鞭策，我将永远铭记在心。更忘不了老领导深入细致的工作作风。有一次，一位老乡来学校找我，在路上找人寻问我的住址，正好被问人是左维校长，他便一路把这位老乡引送至我家楼下。当老乡告诉我，是一位姓左的老同志带他来时，我非常感动！作为学校领导，能记住一个普通老师的家庭住址，充分体现了湘大领导的精神情怀和工作作风。

也正是这种从上至下良好的精神和风气，使湘大能够平稳有序地快速发展。

去年，恰逢湘大法学院建院30周年，也是我来湘大工作30年并年满70周岁，毕业的学生怀着“饮其流者怀其源，学其成者念吾师”之情，为表达对母校、对法学院的回报与关心，送给我一份特别的礼物——“何文燕诉讼法学教育基金”，用来给湘大以至湖南的诉讼法学子进行奖优扶困。这是十分有意义的事情，我为大家的诚意所深深感动，借此机会向大家说声谢谢！

年年岁岁花相似，岁岁年年人不同。伴随着一批批学生的毕业离校，伴随着一幢又一幢的教学大楼的竣工，“黄土高坡”已渐渐变成美丽的“世外桃源”。抚今思昔，我在湘大的31年，参与和见证了湘大法学院从1983年创建法律系招收本科生，到1993年设立诉讼法硕士点招收硕士生，再到2003年设立诉讼法博士点招收博士生，这是湘大法学院每10年一个大飞跃的发展历程。今年是湘大复校40周年，很高兴看到法学院再一次领衔湖南省的“2011”法学协同创新，作为湘大法律人，我感到欣慰和自豪！

现在的湘大法学院，各方面平台都搭建得比较齐全。真可谓：忆往昔，艰苦创业路如歌，看今朝，桃李芬芳春满园。我相信，今后法学院的全体师生能够紧紧地凝聚在一起，继续发扬湘大法律人的拼搏精神，在这些平台上充分展示聪明才智，实现自身价值，巩固现有成绩，取得新的成果。祝愿湘潭大学以及法学院的路越走越顺畅，前途更加辉煌。

31 年如一梦，许多事就像发生在眼前。写下这些，是为了纪念曾经的湘大岁月。

祝福湘大，祝福法学院，祝福学子们!

——刊发于 2014 年 6 月 15 日（第 845 期）

黄土坡上的诗歌乐园

陈惠芳

“乡巴佬”走进黄土高坡

1980年高考成绩出来，我居然考了401分，顺利被湘潭大学中文系录取。这在当时的宁乡县流沙河人民公社，是一件光宗耀祖的大事。

已经从湘潭电机厂退休回乡的父亲异常高兴，花了70多元，买了一块天津“孔雀”牌手表奖励我。当时，70多元是一笔巨款。父母还请当时的公社电影放映队，放了一个晚上的电影。

跳出“农门”，进城读大学，以后能吃国家粮，“乡巴佬”扬眉吐气了一回。

进城之前，我想湘潭大学是一座富丽堂皇的学校，环境优美。出乎意料的是，1980年的湘潭大学，竟然是一片黄土高坡，一点也不气派。我心里嘀咕：这简直就是从一个乡里到了另一个乡里。

但湘潭大学是重点大学。我像一头黄牛，啃着黄土高坡的草。没有爱情，没有出租屋，只有教室和图书室里抢占座位的书包；没有花前月下，没有舞会派对，只有拂晓和黄昏时锻炼的脚步。

从墙报上走下来的“九毛钱诗人”

1980 年 9 月下旬，国庆节快到了，中文系要出一期墙报，需要找人写一首诗，最后找到了我的头上，可我一点诗歌细胞都没有。

我对班主任说我不会写诗，班主任却硬要我写。我琢磨了几天，写了一首“分行的文字”，题目叫《湘大抒怀》。交上去，墙报登了。出乎意料的是，《湘潭大学报》选发了，我的文字第一次变成了铅字。我欣喜若狂。晚上睡不着觉，半夜三更还打着手电筒，躲在被窝里看，那期《湘潭大学报》都被我翻烂了。懵懵懂懂中，我走上了诗歌创作的道路。

当时，《湘潭大学报》还给我发了九毛钱稿费，这是我第一次领到稿费，同学们笑我：“我们中文系出了个‘九毛钱诗人’。”

别小看了 1980 年的九毛钱，它可以满足我两顿早餐，稀饭、馒头够吃。九毛钱是次要的，关键的是它点燃了我做诗人的想法。我想，我可以把这“分行的文字”写得有味一些。

从九毛钱开始，一元、几元、十几元、几十元，我的“身价”看涨。我一个月的生活费是 17 元，起先都是父亲给的。后来，我自给自足，而且还有盈余，一时间，我成了“富翁”。那时，我一不抽烟，二不喝酒，也没有下馆子的习惯。同学要我请客，也就是早餐承包了他们的稀饭、馒头。多乎哉，不多也，我不能让同学们把我的劳动成果剥削干净。

旋梯诗社与大学生诗苑

久而久之，我成了中文系的头号诗人。其实，真正的诗人只有一个，那就是著名的“七月派”诗人彭燕郊。他是我们的诗歌指导老师，他一头银发，在风中飘逸，很是让我们羡慕。

正是在彭燕郊的指导下，我们成立了旋梯诗社，印刷了油印的《旋梯》诗刊，竟然成了省内乃至全国有名的诗社。我有幸担当了《旋梯》诗刊主编。一呼百应，诗社的影响比学生会还要大。阶梯教室搞诗歌朗诵会，都是人山人海，水泄不通。

那真是激情燃烧、诗歌燃烧的黄金岁月啊。大学校园，掀起了一波又一波诗歌狂潮。大学生中，至少有三分之二的人写诗，写诗成为不可抑制的潮流与时尚。

在这一诗歌狂潮中，《飞天》文学杂志开辟的《大学生诗苑》成为大学生诗人们的神圣殿堂。许多大学生将在《大学生诗苑》上发表诗歌视为至高无上的荣耀。在发现、提携大学生诗人的过程中，《大学生诗苑》推波助澜，发挥了独一无二的巨大作用。《大学生诗苑》被誉为校园诗人的“诗歌教父”。

我有幸成为当年校园诗人中的一员，更有幸成为《大学生诗苑》的作者。这一时段，成为我诗歌生涯中最为难忘的记忆之一。

投稿，退稿，再投稿。退稿之中，还夹着一封信，署名是“张书绅”（当时由他主持《大学生诗苑》）。我不停地给张书绅投稿、写信，我一定要敲开《大学生诗苑》这张大门。

1984 年上半年的一天，我又收到了退稿信。打开，厚厚的稿子里夹着一封信。一看，心跳了起来。张书绅告诉我，留用了我两首诗歌。于是，我隔几天就到图书馆资料室去查看《飞天》。

1984 年《飞天》6 月号“大学生诗苑”发表了我的两首诗《身影》《两棵石榴》。一首 8 行，另外一首 7 行，总共才 15 行。但对于我，不同寻常。我终于在大学期间，实现了《大学生诗苑》零的突破。

1984 年 7 月，我从湘潭大学中文系毕业，分配到《湖南日报》工作，但我与《大学生诗苑》的缘分并没有中断。

1985 年，《飞天》2 月号《大学生诗苑》发表了我在大学期间创作的组诗《曾经有过的童年》。同年，《飞天》还组织了一次“作者读者笔谈《大学生诗苑》”，并在 7 月号摘录了这次笔谈。我表示：“告别诗苑我是难过的。我会像大学期间那样，不吝汗水，继续耕耘。”

1989 年，也就是我从湘潭大学中文系毕业的第 5 年，

《大学生诗苑》合订本出版，留下了校园诗歌的重要史料。

如果说湘潭大学旋梯诗社是我诗歌创作的第一个基地，那么《大学生诗苑》就是我诗歌创作的第一个重要驿站。

从湘潭大学毕业整整30年了。30年，母校发生了很大的变化，但在我的心目中，湘潭大学是永远的黄土高坡，是永远的诗歌乐园。

——刊发于2014年6月30日（第846期）

在湘大的四年

袁亚湘

拿着大学录取通知书来湘大报到，至今已经过去三十六个年头了，可在这里度过的四年，在我的记忆中却依然是那么清晰，一切仿如昨天。

1977 年恢复高考之后，我有幸考上了湘潭大学。在湘潭大学的四年时光，我从一个小男孩变成了一个大小伙子，从一个无知的农村孩子成长为中国最高学术机构的研究生。湘潭大学是我人生轨迹的转折点，是我走向学术道路的起点。湘潭大学给我留下了美好的记忆，让我永生不忘。

我进校时，湘潭大学复校还没多久，学校还处于建设初期。我来报到时，从湘潭火车站坐学校接新生的大巴来到湘大，一下车就踩到了黄泥巴里。第一次远离农村老家，我特意穿的一双新“解放”鞋，马上就变成了泥巴鞋。那时，学校的第一教学楼还没有盖好，学校仅有的建筑是一个学生食堂和六栋学生宿舍（男生住西一栋至西四栋，女生住东一、东二栋）。我住在西二栋 205，一个十多平方米的宿舍住了十二个同学。六个高低床分别靠墙，一边摆了三个，中间还放了十二个小桌子，把宿舍挤得连插脚的地方都没有。

第一个学期，没有教学楼，我们很多课都是在食堂上的。吃完饭，赶紧把食堂布置成简易课堂就开始上课。有时，我们还得走上近两里地，去学校大门外6路公交车的终点站边的一排小平房去上课，这排平房的最南端是一个小邮局。

据说，湘潭大学是在学习“抗大”的指导精神下复校的。传说当时的湖南省主要领导在为湘大复校选址时，来到羊牯塘北边的荒郊野岭，指着脚下说：“这里草都不长，废物利用，正好可办大学！”不过，湘大建在当时草都没有的黄土地上，这的确是事实。我们进校后，学校除了已有的六栋宿舍和一个食堂，以及正在施工的第一教学楼，其他就是一大片黄土地。学校后山的树都是学生们栽的。现在一片绿荫的“勤人坡”，当时是一座光秃秃的山。除了搞绿化，我们还捡石头、铺球场，回首过去，我很有幸参与了学校的基础建设。

当年，老师们的条件比我们学生更为艰苦。由于没有教师宿舍，老师们都借住在学校周边村民们的家中，每天来学校上课都得沿着田埂，穿过农田，走上好几里路。即使在这么艰苦的条件下，他们还是带着极大的热情，鼓足干劲为我们上课。我印象最深的是李寿佛老师给我们讲“数学分析”和唐佑华老师给我们讲“线性代数”。这两门最基础的数学课的主讲老师都非常认真负责，特别是李老师的数学分析讲得非常好，引人入胜，这是我们班后来有不少同学爱上数学的直接原因。我的同班同学、目前任教于美国宾州州立大学的国际著名数学家许进超教授曾说过："李寿佛老师讲数学分析是全世界最好的！"

所以，我们非常幸运，学校把最好的老师给我们上基础课，让我们得到了最好的培养。学校还专门配老师给我们几位学习好的同学开小灶，让我们学习更多的知识。老师们还辅导和带领我们参加湖南省高校数学竞赛。我记得我参加的那次湖南省大学生理科数学竞赛一等奖获得者一共有四位，我们湘潭大学就占了两位。毕业考研时，我们班考研录取率很高。我考到中科院，许进超考到北京大学，还有不少考到其他学校，可见湘潭大学当时的教学水平是非常高的，教学效果是非常好的。

母校的老师不仅在学习上精心培育我们，在生活和职业规划等各方面也给我们提供帮助。我记得和我考研有关的两件事情：第一件事，是我毕业考研时，当时学校复校不久，急需补充师资队伍，规定凡在湖南省数学竞赛中获奖者都不让考到外校。当时数学系的系主任郭青峰教授去和学校争取，让我报考中科院，让许进超报考北京大学，事实证明这个决策对我和许进超的成长、对扩大湘大在外的影响都是有利的。第二件事是大学的最后一个暑假我为了考研复习没有回家，系主任郭青峰自己回了长沙，就让我在他的公寓里住整整一个暑假，给我提供了一个安静的复习环境。这个暑假我还认识了住在郭老师家对门的中文系系主任王勤教授一家，他们看我一个人住在郭老师家里，在生活上给了我很多的照顾。王老师的爱人在学校宣传部工作，他们的两个女儿一习、再习当时还是中学生，我还给一习辅导过数学。

我们是“文化大革命”之后恢复高考后的第一批大学生，英文基础都非常差，来到湘潭大学之后，从最基础的ABC开始学英语。学校为了进一步提高我们的英语水平，在全校范围内选拔学生组成了一个英语提高班，特地安排外教给我们上口语课。记得在提高班有一个有趣的经历，一次上课，外教请班上的陈华同学回答问题，指着她说：“The lady in the second row, please answer this question.”陈华站起来，涨红着脸说：“I am not a lady, I am a girl.”惹得大家哄堂大笑。在英语提高班，还让我有幸结识了不少文科的同学，比如，中文班的张效雄就是其中之一。

在湘大，我所在的班级——77级计算数学班，是一个非常有凝聚力的班级，是学校的优秀班级。我们的班长侯德明是全国政协副主席侯镜如的女儿，她非常关心我，多次找我谈话，鼓励我积极向党组织靠拢，我们的另一位班长曹畅桥是一位和蔼的老大哥。我们毕业时，是唱着“再过二十年我们再相会”离开的。毕业二十年之后，我们班同学回湘大聚会，全班四十多个人只有几个人没来，可见班级的凝聚力非常强。

那个时候，大学不允许学生谈恋爱。但爱美之心，人皆有之。热爱运动的我暗恋日语专业的一位女生，她是学校的女子百米冠军和排球队主攻手。据说，学校知道此事后还让外语系领导去找该女生谈话，要她不要和我谈恋爱，不能影响我的学习。八字没有一撇的事居然还闹得满城风雨。若干年之后，依然有不少校友好奇，问当年我到底是否和该女生谈过恋爱。还是和我同宿舍的老同学胡建的回答最权威："在学校时，他们两个手都没碰过。那个年代大家保守得很！他们两个从来就没有单独见过面，每次见面不是晨跑就是打排球，我都在场。"我们班长侯德明大姐也不让我谈恋爱，她当时还给我说："亚湘，你现在的任务是好好学习，将来考研考到北京，等你到了北京，我在北京有好几个侄女，你随便挑一个！"现在回想，这种鼓励我好好学习的方法真是很有特色。

在湘大的四年，我先后担任过班上的学习委员、团支部书记、宣传委员，积极参加组织班级活动，培养和锻炼了我的组织领导能力，为后来我在中科院担任计算数学所所长、数学院副院长等职务打下了基础，感谢湘大给我成长锻炼的机会。

在湘潭大学的四年，我非常热爱体育锻炼。我每天早上长跑 5000 米（从学校到羊牯塘一个来回，有几次还跑到了雨湖公园），风雨无阻。每天下午晚饭之前还要打半小时的排球。所以，打小身体虚弱的我，通过这四年的锻炼之后变得非常健康，我在湘潭大学运动会上还曾获得过 1500 米和 5000 米的第五名。

湘潭大学的四年是我人生成长中最为关键的四年，不仅是身高从 1.69 米长到 1.77 米，更重要的是世界观的形成和基础知识的积累。湘大的四年是我人生中非常幸福的四年，不仅是有鲜花荣誉，更重要的是有许多良师益友！我感谢母校培育了我。无论走到哪儿，我都会自豪地说，我是湘潭大学毕业的！

——刊发于 2014 年 9 月 15 日（第 847 期）

大学生活十记（节选）

张效雄

补课

我们的大学生活赶上了好时代。二十世纪七十年代后期八十年代前期，是欣欣向荣、蒸蒸日上的岁月，全社会都非常重视文化、科学、知识，品位和成就是那个时代追求的时尚。

学校安排补课就是一例。学校安排补课，完全是为了培养人才。老师补课也不要加收费用，他们很乐意，花的功夫比正常上课还要多，老师很高兴将自己的知识传授给愿意学习的学生。

大约是 1979 年的春天，学校教务处的薛老师，也就是历史系讲课很出色的李广一老师的夫人，她将 77 级一些英语成绩好点的学生组织起来，成立了一个英语提高班。上课的是一个来自美国的女老师，主要是培训口语。过了半年，薛老师又把 78 级的一些同学找来，继续扩大了这个提高班，教学的老师是一个从英国来的女老师，叫伊丽莎白，后来是外语系的罗英豪老师。我们这个班没有文理工科之分，主要是学语言。外国老师用的他们带来的教材，罗老师教的是许国璋教授主编的教材和当时很流行的基础英语。

我们连续上了3个学期。我一直是负责联络文科学生的文科班长。理工科班，开始是77级电子物理专业的田裕人，后来接任的理工科班长是大名鼎鼎的袁亚湘，77级计算数学专业，现在是院士了，他一直是湘大引以为傲的代表。

我们那个时候学习特别认真。上午的专业课本来很紧张，每周还要补两个下午的英语课。虽然是自愿参加，但谁也不想落下，每堂课总是把教室挤得满满的。因为全部是用英语教学，学起来也挺吃力的，但大家总是抢着回答问题，老师教的劲头也挺大。记得我们的英语考试并不是在自己的班级，而是和提高班的同学一起考。我们的绝对分数虽然比在自己班级低一点，但含金量高得多。

其实功夫并不在课内。从我们进入提高班以后就很自然地就汇在一起，记得聚得最多的时候是每天晚餐后，一群提高班的同学到后山散步，大家聊天时坚持用英语，渐渐地，大家觉得水平提高了，兴趣也更浓了。这种“聚会”一直坚持到4年级做毕业论文的前夕。那真是一段难忘的黄金岁月。

壁报

77级的同学，没有一个人不知道潘晓。

潘晓是一个具有时代意义的人物。她的影响在于一场波及全国知识界，主要是青年知识分子的思想大讨论。

刚刚进入平反冤假错案和思想解放运动的时候，人们的思想一下子还转不过弯来。关于潘晓观点的讨论，主要是围绕人生观来进行的，在青年人，尤其是在青年大学生中，引起强烈反响。当时在国内公开发行的报纸刊物本来就不多，《中国青年》一时成为抢手货，颇有洛阳纸贵的味道。

当时的湘潭大学，就有不同形式的讨论会、读书会，最活跃的是壁报、学生杂志和诗歌朗诵会一类的活动，其中影响最大的是壁报。潘晓自然也成了主要论题。有支持的，也有反对的。至于潘晓是谁，大家并不在乎，她只不过是个代名词罢了。

哲学班是全校思想最活跃的，他们举办了关于马克思主义与人道主义的专题讨论会，邀请研究西方哲学的王守昌老师到会指导，吸引了不少外系的同学参加。

我们班级团支部办了一期壁报，就是在当时叫“西一栋”的学生宿舍墙壁上。我是团支部负责人，带头写了一篇杂文，讲“五四”民主思想的，现在看来，那是很肤浅的。也有别的同学写了关于对潘晓观点进行评论的文章，很有思辨色彩。同寝室的王鲁湘同学，当时就很有绘画天分，他从一本杂志上一幅表现张志新的画里得到启发，在壁报的显要位置画了一幅《猛士》，展示的是一位伟大女性在骑马奋进。这幅画很有震撼力，许多同学拍手称好。但因为画中的人物是半裸着上身的，同时也招来一些非议。不记得这幅画是被覆盖了，还是被撕掉了。但这个猛士还是久久地留在了我们那一代湘大人的心中。

那个时代真是充满激情、充满活力的年代，大家把国家的前途命运和自己的前途命运紧密联系在一起。文科的同学表现得外向一点，理工科的同学表现的方式则有所不同，但每个人的心里全都揣着一团火。

现在的年轻人是不可能理解我们这一代人的，就像我们无法理解我们的前辈一样。现在，我们也只好像鲁迅笔下的九斤老太一样，感叹一代不如一代。但历史总归是要前进的，很难以前辈人的意志为转移。

但我要告诉我的孩子们，那个年代，真是值得回味、值得思忆的年代。没有轰轰烈烈的思想改革运动，社会不可能发展到如此进步的程度。

洗浴

刚进湘大的时候，似乎没有浴室，洗浴就在卫生间里。不记得是哪个学期新建了浴室，在食堂的北边。这个食堂是我们经常上大课和雨雪天上体育课的地方。

夏天和春秋季节，男生是懒得去浴室的。那里热烘烘的，几乎每个人都吼着嗓子在那里比歌，跑调的太多，听起来怪怪的。

黄土地上，阳光很充足。勤快点的同学去上课之前，用铁皮桶子盛满水，放到楼梯间的一侧，等到晚饭以后，这水就被晒成了热水，提到卫生间里就可以痛痛快快洗个澡。这就是我们早年的太阳能热水器。

湘大的冬天是十分寒冷的。1979 年的冬天，某夜，室外已经冰冻，北风呼呼作响。我们寝室 12 个人都已经钻进了被窝。有个同学突然对其他同学挑战：谁敢去洗冷水浴？

沉默了许久，没有人答话。外面的北风还在敲打着窗户，室内透着寒气。

有一个同学从上铺跳了下来。很快，又有 3 个同学相继从床上跳下来。我就是这 4 个人中的一个。

我们无声无息地拎着铁皮桶向卫生间走去。卫生间的窗户没有玻璃，也没有用报纸或塑料纸糊上。那温度绝对在一二摄氏度之间，或许是零度。

大家倒满水，大喝一声，将凉水从头至脚倒下去。然后唱歌、跳跃、擦背、跺脚，等等。

好在湘大的自来水是井水，并不是透心的凉。几分钟后，4 个人擦干身体，悄然返回寝室，钻进被窝。

没有欢呼，没有赞扬，好像什么也没有发生一样。

同寝室的这 4 个同学是谢光球、袁铁坚、杨俊武和我。4 个不怕冷的汉子，不是要强，完全是为了回应那句挑战的话语。

从第二天早晨起，我就开始每天一次的冷水浴。我此后洗冷水浴坚持了若干年。

毕业了，分配到省级单位，条件变优越了，人的挑战性早就没有了。现在家里 24 小时有热水供应，冷水浴成了遥远的回忆。

老师

湘大众多的老师中，有两位永生不能忘记，他们就是图书馆的姜戈老师和邓琼芳两位老师。姜戈老师与我同乡，是我父亲教小学时的学生。他后来在武汉大学、北京大学学习，毕业以后到中科院工作了很多年，又从西安天文台调来湘大。他们夫妻俩对我十分热情，视同子侄对待。在湘大，他们家就是我的家，我学习用英文打字机打字，就是在他们家学会的。每逢节日，他们总要请我去吃饭。后来我把许进超也带上了，因为都是老乡。从他们住在农民家开始，到后来搬到东坡村，四年里一如既往。姜奶奶的厨艺很好，每次都能使我们大饱口福。那时我们也不懂事，进门什么礼物也不带，张口就吃。

现在想来，真是觉得很不好意思。姜老师对我们完全是一片诚心，用他的话说："你们有出息了，我也就光彩了。"许进超现在已经是蜚声海内外的数学家，不晓得我这个学生是否让他觉得有些光彩。

那个时候，老师非常关心学生，学生有个什么病痛，好几个老师都会过来询问，带你去找医生。学生有个什么情绪，也会有老师来找你谈心，帮助你出出主意。老师家里需要干些体力活，学生们会很自愿地去做，顺便还可以撮上一顿。

我总是说，那个时候湘大的老师是中国最伟大的老师。可以和他们相比的，只有抗战时西南联大的老师们。湘大创建初期，几乎所有的老师是怀着一腔热血奔来这里。这些老师从遥远的南国北疆汇集到湘潭这个贫瘠之地，期望的就是能够参与这片处女地的开垦。那时候很多老师住在农民的家里，点着煤油灯备课批改作业，从来没有听说过谁有怨言。

教我们班和哲学班公共英语的朱寄生老师，当时已有五十多岁了，他们夫妻俩借住在农民的家里。朱老师每天到新建的教学楼讲课，要走好几里田间小路，不论晴天还是雨天，总是穿着一双瓦口套鞋。别看他打扮很不入时，但讲课十分认真，语言幽默，给同学们留下了极深的印象。记得有一次，朱老师约我到他的农舍去。进到屋里，房子很暗，白天看书都要点着煤油灯。我想他一个高度近视眼，那是多么的艰难。如此的生活和工作环境，实在与大学老师极不相称。他却笑呵呵地对我说，学校要加强英语专业学科建设，计划找几个文学基础好、英语也好的学生重点培养，以后留校做教师。他向学校推荐了我这个他认为很得意的门生。看他那神情，很是认真，给我描绘了一幅人生成长的蓝图。但我那个时候心气很高，不想像老师那样甘于清贫，于是婉言谢绝了老师的好意。我离开他那个农舍时，朱老师一脸的失望和无奈，那神色一直印在我的记忆之中。毕业那么多年，我感到辜负了朱老师的期望，内心充满了内疚，再也无颜去拜见老师。

“文革”后进入大学的新三届同学们，现在大部分进入了知天命之年，有一些已经步入了退休干部的行列。中文系当年教过我们的老师，姜书阁、羊春秋、彭燕郊等影响了我们一辈子的大家们，当年正值壮年，如今已驾鹤西去。在世的一些老师，也大都是垂暮之年。但在我们的心中，他们依然是那样年轻潇洒，那样风华正茂。他们在田埂上匆匆走过的身影，在同学们的脑际里永远不会褪色。

——刊发于 2014 年 9 月 25 日（第 848 期）

湘大影响我一生

胡　敏

今年是母校复校40周年，我毕业也差不多31年了。我一直以自己作为湘大的一分子，以自己从湘大毕业而感到自豪。我15岁入校，30岁才离开，期间在湘大当了好几年老师，对湘大的感情也因此变得更加深厚。在这里，我从懵懵懂懂的少年开始逐渐成长，并且还收获了感情和事业，这里就是我的第二故乡。我对湘大始终充满了感恩之情，感恩是我在湘大求学路上的第一份收获，也是我最初的湘大情。当然，我在湘大的收获不只是一份情谊，还有对于生活和职业的感悟。

记得我刚刚进入湘大时，心里很是震撼：这就是我的大学啊，是我今后将要生活4年的地方，我将在这里完成一次新的成长。那时的湘大并不像现在这般繁华，学校里只有零星的几栋宿舍和一栋教学楼，也就是现在的第一教学楼，运动场也没有现在这么正规。一个大食堂，全校师生都聚在那里用餐。图书馆刚动工建设，一眼望去只是雏形的模样。看到自己的大学环境是这般，心里还是有很大落差的，毕竟湘潭大学是全国重点大学，毛主席曾亲自嘱托“一定要把湘潭大学办好”。

秉承着“既来之，则安之”的心理，我踏上了在湘大的漫长求学之旅，时间长了，倒也发掘出这里的许多优点。老师对待我们就像对待家人一样，嘘寒问暖，经常邀请我们去他们家里谈读书、谈生活、谈理想、谈人生。这里没有太多的外界诱惑，大多是“三点一线”的生活：教室、食堂、寝室。那时也不像现在这样有这么多的社团，校园生活很是单一，所以我们用读书来充实自己。物质生活水平本身就不高，精神生活就更不能贫瘠了。这也是为什么每次出差，我都把路上看的书带足的原因，湘大让我真正认识到了知识和精神的强大。

4 年的学习路途验证了湘大校训“博学笃行，盛德日新”中的“博学”。知识积累极其重要，湘潭大学本就是综合性大学，在我求学期间就开始让不同专业的学生在同一个教室上大课了，老师的诱导交流，各个专业知识之间的渗透联结，让在同一课堂上课的我们受益匪浅。当时英语老师给我的印象也特别深，他喜欢用英文给我们讲中外名家的故事，通过课堂表现和作业发掘我们各自的长处。像我当初语法比较好，老师就亲昵地给我取了一个外号叫“语法学家”，然后哪一个同学口语好，就取名叫“播音主持”。现在我们都明白了，那是老师给我们心理上的激励和肯定，但当时还是挺激动的，听到老师这么叫也会有些羞涩。而恰恰是这些学习的经历以及老师的鼓励，让我对教师这个职业充满了向往。我最终选择留校做了一名老师，并且在教育行业这条路上一走就是30多年。很多年以后，当我参与拍摄微电影《致吾师》的时候，依然会心怀感激地回想起在我的人生路上，那些为我指明道路的老师们。

除了明确职业生涯的方向以外，在大学，我还收获了一个成功公式，当时我只是不自觉地在按照这个公式做，后来我把它总结为“2+3法则”。现在很多学生进入大学，都不知道自己要做什么，感到迷茫。我们那个时候也一样，不知道能干什么，但是凭着这个法则，我收获了很多。

所谓的“2”，是指两项基本要求：做人要为人正直，做事要术有专攻。那个时候的人都很淳朴，老师同学关系十分单纯，老师就是教书育人，学生就是好好学习。在这种氛围下，大家都非常快乐，精力也都用在正能量的方向。我的成长在这时也很迅速，因此，当我创建新航道时，用人的第一个原则就是要正直、有正气。术有专攻在学校里无疑就是优秀的学习能力，良好的学业是基础，扎实学习能让你安心地发展其他方面的能力。

后面这个“3”，就是在前面两项基本要求的基础上，在大学期间要注重3个方面能力的培养，即领导力、沟通能力和社会适应能力。

领导力可以通过当班级或学生会干部或者组织活动来培养。当时我们英语专业和日语专业的几个文学爱好者创立了一份刊物，根据惠特曼的诗集取名为《草叶》，专门发表同学们的翻译作品，自己油印、宣传，在全校范围内发放、张贴，轰动一时，这让我们很有成就感。我想这可能就是新航道图书的起源，新航道做了 500 多种图书，源头就是那几页油印的小小刊物。

沟通能力不仅仅指一对一，也指一对多。一对一不只是平常生活中和同学朋友之间的沟通，也有上课时和老师之间的交流。一对多就是站在台上如何和台下注视的双眼进行交流沟通。我第一次上台演讲时就很紧张。我清楚地记得，那是一教三楼的一个大教室，当时我戴了一顶帽子，演讲的时候无意识地把帽檐扯了又扯，帽檐就被扯到脑后了，下面有的学生还为此偷笑。勇敢地站上台与别人沟通，就是培养一对多沟通能力的第一步，演讲不只是单方面的讲述，而是一种互动。现在我面对万人的演讲也很平常了，就算提前写好稿子，到演讲的时候我也能一字不看。而这些都需要一个开始，难就难在你要勇敢迈出第一步。

社会适应能力。很多学生在大学期间没有真实的求职经历，也没到社会上的工作机构去求职面试，也很少有人真正地就职过。当时，我们班有人提出去给湘大子弟学校的学生上英语课，但我们当时的观念很朴实，感觉自己来大学就是为了读书的，像这样的想法在那时还是超前的。经过长时间的准备，我们才鼓起勇气去和湘大子校联系，子校的领导也觉得这想法很新颖，便给予了我们支持。结果，我们得到了第一次锻炼的机会，所以说，其实找工作的过程本身就是一种自我提升。

有人问我："你是一开始就想着自己要干什么，还是通过生活工作一步一步自己摸索出来的?”我当时来上大学，想的就是如何追寻自己的内心，自己爱好什么，擅长什么就往什么方向发展。当时也没现在这种条件去各个方面尝试，所以我一开始就有比较明确的目标，与同学之间的交流也让我受益匪浅，趁着年轻多尝试总是好的。毛主席就曾经做过百般行业，最终走上了革命的路程。每个人都有自己成功的方法，寻找适合自己的方法也是一种修行，幸运的是，我一开始就选对了。

经过40年的发展，湘大的硬件、软件设施都达到了相当高的水平，这无疑为学弟学妹们提供了更多的机会和资源。只要你们专注用心，就会收获许多在人生、职场当中能够用得上的知识、技能和阅历，最终为创造属于自己的成功奠定坚实的基础。

——刊发于2014年10月15日（第848期）

我与羊春秋先生的师生因缘

颜家安

羊春秋先生一生致力于古典文学的教学、科研和诗文创作，是一位学于古有得，行于身有立，曝于外有文，持于世有则的当代硕儒，望之岳岳，即之温温，道德文章，誉满湖湘，流响江河。我忝列门墙，有幸成为先生最后一届研究生，深以为荣。

第一次见先生是1978年深秋。

那一天，我和同学在学生宿舍三楼走廊上闲聊，看见一群人簇拥着一位陌生的先生从中文系办公楼走出来，经过学生宿舍楼时还往上张望着。我细细打量这位陌生的先生，个头不高，肩膀较宽，圆脸，面色白皙，白中透红，穿一身藏青色呢料中山装，裤线笔直，气度温文尔雅。旁边的同学悄声告诉我，这就是新来的中文系主任羊春秋。

第二次见到先生是在课堂上。先生那天讲“楚辞研究”。来听课的人很多，有学生也有老师。先生情绪饱满，精神高扬，侃侃而谈，滔滔如流，没有带片纸讲稿，一口气讲了三个小时，无一刻停顿。我全神贯注地听讲，如钱塘看潮，汪洋恣肆；如秋湖赏月，波光潋滟。既惊讶先生学问之渊博，又惊讶先生超凡的阅历。我自幼喜好楚辞唐诗，听完先生这堂课，心底便萌生了立雪程门的想法。

大学毕业后，我被分配到衡阳广播电台当记者，刚开始还新鲜，随着时间流逝逐渐就厌倦了这笔不从心、言不由衷的生涯，便决定考羊先生的研究生。当时研究生招生制度比较严格，一届毕业后才能招新一届，一届三年，需要等待。我在等待中结了婚，成了家，有了儿子。儿子满一岁时，我报考了先生韵文学专业研究生，那已经到了1985年。先生共招收了三届研究生，这是最后一届。

1985年是我人生中最艰难的一年，我父亲癌症晚期，岳母因车祸头颅受损，小妹失踪。父亲和岳母都住进医院，儿子只有一岁多，日子过得糟糕透顶。我还是咬紧牙关考研，因为再过一届，先生就要关山门了。

记得那年考研是农历正月十四和十五两天，衡阳漫天大雪，奇冷无比。考场设在城郊衡阳中等师范专科学校，从我家到考场骑自行车要四十多分钟。为了方便考试，临考前一天，我住进了考场附近朋友的房子。

考完试后，耐心等待通知。三个月后，我先后收到湘潭大学寄来的两封信，一封是张铁夫先生的，一封是刘庆云先生的。铁夫先生信中说："祝贺你考了一个状元。"庆云先生信中告诉我："录取名单已经确定，你考了第一名，专业课和专业基础课都是98分。"他还告诉我，"羊先生在阅卷时特别夸赞你，说你竟然敢于批评杜甫五言律诗《月夜》'香雾云鬟湿，清辉玉臂寒'这两句于全诗不谐，羊老师给了你很高的分。"铁夫、庆云先生都是我十分敬重的恩师，师生情谊很深，知我不易，提前给我报个喜。后来正式成为先生的入室弟子，先生也提到过这次考试，他对我说："你手头快啊，我阅你的专业课考卷，厚厚一沓，比别人多了一半，你多写了三四张纸啊！"

在羊先生门下治学是件很愉快的事情，他只要求学生打好基础，至于研究什么任凭你的兴趣。他先给我们开了一个书单，书也不多，也没有什么生僻的书，但全是经典。另外，他对"小学"有特别的要求，亲自给我们讲授文字、音韵、训诂、目录、版本、校勘、考据等国学基础。这些学问，当下能开讲的教授恐也不多。羊先生童子功扎实，早年受教于马宗霍、陈天倪、吴则虞、骆鸿凯诸大师。马宗霍、吴则虞是章太炎的入室弟子，而陈天倪则是经学大师，在无锡国学馆讲学时，章太炎还嘱吴则虞来无锡就学于陈氏。骆鸿凯是黄侃的高足，羊先生应该属于章黄学派第三代传人。

羊先生继承了章黄学派为天地立心，为生民立命，为往圣继绝学，为万世开太平的学术理想和精微周致而又雍容大度的学术品格，开朗通达，毫无门户之见。

先生是著名的诗人，诗词歌赋各体皆能，尤精散曲。我早年是一个兴趣广泛的学生，在先生门下为徒，偏不写古诗，而醉心于新体诗写作，常在报纸杂志上发表一些不成熟的新诗。羊先生对此既不评价，也不指责，任凭我自己的选择。后来我转攻生态学，先生也很支持，这些都与羊先生秉承章黄学派学术传统有关。

按照当时的研究生管理制度，导师制研究生必须在校读完三年方能毕业。可是，1988 年我遇到了一些特殊情况，需要提前一年毕业。我知道这十分难，湘潭大学尚无前例。我试着向先生提出，先生听后，默然不语，神情严肃，我便不敢再说了。过了一些日子，我到校研究生处办事，吴处长问我，你导师说你要提前毕业？我愣住了，怕处长怪罪，支支吾吾地说我是随便说说。处长很严肃：“哪能随便说，羊先生已来查看你必修课和专修课各门功课的考试成绩，说成绩很优秀，在校期间还发表了三篇论文，可以提前毕业，希望破例一次，学校经研究也同意了。”处长拍着我的肩膀说：“赶快准备学位论文吧，能不能提前毕业就看你的论文了。”

我有提前毕业的打算，论文选题自然胸有成竹，资料准备也自然提前。本来撰写论文前要做开题报告，先生说：“离答辩只有两个来月的时间，你就动笔写吧！”在袁铁坚同学的帮助下，我住进了彭燕郊先生临时存放图书的一套两居室，谢绝与外界的一切联系，只有少数几个同学知道我的住处。我计算着时间，四十天内完成论文，留出十多天给老师审阅、修改以及打印装订。我在这间房子里闭关四十天，完成了四万多字的硕士学位论文《杜甫山水诗及其审美心理》。

在我生命中，这是我挑战脑力极限的四十天，大脑高度集中、高度活跃、高度紧张。一开始还能正常饮食和睡眠，到了后十天，大脑好像一轮高速运转的机器，一刻也停不下来，不能睡觉，也不能吃饭，一到食堂，胃就痉挛、呕吐，只能喝些蜂蜜水。一天，袁铁坚来房间替彭先生找书，看我脸色不对，回去告诉同学彭米卉。彭米卉立即给我妻子王维发了一封电报：“师兄病危，速来。”

在妻子从衡阳赶来学校前的两个小时，论文终于写完了。妻子赶到时，我正和衣躺在床上，望着蚊帐顶，强迫大脑这台机器停下来。妻子望着我蜡黄的脸，泪眼婆娑。晚上，我和妻子一起把论文送到羊先生的家，羊先生接过论文什么也没说，只是久久地望着我，眼睛里充满了怜惜。

答辩会如期举行。答辩委员会主任是湖北大学中文系教授李悔吾先生，一位很和善的长者。答辩会上他对我论文评价很高，说了很多鼓励的话：宋以来，千家注杜，研究杜甫的人很多，但都着眼于杜甫忧国伤时的作品，很少有人研究他的山水诗。这个角度具有填补杜诗研究空白的意义，还说我的文笔优美，学术论文有诗的特质等。

论文通过了，但不顺利。有些事是后来知道的。答辩时，有一位先生对我的论文提出质疑，他说学位论文是安排一年来做的，听说这位同学要提前毕业，一个多月就写完了，不知道这位同学是不是天才？言下之意是论文有抄袭剽窃之嫌。羊先生说，我相信这位学生，如能找到证据有抄袭剽窃，我担当责任。论文最终通过了，这些事，羊先生从未对我提起过，我也是毕业很多年后一位师兄偷偷告诉我的。当时情况可能还复杂些，这位师兄还说，幸亏你的论文没有抄袭剽窃，如有一点蛛丝马迹，羊先生就栽面子啦！

我很感动。当时没有实行学分制，提前毕业是一种挑战，学生和导师都需要勇气。我想先生为我“打保票”时，不仅仅是相信自己的学力，相信自己对杜诗研究领域资讯的掌握，更重要的是相信自己的学生。我也不怪那位质疑的先生，他也是在爱护我，对读书人来说，如果染上抄袭剽窃的恶习，必将坠入魔道。

研究生毕业后，我先在湖南省政协工作，1989 年调到海南。我在海南工作期间，先生偕师母来参加中国山水诗研讨会，会后，我全程陪同先生和师母游览了一些景点。来到通什五指山时，先生说：这里山水真好！空气真好！是个养老的好地方。我说：这里有所中等专业学校，正准备升为综合性大学，到时请先生来这里讲学，做客座教授。先生听了很高兴，夜宿通什度假村时，还写了一首诗，诗曰：

第一朱崖好景观，游人都作画图看。缘浮夹道蕉千叶，碧透寒潭水一湾。

飞瀑奔流岩谷上，高楼掩映椰林间。此中若许吾终老，不啖荔枝也不还。

遗憾的是，先生晚年身体一直不好。医院检查是直肠癌，做了手术，一直在养病。名山终老，成了先生缥缈无望的愿望。有一年我回长沙，米卉陪我去探望先生，先生住在一家中医院。那是一个冬天的晚上，天气很冷，先生和师母依偎在一张床上取暖。病房的灯光很暗，看不清先生的面部，只是窗外来风时，晃动着的电灯泡，偶尔照在先生的头上，反射出银白色的光亮。那一晚我们聊得很久，主要是学术圈内的故事。后来，先生问我：你近来还做学问吗？我不好意思地说：古典文学基本不搞了，倒是对生态学很感兴趣，最近在读生物和地质方面的著作。先生问我理由，我说环境问题将来是中国一个大问题，我在海南深切地感受到开发建设与环境保护间尖锐的矛盾，我想在环境方面做点研究。最后我试探地说：我想报考生态学方面的博士研究生，但又担心专业跨度太大。昏暗中看不清先生的表情，只听见先生缓缓地说：经世致用是湘学的传统，也是章黄学派的传统，学问有用于世才是真学问。又说：学问是相通的，研究社会科学的方法也可以用到自然科学。后来，我由古典文学研究转到生态学研究，先生的鼓励和指导很重要。研究领域变了，但研究方法没有变。我把文献学、考古学、考据学等传统方法引入生态演变学研究，令同行耳目一新。

1999 年冬，米卉来电话说，先生癌细胞已经扩散，要做第二次手术。我从海南飞到长沙，米卉陪我到医院，先生刚做完手术从手术室出来，白发枯干，形销骨立，鼻孔里插着氧气管，神志昏迷，师母也老了，跟在轮椅后，行动迟缓。我预感到这是师生最后一面，无限的伤感。一出医院我就哽咽失声，坐上车还在抽泣唏嘘，米卉也不劝我，她自己也很伤感。

2000 年先生去世时，我在国务院某部门挂职锻炼，被派到国外学习。据说前来送先生的人很多，其中有不少的机关干部，还有湖南省的重要领导。先生的死后哀荣，米卉夫妇做了很多工作。先生晚年基本上是在医院度过的，米卉夫妇经常去嘘寒问暖，端茶送饭，如同侍奉父母。先生临终前一天晚上，米卉夫妇在先生的病床前待了很久。米卉夫妇对先生的敬爱，令我十分感佩。

世间万事都有缘，有一种缘分叫师生，有了它，人类文明才能代代传承，有了它，便有了奉献、托付和回报，也有了绵绵不绝的回忆和怀想。

——刊发于 2014 年 11 月 15 日（第 852 期）

只要你想念，我就在三道拱门等你

陈晓红

曾看过一句话，说男人有四种关系最铁，而女人之间的关系可能相对简单些。以我的经历，同过窗、共过寝、共过事就是最真的感情了。“闺蜜”“闺蜜”，顾名思义，就是在同一个房间生活过的密友嘛。

我的大学同寝经历比较有意思，四年中分别与77级、80级、81级和82级四个年级一起生活过，一年换一个年级，因而闺蜜众多，尤其与80级、81级的几位交往甚密，友谊持续到今天。我们或在QQ上相遇，或在微信上互掐，或者趁着哪位回湘省亲，吆五喝六，在湘大或者长沙相聚。不夸张地说，有中年妇女的八卦，也有高精尖的话题；有鸡零狗碎的生活情趣，亦不乏境界高远的家国情怀。聚餐、聊天，从国粹、时装美食、家长里短到全球大事、宗教信仰、人文关怀，无一不足，放松、放肆、随意、恣意，互捧、互黑、毒舌、整蛊，无一不为。我以为，这种感情的积淀，除了个性相投、兴趣爱好一致、价值取向基本相同外，还主要得益于这所我们曾经同窗共寝、有些独特的学校——湘大。

是的，湘大是一所特殊的学校。它远离城市、远离喧嚣，像世外桃源，也更像都市里的村庄——单从取名为“南阳村”“东坡村”“北斗村”的教师宿舍区就可激发如此联想。与那些古树参天的名校相比，它还只是一所实际建校仅40年的年轻学校。这里的学生不但是受教者，也是它成长的建设者。他们和一大批同样年轻的教师一起，像一群集体劳作的农民，在这个年轻有活力的集体农庄里一起建设和见证它的成长。因为这个缘故，在这里成长的年轻一代，孕育了一种团结、友爱和互助的精神，人情醇厚，少有世故。这种氛围具有很大的吸引力和凝聚力。在湘大读过大学的自然不必说，而且我注意到，只要是在湘大工作过，哪怕不是出身于湘大的人，也都会被这种浓浓的氛围感染和熏陶，无论他（她）以后去到其他任何地方，都对这个学校怀有浓郁而深沉的感情。

说到底，一个地方是同这块地方的人联结在一起的。想念这个地方，不单单是想念那里的黄土地、勤人坡、一教楼、图书馆、俱乐部、阶梯教室，更是想念曾在那里生活或者还在那里生活的人们。这大概就是湘大的魅力，湘大人的魅力吧。

一次聚会后，一位还在湘大工作的学妹在微信上留言：“只要你想念，我就在三道拱门等你！”这句妙语既煽情又深刻，作为我此文的标题再合适不过了。

——刊发于2014年11月25日（第853期）

回忆湘大的学习与生活

周向宇

时值母校复校四十周年，我在此回忆下在湘大学习生活的片断，以表达对母校的感激。

我1981年9月进入湘大数学系，念自己从初中起就开始喜爱的数学专业。在湘大学习生活了四年，一晃三十余年过去。时光流逝之快，终于体会到毛主席说的“三十年过去，弹指一挥间”。

当时湘大已是全国重点综合性大学。据说，湘大真正办学，是从四十年前毛主席指示复校后。

现在还记得，刚进学校时，高音喇叭在播唱歌曲：“幸福不是毛毛雨，不会自己从天上掉下来。”歌词的潜台词似乎是，幸福是需要自己去努力争取的。

现在回想起来，湘大的校风，以及数学系在课程设置、教材选用、师资配备等诸多方面都是非常好的。

一进校，就能感受到学校有一种积极上进的氛围，在新生开学典礼上，老师代表意气风发、进取向上的发言令人深受鼓舞，我迄今印象深刻。课堂上老师认真讲授，学生专心听讲。阶梯教室、图书馆、自习室座无虚席，挤满了如饥似渴的学子，读书学习蔚然成风。教师们很多是在名牌大学工作或毕业的优秀教师和高才生，他们都是自愿申请或抽调过来支援湘大的。面临学校初创时艰苦的条件，他们非常敬业，很认真地授业解惑。在这里，留下了他们创业的精神，也留下了他们创业的业绩。

湘大，在当时地理位置确实比较偏僻一些，而且不少地方还是黄泥巴路。然而对于读书学习来讲，安静也是有好处的。我们念书的时候，在食堂吃饭，有时那个饭还是黄泥巴水煮的，因为我们吃的是井水，有时候一下雨挖出来的水都是黄泥巴水。所以从物质条件来讲的话，当时是初创时期，是比较艰苦的。条件虽然艰苦，却能磨炼人。历经艰苦，磨砺意志，无疑是人生的一笔宝贵财富。

条件虽然比较艰苦，可是我们的学风却异常的好，读书学习氛围很浓郁。我们刚入校的时候，袁亚湘、许进超他们尚未毕业，事实上我和他们共同在湘大校园里待过半年。那时学校树亚湘为榜样，现在看来，这对学校的发展起到了重要推动作用，是学校在人才培养方面能取得今天这样成就的一个重要因素。我觉得他们这种榜样的作用是蛮大的，他们毕业时，亚湘以优异成绩考上中科院计算中心冯康先生的研究生，进超以优异成绩考入北大数学系，他们都很优秀。我想，他们这成绩告诉大家，就是在湘大，也完全可以考入这样的一流机构里边去念研究生。在当时，对学生来说这可以说是最难的一件事情，但这种最难的事情湘大的学生也完全可以做得到。

数学系的课程设置很先进也很完备。比如我学的这个数学专业，我毕业多年后，在中科院数学所也工作了这么长时间，接触了很多从其他名牌大学毕业的本科生。从我的了解来看，我们当时的课程设置、教材选取、讲授内容可以说一点也不亚于他们的。几门基本课“数学分析”“高等代数”“解析几何”，老师们讲得都挺好的。我们数学分析要求非常严，上了四个学期。现在的很多数学专业通常也就上三个学期。因此，我们那个时候的数学分析功底打得非常扎实，为整个大学阶段高等数学课程的学习打下了坚实的基础。“高等代数”也上了一年，高等数学的一个特点是需要对概念、命题的条件与结论有准确清晰的认识与理解。阮国桢老师的课抓住了特点，讲得很好，要点、关键点都讲得非常到位。胡纯秀老师也教过我们数学分析，她有一次在课堂上讲，她了解我在中学时的优秀表现，当年是她把我招进湘大的。教复变函数的刘绍越老师，也是课讲得非常好的老师。复变函数有优美灵巧之特点，刘老师把这些特点讲得非常生动。之后我们上实变函数、一般拓扑、抽象代数，这些课老师都讲得很到位。这三门课事实上对数学抽象的要求更高了，反映了更高层次的抽象思维。我们当时学的比如实变函数，讲的是抽象测度论的，这个在很多名牌大学数学专业现在都没有这么高的要求（我认为这是不妥的）。这三门课一讲下来，将进一步提高数学专业学生的抽象思维能力的训练，而这个对学生的进一步深入学习是非常重要的。

大学四年期间我得到了许多老师的指点、爱护、鼓励与器重。记得有一次考完复变函数，我到刘老师家去，刘老师说我考得很好，他就又出了几道更灵巧的题目，我把几个知识点贯通起来，灵巧变换，很快就把它们做出来了。这是一种指点，让我深切体会到，数学不能只死记硬背，而更在于灵活运用、融会贯通。我现在面试研究生时，还时常出些灵巧的题目，看学生能否灵活运用所学知识。有时候我们作业做完了，有些同学说要看看我的作业，因为老师批改的时候说要参阅周向宇的作业，这也反映出老师对我的厚爱。

教材的选用、课程的讲授内容是严格按照综合性大学数学专业的高标准要求的，那时使用的教材现在看来仍是水平高的优秀教材，讲授的内容也很丰富深入。数学系里有一些杰出的教授，如陈仲沪、杨向群、郭青峰、陈传淼等，他们具有先进的办学理念与严谨的治学精神，是懂得如何进行课程设置与选择教材的，从而使数学系能从高起点办系。陈仲沪教授晚年时，我碰到他，得知他还在研究李群的无穷维表示，这样的一个困难且重要的现代数学国际前沿方向。在国内这方向几乎是空白的情形下，在艰苦条件下，他仍做出了让国际著名专家赞许的工作，他早期的工作曾在著名数学家 Helgason 关于微分几何、李群、对称空间的名著中引用。

数学系在任课老师的选配上也是下足了功夫。我们的数学分析老师是阮国桢、胡纯秀，高等代数与常微分方程老师是潘汝芳，空间解析几何老师是王维钦，复变函数老师是刘绍越，实变函数与概率论老师是何若桢，一般拓扑与近世代数老师陈正廷，数理方程老师梁国鼎，微分几何老师李浔阳，数理统计老师沈达立，泛函分析老师朱启定与任重道，数学竞赛培训课老师李寿佛、曹佑安，等等。这些老师的课讲得都非常好，老师们的水准都是蛮高的。我们能感受到老师们的认真与敬业，对教学的热情与精益求精，能感受到老师们对讲课、对学生下了很大的功夫。

班主任梁国鼎老师，也是我们数学、物理的授课老师。他经常到班里来，极其关心同学，对同学们的学习、生活、家庭都非常了解，一心为同学们好，与同学们关系极其融洽，时常跟同学下象棋、掰手腕等。大学期间我当了四年班长，同班主任联系更多，对他关心爱护同学深有体会。现在我也工作多年，带出来的学生有的也担任了名牌大学的班主任，虽也尽职，但同我们的班主任不能同日而语。

当然，老师们的付出，也得到了丰厚的回报。数学系人才培养的成就，是离不开他们辛勤劳动的。得知有些老师不幸去世了，我十分悲伤，在此致以深切缅怀！那时条件艰苦，老师们那么勤勤恳恳，表现出高尚的师德。我认为，这是湘大的一笔精神财富。我在科研机构工作多年，主要做科研，也培养博士研究生，心中总以这些老师为榜样，向他们学习。谈到大学授课，我觉得，除了老师有水平外，老师对讲课、对学生多下工夫也很关键。

同班同学绝大多数来自农村，非常质朴老实。感觉得出来，大家都非常珍惜这样的学习机会，读书学习非常用功，学习氛围浓厚，同学间关系融洽，彼此真诚相待。我们班考研率高，在全校、全系各类集体活动中表现优异，是优秀班集体。这个成绩的取得，与班主任的工作是分不开的。班委会成员能力强，所以我四年班长做下来比较轻松、容易，没感到为难和耽误时间。同学中目前在高校从事数学教学科研的院级领导就有周勇（湘大）、李应求（长沙理工大学）、周展（广州大学）、陈海波（中南大学）等教授，他们都很出色，都拿到竞争激烈的国家自然科学基金项目，表明在同行中相当有影响力。周勇最近还获得“高被引科学家奖”。

在母校的四年，生活简单，却很充实，一点也没觉得枯燥乏味，反而觉得时间过得飞快。大学四年，居然也没找到空闲时间到湘潭市里公园景点如有名的雨湖公园去玩过。那时11位同学一个寝室，虽有点挤，但同学们有说有笑，互相体谅，关系和睦。那时我的生活基本上千篇一律，每天早起跑步，不管刮风下雨，坚持不懈，从学校到蓄电池厂跑几个来回。接着就是上课，要不就是到阶梯教室去学习，要不就是到图书馆去借书、阅览或自习，读读数学各方面的参考书，包括有些英文的专业书。我也做了许多题，包括全部的吉米多维奇的习题集，还有难度更高的题，因为要准备考研。同时我中学时就有梦想做数学研究，一进校门，就定下了阶段性目标——考取中科院数学所的研究生。我们那个时候都有熄灯的制度，大概十一点左右学校统一熄灯，一到熄灯，我就休息了，以便第二天早起锻炼。那时生活就是这样日复一日，简单却蛮有规律。

我在大学期间曾经历过一次省大学生数学竞赛，参加数学竞赛的事是进入大学第四年上学期的时候，那时湖南省又搞了一次全省大学生数学竞赛。我们学校当然也参加了，我记得那一次比赛地点是在中南矿业学院，现在叫中南大学。最后成绩出来，我得分是最高的。这当然要感谢培训课的老师李寿佛、曹佑安教授等，我在外面很少说自己在湖南省大学生数学比赛获得过第一名。现在看来，其实当时湖南省的大学生数学教育水准也还蛮高的。现在国内五十岁左右的数学家中许多比较出名的也都是那时从湖南的高校毕业出来的。所以得个第一名，我自己没有觉得特别了不起，但是好像也不是那么简单的一件事。

湘大四年，培养了我的一些品质，能在艰苦环境下安下心来做学问，练就了如何能在艰苦环境下成长起来的本领。当然，这里的艰苦环境也可理解成环境不那么理想。在湘大，没有非要出国的风气。在中科院数学所读研究生期间，虽周边出国风气盛，但我仍能不为所动，没与任何数学家联系出国读研究生，也没考托福，主要是觉得所里的书就够自己读的了。我读博士期间，1989 年春，应德国战后最杰出的数学家之一、多复变大师 Grauert 教授邀请访问 Gottingen，待遇丰厚，但我并不留念好的物质待遇，并未琢磨着长期待下去，而是 1989 年秋按时回国，当然我从他那学到不少。1990 年博士毕业留数学所工作后，20 世纪 90 年代我在俄国科学院 Steklov 数学所这个国际著名数学中心访问了多年，虽然当时经济条件差，但学术氛围好，能安心下来，坚持待了多年，最终取得成果。

大学期间，学校给了我不菲的荣誉：一年级时是三好学生，二、三年级时是全校的三好学生标兵。

在湘大的四年是我人生路上一个非常关键的时期，收获颇丰，完成了人生中许多的第一次：体会了第一次独立离开家门，处理许多第一次的滋味，逐渐养成了独立精神、独立能力与责任意识；第一次过集体生活，学会如何与同学们和睦相处；学会如何对待挫折与荣誉，如何把父老乡亲的期待当成前进的主要动力，也把闲言碎语化成前行的鞭策。

做数学很基本的一个是自学的能力，一个是独立思考的能力，自学和独立思考是做科研的基本功。在湘大四年，我进一步锻炼了这些方面的能力，喜欢用自己的方式思考理解问题，以达到自己的理解。在做数学研究的梦想中，我在湘大迈出了坚定的一步，也是在这里打下了扎实的高等数学功底，锻炼了做科研的能力。

衷心感谢母校的栽培和老师的教诲！

祝母校前程似锦！

——刊发于 2014 年 12 月 5 日（第 854 期）

先生之风 山高水长

——追忆中文系姜书阁、张铁夫、何益明诸先生

曹 辉

近日收到母校约稿函，谓之母校今年复校40周年要出本回忆录，邀我写点东西。我诚惶诚恐，按理来说，这么年轻，还轮不到我们来写回忆文章。但仔细一想，按复校40周年来算，我比母校还大一岁多呢。在我心里，母校永远是年轻的。

趁着周末回长沙后，我把略微发黄的当年的日记一本一本翻了个遍，从中窥见在中文系求学4年的若干时光。很幸运的是，我1992年进入中文系后，得到了诸多前辈名师的悉心教诲。时光荏苒，如今，大师们一个个驾鹤西去，我们也只能在这吉光片羽的忆念中，去体会大师之高、之大、之上、之美。

姜书阁先生

“所谓大学者，非谓有大楼之谓也，有大师之谓也。”1931年12月3日，梅贻琦先生任职清华大学校长时曾这样说。在湘潭大学，姜书阁是绝对的大师级人物，我很荣幸能

亲眼领略他的风采。

刚进大学，就听到师兄师姐们经常说起中文系三老：姜书阁、羊春秋、萧艾，每每谈及，必是一脸的崇敬。时隔不久，和一位师兄在学校招待所后面的山上散步，迎面走来一位鹤发童颜的老人。他拄着拐杖，颇有仙风道骨之气。师兄立即侧立一旁，驻足而候，向他行注目礼，直到他的身影消失在小径的尽头。师兄告诉我，这位老人就是大名鼎鼎的姜老。我责怪他怎么不早告诉我，让我失去了一个景仰的机会。但我终于第一次切身地感悟到了“大学之大在大师”的真谛。

后来，我知道了姜老的经历。清华大学政治学系毕业，早年曾任哈尔滨法政大学政治学教授，后历任国民政府行政院编审、财政部税务署署长、国税署署长、财政部政务次长、全国学术审议委员会委员（套用现在的行政级别，至少也是个副部级干部了，说不定是正部级）。20 世纪 50 年代后期弃政从教，执教于青海师范学院中文系及湘潭大学中文系。用刘建国教授的话就是：“少壮浮沉宦海，不忮不求，行正道而处世立身，出污泥而全心保性；晚年跋涉书山，专心专意，遵马列以循名责实，开云雾以去伪存真。”他不平凡的生命历程，让后学者只能“高山仰止，景行行止。虽不能至，然心向往之”。

大学 4 年，虽然我很少跟姜老谋面（最后一次是毕业典礼上），但姜老在我们这些学子心目中永远是神圣的。姜老就是湘大的风景线，是湘大的灵气和魂，他看淡了功利，冲破了世俗，早已凝练成了一种精神，一种气质。我从他的女儿姜逸波先生、女婿傅其三先生（都曾是我的任课老师）身上，也能领略到这种精气神。

2000 年 12 月 29 日，阴。我回湘潭，路上惊闻姜老于 27 日仙逝，他没有实现自己活到 120 岁的诺言。尽管人都会终老，尽管他活到 94 岁已属不易，但我们终究还是希望他能再多活些日子。

再次“见”到姜老，是在 2003 年的 9 月。我去四川峨眉山，途经眉山三苏祠，停车参观。走到门口，一个熟悉的名字映入眼帘。原来姜老 1985 年就为三苏祠大门题写了楹联，檐柱上的对联为“克绍箕裘一代文章三父子，堪称楷模千秋万代永馨香”。其实，这何尝不是先生自己的写照呢？

张铁夫先生

张铁夫先生，人称“铁夫斯基”。此外号之来由，一是因为他的长相有点像俄罗斯人，特别是那鹰钩鼻子，特像。二是他长期从事苏俄文学研究，特别是普希金研究。久而久之，他也被俄化了。

“铁夫斯基”本人并未教过我（我的外国文学老师是现任首都师范大学副校长邱运华先生和湘大文新院博导童真先生），那时他是人文学院院长，日常行政事务占据了他大量的时间。倒是他的夫人曾簇林教授，教过我的马列文论课，同学们便给了她一个外号“马列老太太”，曾老师也欣然接受。

他俩是新化老乡，一前一后就读于武汉。对应“铁夫斯基”，我们称曾老师为“簇林诺娃”。多年后，张老师在接受我采访时回忆道：“其实我和老伴的相识并不像人们想象的那么浪漫。我和她是中学校友，我高她两届。后来我考进了华中师范大学，她考进了武汉大学。两个学校相隔不远，两人经常走动。那时候唯一的娱乐就是看电影和跳舞。舞会我们不常参加，但电影却看得多。那时候每个礼拜有一两次电影，而且非常便宜，武汉大学是一毛五分钱看四场，我们学校是五分钱看一场。不管哪个学校，放映的大多是苏联影片，如《侦察员的功勋》《夏伯阳》《战舰“波将金号”》《难忘的一九一九年》等，有的是根据文学名著改编的。她本来就喜欢俄苏文学，读过不少名著，这就形成了我们共同的爱好，发展下去自然就是爱情。”

我查阅了1996年6月9日日记才知道和先生已有过接触：下午两点前往俱乐部参加人文学院成立庆典暨九六届毕业生文艺汇演。主席台两侧悬挂着羊春秋教授撰写的对联：“人物看今朝经世致用湖湘学派流风远，文明夸古国轶欧驾非周汉声华日月长。”人文学院院长、著名外国文学研究专家张铁夫教授发表了热情洋溢的致辞，90高龄的姜书阁教授和75岁的羊春秋教授也莅临大会，表示热烈地祝贺。

三大名教授同时出现在我们面前，记忆中也只有这一次。

2006年国庆期间，我们回母校举行毕业10周年聚会。座谈会上，张老师发了言，提到了我、张斌武、张翔的名字，我真佩服他惊人的记忆力。

2008年12月24日，我回到母校，采访“斯基”和“诺娃”。其时我在湖南日报下属的《新闻天地》杂志社当副总编辑，开辟了一个“湖湘文化人物心路历程”栏目。在学校老百货大楼，我买了一束鲜花，来到他们那简朴的家里。我们一起聊天，聊他们的爱情，聊他们的事业，聊得最多的还是普希金。一聊就是两个小时。先生要留我们吃饭，我没敢答应。我知道曾老师不太会做家务，张老师里里外外都要忙，不忍增加他的负担。

两个多月后，《张铁夫：守望和追寻理想的人》刊登在2009年第三期《新闻天地》杂志上，张老师给我打来电话表示感谢。

2012年夏天，文新院的老师告诉我张老师得了肺癌，已是晚期。我万分惊诧。7月29日上午，我带着8岁的儿子赶往湘潭市第一人民医院，在新住院楼12楼88床，见到了张老师。病床上的老师看上去气色还不错，我转达了92级中文班全体同学对他的问候，请他安心养病，祝他早日康复。张老师也请我代向同学们问好。此时，癌细胞已在他全身扩散，无法做手术了，只能服中药维持。我对儿子说，张老师是全国著名的教授、学者，带你来就是让你从小领略一下大师的风采。我提出与老师合影，先生谢绝了，他一辈子追求完美，不想把病态的形象传递出去，我尊重他的想法。

11月16日下午接到我的班主任王洁群先生的电话，得知张老师于当日凌晨2时离世，享年75岁。18日上午，我撰写挽联一副：扎根湘大传道授业卅六年铁胆忠心君育桃李满天下，航行学海劈波斩浪七五载夫复何求我向苍天哭故人。下午，我前往湘潭殡仪馆，和众多师友一道送别张先生。

两天后，《送别普希金研究大家张铁夫》的消息稿刊发在湖南日报，这是我为张老师所能做的最后一件事。

何益明先生

何益明教授是我大一现代文学和大二第一学期选修课郭沫若史剧艺术课的任课老师。他身材修长，面容清癯，大学4年中，因为他和我舅舅王正湘先生的特殊关系，他对我严格要求，关爱有加，是我最敬重的先生之一。

我的舅舅王正湘先生，湘乡虞唐大洋潭人，出身书香门第，从事文学创作62年，留下了300多万字的散文、小说、诗词、评论等，系中国作家协会会员，知名散文作家、诗人、编辑出版家，谭谈、孙健忠、李岸、张步真等著名作家的第一本书的责任编辑都是他。

20世纪60年代初，他们俩一起在湘潭县、省民政厅工作，在湘潭、株洲、平江等地进行调查，采访收集资料，撰写革命烈士传记，结下了深厚的友谊。

1992年10月19日，开学才1个多月，舅舅来湘大看望我，叫我今后多向何先生请教。遵照舅舅的嘱托，我到先生家里拜望了先生和师母唐和云。先生对我提出了殷切期望，告诉我他不会因为我是他好友的外甥就放松管束，反而会更加严格要求。事实上，先生就是这么做的。大学第一学期现代文学考试，我只得了73分。在1993年4月15日的日记中，我写道："这次考试，两个班有9个上了90分（我班3个），24个上80分，5个不及格，其余53个就像幽灵一样在60~80分之间徘徊。不过，这何教授是否也太'呆板'了一点……"确实，他对学生是非常严格的，我从内心里感激他，尽管当时也有些抱怨。此后，他的课程我不敢掉以轻心，第二学期现代文学我得了90分，郭沫若史剧艺术也得了90分，这与他的严格要求是分不开的。

1993年暑假结束，我提前两天回到学校。当时先生写了一本新著《郭沫若的史剧艺术》，需要找人帮他誊抄一下，他觉得我的字不错，就请我誊抄。我花了两天两晚的时间，把这本书稿誊抄好了。8月26日晚上，我把书稿送给他，他对我的速度感到十分惊讶，连连称谢。

此后几年，我经常到先生家里向他请教，顺便打打牙祭。他和师母每次都热情接待，我羸弱的身体得以增加些许营养。

大四快毕业时要写毕业论文，我选择了先生的现代文学，专门研究钱钟书。1996年5月8日晚上，我到先生家里，汇报找工作的事情，那时湖南日报已考察过我了，并于当天上午签了协议，四年大学读完，我就这样"嫁"给了湖南日报。先生向我表示祝贺，希望我成为一名优秀的新闻工作者。我们同时探讨了毕业论文的写法，先生给我提出了很多真知灼见。

我的论文《“围城”：知识分子的困境》几易其稿，才获得先生通过。5 月 29 日晚上，我去先生家，他告诉我论文评了“优秀”等级，要我准备好答辩。6 月 14 日上午，答辩顺利通过。先生写的评语是这样的：新时期以来对《围城》的论述，可以说是“前人之述备矣”，因而要在作品中发掘新的意蕴是较难的。本文作者迎难而上，从知识分子被动地适应环境和主动地迎合环境两个侧面来揭示作品的文化和人生底蕴，论述角度和所持观点是正确的，也颇有新意。在具体分析中能扣住中西文化碰撞的历史背景，辩证地说明人与环境、主观与客观的相互关系，有一定深度。文章脉络清晰，文笔流利，是一篇较好的毕业论文。建议评为优秀。

这份毕业论文的复印件，我一直珍藏着。只可惜，我辜负了先生的期望，在学术上没有任何进步，在自己所从事的新闻领域里也几无建树。这些年来，看上去一直忙忙碌碌，可从未在内心深处留出点时间来思考人生，仰望星空，真是愧对恩师。

毕业后，与先生时常保持电话联络，偶有书信往来，每次他都问我舅舅的情况。毕业 10 周年聚会也见过他一面，他依然那么清瘦。再往后，联系少了些。直到 2012 年 11 月张铁夫先生去世，我向班主任王洁群先生打听起中文系那些老教授情况时，才意外地获悉何先生已于当年夏天去世了。因先生临终前留下遗嘱，丧事从简，所以我们无法得知他离去的消息。这给我留下了终身的遗憾！5 个月后，我的舅舅也因病去世，我留下挽联“正道总独行不摧眉不折腰铮铮铁骨做了八十二年老实人，湘楚多俊彦有学问有才情浩浩星空留下三百万字好文章”相送，两位老朋友又在天国重逢了。

韶峰苍苍，湘水泱泱。先生之风，山高水长。

——刊发于 2014 年 12 月 26 日（第 856 期）

我与湘大

刘庆云

人人都喜欢回忆，人人都有回忆，在我与湘大的关系中，就有许多令人回味、令人会心微笑的遐想。

我与湘大：因缘

“你真傻！为什么要从广州那么好的地方跑到这穷山沟来？你们又不存在两地分居的困难。”好多人都对我提出这样一个令人难以理解的问题。

广州，是华南的一颗明珠，那里有宜人的气候，有漂亮的公园，有热闹的街道，有令人陶醉的冠盖如云、浓荫匝地的榕树，还有共事多年、风雨同舟的老朋友。是的，这真是一个难以回答的问题。

1975 年下半年，那还是全国学朝农的高潮时期，我的一位老同学来湘大联系工作，这里的负责人问她是否认识我，她说：“怎么不认识，还是老同学哩！”“你写信问问她，愿不愿来这里任教。”不久，我接到了这位同学的来信。我不知道湘大是什么样子，1976 年春趁工作之便来了一趟湘大。

一看，这里除了几座茅草棚外，几乎一无所有。远处矗立着几座黄土高山，还是一片不毛之地哩！唯有周围没有下种的水田在太阳下闪着耀眼的光亮，那散布在村落的农舍偶尔传来几声鸡啼。但我还是下了决心："来！"这决定是怎么下的，自己也说不清，是故乡情的牵系，还是一股创业的冲动在内心升腾？是对新闻工作的厌烦，还是由于"文革"派性的阴影惹起的不快使我决心换一换环境？好像都有一点，又好像说不确切。回到羊城，开展了一场我要来、他要留的拉锯战，但最后他还是在我的决心面前妥协了，不过时常有"妇唱夫随"的感叹。

我与湘大：创业

1976 年冬，我把家搬到了湘大。那时的湘大真和草创时期的大庆差不多，黄土地上正矗立起两栋楼房。楼房尚未竣工，即使竣工，也轮不上我来住。于是我住进了离学校五里远的一家农舍，从此我的生活中有了许许多多不曾有过的第一次。

我第一次跑到十里以外的粮店买米；

我第一次用一个简单的器具学做藕煤；

我第一次在我住的农舍床铺的帐顶上，发现夜晚飘进屋里的一层雪花；

我第一次踏着坚冰去井里挑水，第一次品尝到在冰冻的斜坡下挑水上不去的艰辛滋味；

我第一次骑着自行车在崎岖的山路上奔驰，第一次感受到扛着自行车跳过一米宽壕沟的惊险；我第一次在油灯下备课，第一次在凌晨三四点趁着有电时爬起来看书。

我第一次……

我不记得我有过什么埋怨，但在当时觉得生活好像本来就是如此。

我与湘大：发展

第二年春夏之交，湘大又要砌新房子了，我和一群老师从周围的农村赶到学校挑砖，从坡下往坡上挑。好在我有干校劳动的功底，干事挺利索、欢快。干这种活的机会并不多，但现在回忆起来，倒也可以自豪地说："我曾为湘大的建设增添过一砖一石！"

在西山坡上我曾栽下的樟树，现在已是枝叶扶疏了；在东坡山下，我曾植下的女贞，现在长成茂密紧箍的篱笆了；在南苑，我曾栽下的云杉，如今出落得亭亭玉立了。看着这片绿色，对着这片浓荫，可以无愧地说："我也曾为你挥洒过辛勤的汗水！"

在会议室里，我曾向全校文科教师传递过自武汉的全国文科会议的信息、昆明全国文科科研会议的规划；在课堂里，我曾向学生传授过我拥有的有限的知识；在学生宿舍的走道上，我迎来了一批又一批满脸稚气的新生，又送走了一批又一批开始成熟的毕业生。我至少可以说："在湘大的发展中我没有袖手旁观。"

我与湘大：文艺舞台

湘大的舞台从严格的意义上讲，是1989年俱乐部建成之后才有的，但我说的舞台是广大的，它可以是食堂的一角，也可以是教室窄小的讲坛，凡可以表演文艺节目的地方，都可称之为舞台。

“姑娘我生来爱唱歌，一唱就是几大箩。”这是一首歌中的两句歌词，好像也是我的写照。因此虽到不惑之年、耳顺之年，兴致依然不减当年。每遇节日或什么晚会之类，往往粉墨登场，那与他人和谐的二重唱，似乎也曾使某些人为之倾倒。

最不能令人忘怀的是几次“三八”妇女节的演出，我曾参与我们系女同胞表演节目的创作，那“十八扯”式的滑稽表演，演唱《霍元甲》主题歌时西洋、古典拳术的结合，曾令全场观众笑得前仰后合、捶胸顿足，那情景如今想来，仍令人忍俊不禁。

我酷爱古典诗词，所以希望我的学生也能喜爱。我第一次在这块被称为“文化沙漠”的地方组织了一次古典诗词演唱会。开始我很担心阳春白雪、曲高和寡，听众不多，还怪出海报的同学写得太不醒目。谁知到演唱时，竟然人山人海，在阶梯教室，有坐着的，有站着的，里三层，外三层，没有喧闹，没有交头接耳，“这里晚会静悄悄”，他们听得那么专注，那么入神，这不就意味着成功么？这不就是对我劳动的最高奖赏么？这意外的成功曾让我陶醉了好些时候。

我与湘大：体育

我不是体育明星，也不是体育尖子，最多算一名活跃分子。我没有为湘大体育史写下什么光辉的篇章，但在体育场上却有许多令我回味的乐事。

我篮球、排球、羽毛球、乒乓球都可以来两下子，当然水准是半瓶子醋以下。湘大篮球场上曾留有我的身影。我一般打右前锋，如果没有人阻拦，投篮命中率在90%左右。我曾与几位五十年代的巾帼英雄配合，为我们系在全校争得了好名次。有时候比赛得分达到70分以上，令观众瞠目结舌。至于在排球场上，我的长处是可以当一个好的二传手，只可惜能扣球者寡，但至少有用武之地。虽然如此，我与我们系的一批老巾帼，也曾在湘大排坛上风光一时，被某些老师视为畏敌。湘大女教工的羽毛球赛似乎只举行过一次，那次比赛的冠亚军均由中文系夺得，我也分享了一份光荣。

我最不擅长田径，可有时在人数不够时，也被拉去参加4×100m或4×400m的接力赛，因此在那弯弯的跑道上也曾留下我的足迹。最有趣的是一次冬运会，文体委员说我的腿长，适合跳高，要我发挥优势，参加中年组的跳高比赛。这是我生平的第二次跳高，第一次是1958年实行劳卫制时曾跳过1米1几，时过近三十年，该如何助跑，如何才有爆发力，右脚如何跨，左脚如何跟，已茫然无所知。于是我在文体委员一边启蒙下，一边参赛，居然跳过1米零几，获得银牌，大感意外。现在想来，亦一乐事耳。

来到湘大二十多年，赏心乐事何其多也。这些赏心乐事连缀成了一根纽带，默默地把我和湘大的感情紧紧地扭结在一起，再也没法分离了。

——刊发于《湘大校友》第3期

30 秒的人生搏击

王鲁湘

古人讲，人之患在好为人序。当我收到潘友林寄来的书稿时，对他邀我作序有过犹豫。但两件事让我产生了冒险的冲动。

第一件事是我大学同班同学袁铁坚说的，潘友林在北京多家知名广告公司偷师学艺之后，来深圳打“高的广告”的天下。下车伊始，他广发英雄帖，延揽的精英尽是北大、清华和复旦的毕业生。招名校学生在他手下打工也罢，他还要将自己的母校——湘潭大学也强行塞入名校之列广而告之，在他的企业宣传品中，因为他的总经理身份，湘大竟摆在名校第一名了。

第二件事发生在去年上半年，当时北大进行大规模的教师竞聘，传言北大人心惶惶。这个时候，我接到素昧平生的潘友林的电话，说他做通了湘大领导的工作，想请我这个有过在北大求学经历的人物色一批好老师到湘大去。“高薪”“做大版大版广告欢迎”，我在电话这头也感觉得到他在电话那头的兴奋。

湘潭大学，是我和潘友林共同的母校。湘潭大学现在不是名校，在未来不短的一段时间里也不大可能成为名校。潘友林为什么这样津津乐道自己的湘大背景呢？在深圳这样竞争激烈的地方独力打理一家公司，潘友林为什么还能如此热心为母校张罗呢？我比潘友林早进校整整十年，还有过在湘大留校任教的经历，在母校待的时间比他长，我清清楚楚地知道，我进校时的那句“北有北大清华，南有湘大中大”的广告语早已成了遥远的绝响，一点回音也没有了。我见过许多刻意回避自己的湘大背景的校友，也见过更多的对湘大“恨铁不成钢”的校友，就是极少见到像潘友林这样不忘湘大出身，极富感恩之心，还时时不忘回报母校的校友。

就凭这一点，我也要为这位小师弟摇笔鼓舌，聒噪一番。

《一个人的奥运——潘友林广告剧本300个》摆在我的桌上已经三天。三天里，我从前往后翻，从后往前翻，对他十年来的广告创作有了一个基本的了解。以我不算太短的电视编导制作经历来看，潘友林的广告创作水平在当代中国广告界，已属顶尖高手之列。判断的依据是他已掌握广告创作的规律：小聪明与大智慧的结合，小视角与大背景的结合，平常生活与非常事件的结合，冲击性强的画面与冲击性强的文字的结合。在平面的广告剧本的罗列中，尽管我听不到音效，看不见画面，但我真实地感觉得到潘友林广告作品的力量。《一个人的奥运》这个书名，可能就是他广告创意能力的一个精彩佐证。

只有五分之一，甚至只有六分之一的好作品，但这已经足够。想一想，在央视和凤凰卫视的无数广告作品中，有多少广告作品被我们记住了？30秒电视广告，是许多广告人一生绞尽脑汁、浴血奋战的战场，有一个家喻户晓、深入人心就足以令一个人身价百倍。而对于任何一家想做强做大的企业而言，30秒电视广告，既可能是该企业实现梦想平步青云的基石，也可能是该企业掉入万丈深渊永不翻身的跳台。潘友林从30秒电视广告入手展示自己的广告创作能力，在这个意义上讲，是湖南人“扎硬寨，打死仗”的精神力量的一种展示。因为他清楚地明白，对于任何一个广告人而言，30秒意味着一生，意味着终极的成功。

孤独地站在这只有30秒的时空舞台上，潘友林无疑显得有些悲壮。他背着他创意的锦囊，用自己的30秒与名车的30秒比，与名表的30秒比，与名化妆品的30秒比，与林林总总的名牌产品的30秒比，那种创造的动能，那种比拼的欲望，只能用“一个人的奥运”来形容。

他执拗地按照最高的标准写下的这些广告创意，有点乌托邦的味道。这又有什么不好呢？

都言此人痴，谁解其中味？一个人的奥运，意味着与全天下高手一比高低的勇气，更意味着在没有大老板青眼相加、大资金为我所用的背景下，自己敢于超越自己的那种信念。在刚刚闭幕的雅典奥运会上，那位在短距离赛跑（110米栏）中脱颖而出的“黑马”刘翔，打破了亚洲人、黄种人不可能在短距离赛跑项目上夺世界冠军的定律，他一句“亚洲有我，中国有我”的宣言，让无数中国人和亚洲人热泪盈眶。我想，我们的母校湘潭大学在当代中国高校的排名中，或许就像田径场上短跑项目中的黄种人吧，刘翔喊出了“亚洲有我，中国有我”的强音，潘友林用这本书喊出的正是“湘大有我，广告有我”的强音。

我喜欢潘友林对坐落在那片黄土地上的母校的那份憨憨的感情。湘大在成为名校的漫长征途中，需要四方延揽名师，也需要走出那片黄土地的学子每一个人都具备“湘大有我，中国有我”的无畏气概，湘大的毕业生至少有十万了吧，十年以后百年以后有多少？那是一支多么巨大的队伍，一个多么强大的声音，一股多么伟大的力量！

感谢潘友林，让我重温了在母校求学生涯的许多细节，那是一段最最纯粹的读书岁月。这样的岁月不会复现了。我有些忧伤。还要感谢潘友林，他用这本书提醒我，他比我幸福的原因是只想人生的 30 秒，而我却老在想着人生漫长的一辈子。于是，我多了一分快乐。

——刊发于《湘大校友》第 3 期

那青春的故乡名叫湘大

——写在大学毕业20年之际

段羡菊

有一个地方，在脑海中千百次浮现，却不会轻易去访一次。那种欲近还远的心态，只能用近乡情怯来形容。

那个地方在湘潭西郊，不知因何名为羊牯塘，当时是靠一趟孤零零的6路车连接着城区。矗立着的三道拱门，在大学校门当中极为独特，象征着文理工综合。拱门顶部并不合拢，喻示着学无止境。

那里有东坡村、南阳村这样诗意的地名，有南山、北山这样毕业生心领神会的校区。和那些与喧嚣城区融为一体的大学相比，有如孤岛，又似净土。

那青春的故乡名叫湘大。

一

到羊牯塘报到的那一天，是在紧张中度过的。

在湘潭汽车站下车，我和父亲被接上了湘大的校车。车厢内到处堆着行李，挤得人转不过身。从一个个肩膀、脑袋的缝隙中，我看到车驶进了奇特的三道拱门，一道道悬挂在树上的迎新横幅扑面而来。停车，开门，父亲被人流裹挟着下了车，我正拼命往下挤，突然车启动了，这下心急得怦怦直跳，扯起嗓子大喊：“停车，停车！”

车停了，一片嘈杂呼叫声中，我大约知道了，这里是湘大的南山，文科生还要上北山去。大门挤得已经无法打开了，在我和别人的拼命拽扯下，不记得是父亲还是行李，终于从车窗外被拉进来了，车缓缓启动了。

递上大学录取通知书，“你就是……”中文系的女老师一字一顿念了我的名字冲我一笑，吓我一身冷汗。“招录时猜想你是调皮捣蛋的学生，后来瞧语文成绩不错，才录了你。”女老师说。

学费被妈掖在父亲穿了两重的长裤口袋里，川流不息的人群中，父亲使了很大劲，才掏出夹着体温的钞票，交了学费。与现在比，那时的学费便宜，包括军训服装等杂费一起，也就400多元，但对农家而言，算一笔不小支出。

把行李放在宿舍后，几个在这里就读的老乡就过来了。他们要带我去逛一下校园，父亲让我赶快跟着去。校园太大，逛了一圈回来，父亲不见了。同宿舍的人都摇头不知去向，这下急了。好在过了半小时，到四周转了转的父亲穿过黑幕出现在我眼前。

与父亲挤在贴着我名字的双层床下铺上，迷迷糊糊的我睡着了。

二

很快，这块已经开始绿树成荫，但师生们仍习惯用“黄土高坡”代称的校园，带给我喜悦与激动——因为大师的存在，因为与大师的接近。

是的，一所大学，并不一定要有大楼，但一定要有大师。

即使有大师，如果你未能谋面，没有受教，又有什么意义呢？大师不应是你炫耀大学的华丽装饰，而应是滋润你心灵的甘泉。回想大学，我常常想到这一点，并且想给后来者这样的忠告。

那时，中文系“三老”健在，不过他们退休多年，已不给研究生开课了，更遑论我们本科生。他们是那个时代的在国内学术界声名赫赫的三位耆儒，治学涉猎诗、赋、骈文。文心雕龙的姜书阁先生，深耕元曲的羊春秋教授，钟情甲骨文与王国维研究的萧艾前辈。

我们四个愣头青样的同学，直闯东坡村羊春秋教授家里。仙风道骨般的教授不但令家属开门上茶，还一一回答了我们的问题。数日之后，由我主笔写了一篇人物通讯，一起送给他审正。他看完了问：“谁写的？”“是我。”“文笔很流畅嘛！”教授表扬我时的语气和神情，一直难以忘记。

这篇公开发表的通讯标题到现在还记得——《夕阳影里尚奔驰》。后来我读到教授几篇文章，笔锋迥然不同于一些学术文章惯有的枯燥冷涩，而是行云一样云卷云舒，流水一般潺潺不绝。恕孤陋寡闻，自那以后，我还极少见到过这样不管是思想还是文笔，都如此行云流水式的学术文章。

不像羊春秋教授有家属照顾，萧艾教授一个人独住。儿女不在身边，他带的研究生——也是教我们汉语的谭老师，给他背米送柴。满室皆书，他行动迟缓，盯住我们的浊黄眼珠，却不时射出一丝深沉有力的目光。

虽不给我们这几个学生吃闭门羹，但他沉默寡言，惜字如金。他谈到治学方法时说，研究中国历史必须将地上的文物和地下的挖掘结合起来，他带研究生到长安和西北一带考察，时时感觉随便一锹下去都能找到文物。记得讲到这里，他目光一亮，语调高昂。

当我寒假回家跟父亲聊起教授时，父亲感叹："萧艾，这是一个很苦的名字啊！"教授一生身世坎坷，1979 年，当任湘大中文系主任的羊春秋教授请其出山时，他正在洞庭湖畔益阳的一个乡村角落种植木耳。我们上图书馆，有时看到在长长的石阶上，他一步一步缓步向上攀登的身影。不由得停下脚步伫目，从倔强的步伐中感受到不向命运低头的力量，不向衰老弯腰的意志。

"悲哉！秋之为气也。萧瑟兮，草木摇落而变衰……坎廪兮，贫士失职而志不平；廓落兮，羁旅而无友生。"在古代文学课堂里读宋玉《九辩》，我立马就联想到了萧艾教授。

身材高大挺拔的姜书阁教授常常在校园里拄杖独行，他给我们做过一堂报告。在清华大学求学期间，他就出版了《桐城文派评述》和《中国治外法权史》两部专著，受到时任校长罗家伦的赏识。他的女儿姜逸波副教授，传承家风，为我们主讲古典文学。有一次，已届耄耋之年的他，到我们班的隔壁宿舍交流，可惜我没得到讯息而错过。

毕业后不久，中文系“三老”先后去世。虽不像77、78、79“新三届”的本科学长，如沐春风般上过他们的课，也不像一些研究生，能够成为登堂入室的弟子，但比起当时和他们没有交集的同学，以及后来只闻空谷足音的学弟学妹们，我们已算幸莫大焉。

除了本中文系“三老”，我们也曾跨系去寻访那些思想敏锐的老师。

几个毛头小伙，大大咧咧地成了图书馆馆长朱建章老师家的座上宾。记得他的居室是在校招待所旁的一栋楼里，门前屋后立着高大的树。毕业于北大图情系的朱老师，是文献检索学方面的专家。那个年代互联网还没有进中国，更不用说有百度，我们从朱老师家里学到了很多搜集知识的方法。

犹记一个个晚上，我们占据老师的蜗居，越侃越宽，越聊越勇。兴之所至，老师找出零食，打开白酒，拿出奇书，正所谓“疑义相与析，奇文共相赏”。夜沉沉，当我们不得不和老师告别后走在寂静的校园里，从南山到北山两排香樟树侍立的长坡路上，撒落一串串年轻人激烈而兴奋的辩论……

尽管只是一面，一席话，一场报告，一篇文章的评点，但大师所能给你传递的东西，可能超出一学期的课，其影响远远超出当时的想象。经年之后，回荡在脑海里的大学记忆，许多人已经茫然无存，大师的形象和指点却越发清晰。

只是此时每每遗憾的是，为什么那时这么幼稚，不能够提出更多更深的问题，得到更多的指教呢？正是对大师的崇敬，使我发现自己内心深处对学术的尊重，对思想的景仰，对自由的热爱。如果不是觉得快毕业的自己像一头长出角的小鹿，到处想去碰一碰，我差一丁点就准备考研读研，走学术之路。

从没请老师吃过饭，我们却常到老师家蹭饭；从来进门都是两手空空，反过来老师还要赠专著给我们。毕业之后，我读了湘大编辑的两本校友回忆录。发现很多毕业较早的校友，都满怀感激地谈到，在那个物资匮乏的年代，到老师家里“打牙祭”的经历。

甚至有人比喻，20 世纪 70 年代末复校之初，在极度艰难条件下师生相濡以沫，发奋教学的情景，依稀有如当年抗战时期的“西南联大”。

那时的我们虽然正值青春年华，却身形单薄，面有菜色，但那些美食和思想的双重“牙祭”，却让我们饥饿的心灵世界不断丰盈，狭窄的思想领空不断开放。回想起来，仍觉口有余香，心似飞翔。

三

那些通过各种各样方式帮助你的师长，使你感到大学的温度，也是我心中永不褪色的“大师”。

姚锦川老师是学生记者的头。

身材敦实、鼻子红红的他，每天上班时从家门出发，骑一辆骨架很大的单车载着搂着拐杖的妻子，穿行在校园，把她放到上班地点，然后再去自己办公室。几十年如一日的骑行接送，是校园独特温馨的风景。

大三暑假前的一天，我到他的办公室，请教到哪个单位去实习。他吧嗒吧嗒猛吸了口吐出一圈烟雾：“你去光明日报吧，找站长，那是我们学校的毕业生，就说是我介绍的。”

在姚老师隔壁办公的，是校报主编樊昌志老师。

大一入学不久，也许觉得不发表点东西不像是中文系的学生，我写了一篇小小说，抄在浅蓝色方格的稿纸上，跑到校报。清瘦斯文的他抬起头看了我一眼，把稿子读了一遍后，用淡定的语调提了意见，要我把稿子留下来。

我估计可能毙了的稿子，隔了一周，在校报上刊登出来。

虽然是豆腐块，这篇小小说却点燃了我的写作信心，成为我后来大学发表作品的起点。在我毕业后，昌志老师到中文系任教，后来晋升教授，他虽然没有在课堂上教过我，但每次见到他，我都恭恭敬敬执之以师礼。

在校办公楼，我还懵头懵脑跑到素不相识的张子云老师处，在他的指点和校报的支持下，我在校报开了一个专栏。

专栏结束，写得一手好文章、好字的子云老师给中文系的一位领导打电话，把我神侃力挺了一通。

最不可思议的是，老师们开始关心起我的感情生活来。

我的班主任老师胡平仁先生，是一个望之很严、即之亦温的学者，现在是湖南省有名的法学教授。师母周秀萍，辽宁人，个子高挑，以一口标准的普通话在中文系讲授现代文学，现在也是湖南大学生语文普通话过级的主考老师。

这一对学者夫妻，教学研究的任务很重，却在我大四快要毕业之时，“研究”我的感情。或许觉得有必要对不谙世事的我来番感情“扶贫”，或许是觉得那个女孩子很优秀，有一天，他们精心安排了一个饭局，炒了很多可口的菜。我为了壮胆，找了罗文华同学一起参加。

不知道那餐饭是怎样结束的，但我辜负了老师的好意，从此与那位女孩再无交集。毕业在即，前程未定，实不敢耽误人家。也是在那天，发现自己骨子里还是憧憬着一场邂逅式的相遇，不习惯那样庄重的布局。

还没开课就提前到宿舍来看望我们的王建章老师，上课时常仰头向天、擅长主讲明清文学的徐炼老师，对我们一拨学生记者热情相待如同辈人的谢胜文老师……往事虽然如烟，但这些青春岁月给予我成长关爱的师长们，却如同一幅幅悬挂在眼前的人物画，清晰逼真。

在我看来，一个好的大学，传递给你最重要的，不仅是教室里的学识，还有校园中的温度。毕业时间越长，社会的商业程度越高，我就越来越觉得我所置身的湘大，就是这样一所有温度的大学。

要不然，像我这样一大批土里土气、不懂人情世故、天资又一般的学生，在熙熙攘攘、高手如云的大学里，凭什么得到老师的关注和帮助呢？

老师关爱学生，师生可以无间，这在湘大是有着浑厚的传统，这是湘大校风的一大特色，也是大学校风最珍贵的部分。

四

看我们“写作小组”劲头十足，学校给我们一个任务，前去采访已经毕业的优秀学长。

在湘潭柴油机厂，我们采访了从技术工人干到厂长的理科毕业生。

在长沙，我们直闯省政府，找到了当年省委书记的秘书，发表了半版报道。

从湘潭到长沙，奔赴湖南日报，我们找到了陈惠芳老师。他是记者、编辑，也是著名的乡土诗人。两口子住在湖南日报的老式筒子楼里，房子逼仄。采访没有正儿八经，两口子招待我们大吃大喝一顿。然后我们扬长而去，最后一个字也没有。

参加工作后，几次碰到陈惠芳老师，内心甚为不安。这多年前的文债，像鞭子在抽打自己。惠芳老师显然忘了这件事，后来我还是把这件事说穿了。尽管面容已经沧桑，但诗情仍然充沛的他依稀记得有这回事。

采访优秀毕业生，使我们找到了一条与社会沟通的方式。绝大多数同学缺乏这样融入社会的经历。当然，比我们走得更远的也大有人在。

比如我们系的王伏虎学兄，在校期间跑到战火还未熄灭的老山前线，发回了战地报道。在图书馆的报刊借阅室，我把当年对此壮举做出报道的校报找出来，目光久久不能离开。

参加工作不久，我带过前来实习的华中理工大学学生杨文明。他前来单位自荐实习的资料，就是暑假期间带 50 元钱环游国内多个省份的考察报告集。

是的，大学，就应该有这样一段游学的经历。正因为如此青涩幼稚，说走就走，过程的一切才那么新鲜有趣，深深镌刻，一生难忘。

湘大当时号称是湖南省面积最大的大学了。大学是象牙塔，塔内地盘再大，与塔外的世界相比，也是九牛一毛。年轻的朋友，勇敢地走出塔吧，不要偏安于塔内小世界！

五

大学之可爱，在于有形形色色、极富特点的同学们。

痴迷文学，从外语系的花丛中转到中文系的佾新兄，经常点着蜡烛通宵写诗，自撰自编有关张家界与秋天乡野的两本诗集。我们曾经在滂沱大雨中打篮球，那招奇特的篮下反手旋转投篮法，就是他在北山文科楼球场传授给我的。

在广州机关工作的佾新已成广东省作家协会会员，出版多部诗歌、文学著作。

因小说《九妹》而在人民大学堂获奖，破格从专科提拔为本科的孙健。夕阳西下，北山第一排宿舍楼前，常看见天庭饱满、头发前卷的他斜挎书包，和一个热恋中的女同学走向阶梯教室，隔几天校报就出现一篇大作《自修去》。

在长沙电视台，工作出色的孙健早早评上全省先进工作者，如今担纲新闻频道总监。

隔壁中文系89级的几位，头上各缠一块红布，在俱乐部唱老崔的摇滚，现场山呼海啸的效果绝对超过《致青春》电影中的毕业晚会场面，其中一位是来自古丈的石庭虎兄。几次遇到在湖南日报工作的他，却总是温良恭俭让谦谦君子形象。

91级中文两个班中上课最认真、笔记最完整的男生，当是周小兵同学。每逢考试临近，他的那个由学校统一发的蓝壳子正方形笔记本常被一些同学借去补抄、复印，有一次居然传丢了，小兵同学亦不愠不怪。

如今，东行江浙的小兵一直坚守在学术道路上，在中国小说史、宋元明清文学史多有建树。

……

同学们的梦想、智慧、才华、气质，像一面面镜子映照着你，又像一根根单杠提引着我。操着各式各样乡音的湘大同学，那时全部来自三湘四水，都是高于全国重点本科的分数录取。尤其是文科同学，很多人的成绩在各县区名列前茅，还有不少“状元”“探花”。

还记得恒忠那次来找我改稿，颇有礼贤下士之风。

“你是……”一个个子瘦高、气质儒雅的老兄叫着我的名字微笑着问。

大二的我牵头主笔为校《图书馆与读者》写了一组三篇人物报道，恒忠是编辑，他跑到宿舍楼四楼征求我对文章修改的意见。

他是浏阳人，当过中学的校长，后来毅然抛弃安稳的工作，考到湘大来读哲学。他的经历与功力，超出绝大部分从高中到大学的同学们。大学期间，他就与老师合作在湘大学报上发表了学术文章，这在大学生中间是极少见的。

“闻鼙鼓而思大将，挑战杯烽烟又起。”我记得他在另一篇新闻报道上作的标题，文气盎然，极富鼓动。

参加工作后，我们一直保持着不多却紧密的联系。因为写作、打篮球、串老乡，我和哲学、历史、经济的一些同学认识。没有主动争取，跨班、跨系跟校内更多的同学交流，是一大憾事。

古代文学、现代文学、当代文学、外国文学……那课堂文学作品中的一个个人物形象，栩栩如生，但那是虚构世界的人物。

——黄土高坡上的这些师长、同学和学长，在现实的世界里，也像他们一样，个性鲜明，形象生动。

青春就是应该这样，无须矜持，无须高傲，去张扬自己的个性，去欣赏同学们的长处，去结交那些值得学习、意气相投的人。

幸运的是，因为职业缘故，我在工作中有机会接触很多校友，甚至惊奇地碰到了同栋同宿舍同铺位的学长。但凡只要了解到彼此是湘大毕业，绝大多数人的距离便以火箭般的速度拉近，我的工作因此也得到很多便利。

这种朴素纯真却又深沉浓厚的湘大情，究竟源自何方？它是否既饱含了师长们的温度，也交织着同学们的友情，还体现了一所新兴大学自强不息的校风？

二十年前的六月，那个阳光灿烂的日子，我拖着行李箱离开宿舍，准备到单位去报到。此前一晚揣测，明天告别校园的路上，定是心潮澎湃。

在暖暖阳光透过的树荫里，从北山下山，过图书馆到南山，再走出三道拱门，孰料心平如镜，异常淡定。一个名为社会，更为广阔的全新世界在等待着，但我已经没有四年前报到那天时的紧张了。

这三道拱门，就像那出船的港口。整整打造、准备了四年，小船就要第一次扬帆出港。尽管海平面是那么的未知，但水手却充满了渴望。

小船并没储备多少淡水、食品、粮草，水手所依赖的，是在这片土地上承载的知识、梦想，还有青春岁月里生长的无惧无畏。

这片土地一年四季风格外强劲，常常咣当咣当恨不得把窗户撕碎。同学们走在路上，常常爱哼流行歌曲：“我家住在黄土高坡，大风从坡上刮过……”

——风，把青春之帆吹向何方？

——刊发于《湘大校友》第 27 期

青春足迹

我的乐园

刘演林

十一个人住在一间三十多平方米的房间里，显得特别拥挤。但大家各自为镇，各得其所。十一个床位、十一条方凳、十一张书桌同在一个空间里，十分自然、十分和谐，似乎少去了一条方凳或一张书桌，就会觉得好像失去了一点什么。大家习惯了，不但不觉得拥挤，反而认为这是合乎情理的安排。

世界上有很多很美的东西，尚需要某些点缀。我们的房间虽然不是很美，但我们也有点缀。什么点缀了我们的房间呢？是书。桌上、床头，书一行行地排列着。她冲破了我们的房间里的单调和寂寞，丰富了房间的内容。房间里有了书，就好比船上有了白帆，沙漠上有了骆驼。她是单纯的底色上的一点灵动的色彩，是寂寞的房间里的一点生气、一点情调。

当熹微的晨光从窗口射进屋里，清新的空气流进来，我伏在书桌上。

当夜幕降临，日光灯撒下柔和的光辉，我又伏在桌子上。

我衣服的双袖磨破了，我书桌明镜般的面也失去了光彩，而我面前的书却有了异彩。

有了些书，我的生活就有了许多的特点。每当我伏案，呆滞的目光便放出欢乐的光芒。我总是静静地坐着，但我却好像乘上了船，在大海上航行，又好像生了翅膀在天中飞翔。我孤寂地坐着，但我的周围却有许多的朋友。他们向我敞开心扉，我似乎触及了他们的心灵。安娜的眼神、维特的烦恼、普罗米修斯的痛苦、卢梭的忏悔、哈姆莱特的优柔寡断……

这些书，整齐地排列着，像一个结构严谨巧妙的建筑物把我围了起来。它们给我以安静，给我以欢乐、修养和风度。

从表面上看，这些书像一块块的小砖，论体积，只有有限的一点，论形状，一律而简朴。但是一打开它，内涵却如此丰富。足以举目千里，足以俯仰天地。左顾有山外青山，右盼有绿野阡陌，前瞻有宫殿楼台，后望有花果满山。适于心灵的散步，游目骋怀，我把它叫作心灵和眼睛的旅行。

我和但丁一起游地狱、历人间、上天堂，我和高尔基一起谈社会大学的教科书。我看见托尔斯泰在小站上悲寂地死去，我听见鲁迅深沉的呼吁，我触摸到贝多芬汹涌的灵魂。天山的雪峰、好望角的风暴、鲁滨孙的岛、高加索的悬崖，还有那静静的顿河，那凄凉的故乡，那繁华的大观园……我无所不至，我无所不能至。金字塔、万里长城……我无所不见，我无所不能见。这一切展现在我的面前，是一片微光、一片柔静、一片宁秘。既富有浪漫的情趣，又富有科学的哲理。

书中的环境是独立的、安静的，然而又是丰富的、热情的。我在这里享受着人间的清福，享受着不花钱的旅行，以及一天无数个美梦。

我出门，书为我作欢乐的饯行。我归来，书便是我幸福的终点。往返于快乐与幸福之间，哪儿还有不好走的路呢？我并不奢求它给我带来什么奇迹和崇高的声誉，我觉得它在身边，就身轻如燕，带着几分雀跃与欢乐的心情。虽然我也常因为它而流泪，因她而烦恼，但我总觉得是一种享乐，一种安慰。我常为能有这样安静的环境而庆幸，因此我给书起了一个名字，叫幸福的阶梯！

我把一切应用的东西都叫艺术，而书则是我生活中最重要的一件艺术品。白天，她是清晰而明亮的，夜晚也并不因为黑暗而显得暗淡朦胧，而失去她的美丽。每个夜幕深垂的晚上，我凭借一丝光亮继续我白天的行程。周围是疏落的灯光，把黑暗照淡，淡如雾，淡如烟，显得虚尢缥缈。我静坐在书桌前，钻进书的迷宫，如置身于星光之下、月影之侧的乐园！

我虽身无分文，却富足得有求必应。

呵，我的乐园！

——刊发于 1981 年 12 月 10 日（第 34 期）

青春礼赞

程　黎

我自豪，我叫青春！

在天地痛苦的孕育中，在大自然的惊羡中我破土而出了。有如百灵婉转的旋律，那么清脆悦耳；有如沐风拔节的新竹，那么摇曳多姿；有如蒙娜丽莎莞尔一笑，那么摄人魂魄；有如出浴东海的红日，那么丰腴清新。

我是旖旎的春光编织出来的，我是大自然绚烂的色彩泼洒出来的，我是熊熊的烽火引燃起来的，我是炸响的春雷呼喊出来的。

我要刚直，不要曲迎；我要希望，不要失望；我要奋起，不要颓丧；我要轰轰烈烈地燃烧，不要苟且偷安地冒烟。

请记住吧，我的名字写在汗珠的闪动处，写在知识的追求中，写在黄河长江的漂流上，写在老山前线的悲壮中。

啊，我自豪，我叫青春。

——刊发于 1987 年 10 月 20 日（第 173 期）

我的梦

陈虹娟

小时候来到医院，看到一群身着白衣的阿姨忙碌着，神情是那样专注，体态是那样轻盈，一个个像天使，真叫人羡慕极了。

从那以后，我开始做起了一个美丽的梦：身着白衣，在病人中间来回穿梭，像一丝轻柔的春风，温暖着病人的心房，身后飘荡着人们带着微笑和感激而发出的赞叹……

1980 年，我带着童年的愿望被分配到省结核医院工作。

医院坐落在名山南岳，去的时候满院的玉兰花吐着浓浓的芳香，一些不知名的小草也在微风中摇摆着。病房在绿树丛中露出它们整洁而宁静的身影……这一切多么令人神往，使人陶醉！童年的梦想，终于成了现实。

可是，病房却不是我想象的那样美好、宁静。病人痛苦的呻吟，陪护人员焦急的神情使我心烦意乱。一日又一日地重复打针、发药，一遍又一遍机械地整床、叠被，多么单调无味。而当病人那脓疮的怪味扑鼻而来，那鲜红的血液眺进你的眼睛时，更叫人难以忍受。

日复一日，我们终日伴随这些脓呵、痰呵，血呵……我懊悔了，我的青春，我的年华，难道就这样流逝？童年的梦破碎了。

一天深夜，一位农村老大娘又咯血了，这次是准备做胸外肺切手术的，由于多年的注射，她四肢稍大的浅静脉全不能注射了。昏暗的灯光下，鲜血还在不断地往外流，病人神情紧张，此刻需要立即止血！我一边全神贯注地寻找下针之处，一边安慰她："大娘您别急，用药后就会好的，您会好起来的。"当从手指小静脉穿刺成功，止血药徐徐进入病体，咯血逐渐停止了。

没想到，事后大娘逢人就讲，那晚是我救了她。从那以后，每当我走进病房，病人立即止住他们的呻吟，用一种感激的目光注视着我，当我从病人中间走过，就隐约听见他们轻轻地赞许。我的心激动了，没想到这简单而又无味的工作竟会给病人带来这么大的宽慰，更没有想到我给病人的这点点安慰竟会给自己带来这么大的友善。逐渐地，我看到这工作蕴含的意义和价值，它再也不是我童年所理解的那样肤浅和幼稚了。

是啊，从抢救室的输血、输氧，洗胃、吸痰，寻尿、灌肠，到无影灯下的传递器械，还有婴儿室的喂护……到处都有护士轻盈的脚步，有护士娇美的身影，有护士晶莹的汗水……护士在我心目中也不再是童年里单纯的天使，而是救死扶伤的神圣使者。

护士工作不仅像童年梦幻中那样艳丽多彩，而且还是一份踏踏实实、平平凡凡的工作。虽平凡得近乎琐碎、单调，平凡得被某些人遗忘、轻视，但因人类需求、病人需求、四化需求，我将在这平凡的岗位上，永远贡献我的光和热！

——刊发于 1988 年 5 月 23 日（第 192 期）

也堪路迢迢

刘跃君

伟人们、名人们用自传诉说某一段道路的坎坷不平，某一种成功曾历经磨难，某一种感情千金难买……于是，辛酸的、欣幸的、悲愤的、遗憾的、热切的文字在流畅，感人肺腑、动人心魄。

而我，而我们……也许，自传是永远用不着的。

是，太平凡了。读着别人的自传，如同读着一些陌生的风雨苍茫之路上蓬蓬勃勃，野火难烧的劲草。于是，我总觉得人需要点什么，人生需要点什么。于是，在不知不觉中频频回首。

一阵温馨的风吹来，大学之温池就这样敞开，敞开如一个世界般广阔，如此声色蓦然。休提旧事，休提旧事，我羞于曾却步于某个漫漫的长堤。却步于如此无波的宁静，生怕它是一种诱惑，诱我于疲惫的脚步。

而我终于不能忘记的是，洞庭湖里明净的长波，母亲那么长久的遥望，一迈步，就将我启程的裤边打成精湿。谁说感情是无形的呢？

人总是把降生之地作一个点，叫作乡思之地。而以后漫漫的脚步，就划出无限的射线，无边无际，无尽无期。但是无论多么遥远的跋涉，多么不可意料的旅途，每一个人总走不出啊，走不出，那射线之间无穷无尽的大我。然我的心里只有久久抹不去的，洞庭湖畔母亲伫立的身影。

来不是永远，而去，却永恒地茫茫无期。当你在风雨之中看到一片白色帆影，请向我道一声平安。

请向我道一声平安。

——刊发于 1989 年 3 月 31 日（第 214 期）

湘大是我的

萧　何

“大街是我的!”马雅可夫斯基曾这样自豪地说过。

“白天和夜晚是我的!”刘再复也曾这样骄傲地吟诵过。

我也想放声歌唱——

“湘大是我的!”

因为在湘大这块宽广的土地上，我，作为湘大的一名学子，自从跨入那令人遐想的三道拱门，就可以踩着朝阳的节奏，在校园里自由地奔驰，自由地放歌，就可以自由地遨游在天际最朦胧的星球，自由地遨游于书海里风浪最大的海域。

当然，作为湘大一名学子，我也是湘大的!

诚然，全国有许多比湘大知名的名牌大学，在迈进三道拱门之前，是湘大自由地选择了我，而并非我自由地选择了它。但，也正是湘大才给了我一块可以自由自在驰骋的土地。所以，正如校友程兴国同志所说：“湘大不能使我们骄傲，但我们要使湘大骄傲!”

大家都还记得，毛泽东开创革命天下时，曾说过：“世界是我们的，做事大家来。”

那么，所有的湘大人，也一齐喊一句吧：

“湘潭大学是我们的！”

——刊发于 1989 年 3 月 31 日（第 214 期）

校门断想

杜　鹏

每个地方都有自己的象征。

北京的天安门，纽约的自由女神，巴黎的埃菲尔铁塔……

湘潭大学的三道拱门，在我印象的底版中，它是一个钢筋混凝土架的入口，而在视线所及的图像中，它也似乎只是一个小小的摆设，甚至有那么一点被压抑的冷峻。

我没想到它竟如此之高——当你来到它近前，望不到它的全部，而要后仰着身子，扶住你的帽檐或眼镜的时候，你才明白它的高度、它的气势、它的骄傲。

它从昔日坟茔荒地上拔起，那么轻易而又无情地甩下世俗和浮尘，傲慢地兀立在“黄土高坡”上。从而黄垠赋予了它灵气，而灵气哺育了湘大人。

我凝视它，仰望它，唯独没有膜拜它。我相信它是神圣的，但不是不可企及的。它像三把断开的铁弓，仿佛突破了什么，又仿佛挣脱了什么，不知要把它的箭送往哪里。

原以为，这威严的拱门是拒常人之外，高傲而又无情的。现在却发现它是个不露声色的慈父，将所有的学子都拥抱在一起，学习，生活，又走散去，天涯海角，只留下一个模糊的影子在你视野里。

我为瞻仰它的伟大与雄奇才执意汇入这拱门下来注入如云的人群。

湘大风是有名的，西北季风无忌地挑逗它，摇撼它，敲打它。

我曾以为它定会呻吟，会晃悠，会战栗，但它却纹丝不动，有如风雪中屹立的巨人，似乎正雄心勃勃地将投入那天边席卷而来的新浪潮。

——刊发于 1989 年 4 月 29 日（第 216 期）

匆匆　太匆匆

——写在毕业纪念册上

申桂荣

匆匆，太匆匆，两度春花秋月，两度寒暑易节，转眼俱逝。来不及回味相识的欢乐，我们就要依依惜别了。四十二双手紧握在一起，四十二双眼睛凝望在一起。说些什么吧，什么也说不出。好在这本带着油墨芳香的毕业纪念册表达了我们内心的情感，好在湘大这片多情的黄土地，默默地记下了这段我们永远年轻的故事。

是的，我们是被耽误了的一代，我们曾经是一堵挡风又透风的墙。但是，我们有着渴求知识、不甘落后的强烈愿望，同时又赶上了进大学深造这一难得的机会。在这里，失去的得到了补偿，缺少的得到了充实。现在，我们可以自豪地宣告："耽误了的已被我们夺回来，我们已成为一堵内涵丰富、坚不可摧的墙！"

"唯楚有才，于斯为盛。"我们坚信，今天的同学录，必将成为明天的群英谱。今天的小树，必将成为明天的栋梁。

同学，多么亲切的称呼。同学，多么纯真的情谊。同学们，当我们在事业上遇到挫折和困难的时候，别忘了翻翻这本小册子，从中可以得到精神上的鼓舞。当我们有了成功的欢悦的时候，别忘了告诉这里面的每一个人。当我们白发银须、拄杖助步的时候，别忘了珍藏在湘大黄土地里的关于我们永远年轻的故事！

别匆匆告别吧，尊敬的老师！别匆匆告别吧，亲爱的同学！别匆匆告别吧，可爱的校园！让我们再看你一眼，再看你一眼，再看你一眼……

——刊发于 1989 年 7 月 10 日（第 222 期）

告别校园

朱剑波

是的，该走了。

当我在夜深人静中枕着人们的鼾声，独自回忆四年游弋的美丽细节时，你是懂得我的心情的，不然，你怎会用如此宽绰的怀抱、如许盈盈的月色轻柔地安慰我呢？

是的，该定了。

当我枕着黎明，让那些关于未来的遐想迈着朝霞一样的步伐冉冉地从我心中升起时，你是懂得我的心情的，要不然，你怎会以如此生机盎然的夏日姿态欢送我呢？

是的，该走了。

当我的嘴唇离开母亲的乳头，而以另一种方式成长时，我有过这种感觉：一种沉重的失落感和亢奋感纠缠着我，紧拥着我。而当我终于有一天半夜起来趿着拖鞋默默地揉擦你，并以十分崇拜的心抚摸你躯体上隆起的一块块结实肌肉时，你睁着亮闪闪的眼睛豪爽地笑了。记得小时候，我用头擦着父亲的胸脯时，他也是这样笑的。

是的，该走了。

你敞开自己的心房，让一批又一批莘莘学子把你简陋的心房装饰得越来越富丽了，而你，又用自己的富丽装饰了一批又一批学子的空空行囊。四年的相依相守，你用自己的甘霖孕育了我，当我欲吐芬芳时，你却无私地将我送走。

是的，该走了。

请不要责怪我的妄自尊大，我深深地懂得我无法带走你，你也无法挽住我。但在一种半寐的状态中，我已轻轻将你捉住，把你深深“囚禁”在我心中，虽然，这仅仅是你的影子，可当我想念你的时候，我会将眼睛闭上，放大你，直到我的感觉不承认你仅仅是一个影子。那时，我同样会如痴如醉。

是的，该走了。

——刊发于 1989 年 7 月 10 日（第 222 期）

那淡忘不了的

匡庆球

共和国怀抱中的湘大

仿佛相隔很远

其实好近好近

我的母校

是雨后蓝天飘过的缕缕白云

人，也许喜欢怀旧。离开学校时间不短了，但学校的人和事，总萦绕在脑际，图书馆、田径场、新颖别致的校门、丰富多彩的宣传栏，还有北苑的风沙、南山的点菜，我一刻也不曾淡忘。

来所里没几天，领导让我把橱窗弄弄。翻报纸、写打油诗、编排插画，要人没人，要物没物，但折腾得不亦乐乎。冷不丁冒出一句："唉，还是学校好。"立即引发在座几位的共鸣："真的，还是学校好！""学校的水好清冽。校医院做了化验，镁离子多，治高血压呢。"还有一位冰棍爱好者，他说："吃遍南北，数湘大的巧克力最醇。"说来惭愧，在学校时，我也算"业余评论家"，总以观察家的眼光，挑三剔四，房子挤、伙食差，似有道不尽的委屈。现在，人在所里，越来越想念学校的领导和老师，还有那些难兄难弟、难姐难妹们。羊牯塘，真正留下了我牵肠挂肚的思念。

记得刚来时，说话风风火火的所长在食堂交代：又添了一批吃食堂的。大师傅问：“你们就是那些凭本事考进来的大学生吗?”我报以一笑。这次，研究所面向全国招考，共录取14人，湘大化工系即来了6个。我们6人，加上原来几个，湘大籍着实不少，每每遇上，谈起，总免不了“我们湘大的……”这背后，似乎隐藏着某种强烈的思念。

“有好多扇窗口/飘出你的声音/在蒙蒙雨雾中/行者引起燃烧的渴望。”黄土地，还有奋斗在黄土地上的人们，远方的游子，将继续聆听您的教诲。

——刊发于1989年9月20日（第225期）

感谢你，热情的老湘大人

邓晓梅

整整十二个小时的长途旅行，使我们又倦又累，下了火车连双腿都是麻木的，口焦唇燥、又饥又渴之时，湘大迎接我们新生的横幅展现在我们眼前。紧接着，热情的大哥大姐们迎了上来，那一张张笑脸，使我们如沐春风，精神为之一振，忧虑、担心一扫而光，像是在迷航之中看见了指航灯。校车载着我们终于来到了湘大，等待我们的又是一张张笑脸。一路上，红红绿绿的迎生标语把校园的热烈气氛渲染得更浓了，那字里行间，饱含着大哥大姐们对我们的热烈欢迎和殷切期盼，感谢你们呵，热情的湘大人！

初来乍到，人生地不熟，但是不管向谁打听路，湘大人都会不厌其烦地告诉你。我以前从未寄宿过，第一次寄宿，真是什么都得从头学起，原以为这下该哭鼻子了，妈妈和姐姐都不在身边，谁会照顾我呢？但是后来我发现，这种担心真是多余的，我的寝室便是一个温暖的家。

我们的班主任，不顾劳累，热情地带领我们新生以及家长去办手续，又不厌其烦地详细介绍了学校的情况以及我们系的情况，还带领我们参观校园，一边走，一边热情地向我们做详细的介绍，使我们觉得自己与湘大贴得更近了……

感谢你们，热情的老湘大人！我们一定不负你们的厚望，与你们携手，发奋学习，努力攀登，使明天的湘大更美好！

——刊发于 1989 年 10 月 15 日（第 228 期）

西山夕阳红

王志阳

记忆的深处有过许多的黄昏，读她的柔曼，读她的如血残阳，读她思绪般的天空，但总觉得湘大的黄昏最美，而湘大数西山的夕阳最红。

那个傍晚，我独坐在西山的那竹林中，只见太阳远远地走，那回头一笑便撒下了许多的光芒，然后挣扎着掉进远方的山坳，西山便又出落了一个美丽的黄昏。

我独自倾倒在这西山的夕阳红里了。

那条微坡向上的水泥路上，我拾到了关于校园的组诗。那稀疏的竹林里，我捡到了那个女孩朗诵的动听，夕阳洒下的殷红，泻在这均匀的绿中，也泻在她瀑布似的秀发上，夕阳红了她心头的梦。

最是湘大景好处，要数这西山的黄昏、西山的夕阳红了。记得刚跨进三大拱门时就添了一套湘大明信片，那晚霞中的第二教学楼给了我许多的诱惑。那朦胧中的高楼，几枝浓绿缀饰于风景一角，那天边的晚霞便是她的衣裳了，读起来真有点耳目一新。校报上也曾辟过校史趣话，说西山曾是田野，去二教学楼得走田埂，那时的夕阳也美，但没美得今天这般浪漫，那时的夕阳也红，但没红得今天这般迷人。现在在建的中心实验室大楼雄风凛凛，那别致的建筑式样，那耐看的墙壁在黄昏中，在夕阳里显得更加宏伟。在一位85级同学的影集里，我被那些美丽的背景吸引了，她笑着告诉我这是取自湘大的美，我真怀疑自己缺少发现美的眼睛，湘大还有这么绝妙的风景。真的，当你仔细去看西山的夕阳，那也是一种难得的享受呢。

闲聊时常和朋友谈及湘大的三大风景胜地，我们都推举湘大的校门、北山的游憩亭、西山的夕阳红，如果有谁问我最爱哪处景致，我会毫不犹豫地告诉你：“独爱西山夕阳红！”

——刊发于1989年10月25日（第229期）

围墙内外

刘学东

围墙外是一大片黄土，围墙内是一小片黄土。

那个时候，围墙外只是一片莽莽苍苍的黄土和荒山，偶有几个农家茅舍孤零零地蜷缩在角落里，很容易使人想起陕北的“黄土高坡”，想起中华民族几千年古老苍凉的历史。

那个时候围墙内的人难得出去，围墙外的人也懒得进来……

围墙内渐渐热闹起来了，围墙外总有许多的人进来，一到晚上，好几处要道上摆着各样的小吃，最著名的要算臭干子了——那股叫人嘴馋的气味很远便能闻到。

围墙外如今有了城里人住的小洋楼了，有货车和摩托车在四通八达的公路上箭鱼般穿梭。路旁，刚刚建成的是砖瓦厂的厂房吧？

“要领带吗？”“这件夹克你穿上好潇洒的。”西装革履的生意人走进寝室，用“湘潭普通话”这么说。

围墙外的人们宁愿不要高档的家具和在农村时髦起来的电视机，也要把他们的子弟千方百计地送到围墙里来。

围墙内的学子，有许多在阶梯教室里度过节假日和放电影的晚上。他们一年一年地走出去，走上墙外的黄土，走向等待他们的更多的黄土地。

——刊发于 1989 年 10 月 25 日（第 229 期）

我们见到了“母亲”

郭兰波　金正明

早已是湘大的学生，却未曾去过湘大。无论如何，这是不幸的。

我们时刻思念她，一如思念自己的母亲。每每谈起，兄弟们总是那般开心，那般神气。甚至，一提起她的名字，我们也会觉得脸上是那般光彩……

当然，我们也暗暗忧伤，因为我们没有见过“母亲”。

岁月漫长，我们不知等候了多少年，也不知盼望了多少日。1989 年 9 月 23 日，这对很多人来说也许只是个很平常的日子，然而，我们都将永生难忘。就是在这天的下午，我和我的兄弟们来到了湘大，见到了日夜思念的“母亲”。

漫步在湘大校园的林荫道上，我们和母亲默默地倾诉着衷曲。

“呵，湘大可真大，这里大得简直像座城。”

“不，是太小，若是‘母亲’将她那国内外的儿女们都招呼拢来，这里可能还容纳不下哩。”

我们尽情地陶醉在“母亲”的怀里，西去的夕阳把我们唤醒。我们又要和“母亲”分别了，再见，母亲！保重，母亲！

尽管匆匆相见，又匆匆别离，您将永远印在我们心中。

——刊发于1989年10月25日（第229期）

四年级·诸种感觉

黄西垠

“匆匆的时光如水岁月如流，淡淡的回忆如梦往事不回头……”平时有事没事总喜欢哼上几句，只不过是一种习惯而已，并未去深究其中的含义。但是到四年级了，“韶光易逝”便不再是停留在口头上的一句话，而是切切实实地在心里感受到了这一点。

82 级的同学经纶满腹地走出校园时，我们鲁莽地走进了湘大高耸的三道拱门，踏上了这片暖色调的土地。后来，83 级的同学走了，84 级的同学不久也踏上了征途。当 85 级的同学向我们伸出告别的双手时，我们终于意识到，轮到我们了……

四年级课变少了，于是闲散的时间多了，便打球、玩牌、下棋。久之，觉得没什么味，于是想读几本书，太浅的东西不屑一顾，太深了又只好囫囵吞枣，看完之后却又头痛脑壳晕，不知所云。四年级决定临时抱佛脚，要练练字了。练来练去却不是很见功效，遂放而弃之。也许过两天心血来潮又会拿起笔起劲地练。

四年级有了一种局外人的感觉，似乎热火朝天的事只属于我们的后来者，于是便少了昔日那许多浪漫的情调，多了几分踏踏实实过完最后几个月的想法。到了四年级，便很少动笔写文章，发表依然像以前一样高兴，发不了的便把稿子存起来，时不时地翻阅，却也有趣。翻开以前发表的那些东西，长的、短的、大的、小的，倒也有数十篇，于是又有些得意。

进入四年级，便有了些紧迫的感觉，朋友，或迟或早，或多或少，你也会要品味到一些的。

——刊发于 1989 年 11 月 20 日（第 231 期）

湘大的风

祝　彦

这几日，北风猛刮，当我走进走出北苑，都是迎着得势不饶人的北风。看着周围，来往的同学都竖起衣领，紧捂衣襟，或小跑或快步走在风中。

仍清晰地记得五月份，我首次来湘大，在列车路过醴陵时遇到一位毕业于数学系的老校友。当她从闲谈中知道我考取了湘大的研究生时，很自然地显示出一种亲切与热心，她告诉我湘大冬天的风特别大。记得她讲这话时是微笑着的，那微笑里有一种经历过寒风的勇敢与骄傲。当时的我也笑了，坐在我面前的这位不知名的老校友，不正是从自己奋斗了几年而即将踏进的那片土地上走出来的吗？看她那种对生活的热情，我似乎懂得了湘大的风的感情与含义。

告别了井冈山下赣江之滨那片生我养我的熟悉山乡，我走进三道拱门，带着自己新的追求与向往，连同家乡的寄望住进了北苑，在这片赤裸着黄土、袒露着热情与真诚的土地上，将度过我的研究生生活。在这里，我也将领略到列车上那位老校友充满感情描述过的湘大的北风。

北风终于来了，来得那么突然，前一天还是晴朗明媚的日子，第二天就风卷流云还夹带着冷雨绵绵。

但是，湘大的人迎着北风，依然谈笑着。生活在自己开辟的土地上，北风的淫威并不能震慑那一颗热血的心。每个凛冽的清晨，校园到处有着生命的律动，每张年青的脸庞依然充满笑意。

信步走出北苑，经过南苑，我又来到了象征追求与执着的三道拱门下，望着仍未被绿色保护却一点不畏缩的丘丘黄土，我油然想到：

湘大的风是一种力量！

——刊发于 1989 年 11 月 30 日（第 232 期）

我的纪念册

高　翔

我常要打开的抽屉里，只锁了两样东西：饭菜票和纪念册。

大学毕业三年多了，单身汉的生活虽清苦，倒也无拘无束穷开心。开心过后，剩下的便是寂寥。夜阑人静的时候，每每忆及难忘的大学生活，总要打开绒面烫金的纪念册，端详良久，浮想往事，慰藉徐徐萦绕心间。

翻开扉页，醒目的是自题的拙劣的书法：“献给未来的回忆”，落款是1986年7月13日凌晨零时零分。记得那是在送走依依惜别的众位同窗后挥笔而就的。之后，便是节奏铿锵的“担负起天下的兴亡”的《毕业歌》。接着出现在眼前的，是一张张熟悉的面孔，本班二十七条英雄好汉，九位闺阁淑女，音颜笑貌，亲切宜人。

小宗大姐老爱称呼我为“小男子汉弟弟”，纪念册上，她一副戏谑人的模样：“假若时间老人留情，我倒真愿意重温一次被扯着衣角要冰棒、掰着指头要粒粒糖的温馨哩。”

张大哥倒是寄以厚望：“别看这是一株幼苗，其立足之点，将是这个世界的醒目之处。”

自认为颇有诗才的猴哥，有淡淡的诗情：“遗憾的/只是/你没对丘比特的神箭/发出邀请。”猴哥，但愿不久，你将不再遗憾。

小胖子绍华的邵阳猪血丸子至今令人口舌生津，他人情味极浓。“哥儿们，发了财，别忘了五个大鲤鱼过春节的日子。”他总记得那个难忘的寒假，那顿难忘的、别致的年夜饭。1986年初的寒假，我和小胖子，加上另外两位同窗，因为准备报考研究生，在朔风飕飕的冬日里，苦读寒窗前。快过年了，提前五天，我们倾囊中硬币，购来五条小鲤鱼置于桶中养起来。看书累了，逗逗稚气的小鱼儿，轻松有趣。过年那天，借来班主任的炉灶，五条鲤鱼，四人过了个年。

噢，你看，还是祥子洒脱，并不缠缠绵绵：“该说的都说了，我们便高兴地分别！因为我们坚信，还有重逢的时候！”

是的，毕业以后，和祥子确曾重逢。我留校工作，连祥子在内，有十余位同窗几度在母校重聚过。然而，还有二十多位呢？天南海北，有的还以音信为通，有的却因人事更动，去向不明了。再加上半数以上成家立业、生儿育女，以后的相聚可能更少了、更难了……

还好，有纪念册在手，时常浏览，时光逝去，友情却是长驻心底的。南飞的鸿雁作证，北上的信风作证，数年的苦读、真诚的情谊，会化作我们成功的底蕴！

——刊发于1989年12月30日（第236期）

给母校的朋友们

方　琳

就在几个月前，我也是湘潭大学的大学生，一个正直、善良、骄傲、幼稚、健康、活跃的文科大学生。

也就在几个月前，命运跟我开了一次不大不小的玩笑，我成了政府工作人员，是一个贫穷、落后、边远、荒僻小乡的党委会秘书，专司一乡的文书、档案、保密、信访、接待、机关勤杂等工作。

几个月的工作时间，使我顿感知识局限、能力不足，大有捉襟见肘之势，深悔大学时闲掷了光阴，学习没有落到实处。

二十世纪八十年代的最后日子，我又悄悄地来到了母校湘大。母校的夜太宁太静，就跟那时一模一样，徘徊在母校熟悉、温馨的怀抱里，聆听了母校脉搏的跳动，顿觉汗颜，像我一样单纯、正直、善良、幼稚的大学朋友们，大学生活虽然轻松愉快，可未来严酷的生活在向我们召唤，仅有书本知识，仅仅满足于大学这个有限的天地，或仅仅满足于考试的及格或良优，还远远不够。生活是“七彩的灯”——绚丽多彩，瞬息万变，生活更是大海——博大精深，包容一切，需要一切……作为大学生，时代的骄子，未来的希望，我们应该冲破囚禁在我们身上的“枷锁”，从自我的小圈子里跳出来，真正为了未来的生活而生活，决不能再为了一句无来由的话奔波起哄，决不能再为了生活的愉快而沉醉于花前月下及舞场、牌场，决不……

我母校亲爱的朋友们，我真诚地希望，当你们走上岗位的时候，不再有我这样的感慨。盼望着你们在工作上、生活上都能应付自如，得心应手。

——刊发于 1990 年 4 月 10 日（第 242 期）

再回首

彭　英

离期未至，你心已黯然，将要告别你青春的驿站——大学四年的校园，日益上涨的心潮早已淹没你心旌摇曳的憧憬。心，迟迟不肯跨越三道拱门，向明天飞渡……

幽处拣坐，半醉半醒，那随处熟悉的点点滴滴会深入浅出地把你引向昨天的梦与实……

一片黄土地，早已撒满你的欢声笑语。挣脱旧性桎梏的你，已抛却在窘境中做淑女的执着。应律起舞的狂态，那飞扬的黑发潇洒地应韵着新潮的节奏，一如传说中穿红舞鞋的女孩，旋转不已……

你心，早已不能承受世间春夏秋冬、花开花落的真实，承受不了日出而作、日入而息的单调和平凡。你自认看破红尘却仍坠入尘世，一部《最后的贵族》使你泫然泪下，最美丽的却是最易凋谢——青春、美貌、心灵。

古典的你，无言的你，在青春洋溢的氛围中，却随暝色入高楼，一千次地叹息。纵使气质美如兰，才华馥比仙，到头来，仍是世难容，青灯古殿。你能扬起灿然的笑脸，却锁不住内心深处，奇愁万千——那永远的贵族梦。

你心性高洁，却未能拒绝那种全然的力量于心的敲门，你念念不忘那一次心的驿动，美丽的奇情，缠绵的追逐。音乐又起，伤感又起，带着你纯真的爱，在夜色的引渡下，飘然落座于青竹丛中的小木屋，为他送上那首无悔的青春。

几度夕阳红，你久浴爱河，你仍严盈，你仍温柔，你仍美丽……

山不在高，水不在深；斯是陋室，唯汝德馨，灵性的五〇四室永远留下你离别的倩影。

再回首，在缤纷的六月，提起你曳地的长裙，行一个古典的屈膝礼，向深深爱恋过的校园作别……

——刊发于 1990 年 5 月 31 日（第 247 期）

金秋唱给母校的歌

——写在校庆十五周年之际

黄垠大

披着金黄的色彩，曳着诱人的笑容，您翩然而至，十五年前来到这一片长满野草与荆棘的黄土地上。从此，一批又一批虔诚的跋涉者投入您舒伸的双臂中，吮吸您甘甜的乳汁，然后经纶满腹、踌躇满志地又去开拓新的生活，将您火红如金秋枫叶的热情、灿烂如绚丽朝霞的笑容、丰富如汪洋大海的知识撒向三湘四水，撒向四面八方……

最难忘四年前那个金色的秋天，9 月 8 日，我们这群稚气未脱的大孩子，走进您高耸的三道拱门，开始了梦寐以求的大学生活。而今，当我们站在金秋优美的风景线上，回首那 1400 多个日日夜夜，是您——我们敬爱的母校，用知识武装了我们的头脑，用艺术陶冶了我们的情操，用您母亲般的温情，哺育了我们成长。走出校门以后的岁月，也许我们将建功立业，也许我们会默默无闻，然而不管怎样，您是我们心中永远的坚碑，永远的柱石！

风风雨雨的十五年，长长的路，短短的路；十五年的风风雨雨，创业的歌，成功的歌。如今，您的学子遍及三湘大地，遍及祖国的各条战线，为我们共和国灿烂的明天勤勤恳恳地工作。您和您的学子正在一起用无声的行动，谱写一曲新时代的凯歌！

金秋，一个写满希望与诱惑，写满成熟与充实的瑰丽季节。我们——一群已经走出校门的学子，站在世纪的边缘，遥望您高大的三道拱门。在这个美丽的季节，轻轻地为您唱支祝福的歌：母校，愿您腾飞！

——刊发于 1990 年 9 月 21 日（第 254 期）

“同是湘大人”

——献给九〇级新生

刘杰义

勇敢地叩开了七月紧闭的大门，踏一曲雄壮的旋律，你们来了。

记得我刚走进三道拱门的时候，一群群潇洒的壮男与靓女投来阵阵微笑：“祝你走向新生活。”我那颗激动和迷惘的心涌起了欣喜，与高年级的同学走过雄壮的文科楼建筑群，别致的计算机中心，如同阅读一本美丽的书，耕耘一种豪壮之情。在三道拱门下仰望浩渺的苍穹，朋友们说：“三道拱门是翱翔九天的翅膀，是揽日月星辰的巨臂。”以后，三道拱门在脑海中成了力量的昭示，拼搏的图腾。不知不觉两年已过，金秋又至，苍翠葱郁的林荫道边，秀美的游息亭畔，抹上了片片金黄。你们——九〇级的新朋友风采翩翩而至，今天，我站在这块曾经如在这里接受洗礼一般的地方，面对你们，不禁想到，应说些什么？

一位朋友工作后给我的来信中，有这么几句：“人生都有那么一段刻骨铭心的历程，在我生命的日历上，那便是湘大，一个得到了我需要得到的地方，一个失去了我该失去的地方。”什么是得到，什么是失去？

记得刚进校门不久，与一位老师从南山走上来，登上了通向北山的139级石阶。这位老师情不自禁地给我讲起刚复校之时，这里曾是一片凋零的黄土，一抹刺眼的风沙，他们带着家眷，踏一摊烂泥，扛一肩风雨，从祖国大江南北各个城市走进这里的农民房中。湘大人从校长到普通师生员工，都卷起裤脚，在湘大工地上挥舞臂膀。现在想起，如同阅读一片沧桑，锤炼一种感情。

往事抹不去、拂不掉，如同天际的星星，常闪烁着迷人的光，如心中的花束，永远散溢着芳馨，面对你们，新朋友，说些什么？让我们紧握强劲的手，携起希望，把微笑抛向遥远。

有一次在讲台上，因为心急我卡壳了，心中慌窘，直想钻入地下遁去。当我的目光正慌乱地对着台下的听众，发现一双眼睛正静静地凝视，淡淡的微笑轻轻漾开，笑中饱含着激励与信任。瞬间，我的大脑如同接受了智慧的电波，很快我就静下来，思路瞬间也清晰了。这一瞬的凝视、一瞬的情意，刻骨铭心。

在我的生活中，当疲惫与懈怠袭来时，眼前似乎浮起那双不知名的眸子，一种只能用心灵去感受的目光，如同炙阳下出现在跋涉者头上的林荫，大漠中的绿洲。在湘大，无论是在西山的夕晖中，还是在南山的晨曦里，都是这种不知名的、友好的目光织成的一片云彩。

是的，朋友，同是湘大人，我们这样说。这是一种无声的激励与信任，是一种男子汉的豪情，是一行飞扬着青春神采的诗句。

当你面对着高耸的水塔上涌动的日出，面对烟雨朦胧的西山，面对着碧波荡漾的湘江，去感受吧，你，我，湘大人。

——刊发于1990年9月21日（第254期）

永远的校园

欧阳冬子

向晚的风，又将我吹入梦中的校园。

沿一径浓荫，将小径旁茂草的葱绿，涂满低头间的相思。似明似暗的雾霭，染透你曾经行走的声声脚步。

在一个萤火如织的夏夜，你走了，锁一室空空的告辞，不留一丝怅惘。

正对你屋门的石榴，突然间乍声开放。

正是向晴空放逐风筝的季节啊，线未断，人已杳，空留一谷无奈的青青草地，储满夕阳。

而那些日子，你总无言凝望沉沉而去的夕阳，我总惴惴注视罩你在夕阳中的光环。

不能再听你柔韧的足音，不能再见你袅娜的身影，也不能再惊喜于你葱指轻拨的六弦，和着云雀般的鸣唱……

我们共有的小树林，静静地泊于傍晚的雾中。曾经开过的晚霞，已成卸桅的记忆之帆。曾经啁啾于枝头的鸟雀，不再啼唱响亮的快板。

树叶依旧，反反复复排列一个永恒的循环。

你离去时，我正走在来路；我到来时，你却顿成黄鹤……

请再寄我一片如火的朝阳吧，伴我走进浓荫，走进时间与空间新的铸造。

——刊发于1991年7月1日（第279期）

老教授·夕阳·我

田小兵

徜徉西山，看夕阳红遍，是件怡然爽心的事。

漫步于夕阳红光中，我追寻着夕阳的每一丝、每一缕。

突然，我止住了脚步，我被眼前一幅画深深地吸引住了，我绝没有想到一位老教授拄着拐杖立于血红残阳中会有一种无与伦比的壮美！他纹丝不动，眼望前方：中山装、拐杖、皱纹、白发、眼镜铸成了一尊屹立的雕像。夕光中，我看清了他虽拄着拐杖却立得极稳的双脚，微微弯曲却铁塔般凝重的臂背，布满沧桑却依旧矍铄的面孔；我更看清了教授背后那一抹灿烂壮丽的残红。他的身影和谐地融入了这片瑰丽之色，与红日重叠起来，化开来，化开来，又融在一起。渐渐地，在我眼前闪耀成一个朦胧的光环，那样高洁，那样神圣，似乎在唤起我心中的一种激情，又似乎在赐予大地一种幸福之光。我惊住了，为这无限热烈的夕阳，为人与自然至善至美的和谐。我开始懂得了一种生命的历程。

教授久久地眺望着西天。夕阳下，是一片田野，纵横的田间小路，错落的乡村房屋，袅袅升起的如丝炊烟，伴着暮归老牛的叫声，构成了一幅绝妙的农村生活图画。教授在沉思，他也许在寻找十五年前曾住过的那间破旧的小木屋，里面有他的亲眷，有他的书和笔，有他的金黄色的梦。他也许在寻找曾日日夜夜走过的那条乡间小路，那里留下了他挟着讲义的匆匆身影和深深足迹；他也许在回忆无数个挑灯苦战之夜，回味着失败的彷徨和成功的喜悦。

他是在寻梦，寻一代人永远年轻的梦。

老人转过身来，俯视校园，这一刹那，我注意到了他嘴角的那丝笑意。这丝笑极恬静，极闲适，这分明是融进了几许喜悦与欣慰的笑。顺着他的视线望去，呈现的是一幅更美更壮阔的图景：文科楼气势恢宏，挺拔于黄坡之上；俱乐部雄踞中央，明快夺目；结构精巧的计算机中心，点缀起建筑群的灵空；远处隐约的北斗、东坡、南阳三村构筑成块状的背景线。再回首西山，天边的晚霞红得更深沉、更成熟了，它似乎要把那片天渗透、染尽，使之成为永恒。教授已完全站成了一尊雕像，他在用一种无声的、血红的语言昭示着我，使我忘记了时空。只觉得，这庄严肃穆中展示着一段历史，蕴含着一种期冀，代表着一种责任。

我的视线转向南边，三道拱门在黄昏空旷的天空中更加沉雄，它与教授遥遥相对，进行着一场现实与历史的对话。我想起了我，我也应加入到这场对话中去。

当我再次注视老教授与西山时，夕阳依然绚丽，但我心中，已升起了一片轻晖，灿烂如火。

——刊发于 1991 年 9 月 10 日（第 281 期）

湘大的朝阳

李俏梅

不管我走到哪里，湘大的朝阳总在我生命里灼灼燃烧，给我光、热和勃勃生气。

在湘大度过的整整四年里，几乎每天早晨，我都要跑到那座小山上去。那里有亭亭的水塔和古亭、一百三十九级台阶、青青的小树。小山还很静寂和幽暗的时候，我就来了，我要赶在众人来临之前跳上一段舞，我太热爱舞蹈了，可我从来不好意思在人前跳。我用舞蹈来迎接一轮新鲜红日的诞生。我的眼睛总是注视着东方，那里每一抹云彩的色泽变幻都在我心里掠过一层喜悦，这层喜悦溢出我的内心，就变成了我美妙的舞姿。我觉得我完全沉浸在一种迎接生命诞生的欢乐中，我平时很僵硬的手臂和腰肢都奇妙地变灵泛了，我跳得要多柔媚有多柔媚，要多舒展有多舒展，心灵是轻松而惬意的。云彩慢慢地红了，凝成一点点、一根根的线，出现了太阳的一小半。我看着太阳在遥远的天边艰难地挣扎，仿佛想冲破什么阻碍，它的挣扎使我感动和震颤，于是我的舞蹈语言中出现了焦渴的等待和痛苦。它运动的每一个节奏都反映在我的动作中，形成我的韵律。而当它一旦冲破一切障碍，向大地泼泻它新鲜的光芒时，我的喜悦也达到极致，我的身上也注入了活泼的生命力。我想释放，想向宇宙天空展示，于是我跳得更加忘情，更加奔放。我仿佛忘记了周围的一切，我只有一种感觉：世界多美好！

当我到羊城求学，在高楼上再次去寻找这么一轮红日时，我失望了，它再也不能引起我舞蹈的激情。太阳升起来了，但它是在拥挤的树枝间升起的，在高层建筑物杂乱的背景中升起来的，显得那么平庸、世俗。我为这日出形象而感到伤心，于是我深深地怀念湘大的日出。湘大虽被人戏称为“草坪大学”“黄土高坡”，但正是湘大的空旷乃至有点荒凉才孕育了那么明净的天空，那么庄严而绚丽的朝阳。湘大的日出，背景单纯，只有淡紫的远山，远远地延伸在天边，似乎所有的一切都让位于日出，所有的景物都在衬托她的辉煌。而当她以天地之主宰的面目出现时，你的心就不能不跟她一起摇荡、升腾，你就不能不产生一种天地万物融于一心的博大感，你就不能不感到生命充盈而欲尽情释放！

啊，湘大的朝阳，你与我的生命融为一体了，你的光和热已深深地浸透在我的血液中，我将终生沐浴你的光辉。啊，我的湘大的朝阳！

——刊发于 1991 年 10 月 20 日（第 285 期）

蓝光的小伞

成　娟

进入大学校园，时光便摇一柄蓝光小伞，迤逦而来。莹莹亮光处，是一片缤纷的世界。

夏日，画几杆瘦竹，绘一叶丰荷，便隐隐在黄土地上播种了绿色的凉意。静坐室内，环顾四壁，满架的书籍，芬芳的盆花，似与神交已久的友人目光相接、心意相通，便觉心胸之小，宇宙之大。于是，同处一室，不免生出的磕磕碰碰，也会像小伞旋出的晶亮水珠，飞逝处，不留半点痕迹。

常常以为自己还小，怀疑时光的笔将年华偷偷添大。当繁星点点、灯光悠悠，那轻歌曼舞的周末来临之时，三五个女孩共处的空间，淡了往日的喧闹。十九岁的最后一天，却婉拒了友人们的登门祝贺，独自撑起那蓝湛湛的小伞，走在长长的北山的小路。雨丝织成无声的祝福，涌上心头，却是真真切切长大了的感觉。

花谢花红，迎来送往了几度春秋，大一，已成为记忆中不逝的云彩。那些当时似乎平平淡淡的日子，也在同窗共载的岁月里被酝酿得香醇。挥手逝去的日子，已是不远处的里程碑，于是一个个月光下的草地晚会和相伴赏菊踏青的日子，在几十双亮晶晶的眼眸里，长成湛蓝的回忆和依恋……

萧萧马鸣之时终会来临，斑斑霜鬓之态，也将在未来的日子里替换今日明镜中的青春笑容。但只要季候风衔来问讯，记忆中的蓝光小伞便会翩翩撑起，因为伞下，我们拥有年轻，拥有过无忧无虑、淡泊深情的岁月。

——刊发于1991年11月10日（第287期）

黄土地的邀约

——致九二级新生

夏 坚

你们带着黄土地的邀约，带着父老乡亲的殷殷嘱咐，带着美丽的心情欣然而来，一种陌生而又亲切的感受洋溢在我的胸腔，使我情不自禁地要告诉你们：认识你们，真好。

成长并没有确切的定义，它是一个哲学的概念，需要我们不断地充实和完善。你们也许会骄傲于“天之骄子”的赞誉，但不应有陶醉的欲念。陶醉之后，往往跟随着失望和迷惘，就如同喝多了甘醇一样。

踏上征途，心里积贮了许多渴望和梦想，也描绘了色彩绚丽的蓝图，这是一种美丽的愿望。大学，并不是我们享乐的憩园，也不是梦中追寻的至乐之境抑或伊甸园，这只不过到了人生中另外一个起点，又一条起跑线。任何轻松享乐停滞不前，都将被无情地抛弃在跑道旁，吞下一些叫作“后悔”的东西。

总希望二十岁的那个月夜能再回来，再重新活那么一次，然而迟了。因此，我们都该学会把握，把握机遇，把握机会，把握好自己。

望了昨天一眼，你们是幸运的；可以预见，当明天来临，你们是自豪的。

因此，与你们同行，我感受到一种亲切的补充，忍不住要悄悄告诉你们：认识你们，真好。

——刊发于1992年9月10日（第309期）

奔向不落的太阳

江湖海

一

久居象牙塔限制了我们的敏感与深刻，长囿纸堆隔阻了我们的视野与思维。年轻的脚步，毕竟禁不住外面世界的呼唤。在历史带血的叹号前，在现实沉重的问号前，在我们如火热血的躁动中，在我们五色梦幻的编织中，我们告别晨曦早读、星夜伏案，告别无病呻吟、自作多情，踏入繁华纷呈的广天阔地，去细读浩瀚精深的无字巨卷，去义无反顾地留下轨迹寻找坐标。在山顶、海边，在黎明、黄昏，在乡村、工厂，我们潇洒地伸手拥抱太阳，一遍又一遍为自己大声喝彩。刹那间，整个世界都充满了青春的骄傲！

二

七月的世界洋溢青春的潮流。大地上，我们留下的脚印连接经纬，凝着朝霞，凝着晚风，凝着滚烫的汗滴，也凝着开心的笑语欢歌。沉石江畔，对幽幽流水凭吊屈子孤魂，风凰园中，枕郁郁青松益惊世界殊变。悠悠猛洞河，美丽的漂流。漫漫京广道，潇洒的长旅。犹记昨日晚归，脚踏稻香，今朝又上韶峰，手挽晨雾。井冈山上觅旧迹，花明楼边仰英灵。七月，青春在流动的火里。

三

三千多学子，走出高耸入云的三道拱门，数十项活动，凝聚着奔放热烈的万丈豪情。湘大的年轻人，把敏感的触角伸向校门外沸腾精彩的世界。沉淀到最基层，与土生土长的农民、油污汗渍的工人一道呼吸沉闷夹带清新的空气。以讲堂上获取的知识，叩响中国社会古老了千年的大门。以锐利而稚嫩的目光，切入泥土，捕捉新时代的最新国情。“给我一片空间，没有人走过。”初为人师，初当翻译，初做导游，初握铁锤，初坐办公室，初下责任田。社会，再一次成为我们的课堂，实践，是我们成长的沃土。当我们单薄的双手，触摸到笃实本真的生活，我们第一次深深感觉到：改革，这两个字多么的沉重！

四

年轻的面孔谢绝雕琢，年轻的心灵渴望沸腾。笑傲风雨，直面坎坷，摒弃肤浅，鄙夷平庸。湘大这些浑身活力的少男少女，到深圳、浦东，到汨罗、临澧、冷水滩，感受改革大潮滚滚奔流的壮丽景观，伴随时代苏醒的脉搏一起跳跃。在领袖故里，在井冈山、安源，犹睹当年金戈铁马，犹聆巨人步音回荡。国营大厂，乡镇企业，商行军旅，寻常农家，到处都有我们的汗水与笑声落地叮当！秀色可餐的索溪峪，掬一捧清泉，风光旖旎的北戴河，吟一阙小诗。当我们踩着悠转的两个轮子，从广东到北京，几许艰辛，亦有几多欢乐，当我们爬上高高的南岳，坎坷而外，又有多少自豪？数千份调查报告高高迭起，中国，在我们湘大学子眼里，陡然升起万道灿烂曙光！

五

古朴的东方，我们展示纯真的年轻！走出缠绵婉约，也丢弃自作的苦难深重。让意志像蓝天一样高远，让情感像大海一样深长，让信念像高山一样巍峨，让胸怀像大海一样宽广！世界需要年轻，年轻的我们属于世界，面对浩海长天，占领自己，编织七彩人生。扬帆远征，永不停泊，风狂浪急，所向无前。我们的日历中将没有后悔，我们自己弹奏岁月，描绘青春，双手举起一轮不落的太阳！

——刊发于 1992 年 10 月 12 日（第 312 期）

走向地平线

袁　芳

一

走过二十年酸涩艰辛的日子，曾经一再压抑的热望终于从震惊中复苏，盼望着走向地平线。

地平线的尽头，有我千百年来不曾变更不曾镇落的信念。

蓦然惊回首，所有单纯苍白的记忆早已随着岁月的流逝而一层层地纷纷剥落，灼痛的快感淹没于自己冷漠的目光。把凄风冷雨吹落的空白全收集在一本残缺的日记里，匆匆地写下自己的日子，而下一页却不知究竟该如何落笔。不愿再让自己的心像只摔落了千百次的碗，一条条创伤。一串串日子，依旧盛在碗里，每天都充满带泪的咸味。

暮岚苍茫，回首不堪，前方仍有我即近的地平线，有我巍峨矗立的信念。

二

千里孤飞寻梦，振动的却是淋湿的翅膀，浸透酸甜苦辣、离合悲欢。仿佛离亲别人、忘却功名，就是为了这蛊惑的喧响；仿佛露宿风餐，天涯浪迹，亦是为了这无解的吟唱。人有百年孤独，心有千番凄楚，却依旧岁月如倏，孤飞如故。

早已学会了在被误会时不再辩解，在被刺伤时不再躲闪，无奈风干的伤口在多年以后仍旧经受不住点滴的触动，玻璃的心，一旦破碎便难以弥合如初。每当夜阑人静，在一片暗黑的小小空间，无可抑制的冲动和热望便升腾着，升腾着，终于冲破胸膛，向着前方依稀闪亮的灯盏，向着亘古的地平线。

三

跋涉的旅途印记下我蹒跚却坚定的足迹，漂泊的历程刻画在依旧青春的容颜，曾经不经意地错过了春日，错过了花季，而今年轻的心却再也不敢以自己全部的青春岁月作赌注，作挥霍的资本。期求用真诚和努力去改变所有的错，愈合自己因曾经做错而惶惑忏悔的心灵。盼望着漫漫岁月能将锈蚀的心磨砺成晶亮而绚丽，盼望着能有火鸟从焚烧的浓烟和烈焰中振翅腾飞！

抬眼处，地平线依旧遥远，成功的路途依旧坎坷艰辛。

走向地平线，是我庄重的誓言！

——刊发于 1993 年 3 月 11 日（第 324 期）

导师

聂　茂

导师是极其崇高的称呼，与它紧密相连的是领袖和舵手。在我的记忆中，我曾虔诚地背诵导师的语录，虽然一知半解，却感受了一种神圣与威严。

我原以为似我这等小人物一辈子与导师无缘，谁知生活幽默了我，使我居然“高大”起来。

当然，与我有缘的导师不是主席或总书记，我的导师是普通劳动人民中的一员，勤劳、质朴、善良。她没有叱咤风云的本领，也没有指点江山的雄心，但她真诚、实在，远离神和一切虚伪的东西。她用智慧牵领我走出黑夜的迷宫，她的沛言隽语比“最高指示”更能轻易地被我接受并且牢记。

呵，导师已有几许白发，导师的白发是粉笔末和墨水培植的森林。导师也有些许皱纹，导师的皱纹是时间和语言沉积的河流。导师通常挂着微笑，导师的微笑是种子和鲜花写就的春天。导师啊，您的年轻或苍老都是十分美丽的，从您身上，我突然明白了什么叫伟大。因您的白发，我感觉到岁月的利剑正无情地向我逼来，您的皱纹，让我懂得了属于自己是多么有限，因您的微笑，我滋生出奋勇向前的勇气和自信！

导师啊，轻轻巧巧的一声“谢谢”怎能道出我内心的感谢？为了我一篇论文，您三番五次逐字逐句地推敲，修改，为了我一本拙著，您百忙之中抽出宝贵的时间认真阅读，并予作序，使我的虚荣得到最大限度的满足！为了我的生活、学习和爱情，您总是把深情的目光布满我的整个天空。生我的是父母，养我的是故土，而使我在学术和创作上展翅翱翔的是您，我的导师啊！

面对导师，我仿佛看见小草被阳光照耀时的幸福。面对导师，我仿佛看见迷途的羔羊发现路标时的惊喜。面对导师，我仿佛看见自己的每一天都有玫瑰一样的火焰在燃烧！

崇高与渺小只是一念之差，水滴和大海也在墙壁上作挡风的装潢，舵手是英明伟大的，他坐在真理和谬误的船上作艰难的抉择。领袖和舵手往往有一种“高处不胜寒”的孤独。比较而言，我的导师自由得多，轻松得多，充实得多。她知道自己不会“一句顶万句”，更不是“句句是真理”，因此，她可以倾诉心声或发表见解而不必去顾忌新闻记者。我曾听见导师优美的歌声被屋檐上的白鸽带去日本和英国。我的导师很少出国，但比常常出国的领袖和舵手要宁静得多，淡泊和舒适得多。

总之，我的导师极其平凡，像冬天里的阳光和黑夜中的蜡烛，燃烧自己，温暖和照亮别人。有一天，我的导师指着我说："聂茂，将来你也可能成为他人的导师。"说得我羞愧难忍又肃然起敬。

呵，导师，我默默无闻地爱您！

——刊发于1993年4月20日（第327期）

明天，你将远行

冰　泉

追赶太阳的人，心中没有黑暗。

——题记

在你关上门，把钥匙交给新来的主人的时候，你终于可以解答一直困扰着你的疑问了。

那年，你离开又破又烂的家，独自从偏僻的山沟来到这个喧嚣的城市。你怯怯的目光，含着乡野的气息，不敢去留恋繁华都市的风流。在别人灯红酒绿时，你只是痴痴地去凝望遥远的天空。一个秋日，因那轮红日，你走进了一个梦幻的世界，忘记了是清晨，还是黄昏。秋风里，你默默地低语：

是晨日

还是夕阳

使我迷惑了，你

我的太阳

从此，你走进一个寂寞的世界。你摒弃了人群热闹的邀请，在宿舍安静的角落里，在图书馆不引人注意的窗子旁，建构着自己的世界。你孤独而又执着地探寻着生命的含义。爱你的，你付之以叹息，恨你的，你报之以微笑。你就这样，一个人，用古色古香的书籍装点心灵的空白，写些柔和的句子编织少年时未完的稚气，用箫笛古老单纯的调子，装点黄昏的静谧。

你的生活平平淡淡，不波不澜。

然而有一天，一个声音使你的音乐出现了变奏，你的心湖泛起圈圈涟漪，你的生活开始出现些星星点点的亮丽的幻梦。

你纯真地放飞心中的鸽子，约言要去那片布满阳光的草地，和她并肩席地而坐，静静地谈论自己如在谈论唐诗宋词里婉约的故事般。但随后，你又悄悄地放弃了。你看到许多的花朵，无奈地凋谢在春天的门槛里。

你开始放逐自己，不再在星期天虔诚地礼拜书架上的老人。你微笑着说“今天我休息”，而加入了那“今天好时光”的游戏里。没有人知道，你在那一瞬的光亮中体味到了一种浓浓的黑暗。

一天晚上，你挟箫且吟且吹且走，徘徊在山野的月色里，仰望西沉的残月。你听到一首熟悉的曲子，遥遥地传来。你朝声音走去，偶尔和一句低沉的箫音。你看见一位老人，陶醉在自己的琴声里。此时，月色苍茫，山风习习。

老人在拉着《二泉映月》，这首曲子你在录音机旁听过无数遍。在他算不上很艺术的拉奏中，你第一次听到了不同的含义。你的心，有着一种无以名状的微颤。在他的琴声里，迎着风，你咂咂嘴，让泪花蕴在眼眶中。

老人的声音低沉而慈祥："孩子，你为什么忧伤?"

"我在寻找着阳光，可我却生活于黑暗之中，我寻找着一个永恒的精神的栖息地，可我到处流浪却找不到我慈悲的主。"

"我可怜的孩子！没有人告诉你彼岸不在遥远的地方吗?我的孩子，在你的流浪中，你找到了属于你的家。"

"你在说彼岸就在我们的生活中吗?"

老人微笑不语。拿起琴，向他的屋子走去。你从山野中回来，在室友的酣梦里点起蜡烛，打开了日记，但你又慢慢地合上了，并且吹熄了蜡烛。被心所领悟的东西，有必要写到纸上备忘吗?

从窗口望出去，你又见到了儿时那样美丽的星空。

你决定去作一次永恒的流浪了。你把房间属于你的东西散发给室友，并把那些旧书放在桌上说："一件礼物，以欢迎我陌生的朋友。"

你随身带着那管古老的箫，走出门，把钥匙留在门上。

"我的朋友们，我远行去了。"

——刊发于 1993 年 4 月 10 日（第 326 期）

记忆，注满行囊

杨定山

日子，匆匆而过，没有和你商量。四年的酸甜苦辣，你曾设计的南国童话，被毕业证上圆圆的钢印画上一个丰满而意味深长的句号，被一张精致的毕业照定格为一叶人生的书签。明天，你远行，临行背负行囊时，你又想说些什么？

你说，一切皆如春花秋月，了却无痕。只有你在大学里一页页浅蓝浅蓝的欢笑和泪痕，只有在黄土地上默默耕耘的犁铧刻下的道道省略号……

四载镀金的岁月，如一本珍贵的书，被你匆忙而细心地翻过。你，一介书生，朝吟外语于晨曦之中，暮诵文献于华灯之下。你说，校园的黎明是迷人的，因为它将春天的盎然生机缩聚在这小小的园庭。你说，校园的黎明是醉人的，因为它将秋天沉甸甸的收获注入求索者的心灵。夕阳收拢她羞答答的面庞，暮霭在远山之上游戏时，你说，风景此刻最好。一个人踽踽而行，一边推敲着夜的标题，心渊处便有一个池塘慢慢渗出暖乎乎的水来。

你说，总有一些斑斓的思绪，栖息于一条诗情画意的小路上，如季节纷纷扬扬的花瓣。你说，总有一些纯真的诗句，恬睡在一条古香古色的小路上，掺着声声纯净的鸟啼，平平仄仄地抒情着。于是，心有千千结。

你说，生活如莫斯科不相信眼泪。但此刻，为什么，你的泪湖，淹没了无语的青春和孤独，涟漪在眼前，漂泊昨日的寂寞，静候未来的汛期。你紧握拳头，每一下都是一个大大的感叹号，这是你最有力的宣言：你要出征了！像一支响箭，一往无前！

你说，你在深深地追悔。追悔峥峥誓言被时光淡化了；书的海洋，你只在长长的海岸零拾了几串贝壳；你虽得出了“心 + 心 = 心”的定律，可理论付诸实践，已来不及了……

星星还是那个星星，月亮还是那个月亮。你说，只是你生命树上多添了四个年轮。往昔密密麻麻隐在你的背影里，成为一段路程。困惑你许久的瞬间，都会豁然开朗。真的，日子，想过得潇洒，就过得潇洒。真的，最遥远的，总是路的遥远；最艰辛的，总是路的艰辛。你不屈的脚印无声地省略着，而它不愿也无法省略的存在：延伸。外面的世界呢，你说，很精彩，精彩是生活很无奈，你说无奈也是生活。

明天，你将远行，就让今夜的记忆充实行囊吧！明天会更好。

——刊发于 1993 年 6 月 15 日（第 332 期）

湘大之夜

陈　凡

偶尔和新生谈起，来到湘大印象最深的是什么？答案大多是它的面积和那三道宏伟的拱门。对我而言，面积大只是一个范围，三道拱门是一种象征，也只是一种象征，而湘大夜景则让我强烈感受到一股潜在的振奋。

每当夜幕降临，独自漫步在这一方净土，无意涉足那些婆娑的树影下浪漫的情调，只是凝神眺望身旁的四方灯火。那份专注、那份超脱，如沉湎于一种诗的微醺中，只不过会更深刻地感受到黄土地上那强劲的脉搏跳动。

到处都静静的，一教、二教、阶梯、法学楼、图书馆发出的灯光相叠映着，构成了这静谧夜曲中的主旋律。而那些正默默伏案于灯下的莘莘学子，不正是这主旋律中的一个个闪光的音符吗？无声的寂静中，似乎回旋着他们坚定而执着的足音。

湘大人潜心治学、刻苦攻读的风采，在这弥漫的灯光中愈发清晰地显现出来。湘大的小夜曲舒缓而流畅，如一位睿智的老人在低声细语，力图给后人以启迪。

“那些现在在社会上工作出色的校友，当年哪一个不是这样地孜孜求索呢?”

“不要一味去乞求别人的理解,去追寻暂时的表面的超脱。关键还在于找一条真正属于你自己的路。”

置身于这样一个独特的境界中,每每有一种梦醒时分的感觉袭来。曾听说过这样的一种论调:假如每个人都可以重新活一次,都会成为伟人的。可是,来生毕竟是一个虚幻的名词,我们为什么不能抓住现在的时光,活出一段无悔人生呢?大学生活稍纵即逝,当这一切成为记忆时,又是几家欢乐几家愧呢?

灯光下,莘莘学子依然在苦苦求索,我似乎也进入了一种忘我的境界,挣扎着欲读懂这些灯光里的内涵。再回首,看看满园郁郁葱葱的树木,黑暗中无不透射出生意盎然。而在这年轻的湘大校园里,一批又一批的学子们不也正是凭着这种始终如一的昂扬奋进的气概,以一份辛勤的耕耘,才换来眼下累累的硕果吗?

人是需要一点精神的,只有这样才能很好地把握住自己。少一点困惑,多一份理性,才不会觉得空乏,去追求那空中楼阁般虚幻的梦境。

我再也无法抗拒这一盏盏灯光的召唤,耳旁有一种声音越来越清晰:机不可失,失不再来,走好脚下的路哟!

这灯下的感悟正如暗夜中的点点灯光,照亮了前方的路!

——刊发于 1993 年 11 月 1 日(第 340 期)

似水流年

齐湘辉

家乡，是典型的江南水乡。一条长河，宛如白练，蜿蜒于碧玉棋盘般的田地中。微风拂过，柔波荡漾，一层层晶莹剔透的浪花轻轻涌出，浸润岸边土地。

儿时的记忆，带着湿漉漉的水印：瞒着父母，和几个要好的小伙伴往水里“扑通”一跳，将全身心舒展在水的轻拥中，互相嬉戏打闹，让柔波轻抚身体，让冷不防泼来的水溅满一头一脸……这些感觉，这份快乐，早已珍藏在记忆深处。

如今，家乡几度变迁。一栋栋高大别致的楼房不时从青枝绿叶中闪出它的靓影，再也难寻当日小农舍的影踪，但这家乡的河啊，始终不改它昔日风韵，那么温柔，简直让人怀疑大坝存在的必要。可是，大坝是太必要了，这是长大后我才知道的。如果我不知道它的故事，我凝视它的眼光一定一如往昔的柔情，而不是现在的复杂，甚至心酸、心痛了……

我的爷爷，年轻时被拉去当了国民党的兵，无奈地留下一个破碎的家庭。奶奶带着三个嗷嗷待哺的孩子，用她羸弱的肩膀，硬撑起这个家，她和村里人一样艰难地活着。这一年，庄稼长势出奇地好，凝成她心中的希望。然而，老天突然暴怒，大雨滂沱，水势猛涨，一夜之间，奶奶的全部希望化为乌有。面对地主的频频欺侮，面对黑沉沉的无望的天，她绝望了。一个夜色浓重的晚上，河中又多了一个冤屈的孤魂，村中，又多了三个懵懂的孤儿。

其实，没过多久，天就破晓了。晴朗朗的天下，热烈喜庆的气氛中，众多的手给这肆虐已久的河流戴上了枷锁——大坝。人们感激喜悦的泪珠从憧憬的眼里坠落，洒入变得服帖的河里。

河水一年年流逝，流去人们的喜悦、人们的狂热以及三年自然灾害。不知怎么的，河水又不安分了。时涨时落，甚至有几回冲出大坝。一场史无前例的政治大风暴降临了。人们的眼睛变得迷茫。我那后来历经千辛万苦回来的爷爷，因为“历史问题”，被挂上铁牌，被戴上高帽。某夜，他用颤巍巍的手摘去了世人所强加的屈辱，带着一腔悲愤的眼泪，投入河中，去寻找他那失去的爱侣与尊严。

地球，依然在运转。河流，仍旧是哗然。在煎熬与等待中。幸福降临了。大坝修固了。河流，静静流过绿田，滋润着两岸饥渴的禾苗，默默地将它们染成丰收的金黄。炊烟，从容地从家家农舍上袅袅升起，弥漫在冥冥薄暮中，构成乡村久违了的祥和美丽的黄昏即景。

几度风雨，几季春秋。如今，我的父辈们依旧在河边辛勤劳作，播种希望，播成无边的田野和美丽的荷塘。他们的额头，尽管仍刻着岁月的痕迹，眼中，却再不见往昔的迷茫。我的小侄儿们如我儿时般，在河边尽情嬉戏。他们无忧无虑……也许，村中那位老人会在某个冬夜晚感慨地说："那时候……"可那已是遥远的过去了。

——刊发于1994年4月10日（第351期）

理想，在长大

周义祥

“小的时候，你最大的理想是什么?”不止一次，别人问我。

“当一个乡间售货员。”我如实相告。接着，总是引来哈哈大笑。

故乡在水乡洞庭湖一个新开垦的农场，地广人稀。父母终日脸朝黑土背朝天，总有忙不完的农活，暑假农忙总得抓上我做帮手。

我是极不情愿的。因为劳动强度大，尚在发育的瘦弱的我，极难适应。况且一望无际的平原上没有任何遮挡，夏天的太阳火辣辣，一天下来，嫩嫩的皮肤被便烤干了汗，烤出了油，烤成了黑色，不久皮肤就发干起皮，然后开始脱落。这时，会像被开水烫过似地疼。

中午出工，一面在心里愤愤地怨恨父母太不讲人情，一面在父母的责骂声里背起农具。每次总得经过路边的一个商店，站在仿佛是烧透了的砖窑的阳光下，看见站在阴凉深处的商店售货员，总是羡慕万分：

真想做一个售货员，售货员不要在太阳底下流黑汗!

这个朴素的愿望一直被珍藏在心底。

生活赐予我的比我向它要求的似乎要多。在一个风和日丽的日子，我渡过一个接着一个的渡口，终于走出了水乡，走进了大学。以后又读研究生，毕业后堂堂正正地站在大学的讲坛上。虽然现在仍固守着一份清贫，但我终究在城市的绿树下拥有一片阴凉，也不再为起码的生存需求，在泥里水中当牛做马。教育使我摆脱了少时的艰辛，也打开了我的生活大门，想当作家，想做学者，还拼命学外语，想走出国门与其他肤色的人沟通，心比天高，再没有做过当乡间售货员的梦。

蓦然回首，我感到理想在长大，悄悄地。真为自己感到可怜，少年的理想竟如此卑微，易于满足。我经常纳闷地问自己，那时为什么没有项羽“彼可取而代也”般的雄心壮志呢?

想起《西游记》里一段熟为人知的故事：如来佛对大闹天宫的孙大圣说，只要你能跳出我的手掌心，就把天宫让给你。孙大圣想，自己一个筋斗就能翻十万八千里，难道还跳不出方圆不满一尺的手掌？他使劲一跳，结果还是落在如来佛的手掌里。

又想起庄子的一个寓言：黄河之神河伯，看见秋天里成千上万条溪水注入黄河，河面顿宽，便欣然自喜，黄河真大呀，世上没有哪条河流能和它相比，我就是最大的水神。哪知他东行至海，看到海的浩渺，才感到自己渺小，惭愧自己自以为是。海神却告诉他，大海还不是最广阔的，海之外，还有天地，还有宇宙。

山外有山，天外有天。只有站在高山之巅，立于云端之上，才能知道。

不能与井底之蛙谈论海，不能与只生存于夏天的虫子谈论冰，不能与见识浅陋的人谈论人生大道，贾府的焦大不会去爱林妹妹……环境是怎样地制约着人的理想和行为呢，人类的理想似乎永远跳不出如来佛掌，走向绝对自由。

然而，尽管人们对自己出生的环境如同容貌一样无法选择，但是人们仍然可以拓展或改变环境。

每次回到贫困依然的故乡，看着那些在泥里水里度过童年的孩子们，我总在想，还有不少的少年在做类似我那时卑微的梦吧，那些从未走出过水乡、走出过大山的孩子们，那些把吃饱饭、穿足衣当成自己全部愿望的孩子们。我知道，他们中不少人有这样或那样的天赋，有些人的天赋甚至是惊人的，却如地底蕴藏的能量，很少被开发、利用。

沉重的大山埋藏了无数人的天赋，滔滔的流水带走了不少人的梦幻。环境是残酷的，在它的囚禁下，不少天分不薄的人，成了它终生的奴隶。

我总想为那些可怜的孩子们做些什么，我有一个真诚的祈盼：人们能走出自己出生的环境，让理想在更大的空间中去沐浴阳光雨露，不断长大。

我想，这就是人类的希望工程吧。

——刊发于 1994 年 10 月 28 日（第 361 期）

今秋，我们有约

向风行

告别由书山题海交织的流火岁月，用智慧和汗水换来我们期盼许久的约会。今天，你踏一曲雄壮的旋律，带着憧憬，带着自豪，跨进三道庄严的拱门。从此，你的灵魂、你的思想注进了一个新的名字——湘大人。

湘大人。这是一种无声的激动和信任，是一种对知识的承诺和延伸，是一行飞扬着青春神采的诗句。朋友，当你面对着鳞次栉比的建筑楼群，面对着高耸的自修楼里座无虚席的莘莘学子，面对着苍翠葱郁的林荫道上手捧收音机与朝阳共语的男孩女孩时，你激动陶醉的心神能不感受出一种深重的震撼？这就是湘大精神！复校后20个春秋的风风雨雨中锤炼出来的“团结、勤奋、求实、创新”的精神！20年前，这里曾是一片凋零的黄土，一抹刺眼的风沙，是一位位勇敢的拓荒者、一个个坚强的建设者从大江南北，从祖国的四面八方走进这片黄土地，用一砖一瓦把这座大学城从荒野中矗立起来的。20年后，这些湘大的奠基者已年逾半百，成为饮誉中外的学术权威和知名教授。他们用饱经风霜的生命历程为年轻的湘大书写出一页沧桑、一页辉煌。而今，你，我，湘大人，捧起这部珍贵的书，阅读的是一种豪情，一种荣耀，一种扎根于每一位湘大人心中的湘大精神和思想。当你接过这光荣的接力棒时，请携起希望，把微笑抛向未来。

此刻，心头又泛起昨日的感觉：人生并没有冬眠期，需要我们不断地充实和完善。大学里的日子似东流的水，匆匆带走许多梦中的承诺。晚霞中被抹上片片金黄的游息亭，正如梦中多少次追寻的伊甸园。可是，这并非曾经顶着严寒酷暑苦苦耕读所企求的收获。青石小径一如故乡那条幽静的石阶路，铺满了父母劳作的希望，闪烁着乡亲期待的目光。风花雪月的故事只是一种华而不实的浪漫，只会涂鸦出许多失望和伤心的泪水。青春描绘出最美的图案应该是七月从故乡延伸出来的一条实实在在的路。跋涉者需要永恒的拼搏和耕耘，需要在北山的夕晖中、南山的晨曦里用生命之犁将春夏秋冬深深耕读，需要去教室用飞舟闯荡科学文化的险滩和峡谷。

朋友，既然我们有约，在真诚的祝福里，让我们约定一个目标，许下一个心愿：踏上征程，走向明天的新生活。

——刊发于 1995 年 9 月 1 日（第 383 号）

步入拱门

陈茶香

接到录取通知书时，我并没有那种步入“象牙塔”的优越感。然而，当我提着行李迈着疲惫的步伐从汽车上下来时，眼前豁然一亮，三道拱门兀立眼前。从拱门下穿过，见一块书写有“数风流人物，还看今朝”的石碑正立中央，心中好生激动——伟人手迹！再往前走，便可见林荫大道如阡陌纵横，四通八达，苍松翠柏，蓊蓊郁郁，高楼林立，错落有致，真像进了迷宫。心想：如此幽雅的环境真是个读书的好地方！憧憬中的“象牙塔”又在眼前浮现了。

天公偏不作美，太阳好毒，把我们晒得筋疲力尽、头昏眼花。适时，一张张陌生的但始终微笑着的面孔向我们走来。他们伸出热情之手，指引我们报名、缴费，帮助我们搬运行李。一个穿连衣裙的女孩，提着我的行李对我说：“我也是中文系的，是你师姐。”我怯怯地跟在她后面，望着她那始终微笑着的脸以及被汗浸湿了的裙子，好感动，这热情的微笑似春风般温暖，在我心湖上拂过。

夕阳落下时，目送哥哥远走的背影，心中不由升起一股怅然若失之感。生性倔强的我忍不住哭了。这时，一个极为熟悉的乡音不知从何处冒出来，如童年时分炊烟袅袅之时母唤儿归那样亲切，轻轻地震动我的心灵。那几句熟悉的浏阳话，像一条情感纽带，把我们的心联结起来。

“有空就来玩!”

“有事就一定来找我们!”

离别亲人，孤独的心终于找到皈依的家园。从浏阳河畔走来，在湘大，共同开拓一片属于我们自己的天地。我的心跳得好野，一句乡音就能让我感觉到父辈般的亲切，一句乡音足以安抚一颗游子的心。

清风轻拂，月光如水。没有节目主持人，没有披灯挂彩。就在文科楼前面的草坪里，四十颗激动的心在一起搏动。在朴素的晚会上，同学们自告奋勇走出来，露出自己的拿手好戏。相声、小品、猜谜、演讲、唱歌，好浪漫！曾紧闭的心扉又开始敞开，心与心开始沟通、相撞。你一言，我一语，谈今朝，谈未来。共同的理想之鸽飞起：青春年少之时发愤图强！湘大使我们从陌生走向熟悉。从此，我们便是湘大人!

“我欲因之梦寥廓，芙蓉国里尽朝晖。”湘大，我还有什么话可说呢？短短的几天，我看清了你——芙蓉国里的一朵奇葩。选择湘大，选择中文系，我们无怨无悔!

哦，湘大，我看你，美丽如诗画，热情如春风，亲切如父母，朝气蓬勃如早晨八九点钟的太阳。相信吧！希冀就在这里诞生!

——刊发于 1995 年 9 月 29 日（第 385 期）

青春无悔

廖　琦

有风无信的日子，自我尘封，独品都市斑斓缤纷，炎凉世态的迷离幽深。慰藉经历的苦涩，流泪过后心灵的颤动。

于是，我不得不学会等待，像老僧入定的禅境。等待有开始有结局。

努力学会用坚韧和智慧铺就脚下崎岖的路，半是蹒跚半是跌倒。路上的一道道绚丽的风景，让我抵御的不只有缱绻和戴望舒的《雨巷》中太息般的眸子和飘散丁香芬芳的倩影。还有拒绝沉沦，远离狗苟蝇营及虚名的诱惑。

我懂大山为什么沉默，是让树儿生长花儿开放。也懂繁华鼎盛时分的寥落、孤凄。寥落、孤凄孕育着充实、丰裕。裸露贫乏的日子，自己打捞自己苦中的喜悦。有时，少一些牵挂，多一些茫然无知，天空或许还亮丽些，特别是莘莘学子沙滩上的爱情。

石沉大海吧，如一瓣刚出生的叶子，落入五彩七色的春季，无声无息。默默的情怀，一枕悠长的惦记，青春呵，无悔。

——刊发于 1996 年 3 月 31 日（第 394 期）

红皮鞋

叶　茜

元最爱穿着她那双红皮鞋在寝室走来走去了，那是她妈妈送给她的生日礼物。

元是个清纯得让人嫉妒的女孩，一天到晚都挂着甜甜的笑。元心地特好，谁要是心里有了疙瘩，她就坐在你身边给你唱歌，直到那轻柔的歌声让你不由得舒心一笑。元的功课也很棒，第一名总是元的。大家都很喜欢她。

姐妹们最高兴的时候莫过于收信了。元的信总是最多，也是最抢眼的：硕大的雪白的信封，左下角还印着一朵美丽的雪莲花。那是元在西藏工作的妈妈的来信。于是我们都知道了元有个在西藏工作的妈妈，是全国劳模、人大代表……我们都为元有这样一位优秀的妈妈而高兴……

有一阵子，元有的来信中不见了那朵雪莲花，偶尔也见元清纯的脸上露出一丝黯然，不过天真的姐妹们从未想过什么。

又过了一阵子，元的妈妈又来信了。元兴奋地捧着信飞回寝室大声宣告："我妈来信了。""元，妈妈工作很忙，不能回来看你。希望你认真学习，要真诚帮助同学，不要斤斤计较……”

元带着骄傲的笑容给我们大声读着信。我们兴奋地抢着信看。不过，信封上少了那朵雪莲花，信封上的字也有点异样。天真的我们还是感染了元的兴奋，未曾多想。

一日卫生突击，元不在。在搬元的桌子时，掉下一个淡黄的日记本。我们好奇地翻开，一行字赫然闯入：公元一九九四年十二月二十一日上午九时，妈妈执行公务，不幸滑下山崖，永远留在了那雪莲花开的地方……再往后看，竟是与元后来每次给我们念的她妈妈的信的内容一模一样！恍然间，我们一切都明白了：为什么那一阵子元的信中不见那朵雪莲，为什么元的神情有丝黯然，为什么信封上的字体我们似曾相识，为什么元后来总穿那双红红的皮鞋……

也许，此刻的元又在为哪个“不快乐的友人”唱她轻柔的歌吧。什么时候，也让我们为我们的元唱一首呢？

——刊发于 1997 年 3 月 26 日（第 417 期）

帘

雨　禾

吾室窗帘，蓝底白花，一如湘大的天空，静谧、辽远。

每每步入宿舍，望帘安逸垂拂窗前。“由此登堂入室，任君步月凌云。”仿若进入在一个淡蓝天幕浮游几片白云的世界里，心内纯明而澄澈。

吾桌正位于窗前，依帘伴景，占尽天时地利。室友几番以重利诱吾之位，吾皆婉言曰：“此等洞天，非是轻易所能领略也。吾吸日月之精华，浸天地之甘露，三年以久，方渐入佳境，岂能半途而废?”欣欣然，自是悠然而坐。

轻轻拉帘，夕阳斜斜射入，在迂挤中托起薄暮的最后一线辉煌。人无语，帘无语，只有日头留在帘上的残热微暖掌心。帘正对着的是另一栋女生宿舍，楼层上飘曳着如万国旗舞动的衣物，中间依稀吊缀的是蓝底白花抑或其他杂色的帘，可以隐约看见帘间闪动的人影。偏左的方向，是挤过两楼夹隙的一块天空。天空远处是一截稀稀疏疏长着些半大树的山坡。近处是稍伸出围墙的几个浓密的樟树树冠。我知道，山坡那边是一片橘林，每到橘熟时，常可看到三三两两的大学生踟蹰移动的缩小的身姿；近旁的树冠下是一条通往男生宿舍的水泥小道，我不愿轻易涉足这条小路，总期待那下面是一块铺着积叶，有点青苔，间或可以发现一两个蘑菇的林地……吾室较小，挤挤挨挨地住着 10 个人，待得久了，便有一种郁闷和压抑。此刻望望帘，望望帘外的天空和天空下的景色，心情一下就被洗濯得如高原晴空般清澈纯净。

沏满茶杯，拿起书卷，又慢慢将帘拉拢，帘边重叠在桌上。从窗隙透过的风微微鼓吹着帘轻幽幽地荡起来，素花如涟漪，一漾一漾，满室便是一种清雅素淡的氛围了，“我有一帘幽梦，今夜与谁能共。”女孩淡蓝色的梦幻，不期然地被帘托起，醺然上心头。打开录音机，室中便弥漫着轻轻柔柔的音乐了，一种无形的真气灌注着全身上下每一个细胞。刹那间，万事万物都幻化作空山灵雨，忽地飘下了温柔的雨丝。空灵之中，似乎听见桌上几朵待开的玫瑰绽放的声音了，战栗栗的。

灯熄了。倦怠了。爬到床上，空气便从不同的方位喷泉般涌出。室友们拉开了话匣，话流的余震使帘微微展眉。路灯散射的颗颗光点的颤动宛如帘上无数精灵的喧闹嬉戏。帘也有灵性么？我们拢一帘幽梦时，我们的梦中有帘，帘的梦中也有我们么？一声汽笛呼啸着划破夜空，那是夜行人的火车，车上是在外的游子么？今夜他们可曾垂挂一扇心帘。倾听家中帘拢的思念与祝福？

默默斜倚床头，思绪在帘拢的氛围里逡巡。是呵，帘外是一番世界，帘内是另一页风景。一帘拢一室春秋，一帘凝一室温情。帘内之人掀起帘看帘外，帘外之人透过帘看帘内；帘外之人，帘是他们的风景，帘内之人也自隐约成帘的风景。

帘内融合着人生百味，帘外定格着人生短驿。生活孕育着每一个哲学的圈子，每一个哲学的圈子都在帘外。透过一扇帘，阅尽人间春色，尝透苦尽甘来。

——刊发于 1997 年 4 月 15 日（第 419 期）

从少年农民到青年教授

王澧华

三次报考湘大

第一次报考湘大是在1977年冬，16岁的下放知青，听说上大学再不兴推荐，而是凭本事过考，我便与高中同学，那会儿却是农友的袁三一（现名袁智能，亦湘大校友）找到几册高中课本，在干完一天的农活之后，趴在煤油灯下开始复习。两个月后，我们几个应考者赶到公社中学，当晚我还熬了一个通宵。现在只记得语文试卷的第一道题目："Wǒmen de Mùdì Yìdìng Yào Dádào。"

考完又去当农民。没多久，我与袁三一同时收到了预选通知。我们连忙跑到县城，脱光衣服做体检。医生问我："你怎么这样瘦啊?"三一的屁股上还不轻不重地挨了一巴掌。他哪里知道知青是吃棉油甚至是吃红锅子呢（棉籽榨油，黑而黏，难吃。有时连棉油也吃不上，锅里无油，干烧菜，叫"吃红锅子"）?

体检前后填报志愿，我当时一门心思要当作家，以为中文系是作家的摇篮，而湘大则是省内唯一的综合性全国重点大学，便义无反顾地填报了湘大。一天，我与三一正在山上伐树，几个女同学喜气洋洋地跑来报信："录取了，湘潭大学，你们两个!"我和三一急忙赶到县城，一问才知是个美丽的谣传。

第二次报考湘大已在半年之后，身份仍是农民。头四场考得不错，引来许多监考老师围观。第三天考语文，手表却慢了一小时，等到户外寂无一人，我这才狂奔入场。至则见监考人（我的中学老师）焦急万状，差五分钟就不准入场了！我心急火燎，提笔就写，笔杆跳得老高，几乎碰到鼻子。考完之后填志愿，我与三一约定：一不做，二不休，还报湘大！9 月份，湘大的录取通知寄来了，我与三一双双入选，这回可是真的了。

第三次报考湘大已是 1985 年，我作为在职教师报考本校硕士研究生，拜师萧艾先生，研习魏晋南北朝文学。考前朋友纷纷预祝，甚至劝别人不要考了。成绩下来，我排在最后一名。事后得知，这是萧艾先生为折吾骄气而施加的下马威。我现在之所以逐渐归于平实进而以此为号，即始于此。

在湘大成长

迄今为止，我在家乡生活了 17 年，却在湘大学习、工作了 20 年。唐人刘皂有诗曰："客舍并州已十霜，归心日夜忆咸阳。无端更渡桑干水，却忆并州是故乡。"不同的是，刘皂作诗时已离开并州，而我今天仍在湘大。我把金子般的岁月留在了湘大，而湘大却给了我比金子还要宝贵的知识、能力与机遇：

第一次听教授讲课，是羊春秋先生讲唐诗欣赏：左手一副眼镜，右手一支粉笔，信手拈来，一字不爽，叫人叹为观止。

第一次听学术报告，是沧南先生讲毛泽东思想：旁征博引，风度翩翩，叫人叹服不已，第一次看教学片是《钗头凤》，刘庆云先生事先讲解陆、唐原作，且声情并茂地吟唱起来，令我们同学赞不绝口。

第一次走进萧老师家门，是在遍查字典而不获的情况下，贸然敲门，自报姓名，请教一个冷僻字。萧老师循循善诱，诲人不倦，第二天又在大庭广众之下公开表扬。这种激励，对我至今仍发挥作用。

第一次发现线装古籍的错误，是在图书馆抄了一二十万字的古书之后（当时没有复印条件，古籍又不能外借，我便硬着头皮抄了，女馆员允许我在书上予以纠正，并开始提供优惠借阅……）。

1982 年毕业留校以来，更有许多感人之事叫我难以忘怀：1983 年与 1990 年，湘大两度送我外出深造；1988 年，湘大将国家重点项目《曾国藩全集》整理的组织工作，交给了我这个当时只有 27 岁的年轻人，1996 年，《曾国藩全集》全部出版之后不久，我被破格晋升为教授；1995 年，我被湘大聘为中文系最年轻的研究生导师，现在，我指导的第一名研究生已被广州市委宣传部录用；1994 年以来，湘大在经费并不充裕的情况下，累计拨款7万，让我主编《曾国藩学刊》；1995年至今，我作为首批跨世纪学术带头人培养对象，每年享受万元科研专款；1995年，湘大放手让我负责省级重点学科“中国古典文献学”学科建设；1998年，我又受命负责“中国古典文学”硕士学位点工作……

回顾这20年来的成长过程，我深深地感受到，是湘大培养了我，是湘大把我从一个少年农民培养成了一名青年教授。这份感激，这份自豪，谁能说得清？

——刊发于1998年5月15日（第446期）

我与湘大一起成长

王继平

我第一次听说湘潭大学的名字是在1976年。那一年的8月，我作为一名下乡知识青年中的文学爱好者，参加了湘潭地区文艺创作室举办的文艺创作学习班。班上请了一名湘潭大学的教师给我们作辅导报告，他给我们介绍了刚刚恢复建校的湘潭大学的情况，给我留下了深刻的印象。一年多后，国家恢复高考制度，我参加了考试。填志愿时，首先涌上我脑海的便是湘潭大学。

1978年3月初，我作为国家恢复高考制度后的第一批大学生，跨进了湘潭大学，成为政治系政治专业（一年后改为历史专业）的一名学生。那时，学校刚刚恢复建校，条件很差。既没有教学楼，也没有图书馆，整个学校只有四栋学生宿舍，五六栋家属宿舍。我们上课、吃饭均在现在的校门口粮店的平房里。下雨天，地上全是泥泞，条件是相当差的。但是，我们七七级的同学，下过乡，当过兵，当过工人，经历的艰苦比较多，对这些条件并不特别计较，以我来说，在矿山长大，又下乡三年，知青的生活比这艰苦多了。因此，对来之不易的学习机会特别珍惜。回想起来，我们的学生生活有三个方面值得回味。一是思想活跃。当时，国家正从十年动乱中走出来，开始拨乱反正的思想解放运动，同学们对社会上发生的事情非常关心，积极参加讨论，发表看法，真所谓“风声雨声读书声，声声入耳；家事国事天下事，事事关心”。有时为一个问题争得面红耳赤，难分胜负。我记得曾经为“文化大革命”的评价问题，我与一位同学（他现是华南师大副教授）一直争论到第二天凌晨，几动老拳。不过，争论归争论，彼此的关系并不受影响。这种争论活跃了我们的思想，也锻炼了我们的政治敏感度和明辨是非能力。

二是学习刻苦，自觉性很强。可以说，我们利用一切机会学习。课堂上听讲十分认真，与老师的交流非常频繁、密切。老师的敬业精神、学生的求知欲相结合，形成一种良性的互动。我们常常主动到老师家里请教问题，老师也乐意到寝室答疑，课余学习也抓得很紧，基本上都在教室（以后在图书馆）自习。当时学校教室熄灯较早（大约十点），于是我们几乎人手一盏煤油灯，吃完晚饭就带到教室，灯一熄，我们便挑灯夜战，不到十二点以后是不会回寝室的。记得我几乎每天都是与徐联初同学（时任人民银行湖南省分行副行长）一起挑灯夜自习，到深夜，学校检查教室，我们隐约听到脚步声，赶紧吹熄灯，等到脚步声远去，又继续点燃油灯自习。当时我们从没有“读书有什么用”的疑问，只有“书到用时方恨少”的隐忧，自我压力很大。为了充实自己，我们全班同学几乎都自费订阅了本专业方面的杂志，以扩大知识面。学校也经常邀请国内的名家来校给我们讲学，如中科院的钮钟勋、兰州大学的赵俪生、四川大学的隗瀛涛、华中师大的石声淮、湖南师大的陶懋柄、王永康等均为我们系统地上过一门课。

三是自我管理能力强，生活朴素。班上设有党支部、班委会、学习小组，举凡学习、生活、文体等活动，均由自己管理，班干部负责，同学也很自觉。寝室卫生、宿舍卫生都是同学们自己动手打扫，没有临时工打扫这一说，也从来没有把水倒在走廊、住楼下倒的现象发生。记得有一次，班上一位同学使用卫生间后没有冲水，彭对喜（时为班干部，现为湘西州委书记）追踪而至，狠批了这位同学一顿，大家也觉得很应该，那位同学也虚心接受了批评。还有一次，湘潭市放映印度电影《流浪者》，全班同学都想看，中午集合在校门口等车前往。沧南老师闻讯追到校门口，批评我们占用下午的自习时间看电影，同学们接受批评，马上赶回教室自习。平时同学们生活朴素，即使带工资上学的、家庭条件好的同学，也很节俭。一般很少到湘潭市去，一学期难得去一次，偶尔去一次，多半是得知有好书卖，我们也都是步行前往，其乐融融。在街上即使不能赶回来吃饭，也是光头面加自来水解决问题。班上有位同学经常上街买书，步行往返，中午吃一碗光头面，喝一通自来水，同学们戏称他为“光头面”。有时，我们也敲带工资的同学的“竹杠”，要他们请客看电影。时任省外经委当纪检处长的喻盘庚，就是我们寝室被敲的对象，他也十分乐意解囊。总之，同学们都十分朴素，从不奢侈。

这些都是二十年前的往事了。时间过得真快。当年我们走进湘大的时候，学校建校二十年（复校只有三年），我也正是二十年华。现在，我与学校一起迈入不惑之年。经过二十年的创业，她已发展为一个初具规模的、学科门类比较齐全、学术水平较高的综合大学。这是一个艰难的创业过程，在这一过程中，我自己也从一个大学生成长为一个教授。从二十岁到四十岁，可以说，我把一生的最好年华留在了湘大，而学校的老师们也把我从一个知青培养成为一名教授，又可以说，我与湘大是一起成长的。虽然，学校目前与国内名牌学校相比，还有相当的距离，某些方面的条件不尽人意，但她毕竟在不断前进。也有人说，湘大留不住人才，不是人才的才留在湘大。但是，我以为湘大的希望，就在那些以湘大为家，以湘大为荣的默默苦干的人们身上。即使因为某些原因，我离开了湘大，我仍然会以湘大为荣。毕竟，我在这里度过了我一生中最美好的青春年华。

——刊发于 1998 年 6 月 10 日（第 449 期）

精神家园

周逸风

那个秋天，我带着乡下孩子全部的想象和憧憬，告别眼角含着泪水的老牛，告别篱笆上爬满了白色花的家园。拍净身上的泥土和草屑的气息，穿过了宏伟的三道拱门，用乡下孩子特有的羞涩打量着这个新奇的世界，一如刘姥姥进了大观园。那一天阳光特别灿烂，我站在三道拱门下，望着校园内那宽阔齐整的道路，似乎那就是一条金光大道，在我面前延伸……

这是一种与往日完全不同的生活。我坐进了宽敞而明亮的教室，拿起纸和笔，开始描绘我的未来，我走进有着丰富藏书的图书馆，与那些伟大的灵魂进行内心的交流；我开始习惯走在黄昏的林荫道上，有时摆着一幅忧郁的面孔，思考着诸如“我是谁，从哪里来，到哪里去”的问题；我开始习惯把手中的废物扔到垃圾箱里去，在排队的场合规规矩矩。总之，这种文明、充满了文化意蕴的环境潜移默化地影响了我。

我熟悉的锄头，它还紧握在你亲人手中；我熟悉的箩筐，盛满了父亲的粮食和血汗：我熟悉的炊烟，像母亲的白发亲切感人；我熟悉的月亮，开始在老祖母的嘴里露出半边脸来：“一块红铜，挂在省城，好想去取，又怕腿疼。”如今我深深懂得了这首童谣，理解了其中的意蕴。如今我坐在这美丽的大学城里，做着一种与祖辈截然不同的色彩斑斓的梦。

我读着帕斯卡的句子：“人不过是一株芦苇，自然界最脆弱的东西，可是，他是会思想的芦苇……”我想起家乡河边上那丛芦苇以及芦苇一样的人们。我该明白“人是比压倒他的世界万物高出一等”的道理。我思索着父辈不能思索的问题，我仰望着头顶的星空，并在内心的道德法庭里审问自身。

我紧紧拥抱住了自己的精神家园。这里有深邃的思想，这里有除掉我思想污垢的清洁剂，这里有无穷的智慧，它教我知书并且达理。

多年以后，如果有人问我人生的重要转折点在哪里，我会不加思索地说是大学。那宏伟的三道拱门宽容地让我走进来，又庄严地送我走出去。进来出去之间，我已脱胎换骨。是它给我智慧和勇气，教我好好做人。它是我一生中永难忘记的精神家园，那该是我在梦中唯一的依恋，我怎能在别的土地上寻找。

——刊发于 1998 年 9 月 6 日（第 453 期）

数星星的梦

何志飞

小学时代，也许再也找不到第二篇课文，能像《数星星的孩子》那样鼓动我，每当夜晚来临的时候，我总会仰望星空，执拗地数星星。

那时，我决心要与那数星星的孩子一比高低，而且好胜的心只想赢。

此后的星空灿烂依旧。不知不觉地，童年远去了，少年远去了，青春年华也在悄悄地流逝。我不知道那一切是怎样失去的，它们正如一捧握着的沙，在我每一次不经意的松懈中无声无息地漏掉，来自尘土又复归尘土。

而我当年数星星的梦，在这漏沙的岁月之中渐渐抽空，终于抽空成为一叶往事的书签。翻读已尘封的往事，瞥到那不再闪光的梦想，我默默无语。当年数星星的孩子后来成为照亮多少世纪的张衡，而我的梦想却成为以后羞于启齿的笑话！理想理想，有利就想；前途前途，有钱就图，活那么累干什么，如今流行过把瘾就死；识时务者为俊杰，何必自寻烦恼自讨苦吃……在随风乱舞的黄叶上，我找到了与它共通的脉络，条条缕缕掩不住枯萎的本质。

而在某个夏夜的一次夜行中，我忽然听到录音机里传来的歌声：“……曾经在满天的星光下/做梦的少年/不知道天多高/不知道海多远……”那略显嘶哑的嗓音浸染了整个夜色，被晚风一阵阵地送过耳边，仿佛忏悔着少不更事老无成的一生虚度，久久萦回那无可言传的痛楚。

久违了，这种感觉。我痴痴地驻足聆听，直到最后一个音符如梦如烟地消散。星垂平野阔，月涌大江流，这如此静穆又如此广袤的天地，衬着我，一个曾经无数次地做过数星星的梦的年轻人，一个曾经暗暗发誓要超越多少光耀千古的风流人物的年轻人，而又正是这样一个年轻人，如今却竟已不知道他自己到底是谁，活着又到底是为了什么……

消散在夜空的歌声从此只活在记忆里，而那满天星光依然在闪烁着变幻无穷的光芒，在跳荡着生生不息的旋律，只能让我远远地站在远得不知隔了多少光年的地球上，仰望着，倾听着，追寻着，思索着。此时此地的那点点繁星，显得如此渺小、如此脆弱，但我终于知道那不过是错觉，而那错觉如果得不到一切可能的挽救，我们也许还在自高自大的虚妄中洋洋得意……

仰望星空，我再次想起那个数星星的孩子与他创造的时代。同样在数星星，有人能够闪耀出生命的光芒，有人却终于湮没在漫漫时空里。难道，那仅仅只是一个数星星的故事吗？

——刊发于 1998 年 9 月 6 日（第 453 期）

永远的湘大情结

肖建国

岁月推着我匆匆前赶，很多事情转瞬即逝，可是一些地方、一些人，却像雨后的嫩笋越来越凸现出来。

想起母校湘潭大学，心里就充满了感激，充满了一种深深的眷恋之情。

我们是1977年初到湘大的。那时候我已在长沙卷烟厂做了八年工人，中间也似乎有过一两次上大学的机会，可是都在不经意间错过了。只有那次到了湘大，正值湘大招生，我才认真起来，多方奔走，几经努力，终于如愿。这似乎有一种宿命的味道，似乎我就在等着湘大招生的机会。

我们是湘大中文系第一届学生，也是“文化大革命”最后一届工农兵学员。对这批大学生，还有一个专用名词，叫作社来社去。

我们从哪里来的，毕业后将还回到哪里去，我想这个并不重要，重要的是终于有了上大学读书的机会。我躺在长沙烟卷厂单身宿舍简陋的木板床上，想象着大学里宽敞明亮、藏书丰富的图书馆、浓荫匝地的林荫道，心里充满了幸福和向往。

然而当汽车把我送到坐落在羊牯塘的湘潭大学时，一下子懵了。我站在被北风冷雨冻硬的土地上，茫然四顾，眼前是大片的黄土坡，寸草不长，连稍大一点的树都没有一棵。公共汽车终点站的土坪上，直直地竖了块牌子，上面写着“湘潭大学”几个字，这就算是校门了。简陋如斯，令人不安。跨进校门是一条宽宽的长长的土路。路有大约五百米长，路的那头矗立着几栋学生宿舍，白墙黑瓦，在黄土地的衬托下，格外耀眼。土路右边的不远处，是一排教工宿舍。宿舍的墙壁都没有粉刷，能看到细细的变黑了的墙缝。土路下边、学生宿舍前头，有一个篮球场，球场是一块只经略略修整过的土坪，凹凸不平，偶尔还有一两块炉渣顶出地面，狰狞凶狠，暗含杀机，看着心惊。

中文系的学生宿舍在第一栋。那时候学校办公大楼还在建造之中，学校宿舍的一楼就作了系办公室。我们住在二楼。宿舍很大、很宽敞，两边各摆三张双层木床，一间宿舍就可以住十二个人。1977 年初，中文系只招收了我们这一个班，三十一个男生，连三间宿舍都没有住满。每日晨昏，我们站在走廊上，凭栏远望，看着面前一漫而下的黄土地，看着远处的阡陌田野和绿树掩映中的农舍，心中常有一种无法言说的情绪在翻腾。

那时候的学习生活真是很艰苦的。没有教学大楼，几间临时作教室的房子在“校门”外的土坡上，平房，没有天花板，抬头就可看到黑黢黢的屋瓦和刨得支支愣愣的梁木。地面自然也不平整，差不多每张课桌下面都要垫点木头纸片才能放平稳。湖南的春天雨多，常常是上着课，突然“哗”的一声从某一处瓦缝中漏下雨水来了，于是教室一阵忙乱，老师和学生一齐动手，将课桌调整一通。然后，伴着外面哗哗的雨声和室内滴滴答答的滴水声，继续上课。老师慷慨激昂，学生敛耳静听，一派肃然。

我们进校时，除了几栋学生宿舍和教工宿舍，最显眼的建筑物就是学生食堂了。学生食堂的功能很多，平时作食堂，逢有全校大会，就又作会场。临时摆一张蒙了白布的长条桌，就是主席台了，前面放着几排靠背椅，是供领导和老师们就座的，后面以系为单位划了白线。通常我们是自带凳子，排着队，唱着歌进场的。我们听着主席台上的领导大声讲话，闻着淡淡的油盐香，能感受到一种难得的人间烟火味道。我们在这临时会场里，参加过开学典礼，听过学术讲座，听过党课。大学一年级照例是要上体育课的，这时候食堂又成了体育馆。我们在里面打乒乓球，打篮球（只运球和传球，不投篮——没有篮球架子，怎么可能投篮呢），打羽毛球，做广播体操。有一次跳鞍马，飞跑中我踩在一块肉皮上，陡然滑倒，崴了脚，一跛一跛过了半个月才好。

半年以后，七七级同学进校了。这是“文化大革命”后第一批经过全国统考进入大学的学生，差不多集中了十年来同龄人中的精华（当然也还有后来七八级的同学），那种自负感和优越感是不难想见的。这样一来，作为最后一届工农兵学员，处境就变得十分尴尬。同学中传染着一种深深的自卑心理。

系里的领导和老师却丝毫没有歧视我们的意思，娘痛背时崽，相反地更加爱护和关照我们了。

传说中大学的老师是很少跟学生有过多交往的，可是我们跟老师的交往却很多，甚至不少已超越师生情谊，成了朋友。每个星期六的晚上，都有老师到我们的宿舍里串门、聊天、补课、指导做作业。常常聊到很晚。那时候有的老师还没有分配到住房，还租住在附近农民家里，这时候同学们就会全体出动，打着手电筒，前呼后拥送老师回住处。

我们进学校的时候，图书馆还没有正式开放，老师们的书房，就成了随时向我们开放的图书馆。我那时候读书很努力，每天熄灯以后，还要点上自制的电石灯，读上几个小时。每次借一包书回来，几天读完，便去再借。每次借书，老师们都不厌其烦地帮我翻找。多年以后，当我读到那句“读书人借书给人是傻瓜……”的名言时，才深深体味到老师们的良苦用心。

中文系办公室有个小图书馆，照规定只供教师查阅，也破例向我们开放。

湘大三年，尽管条件异常艰苦，我却系统地、扎实地、尽情地读了一些书。在这块尚未成形的校园里，真还感受到了无处不在的温暖和爱意。即使后来又读了鲁迅文学院、北京大学，我对湘大的眷恋之情却是无以替代的。

——刊发于 1998 年 9 月 22 日（第 454 期）

特殊驿站

崔景晨

一九九八年的夏天，小雨纷纷扬扬，我踏着忧郁和伤感跌跌撞撞地走进了大学校门，眼前竟是一片迷茫。我不知道该怎样面对这偌大的空寂，更不知道该怎样迎接即将开始的四年大学时光，我只知道比脸色更苍白的是我疲惫的心灵。

不久，为期十天的军训开始了。虽然我得了重伤风，但还是坚持着参加训练。我贫血的躯体在风中摇曳如颤抖的琴弦，教官严厉的目光在流动中直刺我的心脏，我无法抗拒这不可抵挡的威严，只能默默地掩埋幽怨，抛弃思维服从任何命令，不觉中，唯有茧皮在层层垒起。

每一个夜晚都必须集体拉歌。这时，嘶哑的声带只允许我静静地陪坐，但我知道，阳春白雪定是生长在这清纯无瑕的年华中。否则，为什么几次最简单的颤动，便令我峻冷的灵魂凝成美丽的泪水？晚风徐来，明月照人，青春的歌声飞扬在旷野上空，远离了喧嚣远离了红尘，置身于圣洁的音乐之中，我久旱的心漠开始涨潮。银河浅浅，却承载着我们火一样的热情。

军训第五天，我们进行了一次拉练，绕着周围的乡村步行二十多里路，最后返回出发点。我背着一书包的饼干和茶水，开始了这次艰难的旅程。脚下的土地古老而厚重，那一行行深沉的脚印仿佛一幅如诗的风景。我们在不断地前进，一小时、二小时、三小时……长久的跋涉，让我几乎感觉不到呼吸和心跳，生命在那里找到了空灵。

作为个体的自我已经不存在了，每个人都融入了集体之中，成为不可分割也不能分割的一股力量，互相支撑着前行。现在想来，如果只有一个人，那么他可能永远也走不完那条长长的路。教官以赞许的目光看着我们，仿佛在说："新一代的大学生，好样的！"

时间过得很快，军训结束了，我的伤风也痊愈了。教官走的那一天，同学们纷纷送行，汽车上的教官已是满眼泪花，他对我们挥挥手，沉沉地说："你们要珍惜这四年大学时光，其实我是很羡慕你们的……"一时间，我只觉得眼眶里湿漉漉地。

望着身上绿色的军装，想起辛苦而充实的训练生活，我不禁有些留恋，毕竟，这是我生命中一个特殊的驿站，它唤起我坚强的信念，它教会我怎样面对人生，尤其是迎面而来的大学生活。

编者附记：对有些同学来说，一纸薄薄的通知书替代不了"黑色七月"的沉重；未知的将来更覆盖不了过去的艰辛，当命运把他们推上一个新的起点时，迷茫的他们便急切需要从生活中寻找新的信念，新的支柱。我们刊登这篇文章，希望那些有同样经历，同样心境的同学能够跟作者一样：鼓足勇气，以坚强迎战人生！同时我们也相信，在湘大这片温暖的土地上，他们一定能够健康茁壮地成长！

——刊发于1998年10月30日（第457期）

一样的球场

老　六

一

球放定在角上。他们那个胖子朝它跑去，白色球衣一片模糊。场角的观众纷纷后退。天色已经很暗了，怎么这个时候来个角球。

他们那个贪球的矮个在前门柱前游移，白衣罩在身上像个小丑。我看不清角球区，只管贴着矮个，随着他挪，同时屈膝用前肩抵住他的后肩朝外拱。谁都在等球开过来准备起跳。看台上忽然鸦雀无声。

矮个子猛然往外一扯，避开我的一撞，霎时一道灰色轨迹划过我的头顶。我急忙转身——球在我的视野里，出现时，网在颤抖。哨声遽响，欢呼骤起。几个人从四面冲向矮个，同时跃向他的肩头。他挣开，谁也不理，也不欢呼，像荒原上的一匹狼，一个人勾着头没东没西地狂奔。我看不清他的脸，天完全黑了。

“机械系——”一个怪音在场外高叫着。

“加——油！”应和声洪水般裹胁着球场上空。

中文系看台一片死寂。

在剩下的时间里，他们趁我们全线压上，又一次反击得手。终场哨突然吹响。

一切光影都在昭示胜负已定。球场内外很快走空，人们各自去忙自己的事情。我们在半决赛中被淘汰，失去了争夺冠军的机会。一个多月的备战、奋战被强行封上了句号。我的大学的第一季球赛已被历史贴上了失败的标签。胶水是那个角球。

衣是湿的，腿哆嗦起来。记忆忽然就来敲我的门。一切是一场无法截断的梦，一样的球场，一样的赛制，一样的观众。但我知道，已经有什么开始被改变了。

二

足球曾经是我的腿，我的自尊，我的恋人，我的魂。在纷扰嚣乱而又无聊寂寞的时光中，足球像黑夜里的火把照亮我、温暖我、点燃我。

我六岁开始接触足球，看过1986年墨西哥世界杯，小学五年级开始参加比赛——这些已随风而去。我闭上眼睛，仍能看到足球的大小，忆起它的体重，体验到它与草地的摩擦通过帆布鞋传入神经的感觉，预察到对手在我右肩一抖时准备怎样地跨步……足球已真实而深刻地烙入我的生命。

在我黑暗而漫长的中学时代，足球像一条忠实的狗陪伴着他贫穷的主人。旭日东升时足球升腾起来，浓雾迷蒙时球儿穿梭蹦跳，炎炎烈日或漉漉大雨不能拒绝我，腰酸背痛和饥渴交加鼓励我，我已不知道自己是职业球员还是业余学生，球场之外我一无所获，大学只是个遥不可及的梦，只有绿了又黄、黄了又绿的草坪尽管将我收容。人言：不见你好学如好球者也。我曰：何以解忧，唯有足球。

雄浑的古力特，飘然的马斯滕，朴素的里杰卡尔德，我几回回梦里回球场，与巨星们合而为一。哪种停球没有默而识之？哪种带球没有择其善者而从之？哪种过人没有学而时习之？我曰：三省乎己。即使是高三，我热情不减。我用传球表达，用铲球表白，用射门表现。我试图在球场上建立我的生活哲学。

但这种哲学马上被生活本身击得粉碎，第一次高考终止了一切，我从此整整一年没有碰球。

三

冷风在吹拂我的衣领。我忽然感觉球场是如此不平，整个像刚被轰炸的广岛。我意识到这是站在重点大学的球场上。事隔一年，我却像是经历了无数个世纪的沧海桑田，又被轮回抛回到这里。我脸上架着镜片，心上蒙着尘灰，往昔的感觉早已不再。

是什么使我又回到了球场？我曾经想表达、表白、表现的究竟是什么？到底“是我们改变了世界，还是世界改变了我和你”？

风在唏嘘，路在战栗。曾经热恋的，摒弃后将不再回来；曾经追求的，获得后将不再留恋。

——刊发于 1999 年 4 月 20 日 第 470 期

毕业生手记

逸　风

一

有一只鸵鸟，当它把头埋进沙堆里，就以为大地上什么事也没有发生。偶然有一天，当它把头钻出沙堆，看见了自己的后背，突然一惊：这是什么？

在时间的沙堆里，我们其实就是这只鸵鸟。

二

摇一摇开水瓶，空的，仿佛我们的心。这个时候，连最勤快的室友也懒得去打开水了。在干燥的季节，我们仿佛一条条搁在岸上的鱼，渴望重回蓝色大海。可是，我们总归要行走在岸上。没有什么再可供庇护的了。

三

世上再也找不出这么小的床了，除了婴儿床。一排排书架在床上，仿佛神守护着我们。空间如此之小，却又如此之大。这么小的床，这么多的书，就是我们的学生时代。人一生中，再也找不出这样一个让人怀念让人感动的小小的、富足的空间了。托尔斯泰笔下的那个为足够的土地奔波至死的地主，永远也不会懂得我们富足的理由。

四

要照合影了，头发梳得一丝不苟，皮鞋擦得一尘不染。面对镜头，努力想笑，却又笑不出来，做一个什么姿势，却又觉得有点夸张。从前照相，男同学喜欢勾肩搭背，女同学习惯于手拉手，不知为何，这次却没有。终是人也寂寞，影也寂寞。

五

记得家乡枫叶树上留下的那只只蝉蜕，在阳光下无比金黄、无比脆弱，而又无比温柔。

毕业生，一只只不忍飞去的蝉。

六

米兰·昆德拉说："所有的聚会都是为了告别。"当几年前，从各个乡村、城镇赶来的互不相识的男、女中学生携着简单的行囊，为着同一个目的而聚首时，就注定了分别那一日的到来。用的不仅仅是口袋里的钱，还有时间。同几年前相比，行囊沉重了些，表情沧桑了些，不变的依然是不英俊的脸和张口就能让人分辨得出的方言。

——刊发于 1999 年 6 月 10 日 第 475 期

南山南　北山北

何云波

那天，去南山上课，从教师公寓，经秀山，下 139 级台阶，过幼儿园，学生宿舍楼，一路向南……时光仿佛在倒流，回到几十年前。那时我们就在一教上课，在一、二阶梯听讲座、朗诵诗歌、举行歌咏比赛。后来又有了三阶梯、四阶梯，人生的许多回忆，就都留在那里了。

我往南，学生却在纷纷往北走。湘大的根在南山，而北山，见证的就是湘大的发展，是新兴的湘大。想起那首湘大版的《南山南》：

我在南山的教室里畅想未来

你在逸夫的楼梯里人来人往

如果天黑之前来得及

我会和你再次相遇

一生一世

永远要在一起

湘大的南山与北山，一生一世，就注定要这样长相厮守，演绎出许多故事，让一代一代的湘大人梦绕魂牵了。

初识湘大，那是1979年，我16岁。

他说你任何为人称道的美丽

不及他第一次遇见你

与湘大的邂逅，大约就是这样吧！

那时，二十世纪七十年代的湘大，文科只有两个系，文学系和政治系。文学系包括中文和外语，政治系有哲学、历史、经济三个专业，八十年代才分家。我读的是中文。现在中南的孟泽教授跟我同班，他在一次讲座中说到当年入学时的情景：身高1.53米，体重40公斤，老师同学都叫他：小朋友。

我也是。

那时的湘大，只有南山，不多的楼房，满眼的黄土，朴实得犹如一个穿着粗布衣裳的村姑，却又难掩内在的芳华。许多教师职工虽然还住在农家简陋的房子里，但工作热情高涨。学生呢，如饥似渴，嗜读如命。据说有位同学出了名的爱提问，有次这位同学又对“亚细亚生产方式”产生了疑问。他找到中文系的曾簇林老师，曾老师随即联系到哲学系、历史系、政治系的三位老师，召开了一个小型座谈会。跨系的四个老师齐聚一堂，为这位同学答疑解惑。那盛况，想想就够令人神往了。

还有一次，中文系的老师得知《巴黎圣母院》电影将要在长沙公映，就下定决心“不管遇到什么样的困难，一定要让学生看这场电影”。于是租来几辆卡车，浩浩荡荡地开进了长沙的电影院。从长沙回来后，老师们还组织学生就雨果与外国文学展开热烈的讨论。

黄土地上的野草，就在这粗粝、鲜活、自由、野性的氛围中，疯长起来了。

毕业了，却难以说再见。

20岁，当上大学老师，总感觉自己过于稚嫩。于是，两年后，重回母校，读研。

我们的住处，也从南山到了北山。

北青，湘大最北的一栋楼。

有人说，湘大的风，一年只刮两次，一次刮半年。

凌厉的北风，首先从北青刮过。

我们也是最先感受南来北往的自由的风的人。

孔子、庄子穿越到了现代，尼采、萨特、弗洛伊德们也漂洋过海来了。那时，研究生和青年老师都住在一起，我们拼命地读书，自由地讨论，听罗大佑的歌，随着崔健的摇滚，舞动青春，张扬自我，放飞梦想。还有，就是疯玩。放上两块石头做球门，一块空地就成了足球场，风雨无阻。无论书桌还是牌桌，永远在各班各系之间展开较量。还有，北青前面的那几个小酒馆，见证了我们醉酒的一去不复返的青春。

我曾经问个不休

你何时跟我走

可你却总是笑我

一无所有

我们一无所有，我们又很富有。二十世纪八十年代是一个清贫、迷惘、困惑的年代，一个充满青春激情的年代，一个纯真、素朴、较少功利之心的年代，一个让人无限追怀的年代。

而我们，都以自己的方式，在湘大的北山，在北青的简陋的宿舍里，拥有了属于自己的——我的八十年代。

30 年后，重新回到湘大，不知道是不是命中的注定。

湘大变得越来越漂亮了。三道拱门的伟岸，图书新馆的大气，画眉潭的清幽，泽园的浪漫，秀山的山，琴湖的水……当年的村姑早已改变了模样。而我自己，成了一名青春不肯老的“老”教授。

我的硕士导师张铁夫先生去世的时候，留给湘大的领导一封信：

我的后半生是在湘大度过的。湘大给我提供了一个很好的平台，使我多少能做一些有益的事情。但我做得还是太少，做得也不是很好。如果真有来生，我会加倍努力。

学生，接过老师的接力棒，教书育人，完成知识、学术的一代代传承。有一年，给一届即将毕业的同学上完一门课，有同学写随感《最后一课》：我最爱的课结束了，我的大学也结束了。

看了这段文字，我很感动。原来，一个称职的老师，对学生的影响可以如此之大啊！有的学生说，听过何老师的课，读过何老师的文字，突然明白：“灵魂停歇的地方，其实不需要宽广堂皇的空间，或许，有一方美好而洁净的文学地，也就够了。灵魂也只有在这样的文字里，才能心安理得地悄然入睡，才能得到生生不息的力量、勇气和信心。”

行走文字间，且行且欣赏。让每一个学子，都能在这里安心向学，找到他们灵魂的家园，也许，这就是一个普通老师，能够给学校作出的最大贡献吧。

中文系的宋德发教授有一年在给毕业生的致辞中，化用俄罗斯诗人普希金的诗句：

无论命运会把我们抛向何方，

无论幸福把我们向何处指引，

我们——还是我们：整个世界都是他乡，

对我们来说，母国——只有湘大！

曾经开玩笑说，在湘大校史的“野史”篇中，也许可以有这样一笔：1979 年，一个 16 岁的少年何云波来到了湘大，湘大另外一个男神级的教授宋德发出生了。后来，他们成了同一个导师的学生，后来……

其实，每一个人，只要你来过湘大，无论教工还是学生，你就拥有了一个共同的身份：湘大人，你就在书写湘大故事，参与湘大精神的建构。

你在泽园的草地里沐浴四季

我在画眉的倒影里感受轮回

南山南，北山北，就这样注定了与湘大的永生永世的不了的情缘。

——刊发于 2018 年 6 月 5 日新湖南客户端

我爱湘大山和水

刘建平

自校史展览馆开放以来，我已参观了三次。面对熟悉而又亲切的画面，每次参观都有新的感动，而让我感触颇深的是湘大校园风光的巨变——山更绿了，水更清了。

湘大校园周边山环水抱，有藏风聚气之妙，山有秀山、泉山、慧山，水有琴湖、画眉潭，园有沁园、泽园等。这里的一山一水、一草一木都能够勾起我美好的回忆……

秀山上树木葱郁，这里曾是我们种过树的地方。一百三十九级台阶侧的柏树，是我带历史系 84 级的同学栽种的。今年他们 20 年后聚会来此寻访旧迹，现在的柏树已是郁郁青青，修长挺拔。秀山上的游息亭周边的几棵松树，是我们历史系80 级毕业时栽下的，已是亭亭玉立、树影婆娑。游息亭上有著名文史专家姜书阁先生题写的对联："漫天花雨传心法，镇日松风伴读书"，含义隽永，意境深远。秀山上植被丰富，春天的栀子花沁人心脾，是大家读书游赏的好去处。

慧山曾是我们 80 级历史班栽种梧桐树的地方。记得那天下着小雨，我们将梧桐树种下，一身淋得透湿。后来，因推山搞建设将我们种的梧桐树全推掉了，变成了现在的田径场。而田径场旁一棵梧桐树得以幸存保存下来，现在已是枝繁叶茂，每年春天，蓝白色的梧桐花开时，特别的艳丽。每次经过田径场，我都要投去深情的一眸。这毕竟是我们曾流下汗水的地方，看到自己曾经辛劳栽培的大树，心中特别欣慰。

琴湖位于学校的边缘，又叫红旗水库——我们一直把她看成湘大的一部分。琴湖旁的小溪水流潺潺，溪水清澈。依稀记得20世纪80年代，我们在这里捉泥鳅，抓小鱼，偶尔还捉到甲鱼。现在想来，情趣依旧。

我住过南阳村，以躬耕南阳自勉；也住过东坡村，家门口有口水塘叫梦冲塘，这是一个美丽的名字，周边有密密的梧桐、香樟。现在这里已成一方荷塘，每到盛夏，荷叶田田，荷花盛开，别具风情，一点也不逊于清华园的荷塘。她与琴湖及附近的山构成幽美的景致。

经过一代代湘大人的艰辛努力和精心营造，学校几乎一年一个变化。过去是一片黄土地，现在已是林木繁茂，鸟语花香。这一丛丛的树林使我想起几代湘大人为祖国、社会培养了近20万的人才，更体会到十年树木、百年树人的价值意义。

湘大山水是美丽的，空气是新鲜的，在这里生活、学习、工作是一种享受，更是一种幸运。

我可以深情地说：我爱湘大山和水。

——刊发于2008年10月30日（第705期）

故土乡情

西村散记

姚光前

西村是我的老家，偏安于湘北一隅。

暑假，三伏的一日，为了了结一桩心愿，我清早便从县城动身，追风夺里，“掉了牙”的凤凰牌车一路上咔嚓咔嚓像支单调的打击乐，配上八月田野的景象，倒显得别有风味。

一条小溪从村中穿过，东边的叫东村，西边的就叫西村。前些年，稻稗平分秋色，而今只有绿色的王国、金色的皇后。我相信，土地没有差错或者误会。今天，我真想趴在地上叩问：今昔，为何有这么大的差异？

溪里欢笑的浪花，将阳光装进珠玉。“噫，这不是我小学的同学东村的李春兰么？”她，我只怕有好几年不曾见过了。如今，这身标准的农妇装束，替代了那个爱吵爱闹、时晴时雨的少女。她提着衣篮子站了起来，打量着我。看，那脸颊上还有稀稀的几点斑呢，嘴角隐若露着一股惬意，我想，她怕也成婚入室了吧。

“哟，你不是姚……飞吗？”她晕红了脸，笑了，眉毛爱打拍子的旧习，还保留着。她告诉我，去年冬天她嫁给了我的远房叔叔犍牛了。“我们女人，菜籽命，肥田里肥，瘦田里瘦。”你听，地道的宿命论，这也许是我们农村的一大遗风。我相信，犍牛是块“肥田”。

我随这位嫂夫人进了村。八月乡村，充满了诱惑力。场边坪角瓜篷架上的瓜类，腆着肚皮的，像个罗汉，身肢苗条的似观音。水沟里的鸭子，打着猛子，下蛋的母鸡，咯咯嗒地叫着，没有一点秘密。一条黄毛看家狗，对我这个“不曾相识”的人，也懒得检查，开绿灯放行了。我讨厌伏天的狗，像个吊颈鬼，后来在一本书上看到，由于狗无汗腺，靠舌头散热，倒又怜悯起这类畜生了。

春兰一声咋呼，厨房中杀出个黑汉，我愣了，这就是犍牛兄么？粗壮得像个铁铸的坯子。“哈，老天爷，这不是老飞兄弟么。”说完，一把抓住我的肩胛，我真担心他一使劲，“吱嘎”一声，会把我闹个骨折不可。我们乡里呼名，小时候在名字后面加个“伢”字，成了年便把词尾“伢”字去掉，加个词首“老”，像我，现在就叫“老飞”了。老同学见面，热乎得不行，何况我们还有点血缘呢。“我的‘炊事班长’，你也掌勺了？”他憨厚一笑，算是答复了。“炊事班长”，是我们上学时同学送他的“雅号”，他是他们兄弟四人弄饭的头头，常常要点威风。他告诉我，结婚后，父亲将他们小两口分开了，说是“树大分桠，人大分家”，二三十岁的男人，理应创家立业。突然，一股煳味冲鼻，“呀，饭烧煳了”，只顾在一旁笑的春兰慌了，转身进了厨房。

午饭时，犍牛两盅老酒下肚，话更多了，有时感叹人生，有时为现实所兴奋，零零乱乱，我倒听得津津有味。他毕竟多少喝过墨水，高中毕业，谈话还有点文气。他说，生活有时让你烦恼，两次大考败北，于是邻里乡亲都来规劝他，“命中注定”“求官不到秀才在”，他也就作罢了，做个安分守己的农民。“过去社员们过‘原始共产主义’生活，坐大船，划懒桨。如今实行生产责任制，一切都在变，变得兴旺了呀!”这个年青的农民如此兴奋。

下午上工了。我感到很奇怪：“那挂在枣树上的钟，不是还没有响么?”“咳，用不上了，责任到了户，大家有干劲了，不用叫，也不用催，早干开了。”不是么，晌午刚过，田里早晃动着人影，但没有列队收割雄壮的场面，我不禁问道：“那头头们呢?”“啥，头头没个家? 都得干，不然，老婆不给饭吃。”“那化肥、农药怎么个用法?”他告诉我，化肥用得少了，家肥下田的多了，农药也使得有计划了。他还告诉我，他和他父亲两家准备买台洗衣机，省省劳力，解放妇女。“计划宏伟着呢。只要政策不变，日子会越过越顺心的。”

晚饭后，我去看望老四叔。这个老会计，是个划计人，可是十年内乱中，他怎么个划呀计呀，都失灵了，年终分红，得了个负数。“党的政策，救了我们种田佬。”谈起农村，他第一句就这么说，“今年我家有一头肥猪出了槽，还存栏两头。二十只母鸡，供应人来客往，还可保证油盐钱。人均一亩二的田地活计，赶过头了。”这个出名的超支户吐出的话，还有什么可怀疑的。老四叔捏着指头，给我总结了三大喜事：第一件，粮食丰收了，九亩多田，可打干谷八千余斤，除交征粮，还可卖去千多斤的“三超粮”；第二件，在县城中学读书的老二，夺了个全县的“探花”，上大学，他老师说稳拿了；第三件，老大年底完婚，对象是红旗大队的“女秀才”，民办教师陈月娥。“老四叔，你那愁眉疙瘩哪去了”“哈，这还用问吗？”

我告别了四叔，回到犍牛家。小两口睡了，帮我新铺的床上是崭新的绣花垫单、柔和的细绒盖毯。我躺在床上，静听着村中流过一曲小溪唱着的幸福歌。

——刊发于1981年10月9日（第29期）

爆竹两三声

平　川

我爱听“噼里啪啦”的鞭炮声。不管是在喜庆节日，还是迎送嫁娶，听到这声音，便知道是喜事临门。然而，我更爱听的，还是家乡辞旧迎新的鞭炮声。那响声，一声没停，又接一声，高低远近，此起彼伏，在山区寒冷的夜空中回旋着，回荡着。像是在唱着一曲欢快动听的歌，那么动听，那么有气魄，逗引人们禁不住都奔出门外，想听个明白，看个究竟。

家乡实行联产计酬后，第一年就获得了大丰收，父亲接连来信，催我这个离乡十多年的游子回家过个年。他说：“咱家发生了很大的变化，收成且不说，光凭收入，给你二弟办了一个代销店，给你三弟建了一栋大瓦房，开店和建房时，光放鞭炮就花了近百元……”喜讯撩拨着我的心，我怀着急切的心情，踏上了回故乡的旅程……

在离家不远的汽车站下了车，这里，对我是那样地熟悉，还是十多前年的那些山、那些水、那些田土，如今展现在我面前的，是绿油油的麦苗和油菜。立春刚过，麦苗便开始拔节了，当我经过它们身边时，它们像欢迎远道而来的客人一样，无一不满面春风，频频点头。当我望着故乡的山水、田土，沉醉在喜悦之中时，忽然一阵“噼噼啪啪”的鞭炮声在我耳边响起。

按家乡风俗，鞭炮除了古历十二月二十四过小年送“灶王爷”上天时放一阵外，另外是要到大年卅晚才大放特放的，一来驱赶妖魔晦气，图个吉利，二来凑个红火热闹，辞旧迎新。今年小年已过，大年未到，怎么又放起鞭炮来了呢？我有些不解，回到家中便向父亲打听，父亲高兴地对我说：“今年的鞭炮，从秋收就开始响了。如今政策实在是好，家家户户都遇上了好年景，心里高兴啊！这鞭炮，起码要到正月十五才停呢。”

听了父亲的回答，使我想起了这样一副对联：“爆竹两三声人间是岁，梅花四五点天下皆春。”这两三声爆竹响，展示着新岁的到来，展示着新的一年将是春光明媚、五谷丰登。听着这声声爆竹响，我听到的好像是一曲曲动人的赞歌……

是的，爆竹两三声人间是岁，愿岁岁皆春。

——刊发于 1983 年 3 月 10 日（第 62 期）

涓涓的心泉

袁日新

扎进了清凉清凉的泉水，儿时的记忆也就更加清新地出现在眼前。

一条碗口粗的泉溪，在苍松翠竹间淙淙作响，有如轻悠的笛鸣，又如细切的琴声。清晨，它叩醒年轻人的睡梦；日暮，它濯尽劳碌者的泥尘。夏日口渴了，来到溪旁，饮一口清冽的泉水，啊，那醉心的凉意中还透着淡淡的甜味呢！喝够了，我便习惯地将手上的小水珠仍旧甩进泉溪。那时，竟是那般地吝啬，连一点一滴也不肯随意糟蹋。我真佩服大自然的酿造，世界上最可口的琼浆玉液，恐怕也难赶上它味道的纯宜。

一条如少女般可爱的泉溪，它带着少女特有的文静，缓缓地流着。那轻起的微波，有如少女的明眸，那泉中的白石，有如少女的皓齿，那晶莹清澈、一眼见底的明净，又恰似少女的深情。早晨，白色的羊群为它做伴。傍晚，金色的鱼儿与它同游。年年月月，它滋润着肥沃的土地，养育着苍松、翠柏、青苔、修竹……

当雨水来临的季节，它又带着少女的热情，叮咚叮咚地敲响山鼓，正如那演奏着的名曲，有时激越，有时低沉；当山雨倾泻的时候，它一改往日的温柔和恬静，在山石间喷吐出雪白的浪花，激起一串串珍珠项链似的泡漩，显露出它应有的气质。它要急切地加入到澎湃翻腾的江流中去了。

它究竟归流到什么地方去，那时我不曾探究，对于它的源头，我却十分清楚。它就在离我家不远的一座小石山下。井口约一米见方，位于一块大石板的中央，水清明澈，纤尘不染。从井口可看到一两丈深的整体石壁，石壁上长满青苔，衬着泉水，看上去竟像青梅酒般赏心悦目。愈往下愈见浓黑，终不能见底。泉水从缺口中溢出，形成泉流，虽不大，但长年不断，总是那么均匀地淌着。它夏凉冬温，夏天凉得透心，冬天可以沐浴。我那在雪地里拔萝卜冻红的双手，一浸入井里，就像伸进了热水盆中。

就这么一口平平常常的泉井，曾给故乡的人们留下了许多动人的传说，给家乡的山水增添了不少神秘的色彩。人们说原来这里没有井，是一个石匠凿了七七四十九天凿出来的。说井水流不尽，是井底通到了东海，泉水那样清，是泉井与西王母的瑶池相通，女孩子常用这泉水洗脸，就可长成国色天香的女子。而泉边的枫叶格外红，那是石匠手上的鲜血……这些动听的故事，在我幼小的心幕上闪着宝石般的奇光。于是，我更爱在溪边喝水，也更爱在井边洗脸了。以至进了中学，我还常常想，这满山的杜鹃，一定是为那石匠开的，要不为什么开得这般热烈，如此漫山遍野。于是，我折了大把大把的杜鹃花，用泉水养起来。老师在作文本上划的红圈红点，我又想，这该不是石匠手上的鲜血变的吧？怎么竟是这样的鲜红！

今年暑假回到故乡，又去看了泉井。井旁虽然见不到留芳的石刻，也没有鹤立的苍松，但那井泉竟出奇地美。翠玉没有它那么纯净，水晶没有它那么透明，我沉冥着，它应该有它特别的标志。啊，有了。那满井的清泉，不是置于大地怀抱的铭碑吗？是一块崇高而圣洁的心碑啊！

——刊发于 1983 年 9 月 7 日（第 70 期）

悠悠故园情

张紫汀

在故乡度假，是怎样的欣欣然呢？一点小小的事情也可触动荒凉已久的心，更何况那曾经是熟悉的山，曾经是熟悉的水，又曾经萦绕在梦中无数回。那本是一块平凡的土地，只因是我的故土，我便抑制不了我奔涌的心潮；那本不过是些普通的人民，只因是我的乡亲，我才显得这般激动。面对故土，面对亲人，我无法诉出拥挤于心中的言语，只有盈盈的泪默无声息地在黄昏里洒落，那黄昏下的故土也默无声息地接受我这个游子的衷情。我已不记得有多少个春朝春暮伴着我，散步到野外，那宜人的景致牵着我的心，那崇高的人情又连着我的怀。在那辽阔的故乡的天之下，在那旷远的故乡的地之上，我还能做些什么呢？我只能伏下我的身，埋下我的脸，不再起来……于是呵，那逝去的童年又悄悄回来了。怎能忘怀那儿时的小友，小友间天真烂漫的交往。怎能忘怀那深翠的原野，那梦幻般的小河晚景，那弯而又弯的乡村小道。又怎能忘怀那败坏的篱笆，那篱边的蝈蝈以及那充满诗情画意的小桥流水、茅舍瓜棚……一切，塞满了童时的记忆，都深深镌刻于故乡的土地上。现在，它们就像那远远飘逝的朵朵白云，又飘回来了，也像我用诗册夹起的那一片片花瓣，忘记了，现在又偶尔翻见，仍是初见时的鲜艳，仍有缕缕清香。

我常常问自己：这感情难道不可以追溯到遥远的人生初程吗？这孩童般的纯真难道不常常令人欣羡吗？难道还要担心它不够坚牢、瞬息即逝吗？我折磨着我的心，只为明了生活的艰辛、感情的重荷，只为在心中竖一座永恒的爱之丰碑，于荡荡春水之畔，沐浴恹恹夕晖。

有谁于春雨潇潇之中想到了故乡的烟雨图？有谁于布谷声声中听到了故乡的春耕小调？有谁徜徉沙堤下，见游人如蚁而忆起了故乡的亲友？有谁目睹河中沉月而长思故乡敞院里的水缸？那里面也沉着一个月亮，一样地圆，一样地亮，勾起如烟似雾的乡情。又有谁在田野上嗅到豆麦的郁郁清香而记起了童年的光景：怎样光着脚丫在田野上穿行，那庄稼的气息又怎样将他淹没……又有谁于情绪缱绻中而长忆起故乡的小镇：那高高的风火墙夹住的悠长悠长的石板路，你以为它是通向一个神奇的、遥远的、陌生的地方，你童年的脚印从来不曾将它走完，你的小眼睛只是紧盯着两旁糖果店里花花绿绿的糖果袋……我的挚友，这便是你的童年么？也是我的童年。这便是你的故土么？也是我的故土。这便是你日夜所思、日夜所想么？我也是日夜不安呵！你可知道，我心中有一架古老的水车，终年唱着古老而绵长的歌。

故乡的日子像金子般闪闪发光。我的挚友，难道可以用

“打发”这个词么？或于风雨之夕，拜访久别的朋友；或于夜阑更深，重温渺远的旧梦，或于澹澹春潮，走进乡邻的屋子；或于春睡之后，信步游逛。你走呵，无边无际的原野伸展在你的脚下；你走呵，道路使你沉思，阳光使你歌唱，流水使你怀旧。当遥远的无边芳草都向你涌来，给你一个长长的蜜吻，当所有的野花都向你致意，为着友爱开颜一笑，当所有的鸟儿都飞向你，为你引吭高歌，这时候，你不会觉得失掉了什么吗？你不会觉得有些惶惶不安吗？

那郁郁的山，可耸在你的心里？那悠悠的水，可绕着你的记忆？那绵长绵长的石板路，可延伸于你初春夜的新梦里？

任东风自把春情吹，任东风自伴春思飞。我的挚友，你整日地思绪荡荡，你整日地魂萦梦绕，可曾知道，我已经走进了往昔——这不过是河边一座破败的古寺，于杂树荒草中默然。古寺的后面，一个不高的平台，蔓草环绕，古藤缠络，垂垂如帘，恢恢似网。不知从何时起，这里就荒芜凄凉，人迹罕至了；鼠兔草虫辟为一个别样的世界；然而这却是我的乐园。当世人在是非颠倒的岁月被汹涌的波涛所冲击时，我却在这荒凉的领地里听“暮鼓晨钟”，伴“古佛青灯”而读“红楼”了。而现在，不再见寒伧的气息，新寺灿然立于眼前，新刷的油漆气沁入肺腑，荆丛蓬草渺然不见，好一个修身养性、清静怡然的上方宝刹。但是，这不代表盲目地崇拜，这是一个象征，象征着文化艺术的青春在人民之中。

——刊发于1984年11月5日（第90号）

难忘的黄土地

李奉保

说来真惭愧，毕业后尽管工作单位与母校近在咫尺，干的又是“满天飞”的职业，但却很少回母校来看看。

我难以忘却在母校度过的四年时光，更难以忘却往昔的师友深情，而尤其令我难以忘怀的，要算那一大片黄土地……

记得刚踏入校园时是个深夜，一切都笼在黑幕里，唯一能看见的只有脚下那一大片被路灯照着的黄土地。这就是母校给我的第一个印象。

第二天，当太阳揭开了校园那神秘的夜幕时，我看见了更多的黄色。黄的山、黄的坪、黄的路……甚至天空也映得有些发黄了。我心里不由得一阵惆怅。

“这里的黄土真多。”几天后，我与一个老乡在满是黄土的校园内转悠时，感叹地说。

“这一带都是黄壤土层。”这位同乡告诉我，“怎么，你嫌黄土？”

“净是黄土，未免有点单调乏味。”我答道。

“黄土也有黄土的优点呢。据说黄土里长出的辣椒特别辣，凉薯特别脆，西瓜特别甜。”

“学校又不种辣椒和西瓜。”我有意和他“顶牛”。

“说不定这黄土学校里培养的学生也会更辣更甜哩。”他说着大笑起来，我也跟着苦笑一下。

不久，学校出现了第一排绿色的树。听说那还是为了迎接一个外国参观团，专门从外面移栽来的。但不管怎样，毕竟有了个绿的开头。

随着时间老人的步伐，母校的黄土地不但长出了更多的树木花草，也“长”出了一条条宽敞的水泥马路。

一天黄昏，和一位教写作课的老师散步时，我不无感慨地说：“啊，我们的学校总算不再是黄土学校了。”

“什么？”老师显然没懂我的意思，听了我的解释后，老师笑了，并且说，“其实，学校是在黄土上建起来的。”

顿了一会，他问我：“你们读过茅盾的《白杨礼赞》，你看文章中除了那高高的白杨树值得赞扬外，还有别的东西值得赞扬吗？”

我摇摇头。

“我觉得更值得赞扬的是那些黄土。没有黄土，白杨树能长高吗？黄土不坚实，长出的树能抗住风沙吗？”老师伸手指了指不远处一栋新建的教学大楼说，“就说这栋大楼吧，如果不是建在坚实的黄土层上，而建在浮沙上，那就很难建起。即使强行建起来，要不了多久也会倒塌的。”我默默地记住了老师的话。

如今，随着一栋栋高楼的崛起和一片片绿荫的扩散，学校能直接看到的黄土大概已不太多了，但是，我却忘不了母校脚下那深厚的黄土地，同时更忘不了在那片黄土地上辛勤地耕耘着的园丁们。

——刊发于 1985 年 9 月 10 日（第 107 期）

悠悠晃晃豆腐担

纪　田

在城里生活了这么多年，总以为机器做出的豆腐远不如故乡桂爷爷的小磨豆腐好吃。

桂爷爷住在离我们村子不远的青石坳。他的豆腐做得好，除有一门好手艺外，另有两大法宝：一是有一副经久耐用的石磨；二是坳下那眼泉水，冬暖夏凉，亮清清的。桂爷的豆腐担子是我们那一带最好的一副。

上午九点钟光景，各家房顶袅袅炊烟升起之后，桂爷爷便挑着豆腐担子向村子走来。远远地，唱戏一样的吆喝声就传了过来："卖豆腐，卖豆干子啰！"

不但引诱了一群细伢子，也把长辈们从堂屋的饭桌边喊到了大门口。桂爷爷照例是老一套，接过细伢子递过去的凳子，在门口坐下，担子便搁在了路边，由你们细伢子去看个够。那担子，一根两头带钩的楠竹扁担，怕是油和汗水沾得太多的缘故，竟成了暗红色，一个不知涂过多少次桐油的小木桶，里面的白豆腐，层层叠叠，浮在了清亮的水里，不细看，如同装了一桶牛奶。一只细篾编的，极精巧的小箩筐，盛着一筐碎金，使人不愿相信是油豆腐。筐上面放着一只簸箕，里面有些零钱、豆子和蛋。在那盐水泡菜送饭的日子里，酱辣椒拌豆腐，自然是美味佳肴了。桂爷爷常到村里来，可豆腐我却不是常吃得到。有时候，母亲出得门来和桂爷爷打个招呼，便转身进了屋。桂爷爷却不起身，竟笑眯眯地，伸过那油光发亮的脑袋，看着我碗里的几根盐水豆角："怎么不让娘给你买豆干啰！没得钱怕么子，鸡蛋、豆子也要得的。"

桂爷爷的话给我壮了胆，每回，我都能缠着母亲到床底下的坛子里掏出两个鸡蛋，与桂爷爷换上半斤油豆腐或几块白干子，一饱口福。生意做成了，桂爷爷冲我扮个笑脸，担子往肩上一搁，悠悠晃晃地走远了。碰到鸡婆没下蛋，豆子也没收时，桂爷爷也有办法让我吃上豆腐。当母亲说没得钱又没得物时，爷爷便将擦手用的罗纱帕子往肩上一甩："他婶子呢，这有么子关系啰，先拿两块豆腐去吃着啦，明后天给钱也要得，莫亏了细伢子呢。"

满脸的皱纹舒展开去，桂爷爷便将豆腐递了过来。望着我一副垂涎欲滴的馋相，母亲只好接过几块像是要崩裂似的玉。生意做成了，桂爷爷仍是将担子往肩上一搁，一声吆喝，悠悠晃晃地走远了……

如今，桂爷爷恐怕是挑不动那副沉重的担子了。好多年没回乡，不知桂爷爷的儿孙们，有哪一位继承了祖业？

——刊发于1986年1月30日（第120期）

晚边牧归

晶　晶

雨后初晴的傍晚，空气清新，不杂尘渣。一线重峦叠嶂的山岭，烟笼雾绕，如苍龙逶迤于傍晚静谧的天边。那浮于两峰间峡口之上鲜艳欲滴的，是一团火么？分明又没有那炙人的热浪，有的是暖人舒心而纯净的红艳。那是怎样一种摄人心魄的色泽呵！像少女绯红的脸庞，充满着青春的活力，跳荡出一脸的羞云，呵，你藏着许多小秘密么？

火也好，年轻的脸庞也好，都是不能久留的。夕阳渐渐西去，渐渐西去，红霞淡了，山岭染上了朦胧。轻轻地，晚风吹起了。

叮铃……叮铃……

清风断断续续地送来牛颈上铃铛悦耳的鸣响，一串一串的。牧童晚归了。

他揣着一兜青山给他的鲜嫩的蘑菇，拢一束色彩缤纷的山花给妈妈，揣一袋又甜又酸的山果给奶奶。牛背上的牧童归来了。悠悠晃晃，晃晃悠悠，走一路，撒一路山野的清香。一会儿，牛背上牧笛响起来了，一支支牧歌随意地流荡出来，牧童的欢乐跳跃在山间，路旁的野草受了感染，在轻风里舞起来，舞出一个欢快的季节。

叮铃……叮铃……

铃铛儿响个不停，伴着晚风里的牧童在山岭的黛色里前移着，前移着。夕阳已将身形隐去了，晚霞的光华也渐渐地放尽。牧童与他的伴儿——牛，也全然融进朦胧的夜色里了……

——刊发于 1987 年 3 月 28 日（第 156 期）

吟蝉

河　边

记得小时候，我屋后的河边有两排高高的白杨树。盛夏，骄阳似火，白杨树上此起彼伏的蝉鸣，仿佛是在举行歌咏会，给如火的天气增添了热烈的气氛！我常常邀几个光屁股的伙伴，爬到白杨树上捉鸣蝉，把捉住的一只只鸣蝉用小麻布袋装起来，挂在树枝上。然后我们骑在白杨树杈上歇凉、唱山歌、相互喊诨名。一时间，稚气的笑声和稚嫩的歌声在江面上漂荡，河里清晰地映着我们光着身子的倒影，各种鱼儿在我们倒影里戏游，真是别有一番滋味在心头！随着年龄的增长，我对蝉的认知也逐渐丰富起来了。我从书本上得知，蝉是用头后端的“刺吸式口器”吸取树木汁液的。然而，蝉壳对人却有益，它性寒味甘，有散风热、宣肺气之功效。中医常用它来治风热头痛、咳嗽失音、破伤风和小儿抽搐、夜啼等病，是一种珍贵的中药。

小小的蝉呵，其功过还须全面评价它哩！这小小的生灵，它给人那么多的好处，可它的寿命一般为一个月左右，呵，多么高尚的蝉！多么圣洁的蝉！难怪自古以来，人们就视蝉为高洁的象征，唐初四杰之一的骆宾王在狱中便吟咏过蝉。

我们的古人早就喜爱蝉了，在距今三千年的周秦时代的贵族随葬品中，就有蝉状的装饰品，这很有可能与象征高洁有关。

我喜爱蝉自幼开始，在“文革”初时，我已经十六岁了。有一天，我们大队的一伙人竟把河岸两边的白杨树砍得精光，只剩下光秃秃的河岸了。从此，我每次走过家乡的河岸，再也听不到热闹的蝉鸣了，心里十分寂寞。

今年初秋，我回到家乡，河岸边又变得杨柳成行了，当我从烈日下走进荫翳的杨柳林里，心里顿觉凉沁沁的。柳树上的秋蝉“知知”地鸣唱，此时，我情不自禁地吟诵起南宋诗人徐玑的《行秋》诗来：“戛戛秋蝉响似筝，听蝉闲傍柳边行。小溪清水平如镜，一叶飞来细浪生。”

——刊发于 1987 年 4 月 14 日（第 158 期）

捉蝉

张　炯

炎热的暑假里，知了的叫声唤起了我的兴趣，我和隔壁伙伴陈彬拿着瓶子兴致勃勃地去捉蝉玩。

蝉，我们又叫它“虹虹”，是昆虫类，我很喜欢它。它的身体是椭圆形的，全身呈现出多种色彩，有时是红里透绿，有时是黄绿相间，在阳光下，金光闪耀。蝉儿和其他的昆虫一样，头上有一对触须，在触须的上面长着一双芝麻粒大小的眼睛，蝉儿的嘴像一把小钳子，钳住树干，不停地吸吮着树汁。

我俩来到一排大树下，这儿的树上是蝉儿聚集的地方，我们称这些树为“虹虹树”。我抬头往树上看，唉，才三四只，感到兴趣不大，但又一想，先捉下来也行。于是，陈彬往树上爬。那蝉可灵敏了，你离它明明有一米远，可只要稍稍有动静，它就立刻飞走了。一连十几棵树都是这样。我们眼巴巴地看着蝉儿一只只地飞走了，心里别提多扫兴！再看瓶子，仍然是空空的，心中真不是滋味儿，来时的兴趣全无影无踪了，只好垂头丧气地往回走。突然，我们发现前面菜地的水沟边放着一架木梯。我灵机一动，便从水沟里拉起木梯，拖到“虹虹树”下。这下我们可高兴了，把木梯轻轻地架在树上，我在下面扶木梯，陈彬轻手轻脚地往上登。接近蝉儿时，猛地伸手一抓，嗬！一下就是五只。他迅速将它们装进瓶子。接着，又到蝉最多的地方，这一下有八九只，看着陈彬捕蝉的动作，我真羡慕他。他下手是那么轻，动作是那样敏捷，连树枝也没有震动一下，蝉儿还不知怎么回事就全成了“俘虏”啦。

就这样，我们捉了二十多只，心满意足地回家了。

——刊发于 1987 年 9 月 20 日（第 170 期）

黑儿

薛立功

我忘不了黑儿。它是一条狗，我儿时忠实的朋友。

偏远的故乡几乎家家养狗。黑儿很强壮，邻居们有些怕它，虽然它从未无故咬过人。我却独与黑儿要好。那时我又瘦又小，但只要黑儿在身边，我便什么也不怕。有时我在外面耍得晚了，不敢独自回家，只要吹一个响亮的呼哨，黑儿便会飞快地跑到我面前，欢快地又蹦又跳。它在前面带路，走不多远又停下来，转过身，抬头望着我，我拍拍它的头又一起上路……

夏天，无论对于我还是黑儿，都是一个欢乐的季节。中午，我躲开在门口打瞌睡的奶奶，从后门溜了出来，向黑儿招招手，它机警地向门口望一眼，摇摇尾，跟着我向小河奔去。

故乡小河的水似乎永远都是凉爽的。我和黑儿欢快地在水中游嬉欢跃，经常玩的是水中捉迷藏。黑儿游水很在行，我斗不过它，不过它不会扎猛子，所以每当我一潜入水中，它便会惊恐地跳到岸边，惊慌地望着水面。当我从水面冒出头来，它又会欢快地纵身跃入水中。要够了，我们便一起沿着河边去捉那些呆头呆脑的小虾。我在水中搜查着小虾们可以藏身的每个石缝，黑儿在岸边跟着我，为我叼着衣服。我背着鱼篓，黑儿跟着，我们总是满载而归。傍晚的太阳从小河的那头斜照过来，拖着我和黑儿的影子，松松的沙子清晰地印着黑儿和我的足印……

如今我已远远地离开了故乡和童年，但我总忘不了黑儿——我儿时忠实的朋友。河边的沙地上，我和黑儿的足迹依然在吗?

——刊发于 1988 年 7 月 5 日（第 196 期）

家乡的红薯

海　斌

又到挖红薯的季节了，校园里出现了卖红薯的小摊，蒸红薯、烤红薯散发着诱人的甜香，使我不禁想起了家乡的红薯……

我的童年和少年是在青海度过的，那里戈壁茫茫，极少有解馋的东西。偶尔哪位老乡探亲归来时带回一点红薯，那会叫我们这群小伢子兴奋一个礼拜。我时常想，等我回老家的时候，一定带很多很多的红薯。

1975 年冬，我随父母回到阔别十余年的老家——零陵。穿行在丘谷的小道上，只见许多农民在地里翻弄什么，仔细一看，才知是挖红薯。啊，这下可有红薯吃了！

一座茶山的山脚下，爷爷和奶奶也正在挖红薯。一放下行李，我就寻碗柜里的冷红薯。到吃饭时，我的肚子已被红薯撑得圆滚滚的，一点也不想吃发黄的米饭。爷爷还说我有福不会享，有饭不愿吃，真是叫花子不要糯米。

从第二天开始，我每一餐都有红薯，或是先吃一两个红薯，再吃点米饭，或是干脆来一顿煮红薯。

在外婆家，红薯也少不了。放学回来，外婆就从灶里扒出一个煨好的红薯，我接过来，咬一口，焦黄焦黄的。渐渐地，我知道红薯还有许多种吃法，晒红薯干、打红薯粉、做红薯粑粑、酿红薯酒。但红薯酒总去不了苦味，那年爸爸在甘肃买了一瓶家乡的红薯酒请客，还叫人家笑话湖南“特产”苦酒呢。

红薯吃多了，也是不好受的。肚子明明是胀鼓鼓的，却觉得没吃饱。在那个粮食不够吃的年代，红薯也当饭。妈妈不准我随便接人家的东西吃，哪怕是红薯。有的人没粮食，过年还借债。

这样一来，我带红薯慰劳北方友人的愿望也难以实现了。

农村实行生产责任制后，我又回到了家乡。这次回乡，只觉得到处喜气洋洋，到处是红润的脸庞、爽朗的笑声。

一进奶奶家，我就要吃红薯，可惜时值初春，红薯已很少了，剩下的是准备喂猪的。在我的吵吵嚷嚷下，奶奶才答应给我留下。

乡亲们靠政策、靠科学富了起来。家家的稻谷吃不完，种红薯的越来越少，农家的饭桌上很少看到红薯的影子，端上桌的是雪白的米饭和醇香的米酒。原先种红薯的地里长出了蔬菜、瓜果……红薯倒是物以稀为贵，竟成了人们走亲访友的馈赠礼品！大家见了红薯就抢着吃，还说现在的红薯比以前的甜，比以前的香。

红薯依然是红薯，是家乡人民的生活正在变得更甜、更香……

——刊发于1989年1月20日（第210期）

乡音

从　露

六路车好不容易颠进了羊牯塘，没等我长长地嘘口气，就被售票员极不耐烦的催促声赶下了车：“下车，下车，车开不进去了！”

下了车，望望冷酷的站牌，又望着泥泞不堪的路，我无法将那双在市里游逛了一天而终于挑选好的透亮皮鞋探进去。

“快点，天都这么黑了。”同伴在一旁提醒着我。我只好硬着头皮开始了我在泥泞中前行的第一步。

挽着伙伴，踮着脚尖，好像这样能使新鞋少受一点损失。

“同志，吾襄（想）门门（问问）你风甜（湘潭）大学依么（怎么）走？”我被身后的问话一惊，新鞋跟差点撇进泥缝里。

火田话！我扭过头望望身后，隐约见到一个矮小的火田人扛着与他身材极不相符的大麻袋，向路人小心翼翼地询问着。“往前走，跟着人走就是了。”我听到了另外一个人似乎不满地回答着。

火田，我的家乡！会有人从那儿来吗？在那个偏僻的山沟里，想出来必须翻过两个山头，走过二十里不是道路的路才能到达乡镇。在大学快四年的时间里，我没能找到一个火田老乡，没能向同学说火田在哪里，更没能像大家一样，每年假期兴高采烈地回家。因为接受不了同学那奇怪而又漫不经心的问话："火田是哪里？从来没听说过。"于是在我的话语中，很少提及我的家乡，很少提及在家乡过着男耕女织生活的父母。

渐渐地，包括我在内的大家淡忘了我的家乡、我的家庭。

现在，就在这大学的最后一年，我竟在异乡遇上了我的同乡，我感到心在咚咚直跳，手心也开始沁出热气，喉咙里痒痒的，好像终于能向我的同伴说："啵，这就是火田人。"

"同志，呢地（这里）是吾（不）是风甜大学。"不知什么时候，我的同乡走到了我们面前，望着蓄电池厂的门口，他碰碰我的同伴问道。在懒懒的灯光下，我终于看清了我的同乡，我熟悉的那身土制衣服和那张饱经风霜的脸，尽管时值初冬，我依然能隐约地闻出从他身上发出的一股家乡泥土的气味。

"没到，没到，你自己看牌子。"同伴厌恶地拂了拂自己的袖口。

"讨厌！这是找谁的，倒霉！"同伴在我耳边嘀咕着。我的脸滚烫滚烫的，鼻子酸酸的。路已平坦，但我却越发费力地提着脚。

“嗯，就是……”我用不纯正的普通话低低地回答了同伴。

什么时候，天空飘起了丝丝细雨。

我感到了乡音的陌生！

——刊发于 1989 年 11 月 30 日（第 232 期）

油茶

陈玉华

和同学一起去株洲玩。路上车正吃力地爬着，忽而听同学喊了一句："看，那是什么花？白茫茫开满一山。"睁眼顺着他手指的方向望去，心不由得颤动一下，久违的油茶树！

我总觉得油茶太平凡了，在我们这南国的土地上，它默默地生长于丘陵小山，花开花落，果熟果摘，一点也不引人注目，以致城市的同学连它的名字都不知道。

我详细地给同学介绍了油茶后，不禁有些感慨：人们不像对待其他花木果树一样，精心栽培它，只是任其生长在贫瘠的红土上，以雨露解渴，与茅草相连依。可是它不因此而自甘堕落，不薄待人们，依旧结出累累硕果，撒满朵朵白花。

"果子摘了再开花！这又奇了。"同学说，"这大概就是它唯一的与众不同吧。有的说了再做，有的做了再说。"我笑道："不，它开花不是为了炫功。"我忽有所悟："油茶花是重要的蜜源呢，这是一年中蜜蜂最后的蜜源。记得读初中时要经过一片油茶林，这个时候，下午放学后总要美美地喝个够，折根铁芒箕，抽去它的筋，插入油茶花中，嘴巴一抽，甜腻腻的，真有点舍不得回家。”我沉浸在回忆中。“这倒难能可贵，果实摘去了，还有花奉献给蜜蜂。”同学似是感动了：“鞠躬尽瘁，死而后已。”睹物思人，是物与人同，还是人不如物?

——刊发于 1989 年 12 月 20 日（第 235 期）

居家琐忆

汤三毛

父亲和乞丐

执教多年的父亲，体瘦却无病。心肠嘛，软中带硬。有例为证。

一日午后，父亲整理完毕，正想午睡，忽闻咚咚敲门声。忙开门，见一汉子，虽衣冠不整，却体态硕壮，并自称乞丐。父亲二话没说，打发硬币伍分。汉子纳之，仍嫌少。父亲怒目而对："你比我壮得多，我都没去要饭。"汉子手持硬币，端视那文弱书生，无奈，悻悻而去。

祖母陪电视

农村户口，八十有五，是对祖母的一般描述。其实，她最大的特点是耳聋又好戏，常伴电视促瞌睡。每被摇醒，劝其就寝，则又精神振作，高度集中，维持数秒。倘若问她何故不上床，祖母必振振有词："你们都不来看，每晚开着电视又不派人坐在这里，蛮可惜的。"

语言随惯性

邻居的小女孩赵川，马年正值牙牙学语的小小年纪，娇声娇气，大家都喜欢带她玩。

“叫叔叔。”

“叔叔！”

“叫亲爱的叔叔。”

“亲爱的叔叔！”

“叫最亲爱的叔叔。”

“最亲爱的叔叔！”

“大点声喊。”

“大点声喊！”

——刊发于 1990 年 2 月 26 日（第 238 期）

他乡月亦明

田方园

清清的月辉是驱不尽的孤独，淡淡的银河是说不尽的相思。松林的小径很静，风儿吹落的松针轻轻扎在我的头上。今夜是中秋。松间明月蕴含着一丝凄凉，故乡的月是很大、很亮、很圆的。“小时不识月，呼作白玉盘。”我想起了故乡的中秋之夜。

月亮刚在山岗上露出一丝微笑，女孩便三五成群地出门到山岗上去“摘月”，山岗上又大又圆的明月似乎伸手可摘。在这里，心里话月亮娘娘听得最清楚，求月亮娘娘保佑自己一生圆满幸福也是最灵的了。山风吹过，熟透的核桃、栗子落下来打在头上生疼，吃在口里喷喷香，林中的那个热闹哟，引得月亮娘娘久久不肯离去。

衣袋里塞满了山果，下山后嘻嘻闹闹地到河边“捞月”，三五个登上小船，竹篙一点，小船划着蓝莹莹的河水去追逐那金黄金黄的水中月，河水粼粼，月儿似碎了的金子撒了满河。吊脚楼上飘来小媳妇悠长悠长的歌，船儿静下来任它在河面上随歌声游荡。船上的人儿背靠背，望着月亮，想好多好多的心事，把它交给月亮娘娘保存着……

已到松林的尽头，远远地听见有人在呼唤我——许多的人。我怕孤独，我渴望火热的、年轻的心。我答应着向声音跑去，前面是好宽好阔的草坪，好多的同学笑闹着向我跑来，啊，我抬头看见了金黄的月，好大、好圆、好亮……

——刊发于 1991 年 10 月 1 日（第 283 期）

乡愁

王宏霞

从遥远的澧水之滨，背负着乡亲们淳朴的祝福，背负着父母沉甸甸的嘱咐，我独自来到了这片湘水哺育的黄土地。

走进高耸的三道拱门，站在高高的黄土坡上，有风吹动裙袂飘飘，我四顾茫然。陌生的环境，陌生的笑脸，我默然怀念着远方的亲人。泪，打湿我脚下这片神秘的土地，滴破了我思家的梦幻，滴落成绕我不去的浓浓的乡愁。

想起家乡那片幽幽的柳树林，想起假日留在林子里的成长足迹，想起依偎在一起同观夕阳西下的好友，想起离家时母亲牵挂依恋的泪和父亲慈爱的眼神。故乡的故事，爬满了心的小屋。

窗外，皎洁的满月，清冷冷地照着大地，而我却只能低头躲在月影里，掬一捧冷清的泪，给远方挂念我的父母。不由自主地痴想着以前那个傻傻的小女孩，不是总想要独处异乡，对月缅怀故乡的面貌吗？现在……

时常地，我一个人徜徉在这偌大的校园，看着一张张热情的笑脸，听着一声声亲切的问候，寂寞的心竟然也感到了一丝丝的温暖。于是，慢慢地，就不再有那些“月是故乡明”的感慨了。随着时光的悄然流逝，宿舍成了“快乐的天堂”。看到的是那么多灿烂如秋阳的笑容，听到的是那么多“幸福牌”的问候，心溢得满满的，那浓浓的乡愁便日渐淡化。

从此，给父母的信里就少了好多好多的孤独，给好友的信里也就少了好多好多的酸楚。一个劲儿地向他们吹嘘“天堂”的书香味儿，倾诉友情和欢笑的温馨动人。多了几许欢畅的笑，少了几许思乡的泪。

然而，夜深露重的时候，故乡总是遥遥地呼唤我，澧水悠悠地从我梦中流过，遗我以缠绵的忧伤和甜蜜，馈我以亘古的乡愁和思念……

——刊发于1991年10月30日（第286期）

奶奶·重阳·我

周　新

重阳节是奶奶的生日，过了七十六个重阳节，奶奶也就老了。

第一次见奶奶，我怕已有三岁了，因为城市与大山隔得远，爸妈不常回家。记得有回重阳节，我们先是乘车，后来妈妈抱着我走了很远很远，爸爸又背着我走了很远很远，天黑的时候，我们终于来到了一座大山的褶皱上，褶皱上有个童话式的小村庄，小村庄里有个笑盈盈的奶奶。

爸妈是来给奶奶拜寿的，顺便也把我的童年托付给奶奶。有了奶奶的微笑，他们就知道故居的灵山秀水会令我愉快温馨了。于是第二天，年轻的爸妈便与我和奶奶吻别，轻快地扑向了大山外年轻的事业。也就从那天起，奶奶给了我一个很好听的名字，叫作“四丫头”，因为在堂姊妹中，我排行第四。

现在一想起奶奶，眼前就浮现出一个顶一头鹤发的老人，借一根拐杖支撑着瘦弱的身体。其实在我小时候，奶奶显得很高大，头发不白，更不要拐杖。

幼时的我是个十足的淘气包，钻洞、攀崖、掏树尖尖上的鸟窝，无所不爱，无所不能，奶奶尽由着我，并不过多责备，只是叮嘱我：“小心！小心！”小村庄的旁边，展开一片水塘，四边树木披着青苔做成的皮袄，围成一圈，要多美有多美。但这如画的池塘曾淹死过几个小孩，奶奶就禁止我下塘游泳。况且奶奶请来的算命先生曾说我命里怕水，奶奶悬心呀！

故乡的重阳总是过得很热闹很有古意。每到重阳，奶奶便早早地叫醒我，一手提上一瓶家酿米酒，一手牵着我去登高去爬山。爬上山顶后，奶奶把酒向地面沿圈状泼洒了，然后我俩就站在那圈中晒暖暖的太阳。“要想一年到头都有干劲，你就得在重阳节晒足太阳。”奶奶说这是她奶奶告诉她的，而她又年年告诉我。

上初中的时候，爸妈领我走出了山的褶皱，走进了城里，走进了精彩的外面的世界，而我那晶亮的绿莹莹的梦早就被故乡叽叽喳喳的小鸟衔走了，日日飞旋在山林的上空。我那颗火热的心呀，也融进了那片青山里那个个重阳节。

——刊发于 1991 年 10 月 30 日（第 286 期）

永远笑着的父亲

段羡菊

父亲来信，说家里田土收成特好，前不久被评为市里的“文明模范户”，还抱回来一床奖的大红被单，让我只管安心读书。最后提到近来天气变冷，要我多穿衣服，他自己身体只是偶有小疾。

我读着读着便流泪了。父亲的信向来是报喜不报忧，这“偶有小疾”四字，我知道其中有多重的分量！

长年的体力劳动，父亲落下了胃病、肺炎、关节炎等病，几年时间便被折磨得不成人样。医药费太昂贵了，他强忍病痛，买回一些廉价的药品凑合着对付，同时一刻不歇，拼命干活，竭力维持我们兄妹的学业，父亲决意让我们都接受高等教育。

那年秋天，按政策，母亲要做绝育手术。在我们那个闭塞落后的地方，那时医生素质不高，医疗条件也极差，许多强壮的农村妇女手术后便留下后遗症，干不了什么活，有的还倒在手术台上永远起不来。母亲是家里的顶梁柱，其他老的老，小的小，病的病，她身体一垮，这个家也就垮了。父亲笑着说：“我去挨这一刀吧，反正已是个残病人了。”母亲哭得跟泪人一般，死活不肯，然而看着幼小瘦弱的我们，不这样又有什么办法呢？她只得含泪点头。父亲是方圆百里第一个做绝育手术的男人。手术那天，医生们战战兢兢，如临大敌。父亲笑着走进手术室，又笑着走出来。一进家门，他立即挑起墙角一担谷子，沉了沉肩，显出很轻松的样子，笑着安慰母亲：“看，这不没事吗?”母亲笑完后，悄悄擦了擦眼睛。

但父亲的身体是明显地越来越坏了。前年五月的一个晚上，父亲突然心腹绞痛，双手按着肚子在床上翻滚了一夜。次日早晨用板车拖到医疗所，乡村医生吓坏了说要火速送省城，否则后果难料。父亲几乎是暴怒地威吓母亲拉他回家，后事跟着安排好了，一句话：从简从速。只特意叮嘱不论发生何事，绝不要喊我回家，以免我的影响学习（那时的我正在县城求学）……但父亲竟奇迹般地没事了。没几天又背着锄头晃晃悠悠地出现在田埂上。暑假我回家时，才知道父亲已死过一次了。我流泪了，父亲笑着说：“大难不死，必有后福，以后的日子好着呢。”

无论生活是怎样地艰辛，他始终是昂头挺胸，笑呵呵的。

记忆中父亲笑得最开心的是去年秋天了。槐花飘香之时，我们兄弟俩同一天接到重点大学、重点高中的录取通知。父亲开怀大笑，一下子年轻了许多。平时滴酒不沾的他竟拎回几瓶葡萄酒，和我们痛饮几杯。半夜里忽然从床上爬起来，挑灯夜读，轻轻吟诵起他酷爱的唐诗：“长风破浪会有时，直挂云帆济沧海……”乡村的夜异常静谧，我们其实都没有睡着，好长时间都静静地听着父亲的声音，抑扬顿挫，忽缓忽急，极有韵味……

父亲，是你赋予我们生命，又遗我们以正直、勤劳。在灰色的日子里，是你明朗的笑容，给我们力量与信心。

——刊发于1993年2月20日（第321期）

妈妈·布鞋

沈良武

杂志上说，在国外有专门收集鞋类的博物馆，但我未曾去过。想象那里应是鞋的总汇：皮靴、木屐、铁鞋……然而，在我记忆最深处最清晰最深刻的，却是最普通不过的小小布鞋。

儿时家贫，常年赤脚，一双小脚总是被玻璃杂物扎得斑斑驳驳。母亲看了自然伤心，每每自做布鞋：用旧报纸剪了鞋样，用千层旧布片糊在一起，用麻绳纳成鞋底，再接上青色灯草绒的鞋帮，美观而实在。只是母亲事多忙不过来，三姊妹每人每年只能做一双。年三十晚守了岁，母亲亲手捧给我们，试穿后端放在床沿下。次日初一一早穿上崭新的布鞋，跑出去拜年，立即引来邻居们的啧啧声一片。

9岁时，我从村小转到异地读书，时值盛夏，不能穿布鞋，打赤脚吧，母亲又极自尊。犹犹豫豫，母亲咬牙不知从哪里摸出十个鸡蛋，到十里外的供销社换回一双黑黑的塑料硬凉鞋。我快活地穿着到了异地小学，一下课便沮丧之极：同学们穿的都是舒软的泡沫凉鞋。

岁月匆匆，几年后我进城读中学，自然也不再穿黑黑的塑料硬凉鞋，连母亲做的布鞋也只在宿舍里趿趿。平时自然是旅游鞋、运动鞋。但母亲依然保持传统的规矩：三姊妹每年一双布鞋，密密麻麻地缝，仔仔细细地扎。

我上了大学，来到这远离故土的异地读书，平时穿的自然是皮鞋，擦得油亮油亮的。母亲却说："还是布鞋舒服，这种鞋穿多了会脚痛腰酸的。"

一次逛街经过一家鞋店，一时心血来潮，进去闲逛。看见一双耐克鞋，标价1200元，惊问售货员是否标错了，她却轻蔑一笑："这算啥，还有8000元一双的呢！"咋舌之余，我自嘲，不就是鞋吗？什么鞋不一样穿？8000元一双，也不还是一样踩在脚下。朦胧中，我不由又想起母亲的布鞋。

中秋节放假回家，发现母亲仍在眯着眼睛吃力地扎鞋底。劝她别这么辛苦做布鞋，我们去买就行。她说："我眼睛不好使了，趁现在还看得见，给你们三姊妹都做一双，今后你们想穿都穿不成了。"看着母亲手中纳了一半的鞋底，我心头猛然一震，急忙掉过脸去。

临近开学，带着母亲亲手捧给我的青色灯草绒鞋返校。我没有像以前那样漫不经心地趿着。我凝视这白底青面、千针万缝的布鞋，仿佛又看到母亲在电灯下眯着眼睛吃力地扎鞋底的情景，游子身上衣哟。

——刊发于1993年11月1日（第340期）

韶山，一帧精美的名片

——献给毛泽东一百周年诞辰

刘湘江

韶山，如一帧精美的名片，深深地印在人民的心中，那么璀璨，那样鲜明。

韶山，一帧精美的名片。韶山人民以英雄的业绩铸成了名片的材料。血雨腥风的年代里，毛泽东和他的亲人，以及韶山的“人杰”们，为了夺回属于自己的天空，为了铸造一帧属于自己乃至属于整个中国人民的名片，不屈不挠，敢于牺牲，终于开创了一个“我自岿然不动”的千古奇迹，终于夺回了自己的天空。韶山，于是拥有了属于自己，也属于中华民族的名片素材。

韶山，一帧精美的名片。名片的颜色是大自然的颜色，是永不蜕变的颜色。韶山人民在毛泽东的率领下，抛头颅，洒热血，忠骨献给了大地，热血洒向了天空。因为有忠骨的守卫和充实，韶山的土地才那么沉浑，那么坚实；因为有热血的滋养，韶山的天空才那么高远，那么蔚蓝。因而，韶山才那样纯净，那样明朗。韶山，这帧精美名片，也才富有那么璀璨夺目的色彩。

韶山，一帧精美的名片。名片最核心最崇高的内质是她向人们展示的精神风景。走进古朴的故园，我们不禁要肃然起敬。人们正是仰慕伟大领袖毛主席，仰慕他的一代风范，仰慕他“咬得菜根，则百事可做”的精神，才流连忘返于故园那矮小简朴的土屋，才兴致盎然地游览那灵秀聚钟的滴水洞，才情绪激昂地领略那气势磅礴的虎歇坪，才由衷地走进五彩缤纷的纪念馆，瞻仰伟人创业的一生、奋斗的一生、辉煌的一生，领悟韶山这帧精美名片里最丰富、最崇高、最有价值的精神真谛。

呵，韶山，一帧精美的名片。名片里有如此壮观的风景，有如此深邃的精神内质，这风景是这样美丽壮观，这精神是如此令人备受鼓舞，如此地催人向上。难怪它风靡于神州大地，深深地镌印在人民心中，永不改质，永不褪色。

——刊发于 1994 年 1 月 25 日（第 347 期）

山里走出来的怀念

宿云军

我的怀念，是从大山里走出来的。

我的怀念，源于小山村的父老乡亲，但我永远不敢说，我是代表了他们的。淳朴得很少用话语表达情感的乡亲们，将对伟人的缅怀，放在心中。只有像我这样的山里学生，才感受得到那份沉重，才体会得到那浓浓的真情。

没有任何话语能够言传乡亲们的心声，只有山间阵阵松涛、涓涓溪鸣才能流露出乡亲们的深情。我，从大山走出来的儿子，能不能将那深深的怀念带给山外的人们，我问自己。

可是，我没住过祖辈躲避匪祸而曾居住过的潮湿阴暗的山洞，我没见过刚刚搭起就被强盗燃成灰烬的草棚，我没听到过耕牛被土司宰杀时轰然倒下的哀鸣，我没有接触过无辜人们被枪杀后死不瞑目的眼睛……我只是从老人们颤抖的话语里，看到了苦难和鲜血，听到了悲惨的哭泣。或许只有老人才有资格褒贬两种社会，或许只有老人才会重复这样的话语：“毛主席和共产党是我们的大救星。”或许只有我历经苦难的乡亲们才会有那样真挚地怀念他们的大救星。其实，在这块东方大地上，凡是沐浴着阳光的人，何尝不是如此呢？

我没有宣讲乡亲们那深深的怀念之情，我总在想，是我不善言辞，还是情感不能用语言描绘？

许多看来是淡淡的事情和行为，却饱含着浓浓的情。村里王老太曾被一个当年下放到小山村的女知青接到韶山住了几天，回去后，给老老少少讲了好几天的所见所闻，没有动听的词汇，没有悦耳的话语，可人们听得津津有味。王老太被公认为是最有福气的人，老人们羡慕不已。成为最最有福气的人，是我，村子里第一个大学生，考上的又是毛主席故乡的学校。人们这么认为，我何尝又不是这么认为呢？

第一学期放假，乡亲们一见就问到过韶山没有，听到否定的回答，便流露出失望的神色。的确，乡亲们多么想听听出自大学生之口的韶山情形啊，可是，我令他们失望了。后来，当我站到毛主席故居前，首先就想到了我的乡亲们。寄回去一张在毛泽东故居前的留影，父亲来信说，照片不知传到哪个手上去了，要我再洗几张寄回小小的村庄，平凡的人们，用最真诚的心怀念伟人。我一直想，我对伟人的怀念是不是源于乡亲们的怀念，是不是从山里溢出来的那一部分？

——刊发于 1994 年 3 月 20 日（第 349 期）

韶山·时代之思

何啸峰

正值严冬，载一路严风与细雨，飘一路新诗与旧梦，我们——跨世纪的一代，跨入了伟人的故乡——韶山。

眼前是古老沧桑的土地，朴实淳厚的民风，幽暗低矮的农舍，霎时幻成一瞬的惊异与讶然。不曾想过，这般平淡中竟孕育了辉煌。不曾料到，这般无奇中竟哺育出了伟人。雨落无声，却让肌肤隐隐地感受到它的寒意。我们热切的目光，掠过一幅幅流芳千古的文字与图画，去探索思考伟人长存的足迹。

毛泽东，一个录入史册的名字，诉说着一部多彩磅礴的人生。风华正茂的毛泽东，当年便是从这里走出，走出了一条为世人谋幸福的坦途，为中华民族五千年来的历史谱写了一部新的篇章。

世纪之初的中华大地，到处笼罩着层层滞钝与沉郁，横亘着重重屈辱和苦难。黄河——亘古的母亲河在咆哮，中华民族的精魂在怒吼，古老而悠久的中国而今路在何方？泪与火浇铸的时代向所有热血的人们画下一个巨大的问号，历史记下他们的选择。有人囿于私心与权势，逆流而行，导致一生可悲的沉沦；有人徘徊在十字路口，屡屡碰壁，始终未能将中国拯救出列强的铁蹄；而有一群人，挟一股惊天地泣鬼神的气魄与胆识，在漫漫长路中相遇、相识和相知，一声“同志”存无尽欣然与期待。最终他们理想成真，创造了一个新世纪。他们是毛泽东及其千千万万的革命志士。

滚滚东去的历史长河，大浪淘沙，一条纵横古今的真理给我们启迪：只有超越自我的禁囿，顺应时代大潮，个人才能汇入浩瀚海洋，短暂的一生才会升华为灿烂的永恒。毛泽东，这位当代伟人，顺应时代的呼唤，紧随时代的节奏，达成了自己的选择。峥嵘岁月，写尽风流。世纪末的今日，风起云涌，一如当年的人们，我们已步入了时代的行列，时代的呼唤正切切要求我们做出选择。

烟雨空蒙归途中，不经意的回首，远处的故居影影绰绰，平添了几分古朴与端庄。流年似水，此处主人的飒爽风神已无从寻觅，雨声淅淅沥沥，仿佛在注释某个永恒，我们这群将托起太阳的人，匆匆去叩世纪之门：“数风流人物，还看今朝!”

——刊发于 1994 年 3 月 20 日（第 349 期）

乡情

褚爱武

夜，很静，只有秋虫唧唧。室友们都已酣然入梦，我爬下床来，倚窗而望。月光极淡，什么也看不清，只有远处那团朦胧的灯光带着我的思绪，飘向那生我养我的黄土地——故乡。

故乡，一个贫穷的小山庄，有的只是山上那零乱的树枝、田间那稀疏的庄稼。所以我曾一度梦想能振翅飞出它的怀抱，然而当分毫之差的阿拉伯数字似乎要我永远把着锄头和犁的时候，我才第一次懂得：故乡啊，只有你才不会把我忘记。然而有一天，我奇迹般地收到了高校的录取通知书，我又迫不及待地要飞出我的故乡。

我离家时，正是桂花飘香的季节。虽然心中也恋恋不舍，然而，我还是走得很坚决。拒绝了背后父老乡亲们关怀的目光，拒绝了爸妈的送行。我以为时间和空间能隔断我对故乡的感情，然而，我错了。我怎么也忘不了那份乡情：故乡那口老井是否仍旧干涸？古镇旁石榴树上的果实是否已经成熟？米江桥的墙壁上是否爬满了牵牛花？然而我最牵挂的是我那勤劳善良的父老乡亲们。

临行前，父老乡亲们那充满种种情愫的眼神仍历历在目，假若没有这次别离，也许我永远都不会知道，我的心灵深处竟会有这么深沉的感情。高考结束以后，我大部分时间都待在家中，有时也出去走走。炎炎烈日下，看到乡亲们面朝黄土背朝天的情景，我总感叹故乡的人们实在太累、太苦。虽然他们也羡慕都市的轻松和繁荣，却从不抱怨自己的命运，而是积极地用双手去努力改变自己的命运。正是这群纯朴、善良的人们，手把手地教会了我怎么做人。当我接到通知书后，他们笑着说："在学校努力读书，找份好工作，以后我们出去办事也有个照应。"虽是一些极平淡、极简单的语句，但我懂得，里面包含着多少期待。

秋虫，仍在唧唧。夜，却变得更加安谧了。

——刊发于 1995 年 5 月 10 日（第 377 期）

桃花江情思

卢志辉

伫立江边，任微风轻轻吹拂。层层细浪，从天际绵延而来，心中的小白帆，在你光洁的胸脯上，抒写着绿的思念。

一

退潮的沙滩上，印满了歪歪斜斜的脚印。失落的童心，从这里拾起。

一排排远航的木船，挂着洁白的风帆，排成整齐的五线谱，一支支古老的情歌，从中飞出。

英俊的小伙子和漂亮的姑娘，挑着一担担丰硕的希冀，踏着你平稳的胸膛，一路凯歌，潇洒而过。累了，浸在多情的江中，江水温柔地抚摸着古铜色的背，擦着背上岁月纤绳的痕迹。

二

一轮皓月，一天云霞，一带青山桃花江啊，你把他们统统揽入怀中，发出汩汩的酣睡声。你多像一位温顺贤良的少妇，搂着自己心爱的孩子；你又像一位熟睡的少女，妩媚秀丽、娇态可掬。啊！桃花江，难怪你成了美人窝的象征。

江边几声鸡叫、几声狗吠，惊起了一滩水鸟。于是，你终于醒了，揉着蒙眬的眼睛，摇醒了几只木船，扯起那洁白的风帆，又随你闯险滩、穿山峡，把青山绿水一页页读遍。

啊，美丽的桃花江哟，你是一首永远写不完的诗，一首永远唱不厌的歌，一幅永远画不完的画。

——刊发于 1995 年 5 月 10 日（第 377 期）

舞龙汉子

曹　辉

古老的节奏穿越时空而来，躁动你红铜色的躯体。

上溯千年，一种共同的旋律在瞬间复活，深刻地照亮你的思想。原始与粗犷、秀丽和温柔，纷纷在你的旋律里被激荡、被唤醒成江海澎湃的气魄，感染你、激励你、鼓舞你，你奔放的骨节在灿烂的光辉下响响亮亮。

一切都在期待中，一切都在渴望里。在你的氛围里，一组充满生机的曲线奔放一片辉煌的波涛，漫漫而来。

踩在一条优美的曲线之上，脚踏声声羯皮鼓的节奏，任全身的骨节都激起噼噼啪啪的回响。啊，舞龙汉子，你高擎的龙头，面对阳光，喷吐出东方豪气。

在蔚蓝而辽阔的天宇下，那么壮美，那么富有魅力。太阳的光辉倾泻而来，照耀龙身，波动出一组璀璨的图案。

没有比这羯皮鼓的旋律更粗犷、更古老的了，没有比这黝黑的躯体更强健、更生动的了。尽管有过辛酸的往事，尽管有过悲凄的回忆，但这毕竟走过来了，舞龙汉子。你踏过迷蒙，踏过晓雾，穿越那片死亡的沼泽地。你走过来了，历尽沧桑的脸上依然洋溢着自信。

谁能记得几千年的风风雨雨、霜霜雪雪？你不清楚，龙鳞覆盖的旋律负载了多少悲哀多少欢乐。你始终如一的信念便是紧攥龙头，波动于苍茫的天宇下，在古铜色的胸前激荡起恢宏的生命主题。

岁月不会停歇，持续了几千年还将持续下去。硕大而美丽的龙躯在你强健的手中诞生情节、诞生故事、诞生出举世瞩目的倾倒。

在苍灰的背景下，你们在同一个节拍聚合，舞龙汉子，你的每一刻都洋溢着一种经典的光辉，照亮着东方深沉的情愫，古老而灿烂。

——刊发于 1996 年 5 月 20 日（第 397 期）

故园情思

蒋德华

或许是岁月渐长的缘故，抑或是久离故乡的原因，手把清茶，临窗而坐，脑子里常常想起陶令的《归去来兮辞》：“归去来兮，田园将芜胡不归?”一颗心便如离巢的青鸟，越过城市楼群的夹缝，凌空而去，翅敛故园。

故园未“芜”，这季节，田里的秧苗正绿，地里的豆花正开。杜牧笔下飘出的那场清明雨，正生动着故园的槐花柳絮。杏树不多，只那么几株，独立在村头的垴塬上。酒的清香融入烟雨之中。故园无雨时，晴空如洗，艳阳如酥，是种瓜的好时光。

孩提时，去园里种瓜有一种特别的情感。种瓜先松土。一锄下去，立即有一缕淡淡的、唯庄稼人才体会得到的那种撩人的泥土清香。一锄一锄下去，一缕一缕的清香上来，萦绕于鼻尖，回荡在心头，使这种本是费力的劳作产生一种愉悦的快感。我松土时，爱用松散的泥土盖住脚背，直到掩到小腿，让双脚去体验泥土的温馨和暖意。松好土，便是播种了。上肥籽实，入土便生根，便发芽，便舒藤打蔓。到了端午时节，就可享受沉甸甸的喜悦。

一串鸟声飘入窗来，只见一只斑斓的青嘴鸟倚在窗外的梅枝上，正向我吱吱鸣叫。啊，青嘴鸟，你就是我在故园放牧时，老是倚在牛背上的那只吗？

——刊发于 1996 年 6 月 10 日（第 399 期）

乡情

向叶平

圆圆的月亮慢慢爬上来，淡淡的云彩缓缓飘过来。当云儿遮住月亮的时候，炽热的情感伴着蓦然涌起的乡情升至99摄氏度。

没有时间的叹息，也没有岁月的蹉跎。故乡的山依然葱郁可人，故乡的水依然淙淙向前，故乡的亲人呵，你是否正在叨念着：远方的儿女呵，你们何时才能回到娘亲的怀抱？

剪不断/理还乱/是离愁/别有一番滋味在心头。

淡蓝的、徐徐上升的炊烟伴着扛犁人沉重的脚步，母亲焦急的呼唤伴着孩子们惊慌的回答，姑娘甜甜的笑声伴着小伙子浑厚的歌喉……每当太阳的余热染红天边的云霞，每当成群的鸟儿开始寻找枝丫间的巢的时候，每当蝙蝠划过蓝蓝的夜空的时候，你可以看到，我的故乡，她在编织着怎样一幅温馨的锦。在这平凡的世界里，她虽没有，也不可能有“大漠孤烟直，长河落月圆”的悲壮与肃穆。但，她温馨。

乡情，是一捧沧桑千年的乡土吗？乡情，是一支凝重的《故乡的云》吗？乡情，是黄河浪笔下那虬枝的老榕树吗？

乡情，是孤岛的人朝着彼岸流下的无言的热泪么？

…………

乡情，她什么都是，也什么都不是。

唯其容大，才能纳百川啊！

乡情，唯有古道上，西风中，瘦马旁，枯藤下，老树边，夕阳西下时的天涯拼搏者，才有贴肤之感。是的，故乡，那小桥流水旁的人家哟……

——刊发于 1996 年 9 月 10 日（第 402 期）

家园

方喜中

说起家园，我的思绪便越过万水千山，穿过重重迷雾，回到了故园残破的四合院，回到了故园雕花的老窗下。

故园雕花的老窗是四合院的眼睛。儿时的我时常趴在这扇窗下洞察外面的世界：如火的晚霞、踮着长脚的孤鹭、远处隐隐的青山、天上棉花般的流云，近处满眼是玲珑的山田，田埂上角披青草的老牛缓缓而行……然而最吸引我的莫过于倚在窗下聆听老祖母口述的民间传说：砍柴的董永巧遇狐仙；牛郎织女七夕在鹊桥上相会；杜十娘怒沉百宝箱；最厉害的数孟姜女，她一哭竟把长城哭倒了……儿时的梦不只是青虫变成蝴蝶的梦，不仅是油菜花地里捉野蜂酿蜜的梦，而且还有老祖母寄寓的文化启蒙的梦。那扇雕花的老窗还在，可老祖母已撒手归去了。于是寂寞了窗下的青草野花，无聊了窗前飘过的飞蝶、夜间挑着灯笼的萤虫，辜负了角披青草的老牛和活泼的牧童，因为我再也没有趴在老窗上，它成了四合院一双忧郁的眼睛。

四合院时常迷失在烟雨里，而我的心时常迷失在四合院里。四合院那双忧郁的眼睛，那堵白中泛黄的老墙、长满瓦菲的墙头屋角，以及满是苔藓的青瓦、稀疏躲着几只麻雀的屋檐，都成了游子的牵挂。

家园，不仅是一座静静的院落，也不仅是故乡的青山、水田、云影、日光、夕照和炊烟，它还有更深的内涵。使我真正拥有家园感觉的是二婶。二婶是个苦命人，死了丈夫，儿子也夭折了。然而就是这样一个可怜的人，请我人生中第一餐松菇。当时，大雨初歇，土灶上的松菇汤冒着热气，浮着姜丝、红椒、肉片，散发出诱人的香气，馋得我口水直流。在二婶慈爱的眼光注视下，我风卷残云进行了扫荡，看我馋猫似的，二婶平日不易舒展的眉头舒展开来。时过境迁，但“松菇汤”的美味已如一支钢琴名曲沁入我的心田。至今，我耳畔仍清晰地荡漾着那午后的水滴声，脑海中常浮现二婶见我狼吞虎咽而舒展的眉头。记得还有几只小燕在屋檐呢喃，庭院中悠闲踱步的小花狗则印下两行“梅花”。

流云时常飘过四合院四角的天空，几年前我也像一片流云飘入都市的风景。繁华喧闹、自以为是的都市之中，高高的楼群筑成城市森林，节日里的人们组成人山人海，车流无疑是穿过街道的河流，浓烟是天空中惊起的巨龙。人流、车流、商场、歌舞厅、霓虹灯、广告牌，这一切高度发达的物质文明疯狂排挤着人的精神，短、平、快的节奏让人窒息。

而我在此时，则以精神上的家园抵制外界的疯狂进犯。我可以想故园里一棵最小的草，可以回忆所见的第一片霞光，第一只小鸟腾飞时落下的虹羽，以及故园里因寂寞而相思变形的喇叭花，还有母亲喊我的那带着乳秸气息的小名……这一切充实着我。

家园也是一种精神上的寄托。一部分有先觉的都市人正在做一种摆脱“工业奴隶”的努力，培一方小土，种几棵小菜，架几棚瓜秧，搭个葡萄架，不为食用，也不为高雅，只为追寻一种家园的感觉。然而有的人则表现出冷漠，住在“鸽子笼”里，吃着快餐、方便面，行进在车流或人流里，完全成为机器的“奴隶”，办公室的“牺牲品”。我突发奇想，如果进入理想的社会，社会大同，生产力高度发达，还有没有家园情结呢？

在浓烟滚滚的天空，我们已很难找到一只“便引诗情上碧霄”的飞鸟；在植被被破坏的黄土地上，我们也不易找到一株足以寄情的植株；在满是污染物的湖泊里，我们得颇费一番心思才能找到一条小鱼“传书龙宫”……

正是疯长的现代工业文明把我们理想中的家园排挤。也正因为如此，如漂泊的风筝般的游子又如何能离开远方四合院情丝的牵系？

——刊发于 1997 年 5 月 25 日（第 422 期）

故乡的黄昏

羽　龙

阔别故乡多年，思念常飞过迷蒙的烟水、苍茫的群山，落在故乡的屋脊上，对故乡倾诉我绵绵的眷念。

常忆起故乡的黄昏。

云淡风轻的仲夏黄昏，水草铺于池塘，绿水盈乎彼岸，而夕阳在山，下映于水，波光荡漾，红日如浸于池水中。一条小溪从山中流下来，溪水中斑驳的鹅卵石、溪畔洗衣和汲水的少女，在水面嘎嘎追逐嬉戏的鸭子构成了故乡独特的风景。那潺潺的溪水流走了我的童年岁月。傍晚，人们在一天辛劳后躺在用溪水冲洗过的石板上，享受习习晚风，漫无边际地说悟空、讲岳飞，从远近奇闻讲到庄稼的长势与收成……

黄昏，我站在故乡的土地上，飞鸽掠过天际，满坡黄花间衣袖盈风的少女笑靥直袭心头，令我怦然心动。远远近近，时或有一处处古坟映入眼帘，旁边有数只咩咩叫的小白羊。老黄牛悠闲地走动或慢慢咀嚼野草，夕阳轻轻地抚摸着它们，梦幻一般。天边的远山淡青淡青，画在雾里。村落里还冉冉地升起温暖的炊烟，暮霭弥漫开来，苍黄的夜色笼罩着大地。远山隐隐约约地只能见一抹淡影和四野里升腾起来的炊烟融合在一起，像三春烟雨中的景色般迷离难辨。好一幅“暧暧远人村，依依墟里烟”的风景画。

陡然，一阵庞杂的声音从身后村落传来：狗吠声，长一声短一声，此起彼伏，分外高亢明亮，而人声则更是高高低低、沸沸扬扬。一会儿似有豪笑冲天，一会儿又传来骂声阵阵，一会儿又浮起小孩一声悠长的哭声，犹如断断续续的炊烟。缓缓流淌的河水，中间杂着呼儿呷饭的喊声、寻母回家的稚语。恍惚间，骂声、哭声、笑声、狗吠声、鸡叫声，所有的一切融为一体，滚滚升腾起来，在这清凉的黄昏里，氤氲成一片温馨的声音。回过神来，看暮霭中的太阳余光，四散的彩霞仿佛给人以启示。

仰首向天，天是那样深邃而高远，而我却显得那样渺小。此时，我的心灵似被净化，冉冉地挣脱尘世的烦忧而进入一片宁静。

当如水的月华给山野披上一层透明的轻纱，一切变得很不真实，似仙境，似梦境时，我也如夜归的小鸟，融入点点灯火中。

故乡的黄昏呀!

——刊发于 1997 年 9 月 27 日（第 429 期）

在民间

黄惊涛

一

秋天过去，还没有离开的那群鸟叫留鸟。它们与我一起，在收割后的田野里拾着稻子。它们并不怕我，因为我还是个孩子，对自然和动物还不抱有任何成见。我把金灿灿的谷穗放在篮子里，它们把金灿灿的谷穗放在喙上。同一个动作，它们却直接抵达生存的需要。

在那个丰收后的季节，我还捡到三枚贝壳、一把镰刀和五个白色的纽扣。鸟儿们捡到什么？鸟儿们捡到了自己和同伴还没来得及迁徙的生命。

鸟儿其实很可怜，它们很小就得出来学会觅食，学会在我们的篮子之外找到谷粒。我们其实也很可怜，鸟儿的妈妈告诉它们，这群孩子一旦长大，就变得不可相信。

或许，人与鸟只有在生命原初状态下，才能共同生活于一块田里。

二

冬天款款从平原那边移过来的时候，在田地里继续劳作的农夫，就只剩下稻草人。他们一如既往地站着，手中举起一根长长的竹竿，风把竹竿上的布幡高高扬起。他们戴着农人扔下的斗笠，穿着孩子们破旧的衣裳，守望着这一片洁净的田野。一天，一只小麻雀轻轻地落到一个稻草人的肩上，又在他的脚下跳来跳去。年复一年，他这种固执的姿态已让鸟儿们不再认为他是它们的敌人，它们把他当成一棵树，或者一个可以供它们栖息的点。

我感觉这是稻草人的幸福，能够那么轻松地让一只鸟习惯他的动作，能够那么简单地被鸟儿们识破：这仅仅是人的一个阴谋。人，使尽各种卑鄙的手段想让它们远离土地。我想把手中的麦粒向那只鸟撒去，这一个冬天它没有找到任何食物。但是我挥动的胳膊令他恐惧，它一定以为我扬起的是一块石头。它不安地叫了一声，拍着翅膀飞走了。

下一回我碰到一只鸟，我得轻轻地走开，然后在身后留下一把粮食，轻轻地。

三

有过一段时间，我做过牧鹅少年。这群退化得只剩下趾高气扬的禽类中的将军，每天被我赶着，穿过青草地，绕过麦田、菜畦，来到河边。它们自由自在地在水中游弋、嬉戏，而我躺在沙滩上，仰望蓝天，寻找一字排过的鸟群，这群为躲避人类和季节而到处奔波的流浪者。我害怕我的鹅群某一天也会像它们一样离去。

我不太喜欢鸭子。它们温柔可爱，但天生胆小。它们跟着我甩得响亮的鞭子，一起经过夏天。它们把沙子和田螺一齐吞下。有一天这群唯唯诺诺的扁嘴家鸟，被雷声所吓倒，迷失在稻田深处。它们忘记了回家的路，任我怎么呼喊、责骂，它们渐渐被黄色的波浪淹没，再也不知去向。

在收割庄稼时，我与哥哥意外地拾到满满一筐子鸭蛋，而我同时听说，旷野那边的村庄意外地捕到一群肥硕的野鸭，在一个晚上他们拧断了所有鸭子脆弱的脖子。

——刊发于 1997 年 11 月 15 日（第 433 期）

又是一年三月三

陈茶香

细雨霏霏，如烟似雾。一座土坯房里，“哇”的一声，奏响了春之乐章。那是十八年前的三月三。

从此，母亲的慈爱织成雨帘，童年的欢欣溢进了每个三月三。

清早，母亲头戴圆斗笠，肩挎扁竹篓，踩着轻快的步伐踏向了茶园。扎着羊角辫的我，屁颠屁颠地跟在后面。

茶园里，母亲抬起灵巧的双手，轻快地摘下片片嫩叶，我满园乱窜，择几把葱绿的地菜，采几朵褐色的茶蔸菌，用衣兜住春姑娘的馈赠。喊着：“娘，满啰！回家啰！”娘拉着我的小手，踏上归家的小路。

择一把干净的地菜，放入十几个鸡蛋。等到一丝清香飘入鼻孔，我迫不及待地从锅里抓出一个鸡蛋，趴在母亲膝上“咂吧咂吧”吃起来。母亲的脸上绽开慈爱的微笑，她把我搂入怀中，亲着我：“满女又长一岁啰！”

儿时的三月三，是母亲脸上的朵朵笑靥。

转眼便到了我求学的年龄。每逢三月三那天，不待铃声响起，我便抓起书包，撒腿就跑。远远地，便见茶园里那个熟悉的身影，正探着头急切地张望。一见我，欣然一笑，轻轻地吆着我的小名。近了，她便从怀中掏出两个仍留有余温的鸡蛋，抚摸着我的额头："又长大一岁啦！好好念书，将来考大学！"

少时的三月三，是母亲那双充满期待与希冀的眼睛。

春回大地，细雨霏霏，又是一年三月三。学友们踏青归来，带回几簇黄黄瘦瘦的地菜。我端着一杯浓茶，站在异地的阳台上，腾腾升起的热气模糊了我的视线：圆斗笠、扁竹篓，叮叮的笑声，地菜鸡蛋幽幽的清香……物是，声留，香驻，只是不见那灿烂的笑靥——母亲去了，倒在了她日夜操劳的茶园。一抔黄土，隔绝了两个世界。细雨轻拭我的脸庞，一如母亲温柔的手在抚摸我；微风掠过我的指梢，一如母亲拉着我的小手踏向回家的小路……

清脆一声铃响，把我从梦幻中惊醒。清泪早已挂满两颊，我呷了一口酽茶。又是一年三月三！

——刊发于 1998 年 4 月 21 日（第 444 期）

回家

张永林

刚刚送走校庆的热闹和迎新的沸腾，便是国庆节了，静静地看着同学们归心似箭般欢欢喜喜地踏上归家的路，自己也不知不觉地有种想回家的感觉，而且还来得那般急切，那般深沉。然而，家是不能回了！因为我不忍心回到家中看到孤零零的母亲一个人守着那曾经温馨热闹的家，因为我不忍心回到家中看到自己心爱而又年轻的父亲永远栖身于一抔黄土之下。

尽管很想家，尽管很想回家。

曾有人感叹，家，是一种永远的温馨和安全，一种永远的寄托和希望。此时此刻，我却更深地体会到一个人对家的思念和对家的依赖和执着是何等的深切和激烈！记得自己刚踏进湘大时，父亲正身染不治之症，那会我特别想家，想家中年轻而又不幸的父亲，牵挂家中那举步艰难的生活和不幸，于是便在父母的关心和牵挂中踏上了归家的路——回去看看父亲，回去看看家！

每次回家，不知是亲情在心灵上的预约还是什么，当我走近家门时，父母便早已站在门口了，那刻我好感动，为深深的亲情，也为温暖的家。在家的日子里，与病床上的父亲总有谈不完的话，父亲喜欢听我讲学校的林林总总，我也喜欢将生活的点点滴滴讲给父亲。尽管面对的是身体一日不如一日且将不久于人世的父亲，可心灵上，却因为家的感觉，于伤痛中还有一丝慰藉和希望，精神上还有一种对父亲的依赖，对家的依赖，心中便也倍加珍惜这难舍的亲情，温暖的家，竟仿佛，这悲痛也是一种力量，一种幸福。

每次返校，父亲总要送我一程，那段父子深情让我感慨万分，而让我一生难忘的则是父亲最后一次送我。那是今年六月底，父亲的身体已很虚弱了，但还执意要母亲扶着他下床送我，走到门口，父亲久久地握着我的手，无限伤感地说："儿啊，以后回家可能你见不到我接你，也见不到我送你了！无论如何，家都会给你一种依靠和力量！"父亲的话使我久久没有勇气离去。我不敢想象，假如当我回家时没有父亲接我，当我远行时没有父亲送我，那该是怎样的一种残酷和无情，怎样的一种悲伤和凄凉啊！想到这里，顿然有种悲伤涌上心头，使我有点冷有点想哭。

不到两个月，父亲便走了。面对父亲曾经支撑的家，想起父亲的声音，我凄凉地感觉到一种巨大的失落和无限的悲痛。9 月 1 日，在父亲离开我们不到 20 天之时，我便要返校了。那天，当我踏出家门时，只有母亲一人凄凉地站在风中送我，从母亲那深深的注视中，从母亲那湿润而又饱经风霜的双眼中，我明白从今以后，在这个家失去很多之后，我和母亲之间将会有着更多的牵挂和思念，更明白自己也将对家更加地思念和牵挂——因为家中没了父亲，因为家中还有母亲！

是的，如今，当我面对回家时，我要去面对许多、许多……

——刊发于1998年10月20日（第456期）

栽进城市屋顶的庄稼

张华勇

在这个远离父亲的城市，我已好久没有收到父亲的来信了。当在细雨中接过父亲自千里外寄来的信，在细雨中穿行的我竟有了些激动。父亲在信中劝慰我要安心读书，他同时谈起自己年轻时是如何失去了读书的机会。信是从晃县寄出的，这使我一下子就想起了他在异乡田间道上的身影，他的焦虑、他的疲惫和他的孤单。这张白纸，竟使我感受到了心灵深处的疼痛。

父亲在一种与城市和乡村都有密切联系的业务中，常年穿梭于城市与乡村间的道上，混迹于城市与乡村的边缘。年复一年，把热情和希望投入创造，在不经意的幸福和痛苦的沉浮中，收获一些又总损失一些，就这样打发了许多年时光。

父亲不过是那种栽进城市屋顶的庄稼，没有富庶的土地，自然也就没有富庶的生活。不幸的是，作儿的在这些年却不能完全理解他，总在抱怨他的劳碌和两手空空。

在充满激情的1998 年，父亲整整一个春天和夏天在黑土地上将一双手变作铁打的钉耙，终日劳作不辍，结果，却仍然如遭1998年的洪水洗劫一样，一无所获。在这一年年终，当燃放鞭炮的烟雾已弥漫了城市的每一条街道，疲惫的父亲才从深深巷子的灰暗里，回到不愿回到的老屋。那一夜，作儿的同样不能理解他，埋怨了两句“不如回乡下去”，他竟在喝了两口老酒后流出了一把老泪。事实上，也谈不上他有什么不好，不就是老了点，做事没有以前敏捷，多了点糊涂。而这，竟使他与自己的大儿子的对立越陷越深。

父与子是朋友也是对手，合作—对抗—合作的轮回，在力量的消长中完成。儿子的成长也就是父亲的衰老，在人类的这场战争中，父亲从一开始就注定了失败，胜利从一开始就只属于年轻人。许多父亲晚景孤凉，并非是没有子嗣，仅仅因为当他年老被儿子打败时，却不愿臣服想保持自己的独立。哥哥在父亲开创的道路上越走越远，事情也越做越大，父亲却同时在离他越来越远。父亲虽然有时也窃喜自己被儿子强过，但一面又很不服输，在屡次斗嘴之中，总是谁也瞧不起谁。这就注定了他现在的无依和飘落。

闭了眼睛，他和母亲在异乡的田间道上的身影，在雨中、在春雨中为春天的雨打湿。两颗孤独无靠同时又互不信任的灵魂，在远方的泥泞路上饱蘸酸辛，那岂是断魂的清明雨所能洗去？“儿子，你已长大了，成熟了。”这亲热的话，当我在他身边时，从来就没有过。现在，遥远的时间和空间反而将我们父子拉得更近了。

前天打了个电话回家，家里只有奶奶一个人。

电话里，奶奶的声音苍老而凄凉。她说起母亲带着一帮人在贵州镇远包工做，前晌回来过一次，给她带回些东西，后来好久就没回来过了，哥哥在一周前来过，姐姐这段时间常在照看她，但是不几天就要动身下广东去。说到父亲时，她干脆说好久没有音讯了。然后是一段时间沉默，那一刻，奶奶的神情一定很黯然。想不到80多岁的人，有子有孙，这会却茕茕孑立、形影相吊！末了，她突然间问起我放假的事，好像这几天我就要放暑假一样，她只一个劲嘟哝："孙啊，你一放假就回来啊！"

电话被挂断后，在那嘟呜声里，我张望的目光失去了方向，被那些黑夜的树枝拦劫成一丝丝的碎片。

——刊发于1999年5月30日 第474期

人在天涯心系祖国

罗　婷

《我的中国心》这首家喻户晓的歌激荡过无数炎黄子孙的心怀。“洋装虽然穿在身，我心依然是中国心”唱出了多少海外赤子对祖国的一片深情。身在异国他乡，远隔万水千山，但对祖国的那份牵挂、那份眷恋使他们有着永远不变的中国心，有着永远燃烧的民族情。这种强烈的中国心、民族情平时也许如小溪一样悄无声息，可是在祖国需要时便会像山洪暴发般奔腾咆哮，一泻千里。

我在加拿大生活的这段时光，经历了这样几件使我终生难忘的事情。

去年夏秋，长江、嫩江和松花江流域发生了百年不遇的特大洪水。洪水无情人有情，我亲眼看见了多伦多华人、学子“血浓于水”的感人行动。9 月 18 日，多伦多大学举行了规模盛大的义演募捐活动，许多学子平时节衣省食，此时却慷慨解囊。他们有的甚至食不知味、夜不能寐，牵挂着祖国的父老乡亲。去年底，加拿大北京协会在多伦多举办了为中国“希望工程”筹款的募捐活动。有一对来自北京的夫妇，尽管他们的经济十分窘迫，三口之家租住的房子不足九平方米，但他们为了表达自己的心意，从微薄的积蓄中捐出了五百加元。他们话说：“这点钱虽然帮不了太多的孩子读书，可捐了钱我们心里踏实，终于有机会能为故土做点什么了……”这是发自海外赤子内心的声音。

今年4月16日，朱镕基总理访问多伦多，各界华侨和留学生欢欣鼓舞。代表们怀着异常激动的心情来到机场，挥舞着手中的五星红旗，欢迎朱总理的到来。17日朱总理在给代表们的讲话中，语重心长地强调，海外华人的命运同祖国的命运息息相关，只有祖国强大，海外华人才能真正扬眉吐气。朱总理的讲话使大家深受感动，有的老华侨激动得热泪盈眶，连连说：“中国必须强大！”

今年5月8日凌晨，以美国为首的北约，丧心病狂地用导弹袭击了我国驻南联盟大使馆，造成重大人员伤亡和财产损失。中国人民愤怒了！海外华人、学子也愤怒了！5月8日，多伦多1000多华人及塞尔维亚人冒着细雨，到中国驻多伦多总领馆献花吊唁。5月9日，3000多华人、学子连同为数1000的塞尔维亚侨民上街游行，向美国领事馆递交了抗议声明，并在弥驶菲勒广场作了示威宣言，表达了海外华人捍卫国家主权、声讨北约野蛮罪行的坚强决心。而且，大家对加拿大政府作为北约的一分子感到十分羞耻，希望加国政府不要被美国牵着鼻子走，要有自己的立场。这一事件使海外华人更加懂得只有富强自己的祖国，才能与霸权主义相抗衡。

中华民族是具有爱国主义光荣传统的民族，爱国主义是我们不朽的民族之魂，是祖国强盛的精神至宝。处在天涯的海外赤子情系中华，对祖国“无论何时，无论何地，心中一样亲”。

——刊发于1999年6月30日（第477期）

回眸

校友散文选集 · 下

纪念毛泽东同志题写校名并指示
『一定要把湘潭大学办好』暨建校六十周年丛书

《回眸 校友散文选集》编写组 编

湘潭大学出版社

纪念毛泽东同志题写校名并指示

“一定要把湘潭大学办好”暨建校六十周年丛书

《回眸——校友散文选集》编写组

主　　编：刘建平

副 主 编：齐绍平　申永丰　张俐明

参编人员：谌　君　张子清　袁丽霞　王成奇

丁德凤　李雯雯　李勋亮　邹　鹏

目　录

呓语馨香

百象杂谈

见微知著

吃语馨香

清泉

笑　波

在茫茫无边的深山里，常常可以看到一些细小的泉流，沿着石缝淌下，顺着山路婉转，宛如一条银色的线。它们默默地在树丛间环绕奔走，渐渐壮大为溪流，终于唱起了轻盈的曲子，成了喧哗细语的小河。弯弯曲曲地在山间穿行，有时平静安详，有时奔腾不息。虽有怪石挡路，仍然一往无前，跃过怪石，穿过森林，飞下峭壁，驰过冲垅，汇聚新的伙伴，又继续前进，直达浩荡的大海。

泉水，是大山挤出的乳汁、喷吐的玉液。它清澈见底，惹人崇敬和钟爱。它纯洁清甜，滋润人的心田。水清得像明净的镜子，能映照出大山的雄姿；水甜得像酷夏的甘露，能受到大山的喜爱。它虽然只有平淡无奇的银色浪花，没有推波助澜的雄伟气魄，可是，没有它，又何以成气势磅礴的大海。

——刊发于 1980 年 3 月 15 日（第 2 期）

晚霞赞

刘定平

劳累了一天的太阳向西山慢慢地躺下。可就在这当儿，我清楚地看见，在西方的地平线上，腾起一团金色的火焰。天边焕发着异彩，山峰镀上了金辉。

这就是晚霞。

晚霞实在可爱！然而，自古到今，却很少有文人墨客歌颂她，得宠的是朝霞。无论是诗人，还是文学家抑或是画家，都愿意在朝霞身上泼洒笔墨。当然，有经验的老农看到晚霞，则会高兴地说："明天是个大好的晴天！"

固然，朝霞流金溢彩，千般绚丽。她在一天刚刚开始的时候出现，象征着人们美好的希望。可是晚霞，当明月放射银辉时，当星星踊跃出现时，她又高高兴兴地告辞了。于是，她在有心人的印象里是那样美丽、那样无私。

晚霞实在可敬！

我每当看到晚霞，就会想起几位我所尊敬的老人。

一位是名老教师，七十多岁了，教了四十多年书。他本已退休，却到中学代课。用他的话说，是"不甘心把学到头发脱，胡子白的肚子里的货带到土坑里去”。这几年来，他的学生中有不少人考上了大学。今年，他病了，躺在医院的床上，还颤巍巍地捧着一叠大学生写来的信，一一展开来读。他甚至还挣扎着爬起来回信，鼓励他们为“四化”发奋攻读。

另一位是生产大队长。他田里土里功夫门门都来得，现在六十多岁了。今年，他坚决要求辞职。有人对他说：“不忙吧，等下次选举时再说。”他说：“不行，我老坐着这位子不走，人家怎么上来呢?”他对我小学时的同学——自学成为大队农技员的满四伢子很关心。有人问他是不是要把大队长让给满四。他说：“这大队长又不是我私人的，怎么能说让给呢？还是由社员们决定吧!”我也问过他：“您真的放心让别人去干吗?”他的脸笑成一朵花：“太阳总是要落山的，人总是要老的。党决定废除终身制，我这把老骨头还是得想清些，是什么虫啃什么木吧。我只是犁耙功夫强一点，可年轻人会开拖拉机呐。他们知书识字，新花样多。说不定，我在死之前，还能看到我们大队兴旺起来呐!”

是的，太阳总是要落的，晚霞也总是会消逝的。可是，还有明月，还有星星，还有明天的太阳，还有明天的朝霞，还有明天的晚霞！正因为这样，历史才会哗哗地翻动书页，春天才会一回又一回地降临人间!

晚霞在激动地燃烧着。她在向人们告别之际，不想有一丝半点保留，只想表达纯洁无瑕的爱！我携学友登山远眺，谈着我们各自尊敬的老人。这些可敬可爱的老人中，有老一辈革命家，有工厂的老工人，也有我们湘大的老师。于是，又谈及我们的事业，憧憬祖国美好的前景。我真想唱一支赞歌，写一首颂诗，但总觉得不如重复老农的那句话：“今天晚霞好，明天定是个大晴天！”

——刊发于1981年11月7日（第31期）

啊！铁溪沟

施华耕

大学毕业了，我的分配志愿上填着“申请分配到湘西边远山区的铁溪沟，参加山区建设”。

铁溪沟是个尚未充分开发的秀丽山乡，我曾随支援三线建设的父母来到这里，度过了金色的少年时光。

沟里的每个孩子都视上山砍柴为趣事，大家一起嬉戏，疲劳中充满欢乐。然而，比砍柴更醉人的却是美景。铁溪沟山环水抱，四季如画。春天，满山郁郁葱葱，山花竞相开放，万紫千红，花香四溢，沁人心肺。夏天，清澈的溪水倒影如墨，使人的心底都一下子纯净许多。你不禁会跳下溪去。纵情拥抱这翠绿的涟漪。秋天，金风萧瑟，吹得万山红遍，满山枫叶火势更猛。冬天，白雪皑皑，遍山银装素裹，宛如到了雪岭冰峰，又多一层江南景致。玩倦了，坐在山顶欣赏这一幅幅山水画，满身疲劳荡然无存，代之以油然涌起的对江山的爱恋。

铁溪沟有个大陡坡，是方圆百里最高的山峰，山巅的景色更别致，奇异山货也最多。但是，不是每个人都能登上去的。它地势险峻，像华山那样，只有一条两米宽、千米长的陡坡通上山顶。只有攀着山藤，用柴刀不断挖坑蹬住，才能一点点地爬上去。听爷爷奶奶说，新中国成立前，这个地方是土匪扼守的要地。

我每次登临大陡坡，都要去瞻仰为攻克匪巢而捐躯的三十六名烈士墓，墓碑上刻着烈士的生平和牺牲经过。他们大多是北方人，为了让大好河山归属人民，他们的鲜血像秋天的枫叶和漫山开放的映山红一样，染红了山山岭岭。从那时起，我暗下决心，长大定学好本领，回来建设这鲜血换来的锦绣山乡。

啊，铁溪沟！你以独有的魅力呼唤着我，无论是迁离后还是大学期间，我都一直关心着你。如今，毕业了，我要回到你的身边。虽然你目前还不发达，但我怎能因此说你不可爱？

我要用自己的双手把你建设得更繁荣，更美好！

——刊发于 1982 年 2 月 22 日（第 38 期）

新月

唐湘岳

我独自坐在校园的山坡上。

乘着微风，新月从遥远的天边缓缓驶来。

脚下，灯火闪烁处，图书馆大楼如一架巨型飞机，平卧在一片空地上。

多美的夜哟，我四年前临此处的心情还记忆犹新——匆匆离别桑园，竟忘记带走一片碧绿的桑叶、一颗洁白的蚕茧留作纪念。那弯弯的山道、弯弯的扁担，还有大婶弯弯的笑眉，都只能在梦中相见了。唯有弯弯的新月，在那灯油燃尽的夜晚伴随着我的新月，如今载着我的心儿来到这里。呵！我的好朋友。

新月是何时变得不清晰的呢？我曾经痛苦地反省自己。是的，很久没有爬过山坡，甚至很久没有抬头看看这片蓝色的夜空。视线被缤纷的色彩所紊乱，呵！我的新月变了，变得模糊不清。朋友，你是要疏远我么？……终于，我醒悟了，变化的不是她，而是自己，是自己的目光变得短浅。温柔而又冷峻的月光洒在我的脑前，与校徽乳白的底色溶为一体。乳白似乎暗示着什么。我配上了一副浅度眼镜，于是，新月又像从前那样皎洁清晰，那样楚楚动人。

明天，便是我启程的日子。我多想还能在融融的薄雾里大声地朗读，我多想继续拾级而上，走进宽敞肃静的图书馆，我多想染着夕阳散步圹边，荡开遐想的涟漪……呵，明天便是我启程的日子。也许我又只能像四年前离别山村那样，匆匆而去，不带走一点儿礼物，哪怕是一朵温馨的小花。

呵，新月，你又来了。是你舍不得我，还是我离不开你呢？那么，让咱们告别夜空，一起走向玫瑰色的晨曦吧！

呵，知识，我的皎洁的新月！

——刊发于 1982 年 6 月 10 日（第 45 期）

枕头粽

摩　印

端午节吃粽子，这是人们的老习俗。可九嶷山区的人吃粽子，却要到农历八月十五。他们吃的不是一般的尖角小粽，而是三四斤重一个的大粽子。这种大粽子，样子像个枕头，叫作枕头粽。外地人到了那里，凡是吃过枕头粽子的，都说享了口福。

九嶷山区的甘蔗特别甜，粽竹叶又宽又厚，产的糯米也格外地糯。到八月十五的时候，甘蔗榨成清甜的糖汁了，粽竹叶绿得放亮了，糯谷也舂成糯米了，妇女们到山上摘来粽竹叶，在山泉水里把糯米淘洗得像猫牙齿样的白，用几十片粽竹叶包成枕头粽。

八月十五吃枕头粽，是九嶷山区的古老习俗。还是两千多年前，楚国的都城被秦国大将白起攻破，爱国诗人屈原悲愤到了极点，农历五月初五在汨罗江投水自尽。这悲痛的消息传到偏远的九嶷山区时，已经是八月十五了。山区的老百姓无比怀念这位爱国忠臣，但又难以到千里之外的汨罗江去吊唁，就商量在附近的春陵河祭奠屈原。

用什么东西作祭礼才能表达心意呢？

他们想来想去，都认为用新鲜的糯米饭拌蔗糖汁最好。因为这是他们辛勤劳动的果实，也是九嶷山区最好吃的东西。但是这么好吃的东西下水，河里的鱼虾会抢着吃个精光，于是他们就用粽竹叶来包。粽竹叶满山遍岭都是，能防水又浸不烂，鱼虾也不吃，家家户户都用粽竹叶包起粽子来。

包粽子的时候，大家想到屈原在生时忧国忧民，被赶出朝廷后流放了二十年，没过一天好日子，都想要他多吃些，粽子便越包越大，包到三四斤重一个。他们又想要屈原一年都吃得饱饱的，就把粽子包得又长又大像个枕头，好让屈原码成堆贮藏。

从这以后，九嶷山区的人每到八月十五，就包起枕头粽子来。这个古老的风俗，直到今天还在流传。

——刊发于 1982 年 7 月 5 日（第 47 期）

黎明前

尤　加

静悄悄的黑夜具有母亲的美丽……

——泰戈尔《飞鸟集》

黎明前，夜墨黑墨黑，没有月亮，也没有星星，一切都像胎儿在母腹之中。田野、农舍、远山近壑均呈黛色，分不清天庭地垄，世界如同一个窥不见底的深潭。

我倚在窗前，眼睛在窗扉外寻觅，我的耳膜在沉寂中静听。哦，远处的狗在吠，屋后山林里的鸟儿开始了噪动，甲虫的啾啾声忽远忽近。这预示着夜尽了，黎明前的夜幕快要消退了，万物垂着晶莹的露滴，一切生灵就要从酣梦中苏醒。这样，我觉得黎明前的夜是恬静的、美好的，不可怕，也不寂寞。这样，我的心踏实了，我在墨黑迷蒙的夜幕里追求的希冀降临了，黎明前的熹微就在眼前……

——刊发于 1983 年 3 月 25 日（第 63 期）

落叶集

——献给为了别人而甘愿奉献的人

奉　瑜

我捡起一片落叶，默默地思索。

它为了什么而生？为了什么而活？

诗人：真遗憾。人们只知道收获的喜悦，却从不去考察萌生希望的艰难。收获了，也就十分满足。浑浑噩噩，什么也不想。

初春。凛冽的春天。

大地上荡起春之圆舞。

一点嫩绿，挣扎着摆脱重重束缚，给人间带来了生之希望。

那，就是绿叶儿。世界上最最弱小而又绝顶坚强伟大的叶芽儿。

牵牛花开了……

兰花儿开了……

月季花开了……

妈妈，您看这朵映山红花儿，真好看。

孩子，你干吗把叶儿都撕掉啦？

哼，映山红叶子呀，最难看了。黄不黄，绿不绿的，就像没吃过饭一样。

哦，孩子。你可知道，自从它降生在世界，它就没有停止过给枝干和花儿输送太阳。

诗人：我感到深深地——失望。

没有画笔将它描绘；

没有诗人放声歌吟；

也没有谁，在它那饱经风霜的脸上轻拭一下汗水。

花儿自恃其美，扭臀搭腿，

将射往绿叶的太阳掩遮。

而当花儿凋零，人们却连声赞叹。

“让人们观赏昙花去吧！我的使命从来就不是为了博得哗然一笑。”

爸爸，冬天里树叶为什么会落到地上？

因为冬天到啦，大地感到冷起来了，于是，叶儿，就飘下来，给大地避寒遮风。

那，落叶不也同样发冷吗？

当然冷。但是，它们……

诗人：它们没有忘记，

谁是它们的母亲。

于是，在这苍茫的世界里，

就有了伟大的民族，

就有了伟大的人，

——那些为了别人而甘愿奉献的人。

——刊发于1983年11月19日（第74期）

小草青青

诚　然

我曾踏着春风，在一个行人少到的地方发现了几株格外茁壮、格外嫩绿的小草。当时，或许是因为它们太青嫩、太可爱，或许是因为我太多情、太自私，我对它们可说是一见钟情。打算把它们全部移植到我那“荒凉”的窗台上，以便每天都能和它们同享生活乐趣。

我手边没有铁铲，也没有小锄，连那把削铅笔用的小刀也忘记带了，我不得不用手拔。很遗憾，除了拔出两株带有半截根须的小草外，其余都只拔了把青嫩的叶子。我心里感到非常可惜和惆怅。回来后，我把那两株只有半截根须的小草用一个小泥钵精心养起来。很是不幸，几天之后，它们都相继枯萎了。从那以后，我发誓再不干这种小孩子的事了。

前几天，我出去散步，又绕道到那里。我吃惊的是，那里居然成为一片绿茵茵的小草地了。我满心欢喜，又想伸手拔起几株，忽然，我缩回了手……

我想：这一小片青青的草地凭什么而来？仅凭那几株被拔了叶的小草的根？是的，是那些根以它顽强的生命力长出了新苗。但更因为大地给了它温暖、营养、水分和生养存在的土壤，如果没有土壤、雨露、阳光，恐怕它永远也不会有这欣欣向荣的景象。

于是，我又想到了人，一个人要是没有人民的关怀，没有祖国的温暖，我们的今天能有这般幸福美好？如果祖国不愿要我们，那我们何处存身？如果祖国不给我们以用武之地，我们即使是英雄，那满腔热血又洒往哪里？可是，我们有的人取得一点点成绩就自命不凡，全部归功于自己，而且常常伸手向祖国和人民要这要那，试问你离开了祖国又向谁要呀？比起那小草无须播种、无须耕耘、无须剪叶修枝，却以自己的整个生命报效生它养它的大地，用自己身上仅存的些微春色，默默地点缀着祖国的山河，这样的人难道不是不如一株小草吗？

小草，虽然没有牡丹的色彩，也没有青松的华盖，但它同样能散发出自己诱人的芳香和清幽的气味。它不择肥沃与贫瘠，爬满山岗、沙滩、草原，织成柔软的绿毯，汇成广袤的绿海，使天地间永存春色，充满希望。但它离不开大地，它也从没有离开大地的念头。你看它，就是枯萎了，也默默地偎依在大地母亲的胸怀。它似乎懂得，只有把自己的根深深扎进大地，生命才会坚实，才会长青。

于是，我终于明白了我曾经养的那两株小草为什么会枯萎，更明白了那些离开祖国的人为什么会感到昏暗、渺茫！

——刊发于 1983 年 11 月 19 日（第 74 期）

青青漓江凤尾竹

段林毅

告别桂林已有两个多月了，但那里秀丽的山水时常在我的眼前显现，引起我美的遐想。特别是漓江两岸青青的凤尾竹，像充满希望的绿色的梦一样，时常在我的心中萦绕，给我美的享受。

那是一个阳光明媚的夏日，我们夏令营的师生兴致勃勃地乘坐着游艇在漓河上游览，欣赏漓江沿岸醉人的自然风光。我们极目远眺，只见那美丽的凤尾竹，一排排，像两道绿色的屏风，沿着江岸向前延伸。一丛丛，像亭亭玉立的壮族少女，站在江岸向我们频频招手。这些凤尾竹，高高的、青青的，充满着无限的生机。它把根深深地扎在泥土里，钻在石缝中，伸在江水里，竹枝修长而翠绿，轻轻摆动，像凤凰美丽的尾巴，难怪人们把它叫作凤尾竹。那倒映在水里的竹影，摇曳多姿，随水流动。微风吹过，竹枝婆娑起舞，沙沙有声。那从竹林中走出来挑水的壮族少女，真使人怀疑是刘三姐又来到了江边。眼前呈现的是翠竹共江水一色，峰影与游艇齐动的美的境界。那从翠竹中溢出的竹韵在我的心弦上共鸣，我不觉改动了一位诗人的两节诗句，情不自禁地轻轻脱口诵出：

那河畔的翠竹，
是夕阳中的新娘；
波光里的艳影，
在我的心头荡漾。
青波里的游鱼，
悠悠地在水中招摇；
在漓江的柔波里，
我甘心做一尾小鱼！

正当我陶醉在诗情画意中时，年青的女导游给我们讲起了这些凤尾竹的来历。原来，漓江两岸本没有这些凤尾竹。1960年，敬爱的周总理到这里游览时，见两岸光秃秃的，特别是开阔的地方显得很单调，虽有奇峰对峙，但总觉得美中不足。周总理就建议在两岸种植一些竹子，这正符合人们的审美要求。当地人民按照周总理的意见，种植了这些凤尾竹，让漓江风景线变得更加美丽。

青青漓江凤尾竹，以自然的美装饰着美的自然。当我们欣赏着这摇曳多姿的凤尾竹时，怎能忘记亲手种植这些竹子的劳动人民呢？又怎能不深深地怀念提议栽种这竹子的周总理呢？

啊，青青漓江凤尾竹，我赞美你。你美的名字和美的形象，永远留在我心里，给我希望和力量。

——刊发于1983年11月19日（第74期）

怀念

——纪念毛主席诞辰九十周年

陈忠红

你领导神州时，我怀念着。你长辞人世后，我也怀念着。我无所赠予，唯有怀念。

怀念你时，我的心会感到充实，正如聆听你亲切的教导，会使人激动万分。

当怀念之情叩动心壁，我的灵感就会雀跃起来，诗绪就会像原油一样冲击喷口，像辘辘车轮滚滚向前。

我怀念十九世纪末的那个不平凡的诞辰，怀念那关于无私和正直的故事，怀念那古朴秀丽的农舍，怀念那橘子洲头的书生意气。

茫茫九派，沉沉一线，我怀念那苍苍烟雨下的舵手，怀念扬子江上心潮起伏的诗人，你使我体验逆境中的信念和对明天的希望。

巍峨井冈、指天宝塔，我怀念你仆仆的身影、雄厚的声音，怀念你行军路上的流星大步，怀念你非常时期的逸群韬略。

九嶷斑竹，长江浩浪，凝成你豪放独特的诗风。我用含蓄的眼泪体味你那些豪放的诗篇，一颗爱诗歌、爱童话、爱祖国青山绿水的心灵与你贴得更近。

我会永远怀念你的，因为这怀念会更加坚定我对明天的信仰，对真理的追求，我就会更加酷爱生活，更加酷爱祖国版图上的一切山脉、河流、原野……

——刊发于 1984 年 1 月 18 日（第 77 期）

风

万年姣

傍晚的时候，风涂上胭脂，舞动着袅娜的身子到村里串门来了。村头的大槐树首先致了欢迎词，尔后，沙沙地鼓起掌来。风显然受不了它的殷勤，寻农家小院去了。

不知谁家大门口前，一个小人儿玩得正专心，春风一眼瞥见，忙轻轻地走上去。呀，小人儿正折纸飞机呐！瞧，翼翅张开着，似乎欲飞啦！小人儿多开心呀，不住地嚷嚷：“我的飞机上天咯！上天咯！”

风，甜甜地笑了。

——刊发于 1984 年 6 月 15 日（第 84 期）

藕

向继东

一个秋凉袭人的日子，我路过藕田边，但见出尽风头的荷花荷叶，狼藉乎仅剩一枯杆。其时，几个农人正在泥田里翻出大节大节的藕棒来。想它落水一洗的鲜润模样儿，我心里颇不宁静……

古往今来，多少骚人墨客，对着荷花荷叶，饱蘸墨水，酣畅淋漓，讴歌讴颂。

“出淤泥而不染。”纯洁、高尚，仿如美和圣洁的化身……究其实，只不过是欺世盗名，得时于春夏的温暖和阳光，寄生于深埋泥底的藕节。一阵秋风，哭丧了脸；一朝霜降，顷刻魂兮归天……

藕，却深深地扎在泥底，毅然抛弃了阳光、甘露，掘进黑暗的底层。它一鼓作气，钻进了泥底，穿过了田坎。田坎边岩石的缝隙间，它也要壮大自己。即使榨扁了身子，那尖尖的棱角，始终是向前！向前！哪管它春夏与秋冬……

昙花生命虽短促，却显示了自己的存在。藕，在那个黑寂的世界里，默默地生，默默地长，从未抛头露面。然而，细心的人不难发现，幼童食品店里有它的影子，中药铺里有它的筋骨……

掘进是它的天职，沉默是它的性格，奉献是它的嗜好……

从藕田边走过，于是，我净化了自己的灵魂。

——刊发于 1984 年 9 月 30 日（第 88 期）

八月的郊市之夜

袁田新

我爱在夕阳西沉的时候，去观赏郊市的暮色。尤其当时序的轮齿转到夏末秋初的八月，登上地处高层的干训部六楼平台，极目远眺，真别有一番情趣。

在落日的余晖中，向南望去，是大片大片的晚稻田。一望无垠的稻田中间，间伏着低矮的山丘。在烈日的恩惠下，一个月以前的满目金黄，现在换成了一片深绿。几年前的茅草山，如今也变成一色的苍青。遍地绿茵，看不见道路，看不见田埂，看不见村舍，连东面市区的高楼、工厂的烟囱，也掩映在绿树丛中。湘江的清流，在U形的拐弯处，为绿茵镶上一块镜面，整个世界都沉浸在绿的海洋之中。说它是绿海，一点也不过分。不是吗，那绿是醉人的，如春绿那般柔和，有春绿那么可爱，但没有春绿那么娇嫩了，她要成熟得多。如果说春绿是一位妙龄少女，这南方夏末初秋的原野之绿，已经是一个发育得丰腴，吵着要出嫁的大姑娘了。

看着这大块的翡翠，难道不使你联想起海来吗？形态也是毕肖的，那起伏的苍丘，有如碧海的波涛，那钢城的烟囱，在霞光中喷吐着褐色的烟雾，加上那掩映在绿茵中的建筑群，宛若大海中远航的巨轮。万顷碧波推向远方，几乎与幽蓝的天穹融成一片，幸有那远处柔和的暮霭，为我们勾画出了海天的轮廓。放眼望去，跟前的海，如雨水洗过般清新，如万里晴空般碧澄，那样柔和，那样悦目，那样富有诗意，纵是巧夺天工的画家，也会为之倾心。

随着落日的深沉，霞光渐次暗淡，夜色从四周围拢来，田野模糊了，天和地浑成了一体。当最后一丝晚霞也湮没在浓重的夜色中，莽莽苍苍的大地，又是另一番动人的景象。

灯光次第地亮了起来，市区、村舍、山头，这里一星，那里一点，闪现渺渺的灵辉。

夜色更加浓重了，红的、绿的、黄的、紫的、白色的灯，转眼间亮出一大片，五光十色，又大又亮，密如繁星，像颗颗宝石在黑色绒幕上放着奇光，和那苍穹里的星斗互相辉映，分不清哪是天上，哪是人间。更有那湘江大桥上的两排灯光，双双排成弧形，绝似通天的金桥，又怎能不引人入胜。我那时忘记了一切，仿佛已幻入了天庭。

悠悠的晚风，把我从梦中唤醒。放眼东方，盈盈的明月已从天际露出圆圆的面庞来，橘红色的，那么柔和，那么恬静，那么可爱，宛如一盏高悬着的灯笼。

啊，天灯！一盏挂在天上的明灯，它还在寻找白天失落的光明。神奇的造物主啊，竟是这般地聪慧，他怎么知道白天需要太阳，夜里又少不了月亮？

你看，当莽莽苍苍的天宇享受着月华的恩惠时，夜，又罩上了一层乳白色的轻纱，显得无比地柔和，格外地静谧，变成了朦朦胧胧的仙境般的世界了。

多么美好的夜色啊！

——刊发于 1984 年 10 月 15 日（第 89 期）

黄土

邓清柯

黄土。

褐色的黄土。

赤裸裸地袒露着紫红色的胸脯。

春风没给她披上绿树掩映的衣衫，大理石也没有给她嵌上一些闪光的首饰……

但是，不要说这里全是荒漠，绿色的种子已经在它的怀里孕育，等到春天来的时候，它会在春雨的滋润下悄然抽芽。

啊，黄土，蕴藏着金子般的黄土！

开头，他是带着一颗憧憬的心，把足迹从城市深处的大理石上延伸到这片江南丘陵的黄土上。不久，他失望了。虽站在山峰上，可那颗心，却向现代化城市诱人的怀抱扑去……

可是后来，他来信说：“生活在黄土上，我厌恶黄土；离开了黄土，我想念黄土。你们给我看看吧，多看几眼，在你们的来信中，多捎一些黄土的芳香来……”

啊，黄土啊！

“进军，向黄土的堡垒！”

一年前，一辆推土机履行自己开拓的使命，让刨刀开辟道路，开始征服这一块土地。

同学们也背着锄头，迎着炎热的太阳的考验，走上拓荒者的道路，让汗水和着金色的理想一起渗透在黄土里……

劳动搞完了，一位同学要照张相。

“选择什么作背景呢？”

“黄土！”

黄土！

一望无垠的黄土。

埋藏着金子般矿产的黄土。

雕刻着开拓者深深的脚印的黄土。

你鼓起每一个生命的细胞，呼吸着阳光，于是你就有了和太阳一样金黄的肤色。

昨夜，我睡在北山区，在那黄土的怀抱里，又做了一个绿色的梦……

——刊发于1984年11月5日（第90期）

半春子

伏治友

我喜爱“春风第一枝”的梅花，更喜爱半春子。

半春子，学名叫作胡乔子，大概因为名字不太雅，人们才又叫它“半春子”。

在山村的孩子们看来，半春子可是宝贝哩。冰消雪融时，孩子们忙着去寻觅它，看严冬是否冻坏了它那纤细的身躯，看它的个儿是否高了，花是否开了，果是否熟了……尤其是我这旧社会出生的孩子，更有这种深厚的感情。记得它曾多少次饱过我的肚，支撑我度过一个又一个青黄不接的岁月，可以说，它救过我的命呀！当然我也保护着它，砍柴时绕开它，放牛时避开它。如今，我虽参加工作二十多年了，但对它的感情一如既往。每次回乡总忘不了去瞧瞧它，甚至想把它搬到繁华的闹市来。

今年春节，我和满弟去给村里人拜年，其实也是为了去寻觅那久违的半春子。

我们朝那个高坡走去。我清楚地记得那里曾长着许多半春子，可近前一看，哪还有什么半春子，连土都给翻过来了。我心里一下惆怅起来，像是空了许多。满弟却若无其事，他站在一块大石头上，正盯着村里一栋新修的楼房，眼里透着向往和羡慕的光芒。

“那是谁家?”“半春子。”

“半春子?”但那分明是楼房呀，怎是我的半春子呢？半晌，我才醒悟过来，那确实是“半春子”——我童年时的朋友的家。

他本叫杨放春，因村里人谐其音叫他杨半春，后来，人们干脆叫他“半春子”。我记得小时候的半春子可命苦啦，十七岁那年，正值我国多灾多难，生活的艰苦逼着他上山打猎，可猎没打成，却从悬崖上摔下去，跌断了一条腿……

“如今呀，他可发财了。”满弟打断了我的心思，“别看他跛了一条腿，心可灵哩。实行责任制后，他把田给人家种，自己专门搞草药，也不知道他从哪儿学来的，弄出两种特效药，这一下子他可阔气起来，电视机、洗衣机，还娶了个漂漂亮亮的老婆，可抖着哩……”

“那到他们家去看看吧。”我似乎有点不相信。

“你看，他不是来了吗?”满弟眼尖，一下就认出来了那正朝这边走来的人就是半春子。果然，好一个半春子，走起来虽有点瘸，却稳稳当当昂首挺胸的。

我忽然又想起了我要寻觅的半春子，它虽然能熬过严冬，结出红泱泱的果实，但哪里有我们面前这个“半春子”实在呢？我的心里又充实起来了……

——1985 年 6 月 20 日（第 105 期）

黄昏礼赞

钦　之

我散步在黄昏里，仿佛来到了一个奇丽的世界，小河粼粼，青山翠翠，夕阳灿灿，天空蓝蓝，自然的巧手把这一切描成一匹五彩缤纷的织锦，叫人神往。啊，黄昏，有如一首特有的歌。

微风吹拂，隐约送来了老人特有的吟诗之声，似风啸啸而有气势，如鸟啁啁充满希望。我寻声走去，只见一位老教授拄着拐杖，面对这黄昏美景吟诗作赋。夕照、青山、小河，还有老人、拐杖。我情不自禁地叫起来："好一幅夕阳西下的剪影啊!"我举起了相机，迅速地按下了快门。

也许，是我打断了他的吟诗，他转过身来，和颜悦色地对我说："年轻人，你也喜欢黄昏?你从黄昏中看到了什么?"

看着这幅剪影，我豁然开朗起来："我看到了一支礼赞烈士暮年的黄昏之歌在由您谱写。"

他会心地笑了，盈着幸福的泪水。突然，他提高沙哑的嗓音说："不，今天是首个教师节，我还是第一次过'生日’——年轻得很呀，谈什么烈士暮年。”

我为老教授的情怀所感动，忽然想起一位老先生曾经写下的一首咏怀诗来：“征途风媚，回首榛芜斜阳外。前路迢遥，满眼风光紫翠浮。半生灯下，心事浩茫谁与画？明日风帷，老去匡衡更说诗。”

这同“夕阳无限好，只是近黄昏”的诗句相比，对照何等鲜明。我甚至想，如果诗人生活在今天，他一定会吟成“夕阳无限好，哪怕近黄昏”的。

是呀，红日东升固然显示出勃勃的生机，但黄昏夕照也充满了未来的希望。你瞧，西边的天际，一抹斜阳，黄昏挥舞着艳丽迷人的彩练，燃起了昼夜兼程的篝火，闪耀着奋发向上的光芒……

——刊发于 1985 年 9 月 10 日（第 108 期）

小阳春

胡心怿

云淡天高，阳光普照。山上的山茶花、路旁的野菊花、庭前的芙蓉花、院子里的月季花，白的、黄的、红的争相怒放。小鸟啾啾，流水淙淙，故乡的十月，展现出一幅美丽的画图。

十月小阳春，人们在这天朗气清的日子里，仆仆风尘赶时辰。乡下人披星去赶集，白天忙着搞冬种。城里人步履匆匆，赶着早班车、末班车。学生们发奋读书，早随黎明起，深夜伴着不灭的灯，在知识的海洋里遨游，摘取最闪亮的明珠。

过了小阳春，冬至就来临。我爱小阳春，不误好时光，祈望自己小小的“责任田”里，也有绿色的收成。

——刊发于 1985 年 12 月 5 日（第 115 期）

南岳·古松·远眺

李良江

提起南岳，人们自然会想起它那巍巍群峰、苍苍古树、秀丽风光，想起李白的“衡山苍苍入紫冥，下看南极老人星”的千古名句，特别是那“五岳归来不看山”的绝句更会撩拨你的心弦，引诱你非去看看不可。故当朋友邀我时，我欣然应允。

从南岳大庙出发，沿途山环路转，幽径曲折，林深草茂，流水淙淙，再加上名刹古迹，处处充满了诗情画意。尤其是两旁古松，高大挺拔，郁郁葱葱，人行树下，兴趣盎然。至高台寺时，那几株古松更是引人入胜。这里地势高，风力大，温度较低，它们长在石缝中有点虬枝旁逸，但挺拔苍翠，特别是三株念庵松，从下往上看，显得古老而又充满生机，像一把墨绿大伞开着在等你；从上向下看，它俨然南岳主人，伸展着臂膀，喜迎你的到来。这三株念庵松据说是明朝名儒罗念庵拜访楚石和尚时，携来三棵庐山松苗，亲手栽在寺旁石岩上的，至今已有四百多年历史了。几百年来，雷击电劈，风吹雨打，可它们却长得更加伟岸、精神。恶劣的环境磨炼出了它坚强的性格，简直同万物之灵的人类一样！

登上祝融峰，远眺可是件惬意的事，听到此游览过的同伴介绍，要是天气好，在此可东望罗霄，西顾雪峰，北眺洞庭，南瞰湘江。遗憾的是，我们来得不是时候，春天雨多，天空阴沉，视境不佳。然而俯瞰群山，但见雨过之后，它们显得更加妩媚，无山不树，无树不绿，近处翠绿欲滴，远处墨绿可爱。抬头远眺，峰峦与天际相衔，大地阡陌纵横，湘江北去，宛如银练。这时你定会觉得大地是如此宽广；自然是如此美丽。正当我们忘神地观赏这旖旎风光时，突然烟云四起，这儿一团团，那儿一缕缕，从山谷深处，峰巅林壑不断腾起，四处弥散，互相凝聚，越聚越浓。不一会白茫茫一片，山峦在云海中若隐若现，宛如蓬莱仙境，大海波涛；我们看着竟有飘然欲仙之感。

朋友，南岳的山容水态，秀丽风景是看不尽、述不完的。不信，你去瞧瞧！

——刊发于 1986 年 5 月 21 日（第 129 期）

忙趁东风放纸鸢

醴　南

风筝，又称纸鸢或风鸢，是我国民间一种优美的工艺美术品，它品种繁多，工艺精巧，形式多样，其彩绘图案独具特色。它在军事、科学、医学史上也为人类作出过贡献。

两千多年前，风筝就诞生了。春秋战国时期的“竹鹊”和“木鸢”是它的雏形。到汉初，称它为“纸鸢”。风筝按样式可分为三类：动物型、人物型和物品型。

风筝必须符合力学原理，才能升上天空，因而它的制作须有一定规格。

古今中外，有关风筝的传说、故事可谓数不胜数。从鲁班制木鸢以窥宋城到汉代简文帝用纸鸢传书朝乏救兵解重围，从美国科学巨匠富兰克林放风筝发明避雷针到俄国科学家莫柴伊斯基利用风筝原理制造出世界上第一台滑翔机……难怪英国学者李约瑟把风筝列入中华民族向欧洲传播科学的重大发明之一。

现在，世界上掀起了一股“风筝热”。在我国，最著名的风筝活动数潍坊国际风筝大赛了。每逢赛期临近，许多国际友人不远万里，携带着自己制作的风筝赶来参赛。笔者有幸拜访过一位曾经参加过潍坊国际风筝比赛的民间风筝艺人，他向我详尽地讲述了风筝的历史，介绍了他比赛时的情况，最后他意味深长地说道：“我们国家在科学技术方面确实需要迎头赶上啊，就拿风筝来说吧，我们制作风筝的技巧高超，但用于制作风筝的材料却大大逊色于外国友人，比赛中我们的风筝外表漂亮、式样新奇，可是一到空中就容易破损掉下来，所以头名往往是被外国人夺得。真令人遗憾!”

——刊发于 1986 年 5 月 21 日（第 129 期）

我和孩子们

陈　默

二十世纪八十年代第三秋，我从教师进修学校毕业，担任小学一年级的班主任。面对着大的才七岁，小的不满六岁的五十四名学生，我一筹莫展。这些连鞋带都系不好，上厕所还会尿湿裤子的小毛头，常使我惶惶不安。

两个月过去了，他们似乎长大了些。他们也知道把小手伸出来叫我检查，知道把铅笔屑削在纸盒里，知道放学后唱着歌排队回家。那些调皮的男孩儿也知道上下课时让女孩儿先出入教室。后来，他们在清早不用我为他们生火取暖，甚至在我骑单车去市里上课时嘱咐我路上要小心，不要担心他们，他们会听话。记得一次周末劳动，比赛看谁的玻璃擦得干净。我问优胜者要求什么奖励，他们说要我抱他们转一圈。结果，优胜者实在太多了。我转了几十圈，累得我气喘吁吁！啊！多么可爱的孩子们。

有次我病了，是在上课途中病倒的。我觉得太累了，上午教学生，下午去市里听课。半年多来，我几乎没好好吃过一顿午饭。现在，我躺在病床上，靠着输液维持片刻的安宁。忽然我发现，玻璃窗口趴满了小脑袋，“陈老师醒了！”一时间，病房里摆满了大大小小、花花绿绿的礼品，还有幼稚的一笔一画写在小纸单上的话：“老师，希望您早日养好病。”看着那一张张天真的小脸，我感到无比的欣慰。班上的调皮大王祁宏也来了，睁着一双乌黑的大眼睛望着我。记得有一次，我佯怒要教训他。他看了看教鞭，说：“老师，您用小棍打我，您要轻轻打！”弄得我啼笑皆非。昨天他妈妈煮了几个鸡蛋，要他吃一个，他摇摇头，说：“老师有病，吃了鸡蛋好得快。”

后来我调走了，离开了这些活泼可爱的孩子，离开了美丽的北疆青城到湖南工作了。于是一种难分难舍之情常牵着我，一股不可名状的惆怅总吞噬着我的心；如今我总想起他们，想给他们写去片言只语，想去看望他们。然而始终未能如愿。我只好托北去的大雁给孩子们捎去我的问候，我的祝愿，我的一片赤诚：我永远爱着他们！

——刊发于 1986 年 6 月 16 日（第 132 期）

青青子衿心

——大学进修生活速写

艾　叶

501室位处校园北端新楼的最高层，开窗就能感受到北风的豪壮，像是站在冬天的唇边。十位同学，论年纪，最大与最小的是两代人。谈天说地，倒像一起长大的兄弟。关起门来，这儿是春天、夏天、秋天的世界。

“你是蓝天，我愿是你怀中的白云……”

阿黎的女友来信了，悄悄塞给老章说是让评介评介她的文字。没料想，老章竟忘情地用湘方言普通话吟诵起来了。许是这执着的诗句，或是老章鱼尾纹游动的脸上放出的神光，哄地，掐翻了个蜂房：随着一串搁笔、丢书、凳子倒地的声响，五六个手掌如断线的风筝般飘来：

“来！给我看看!!”

“不，不!”阿黎两只胳膊打太极样左右舞动着。

501室的“司令官”大文一把抓过那信，向手伸得最长的小田扬了扬，抛过一句话：“你读了会中毒……”

他两只眼睛却像合动的嘴，飞快地咀嚼着这乡村医院邮来的情书。尔后，连连感慨：“好！好！这姑娘媚而不俗。

我那婆娘是世界上最好的女人，但最高表现形式就会：文哥！还你一个遥远的吻……”

阿放推了推已滑到鼻尖的眼镜：“这次回校，老婆让我多带些苹果，我说声提不动，唉！她竟掉泪疙瘩……”

“嘿！我那口子，在家时总喊我‘懒鬼’，现在写信居然用一个‘安’称呼我了，谈爱那阵还没有这样热乎呢。”老龚在床上哈哈掀天。

“喂！弟兄们来开开胃”，雅号“许文祥”的小许，把一包炸辣椒往桌上一摆：“今晚自习，别都酸里酸气地老婆长、老婆短了……”

“这有什么不好！我老婆带着几个月的嫩仔，每天上下班都打仗一样，我现在倒做起朗里格朗的读书郎了……”自称和 X X 同志一样高矮的覃风猴样从上床跃下，那神态不亚于外交官在联合国的讲台边宣读照会。

只有老章没有笑，又烧燃了烟斗里的莫合烟，吧嗒吧嗒地大口吞吐着，他看见女儿从烟雾中跑来：“爸爸！我 100 分……”看见自己儿时向妈妈奔去，也嚷着：“妈妈！我 100 分……”“哎！老当（章）你不邀（要）偷（烟）了好不好?!”——从醴陵来的老九抗议了。

“你那瓷器批发部的朋友，批爱情给你！批蜂乳给你！这星期又吃了那多她捎给你的鸡蛋，这点抵抗能力都没有?!”这回了老九一句。

“啧！啧！文祥你这油炸辣椒，真香！我还是读小学时，吃过外婆做的……”

“哈！哈！这可是她老婆做的呵！”

熄灯了。

小田低声对床头的“连长”说：“那个又来信了”。

想起她，小田心里就火直窜，那时那股冷味，凹在信儿蝶样翩翩了，尽管他公文式地作了几次复，问题却仍悬着。

“连长”上过前线，不爱说话，开口就有些斤两。因而，小田想请老大哥出个完善的主意。

“连长，我想……”

床头，传来了轻轻的鼾声，渐渐由小变大，像火车过山洞那远远的声音。

——刊发于 1986 年 9 月 16 日（第 138 期）

镜中的三毛

金　杏

第一次知道三毛是初听《橄榄树》这首歌，那忧伤迷惘的少年游子的情怀使我怦然心动，但三毛的名字实在太平淡了。稍后偶然读了篇《西风不识相》，这才东风识相，颇为三毛心折。再待抢到一本《撒哈拉故事》，便丢了书包，躲进蚊帐，不声不响，边看边笑，做了一天的“书痴”。

二十岁的少年，脑子里喷涌着各种天马行空的奇想，文学中的罗曼蒂克我应有尽有，游侠的义胆豪气我心折诚服，对着这一切，早把“好好读书，攻研究生，将来做教授”的家训弃之脑后。

同学中有一个我最赏识的，看定她将来做不了三毛，便是四毛，而我，暂且做五毛吧。于是，四毛，五毛互相勉励，商定好将来某一天去接替三毛。

大学三年级的日子好过又不好过。不少同学雄心勃勃报考研究生，我虽无志于此，但在导师父母“爱心”的威逼利诱下，每天也还得在教室里正襟危坐，只有晚上自习，是我逃之夭夭，漫游畅想的好时机。

操场那片茵茵绿草地容纳过我们多少探险猎奇的狂想。海阔天空，纵横千里，兴之所至，四毛，五毛常常摇身一变，俊逸神采如三毛，将栏杆当骆驼，陶然在月光照拂下的茫茫大漠中徐徐而行……

第一站便是去探访四毛离别多年的故乡。蓝天、大海、沙滩、热浪，风卷起我白色的衣衫，斑驳的阳光在我的赤足上跳跃……

我爱那飘逸绚丽而宁静的情调，俯首可拾的椰子、芭蕉、荔枝。至于第二站，决意要过长江，渡黄河，远上山海关……

就这样，整日地在云山雾海中吐兰吸蕙，终于，大考揭榜，名落孙山。这样，倒也遂了心意，后半辈子尽可以如闲云野鹤一般浪迹天涯了。

于是，精心制定了“两侠女只身闯天涯”的行动计划，偷来大哥的宝贝相机，只待探险、拍照、著书，一鸣惊人做三毛了。

谁知就在乐不思蜀、朝思暮想椰林的时刻，系主任语重心长劝上进，手执钢鞭（钢鞭者，文凭也）下通牒。于是，只好两利相衡取其重，暂且把美丽的椰子林存在海南。

毕业留校。从此双足缚棘累累，难以迈步。一年过去，三毛的梦被纷至沓来、五花八门的现代冲击波炸得灰飞烟灭，而那神气活现、傲然有三毛状的五毛也早在讲台上被众目睽睽瞪得化了形，泄了气，虚弱惴惴如一惊鸟。

蓦然一次，被破格以教授级待遇请上台，于是对几百双清亮亮的眼睛大谈三毛的狂悖与坚韧，大谈遨游是人生通达天宇之途，幻想是青年人的基质和财富。眉宇间，一时阴霾扫尽，神采闪烁，依稀中三毛的梦又从悠远的岁月中冉冉走出。忘了问：

在座中可还有真心痴想做四毛或五毛的？

——刊发于 1987 年 10 月 10 日（第 172 期）

瞿塘云雾巫峡雨

黄洪斌

船过奉节，三峡近了，心里不禁激动起来，三峡可真如梦中美？

时辰虽是凌晨，但依然夜色蒙蒙，江面迷迷，绿色的航标灯蜿蜒东去。江面渐渐窄了，模糊的山影不时掠过江面，黑黝黝地不断涌来，突然两道绝壁劈面而起——一道峡口飞逝而过，瞿塘已到了。渐渐地，只觉两岸峭崖在往江中挤，山在往上涨，江在往下陷。云海在翻涛，隽秀群峰似披着白纱巾的少女，亭亭玉立于虚无缥缈之中，江风过处，撩起层层面纱，露出羞涩的脸蛋儿。云去雾淹，雾去云来，时隐时现，神秘莫测。而更为神奇的莫过于盘绕在半腰的云雾飘带，像款款而行的神女的拖裙，又像神话洞府中仙女们晨炊的袅袅炊烟……

航过瞿塘东口，天地间突然敞亮起来，正在惊疑之际，天忽然下起雨来，江面很快交织在一片蒙蒙的迷雾之中。那雨，极小极密，纷纷扬扬，恰似江南那摸不着，剪不断，看不透的菲雨，淡淡的烟雾弥漫在错落叠致的山崖之间。山色渐渐朗润起来，石岩上幽青的苔藓也泛出了油油的绿光，重重叠叠的绿色山崖，或立或卧，或竖或斜，像一块块娇翠欲滴的翡玉，万绿丛中竟诗意般地冒出几只雪白的羊羔，恰似钳镶在翡玉上的珍珠，熠熠发亮，又像是蔚蓝的天庭中的几颗星星，给这幽静的苍山添了无限的诗情画意。而盘旋俯冲的苍鹰则更添了山峡的雄姿。

航往里走，竟然沥沥地下起大雨。蜿蜒曲折的山崖，层出不穷，劈起的山崖突然折裂，露出一条条幽深的山涧来，雨云烟雾从那里卷将出来，恰似神话中的神仙去处，石桥走在深涧之上，小溪从绿树丛中奔泻出来。一曲一涧，一涧一景，接连数十里，真是美不胜收。而最为神奇的是从那山崖上飞流直下的小瀑布，飞珠溅玉，虽是那么点儿宽，但你能感觉到它那雄壮的气势。还有半崖喷出的山泉，一崖一漾，一瀑一意，参差不齐，那飞珠溅玉般的水珠，使你目不暇接，眼花缭乱，此时此景，你能说出一个赞词来吗？山峡之美实在不言之中。

我到过烟雨迷蒙的漓江，其间诗情画意总觉缺了点什么，而长江三峡，江流湍急，峭崖壁立，云山雾海，无不表现它的雄壮、粗犷豪放的气势来，使人感到一种力度，正是这种力度，使长江这条象征中华民族的巨龙奔流不息！

——刊发于 1987 年 10 月 20 日（第 173 期）

菊展观感

何军山

最近，湘潭市举行了一年一度的菊展，共展出菊花千多种，我校展出的也有三百余种。菊花花期长、颜色多，尤以花型繁多擅胜。真是千姿百态，斗艳争奇，堪称花中之大族。且其性耐寒，傲气凌霜，不倚春风为荣，偏向秋风怒放，给大自然点缀这段百花零落的空虚季节。纵然玉陨香消也不萎落尘泥，具有一种高洁的气质，所以人们非常喜爱菊花。陶渊明先生就只爱菊花，他在住屋的东篱专种菊花，每到繁花满枝的时候，他经常缱绻花丛，饮酒赋诗，乐而忘饥。宋代周莲溪先生把菊花评为隐逸者，这是对菊花的风格最好的一个评语。

唐代农民起义军的领袖黄巢写道："待到秋来九月八，我花开后百花杀。冲天香阵透长安，满城尽带黄金甲。"豪情满怀，气势磅礴，既是咏菊也是咏人。从黄巢的诗说明那时的菊花可能只有单纯的一种黄色，到了宋时可能还只有一个黄色品种。女词人李清照有"人比黄花瘦"的名句，著名的文人政治家王荆公也有"西风昨夜过园林，吹落黄花满地金”的诗句。可见菊花是由单一色型变成现在的多种色型的。

我漫步展区，只见满园铺锦，那耀眼炫目的五颜六色，那沁人心脾的淡淡幽香，使我徘徊花丛，流连忘返。我走到每一盆前，不只是欣赏花的香色、观察花型，还登记好所命的花名。好花如见美人，好名如见诗人，使名中有诗，诗中有花，相得益彰，给看花人一种高尚的精神感受，像“国色天香”“独立寒秋”“潇洒风流”“碧荡流波”“紫雁飞霜”“春水绿波”“飞燕新装”等。但也有令人费解的，像“潇洒水落”“美影彩色”。也有名负于花的，像一盆大花竟命名“乏胜”。也有花愧于名的，像一盆暗紫色的散鬓小花却给她挂个“锦绣河山”的美名。还有名实不符俗气难耐的，恕不一一列举。

看了这菊花盛展，使我觉得我们这时代，正是人不负花、花不负人的时代。我希望园艺工作者对花的型、色、香都要日新月异地变革，对花名也不要墨守成规，与人求同，要在同中求异，俗中求雅，创造出新的风格。

——刊发于 1987 年 12 月 11 日（第 178 期）

无名草

颜家安

我的窗台上摆着一盆无名野草，这草儿是那样瘦，青中泛黄的叶片儿，像蒙上了许多灰尘，风吹不掉，雨也洗不掉；这草儿是从大山里移来的。那座山真大，也真绿。绿得深沉，绿得厚重，绿得很有层次。山上挤满了树，针叶的、阔叶的，像古塔一样粗的，像标杆一样直的，开花的和不开花的，结果的和不结果的，无名草就在它们盘根错节的褶襞里，颤颤抖抖地生长着。

阳光太少了，吝啬的大树只肯漏下那么几缕。雨水也太少了，贪婪的大树只肯从嘴角流下那么几滴。它每天都在怯怯地向往阳光、空气、冷的风和热的雨。

不知是同情还是不平，我把它移回来栽在一个精致的花盆里。我无须知道它的名字，也无须为它费神，每天浇一次水，用一个小蚌壳装水，一小蚌壳水就心满意足了。

有一天，这草儿突然长出一勾红捻，上面挑着一个米粒大小的苞儿。有人说，这草儿兴许要开花了！它竟然也开花吗？

一天晚上，我正在看书，隐隐地，我闻到了一丝清香。这香味儿是甜丝丝的、凉沁沁的，然而又是淡淡的、幽幽的、若断若续的。我起身找去，原来是我的无名草开花了，开的是小白花，小得像一个小白点。我欢喜了，这不起眼的草儿也开花吗？尽管它开的是同样不起眼的花：两三片小小的锯齿形花瓣，就那么可怜地舒张着。然而毕竟是花呀！是生命的精气，是青春的光华呀！

我凝视着：花儿在灯影里微微地颤着，草儿在夜风里轻轻地摇着，像临盆后的产妇，平静而又安详。我突然明白这草儿的心思了。

大自然是无私的，草儿虽小，大自然同样赐予它们一切。为了酬谢春风、阳光、雨露、蓝天、白云和大地，我的无名草就拼出全部精气，开出一朵小白花。那不是花，那是一颗心，是无名草向大自然敞露的一颗小小的、玲珑剔透的、激动不已的心……

——刊发于 1987 年 12 月 30 日（第 181 期）

琐谈

王　晃

深夜归来，余兴未尽，有一股想写点什么的冲动——从湘大毕业后，除了写些“本台消息”或者“本台记者××报道”之类千篇一律的东西外，极少动笔。人们重复着一种没有特色的事务而不能自拔时，就像沾上了某种恶习，诸如大庭广众之中装模作样掏鼻孔且习以为常一样，久而久乏，便有些麻木。

稍为清醒的时候，碰到有人问“阁下还混得不错吧”，总有些惶惶然。

“或者，就是那么回事吧。”我说，我弄不清何以叫“错”或者“不错”，这是句大实话，我老实得有些糊涂，就因为这，没使我少吃苦头，并由此而被吹了女朋友。但，我还是没有办法做得意状，或作戚戚之状，换别人无端生有的同情。

十二月初去零陵出差，途经衡阳，留宿于同窗陈钢处，不见者数月矣，自然要热络一番，晚上自起炉灶，一瓶五加白一分为二。酒未及半，聊起在湘大抓泥鳅上了明信片等琐事，不曾想阿钢兄眼泪早已掉到了酒里，始是嘤嘤地哭，被我劝了一劝，竟号啕大哭起来。

“我不如意。”他说，其实他奖金比我高，工作比我轻松。“我生活在一堆荒冢中，到处死气沉沉。我再也见不到那么多同学的笑脸了，再也没希望写诗了。”他的生活中不能没有诗。

我想到了自己。有天听京剧《六郎斩子》，杨六郎对匆匆赶来的穆桂英正色道：“你小姐不在山东潇洒，来此作什?”猛然受到触动，自问：“你老先生不在民航潇洒，来电台作什?”（顺便说明一下，我本是应该去民航管理局的）。即使眼角眉梢，整日有恨也是活该：大学有中文系，政府却没有中文厅，大概广播电视厅是靠中文最近的罢，于是几经周折，进了。便如意？不如意？古语说，这山望见那山高；又说，山外有山，天外有天。

天地悠悠，人事渺渺，中国那么大，区区一个人算个啥？有本书上说，在校的大学生都以为自己能当总理，毕业进入社会才知完全不是那么回事。

我没有任何念头扫大伙的兴。本人也决非虚无主义者，不至于已“看破红尘”。但我这样想，总觉要轻松些，踏实些。既不会因失望而沮丧，也不会因不知天高而飘飘然。

是为琐谈，半年的生活。

——刊发于 1988 年 3 月 7 日（第 185 期）

月夜

曹跃良

许多天来，难得的一个月夜。

我合上疲倦的书本，姗姗踱到这一片如水安详的月光中，作醉人的月色的沐浴。

田野真静，远处的小山丘，虽然也拥有月的明亮，但仍是黑黝黝的一抹。

轻纱般的薄雾飘逸在远处的天边，缭绕在远山的脚下。

若隐若现的农舍，几点淡黄的灯光眨着眼睛，也许灯下正编着一个迷人的神话。

一切都是那样的安详，偶尔传来几声还不太强烈的蛙鸣，但已让人明显地感到了春天的存在。

田被耙平了，灌满了水，如巨大的镜子。微风过去，水波不兴，满田都是摇曳的水银。

总是坐在教室，或许会发霉。趁着这迷人的夜色，一个人独自徘徊，吐出积压已久的闷气，或天真地回味童年的乐趣，或去编一串美好的梦，心里变得旷达、通明，烦恼和忧愁便在安详和寂静中消失。有时还可以望着月亮发呆，把什么都忘却，免得打破这难得的和谐。

我静静地走，月亮和我的影子也跟着走，我静静地走着，本来就应该往前走。

——刊发于 1988 年 5 月 12 日（第 191 期）

拒绝诉说

胡　刚

你是否因为曾经向人卖弄你的痛苦而感到羞耻？

你固执地沉默不语。那种因为羞耻而演变成的仇恨，使你的脸呈现出一种奇怪的曲线与丑陋。无论当着谁的面，都不是诉说的时候。可你又毫不掩饰你的诉说渴望。甚至，在你小家子气的心中，你玩着一种欲盖弥彰的游戏。你首先是想向你自己然后是别人证实你的深沉。你的生活因为这种证实而变得飘忽、苍白与肤浅。

因为长久的渴望而忘却自己之所求，是常有的事。火的魅力在于想象的黑暗中对其形象的琢磨与把玩，当然也可能是其他。星星是美丽的，因为它很遥远。你真的以为你理解了然后说出了令你困惑而现在自以为释然了的一切吗？狗为什么叫？无非是饥饿了、遭了打、见了生人、闯入了异类和害了相思病。可难道这就是一切吗？你真的以为别人的洗耳恭听不是一种起码的礼貌吗？隔膜是不是在任何情况下都不如真诚更可贵？

对孤独的礼赞是一种外强中干。想象一双温柔体恤的手，在你蓬松的头发间梳理，如高山流水，想象一张妩媚的脸儿因为你而娇羞而含苞待放是美丽的。同样美丽的还有用沙哑的嗓音而歌，用笨拙的姿态而舞又无人听和看。酒神精神也不过是一种象征。而生命的最高境界是一种无功利的自娱与放松。可是，本能或意志或观念因被扭曲而心跳如鼓焉知不是？

你甚至不能说出一滴水，一撮土、一片树叶是什么。你能够说出来的最多是某个词、某种分子式、物质结构或色泽与形状而不是那个“东西”的全部。滴答滴答的雨声是一种天籁。从这里你的思绪被引发得最多或最少都只能反衬你的渺小。

感到自己正在生活的时候，你其实正远离它。对一切致以永远的敬礼吧。在一切中，你既不在最前也不在最后，而像一滴水在大海之中。可一滴水和大海究竟又是什么呢？请你觉悟，但别诉说。

——刊发于 1989 年 1 月 5 日（第 209 期）

脸谱谈

向　平

“京剧热”正穿越严寒，由北京向全国辐射。本人也想凑凑热闹，开个窗口，与读者谈谈如何欣赏中国传统戏曲中的脸谱。

中国传统戏曲的脸谱艺术具有鲜明的民族特色和独特的艺术风格，是中华民族艺术宝库中的珍品，近200年来，一直引起国内外人士的极大兴趣，长盛不衰。

脸谱的色彩运用和各种图式的各部位所使用的颜色，有一定的内容和含义，特别是脸谱的基本色，是表现人物性格的主要因素。脸谱中所使用的颜色，一般代表这么几个用意：

红色：象征忠勇、正义、威武、庄严，大多用于富有血性的人物，如：关羽、姜维、黄盖。

紫色：表现骁勇、刚毅、正直、坚强、胆大，如徐延昭。

黑色：表现公正无私的，如包公；表现暴躁、鲁莽、刚强、耿直的，如张飞、李逵、项羽。

白色：大多表现阴险、狡诈、居心叵测，如曹操、赵高；也有脸谱中保留一定肉色的部分，表现不像大白脸那么坏的，如中军、差官这类人物等。

——刊发于1991年1月10日（第265期）

过去的，并不会都被遗忘

杜介眉

又见三道威严的拱门，又见朋友灿烂的笑容，重新踏上这片美丽的土地，发现一切潇洒如故，风采犹存，青青黄黄的依旧是湘大的山，飘飘浮浮的依旧是湘大的云，伫立在北山风里，那感觉却是如此不同。

一

一切都会过去，但一切都不会被遗忘。

暑假的日晒风吹仍在心头，几分感动，几分疲惫，在这恬静而年轻的校园里不觉又泛起深情的涟漪。

眼前掠过一张风霜面容——一位老农，黝黑的皮肤是岁月的煎熬，石刻般的皱纹告诉我们生命的坎坷。他一边吧嗒着油亮的竹筒烟斗，一边眯缝着溢满微笑的眼睛看我写字，那陶醉的神情似从心底深处荡出来的期待，又似遥远却又亲近的希望；而缓缓吐出的烟圈分明是袅袅升起的一种信念，一种风雨不动的永恒信念：相信自己的勤劳能换来幸福，相信贫穷总会改变，相信明天会更好。

回到校园，每每见到深夜摇曳的烛光，总会忆起老农的烟斗和那混浊的眼里闪烁的欣喜，活泼而明亮，让我至今悸动不已。

二

想起老树与小树的故事。

小树问老树：“我怎么总是这样瘦小呢？”

老树回答：“因为你长期生活在我浓荫的庇护下。”

那天我到了一个气味熏人的氮肥厂。一个高考落榜的工人小伙子，边用满是油渍的工装擦汗，边对烈日下可怜兮兮的我淡淡地说：“还是把浪漫藏在书里吧。我们这里闷热、嘈杂、肮脏。我们的青春是很实在的。”他洒脱地一笑，钻进了机声震耳、热浪袭人的厂房。不知那份轻松是自嘲还是自在？

但不管怎样，他还是能安心地穿着工装，把曾有的七彩梦编织在艰辛的汗水里，他也没有在虚幻的梦中顾影自怜，怨天尤人。

小树终究有离开浓荫长大的时候，是吗？

书中时有浅浅的苍白，生活里常现绚丽的光华。

一切都会过去，但一切并不能被遗忘。

默默地怀着浓浓记忆，我又行在北山亲切的风里，似攥着一份切切的信念：

生活如海边的潮，滤去尘沙，留下贝壳……

——刊发于 1991 年 9 月 20 日（第 282 期）

解放鞋

郑雄辉

家乡人的衣着服饰中给我印象最深的是解放鞋：厚而结实的胶底一般是黑色的，红色的也有；坚实耐磨的鞋帮是黄色的；粘连着胶底与鞋帮的是白色的一圈，就是这简简单单的三种颜色，使它同家乡人一般单纯、朴素，也同家乡人一般耐劳、默默无闻。无论是走亲戚还是做工，无论是挑担、下地种菜，还是上山砍柴，家乡人都爱穿它。

我的童年，就是穿着这朴素、耐磨的解放鞋走过来的。那时家里人口多，收入少。穿着便格外朴素。在兄弟姐妹中，我最小，穿的鞋子，往往是哥哥姐姐们穿得小了而传下来的旧解放鞋。如果能得到一双新的解放鞋，我就会跟过年过节一样，高兴得不得了。一双新解放鞋，总是渐渐地由黄变成灰白，最后变成白色，裂了口子，就加几个补丁，继续穿，往往要穿两三年，直到它“体无完肤”才不舍地交给收破烂的货郎担。解放鞋，就跟家乡人从青年一直到老死不停地劳作、耕耘一样“鞠躬尽瘁，死而后已”。

高考后，我从山里走出来，进了大学的门，带着好奇的眼光观察校园里的一切，感触最深的是男孩女孩脚上的各式皮鞋，特别是那些女式高跟皮鞋的声音，往往从楼道上马蹄声般地响过，敲得我浑身不舒服。那声音常使我感到这校园跟山里面的乡村反差太大了，便时常在梦中见到家乡的人和乡间土路上负重的解放鞋。

开学两天后就军训。每人发一套军装，一条腰带和一双质量很好的解放鞋。看着脚上刚穿上的红胶底解放鞋，那黄色的鞋帮耀出特殊的光泽，一种亲切之感在我的心中油然而生。我穿着它在运动场上练四面转法，走正步，打长拳时，便总总联想到穿着解放鞋在家乡的小路上挑谷子、柴禾的情景，联想到小时候穿着新买的解放鞋蹦蹦跳跳去上学的情景。乃至常常走了神，被教官训了好几回。

军训结束后，军装被洗干、叠起，送进了各自的小皮箱。但解放鞋却还不时地出现在校园里，它们跟皮鞋、回力鞋、平底的保暖鞋一同走进教室，跨进图书馆的天门，走回寝室。我便在三道拱门内的校园与山那边的乡村之间找到了一种共有的东西。心从此便有了寄托，不再感到失落、陌生。

我现在还是穿着军训时发的解放鞋，大大方方地出入教学楼、图书馆、溜冰场、电影院，穿着它游雨湖公园，逛市供销大厦，跑步也穿它。

我不能遗弃解放鞋，更不能丢掉乡下人质朴、耐劳的秉性。如沈从文说的一样，“我实在是个乡下人”，怎能忘掉这些呢？

——刊发于 1992 年 4 月 20 日（第 299 期）

愿将寸草心　一报三春晖

傅小松

我常常觉得自己很幸运。我从农村来，从那一片并不富裕的土地上来。我考取大学的那一阵子，可热闹了，亲戚和家里觉得我光耀了祖宗和门庭，乡人羡慕我“鲤鱼跳龙门”，为我满心欢喜，也许他们也隐隐约约感到，我不再是他们之中的一员了。其实我怎能割断我同故乡、同那片我生活了十八年的土地之间千丝万缕的联系？不仅是在感情上无法割断，更主要的是，我是她哺育的儿子，我要向她交出一份尽可能完美的答卷。

我们的大学四年，横跨两个时代，也许应庆幸，和许多重大的政治历史事件相遇。历史考验或使我们为之震撼苏醒，或沉思反省。我也曾把自己看作是天之骄子，讲过太多的豪言壮语。在我写过的首获奖的诗中，我慷慨陈词：“祖国，我欠你的不是历史……我欠你机器人、计算机、航天飞机，我欠你奥林匹克金牌、诺贝尔奖奖金。”

祖国再一次把希望寄托在我们身上。今年我将面临分配，由一名大学生变成一名社会主义事业的建设者。我该奔向哪里？去做怎样一名劳动者？我一向钦佩马克思在中学毕业时在一篇关于职业选择的文章中所表示的伟大理想：他将从事于为全人类谋求利益和幸福的工作。正像高尔基所说的：“一个人所追求的目标越近，他的生活就越有意义，他对社会的贡献就越大。”但远大的理想和目标不能离开祖国和人民的利益，而且和平凡的工作永远合一。我一向以“为中华之崛起而读书”为座右铭。现在，我觉得应以“为中华之崛起而工作”再作为我选择分配去向的思想路标。

这两年，人们纷纷梦想“孔雀东南飞”。很多大学生的求职眼睛也开始盯住广州、深圳、珠海的摩天大楼，或者退而求其次，尽量留在内地较为繁华的中心城市。当然，祖国的发达地区和繁荣城市也需要我们去大显身手，做“弄潮儿”。但祖国的生产第一线艰苦的地方更在翘首等待我们去做“拓荒者”！“先天下之忧而忧，后天下之乐而乐。”我们应该分担祖国的忧患。

愿将寸草心，一报三春晖。

——刊发于 1992 年 4 月 30 日（第 300 期）

低头朝前走

向开满

黄昏，漫步，在校园的林荫道上，轻轻哼唱起齐秦那首《命运的沙场》，不知不觉我又记起那段刻骨铭心的岁月……

高二那年，成绩一直在学校名列前茅的我莫名其妙地产生了严重的厌学情绪，几乎所有的老师、同学围着我车轮战般的企图扭转我这一思想。我理由“十足”，仅一句话就将他们挡了回去——“人生的路千万条，我又何必要在这一棵树上吊死?”

我渴望独自流浪。仔细盘桓之后，我选择了大哥读研的地方——新疆乌鲁木齐。

那是在暑假，虽然季节正是盛夏，却实在是一个阴沉的天气，我背上牛仔包，在父亲、母亲、师长及许多朋友的含泪凝注之下，我孤身一人飘得越来越远。望着背上的行囊和已经模糊再模糊的城市，我的眼上不知不觉地蒙上了一层湿雾。

然而，我还是未曾考虑过回头，延续着大西北之行，数千里的路途，在真正观赏到壮丽的圆圆的长河落日之后，在真实地领略到“大漠孤烟直”之后，在我越来越近地看见横亘云端的巍巍天山之后，火车轰隆隆把我带到了大哥读研的地方——新疆八一农学院。

在大哥的陪伴之下，我第一次骑上了剽悍的伊犁马，尝到了甜甜的哈密瓜，接触了美丽大方的维吾尔族姑娘和豪爽好客的大西北汉子，也就在这个时候，我与大哥去了新疆建设兵团，并且了解到他们几乎全部是来自大西北之外的五湖四海，在那个特殊的年代，或高干子女或出生于知识分子家庭的，正是我这个年纪的他们毫不犹豫地踏上了一片荒凉的大西北。直至今天，经过数十年浮沉毁誉的他们仍在无怨无悔执着地把整个生命奉献给大西北，不惧贫穷荒芜，刚毅自信地建设着大西北。他们中的很多人，牺牲后连姓名也没留下，只是墓碑被刻上这几个字：为建设大西北而献身的人。

在去大西北的途中，在大西北的日子特别是在“新建”的日子里，我深深被震撼到了。我决定结束流浪，重返校园。

我知道，在刚毅的大西北的人特别是在执着建设大西北的人面前，我没有理由不珍惜眼前的生活，没有理由还在春天便去挥霍夏季。

也就在那个时候，我爱上了《命运的沙场》，每当伴着沙锤那令人发麻的节奏唱起那句荡气回肠的“在命运的沙场上，胜利总不属于我。我只有低头前进，低头前进”。我便感慨那份不屈命运的奋进与潇洒，并在无形中生出一份力量，抛却一切心头郁结，抖擞精神，努力学习……

如今，走在大学校园内，我并没有迷茫。我知道：胜利并未真正属于我。要想真正领略人生路途动人心魄的瑰丽风景，我仍须一如既往执着地低头前进，低头前进……

——刊发于1993年2月20日（第321期）

漂泊

邓香莲

到底是什么时候习惯于漂泊的，我不清楚。不过启程时的一幕却已是永恒地定格在我的心湖上了。

就如雄鹰向往蓝天，游鱼向往海洋，而我是如此热烈地向往海的蔚蓝和海那边广袤无垠的沙漠，以至于当明白我打算漂泊的意图时，双亲和好友均露出不可置信的神色惊呼不已：“漂泊，这可是需要莫大的勇气和付出很多很多的，你能承受得了那份孤独与艰辛吗？”

我迟疑了。但终于还是带着漂泊者的豪迈和满心的憧憬，我就这么脚步轻快地踏上静候的船。然而起航的瞬间我怦然心颤，我居然是如此依恋温暖的家和难舍心心相印的朋友以至于泪眼蒙眬。而我不能落泪，眼泪只会更添他们对我的思念与牵挂。与其这样倒不如潇洒地离开。那么，就这样笑容灿烂地立于船头吧！就这样尽情地挥舞双臂吧！一任所有的叮咛和斩不断的关切，灌得我多愁善感的心如铅块般地下沉，下沉……当立体的别景就要消失于视野的刹那，再也无法囚禁的眼泪就如开闸的洪水般汹涌而下……

漂泊的滋味，五味俱全。

我在冰冷的寒夜听长须飘飘的老渔翁娓述一个古老的传说，仿佛自己就是传说中的角色；我在海的博大与豪迈中同时领略她的咸与涩；我在熙熙人群中露出的是最灿烂的微笑，却在夜深人静时任失意伤感吞噬我的心；我带着想看一轮鲜红朝阳的渴望在风雨中的海滩徒步却意外惊喜地发现一个美丽的紫贝壳；我独自浴在金色的霞光中品味沙漠的粗犷和它原始的风格耳边却奇迹般地响起一串清脆的驼铃，天边披金缎的“沙漠之舟”在夕阳的余晖中正勾勒另一帧人类伟大的风景；我在经过一整天的艰苦跋涉后浑身酸痛地蜷曲在简陋的藤椅中沉沉睡去，却在夜半惊醒时不经意地发现：行囊早已不再空空！

漂泊就如嚼橄榄，需要用特别的心情去细细品味。不是吗？

什么时候起习惯于漂泊的，我不清楚。但有一点可以确信：明天，我还会继续。

——刊发于 1993 年 6 月 25 日（第 333 期）

相约在九月

张赞波

当梦想的玫瑰之门轰然打开，九月是季节之册里最纯美的一帧风景。

有个约会在彼此的心底埋了许久。谁也未曾把这份默契说透，我知道为此你已在寒窗冷案间期待多年，在父亲的茧花与母亲的白发中把冀望放飞一次又一次。然而岁月欠你的汗水与泪水，终于被一张红色的薄柬偿还，我的所有道路都已为你打开，我的所有沃壤都等你奋斗的犁铧来耕耘希望。

如果你在清晨来，我就捧上指尖最晶莹的露珠以及露珠中的晨曦送给你，让清凉的祝福滋润你的心房；如果你在中午来，我就摘下鬓间那朵最秀美的云彩以及云彩上的清风送给你，让你年轻的豪情也直贯天庭；如果你偏偏在我睡去的夜晚来，我干脆就把我整个梦的天空留给你；当你坚毅的翅膀划过，你就成为我的全部。看到蓝天下的三扇拱门了吗?那是真、善、美的象征之门，那是过去、现在、未来的深刻譬喻。走进它，你就走进了一个代代相传的誓言。自此我会用明月清风陶冶你的诗情，用青山傲石熏染你的理性。有书香墨缘培育你的才华，用铁骨琴心构筑你的品质。总有一天，你会成为我校徽上闪光的理由，而我，自然是你胸口上永远的骄傲。

九月里所有的列车已纷纷驶进站台，然而旅程远远没有结束，正如同三扇拱门没有衔接的顶点。你青春的脚下没有静止的阶梯。

——刊发于1996年9月10日（第402期）

书宜夜读

周满春

常在夜间读书，点一支蜡烛，泡一杯清茶。

栖身于三点一线的空间之中，曝身于喧嚣浮躁的尘世之间，常感到一种无奈的怅然和失落自我的陌生。于是每每有渴求宁静的思绪泛起，使我去寻求一片真正属于自己的精神家园。而寻找这样的精神家园，最妙莫过于夜读了。

夜间读书，自能折射出人生境界的美。不论风的和缓疾骤，不论雨的细密稀疏，也不论月的阴晴圆缺，临窗而坐，或信手开卷，秉烛读书，或随意挥洒，写些毫无功利的读书笔记，或独自陷入凝思遐想中，心骛八极，神游万仞。此时，或心如止水，感受那份恬淡，或心如潮水，感受那份澎湃激越。这样，读书过程中，一个本真的我复活了。

夜读书，最妙莫过于雨夜了。沥沥细雨，润物无声。精神跋涉疲惫之际，品茗啜茶，看杯中茶雾的氤氲升腾，听雨敲玻璃窗的天籁之音。然后埋头续读，你会倍感夜读书是一种至美的享受。或许，在你为书中的人物摇头晃脑唏嘘不已之际，说不定窗外的某株小草正因雨水的滋润而茁壮成长，某朵小花也因甘露的垂幸而正在悄然摇落幽香呢。

夜读书，妙在那种复活本真的人生意境。那意境之美，如在大漠跋涉的骆驼找到了一泓清泉，如焦渴中的军士望见了成片的碧绿青梅。

喜读书，更乐夜读书。

——刊发于1996年9月27日（第403期）

云山之秋

曾思艺

自从那天随夏君、熊君走入云山秋，至今，我还未走出来。

那天九点左右，我们三人登上了云山。经半山水库，过三里庵，粗看云山，既无我所见过的崂山的浑厚雄壮，又无衡山的清奇秀拔，更不如张家界集“奇险怪秀”于一身，而是那样自然朴实得近乎一眼即可尽瞥：杉木青翠，秀石挺拔，灌木丛丛簇簇，小溪潺潺湲湲，一条石板路，忽伸忽屈，蛇向远方。

然而，一过五里亭与十八茅湾，我就像那年在北京景山公园，先是窃笑那以麻绳布成的诸葛孔明的“八卦阵”之简单得近乎儿戏，不久即昂然而入，最后竟左冲右突，费尽心机，却只是走不出来。云山这秋也以她那自负得近乎简单的自然色彩之“八卦阵”俘虏了我，迷失了我……

满山遍野尽是各种各样的树木，高高矮矮，大大小小，或傲然耸立，睥睨人间；或俯临飞泉，戏掬瀑布；或因风起舞，娇态纷呈；或临流自镜，婀娜多姿。

然而，更使你眼睛忙碌，更使你的心潮起潮落的是那树叶，那色彩极变化之能事的树叶：时而以深黄或老红刺激你的视神经，时而又以淡黄或嫩红柔和你的情绪；时而以叶叶飘坠的灰黄枯黄令你感叹生命之凋谢，时而又以青翠或深绿使你赞美生命丰盈芳香的青春；时而又以红黄相间等色彩向你展现自然之奇幻与瑰丽……

云山，云山，云雾缭绕的山。可我来得不巧，正值秋高气爽的时节。大晴天看云山，一览无余；大雨天看云山，云山早躲进雨水之中，你所看到的，只是哗哗啦啦迷迷蒙蒙的一片雨色。

云山，毕竟是使我迷失得至今尚未走出的云山。她先以蒙蒙的丝雨轻轻地为我拭去灰尘，让我饱吸空气的清爽，饱鉴白色的云雾与云雾的白色，领略阴雨天云山的美。渐渐地，细雨停了，云山的天空开始白一块黑一块蓝一块了。而当我们到达云山的最高峰宝顶时，太阳竟热烈地暖融融着一切。此时，天空碧蓝，放眼望去，周围的山岭全无云雾，只有那晴朗亮丽的山色青润你的眼睛，青润你的心。

不久，山风凉起，远处茫茫的云海开始变幻飘动，周围的山下也突地冒出了白云，或丝丝缕缕地轻飘慢飞，或成带成团地急急上涌，或如“素花多蒙别艳欺”的荷花绽开一朵朵银白，或如“剪不断，理还乱”的思绪，缠绕在山腰林间……霎时间，宝顶与我们全都幻化为云雾。云山云蒸雾绕，我们的心里也在云蒸雾绕……

在北京景山公园“八卦阵”里，急如热锅上的蚂蚁的我最终被工作人员领了出来，而迷失在云山之秋的我，却不愿走出，宁愿久久地、久久地迷失……

——刊发于1996年12月12日（第411期）

时光深处书香人

李瑞昌

弹指一挥，三年大学时光从手指缝中悄悄滑走。暑假实习，人在机关，心却夹在书中，这种心与形相分离的状态，总令自己无比恐慌，恐慌自己有朝一日会沉溺于市井世俗，离开精神家园。因而积淀在心底的往事往往像被旋涡搅拌起的沉渣，阵阵泛起，断断续续形成文字，有时尽管难以达意，但多少可以对过去的一段尘世书缘作一小小凭吊，对未来寄予无限的渴望。

古人云："书，饥读之以当肉，寒读之以当裘，孤寂而读之以当友朋，幽忧而读之以当金石琴瑟也。"也许自己年少资浅，读书少，感悟亦少。然而与书这份缘却在童年便深深鸾结。年幼体弱多病，家人亦不愿送我上学，每日用一件破棉被卷着瘦如槁草的我放在睡椅上，然后寄托与隔壁私塾先生八爷家里，历史车轮滚过70年代，昔日的私塾如今成为历史陈迹。而八爷，依然浸于古风，手执破旧诗书，悠扬长吟："混沌初开，乾坤始奠……"那声音宛若今日江南祭事吟唱的韵调。我在这种吟唱中显得安闲而又自在。直到有一天，我乞求八爷："八爷，你的声音是一种药啊，让我忘了病痛，教我唱吧。"八爷终于经不住我的奢求，将我引向这片丰腴的家园，从《教儿经》到《朱子治家格言》，从《曾广贤文》到《四书》，从《千家诗》到《幼学琼林》，古老的文明零散地撒落在童心中。几年后，八爷过世了，父亲亦将我送往学校，而肉体的病痛迫使我不得不辍学。每当我痛得难以入眠，父亲总要求大哥："给他念一段书吧。"书中真的蕴藏着奇妙的物质，让我徐徐入睡，于是我臆测书中必有一种魔香，让人安魂。直到上了中学，接触到物理、化学、生理学、医学、心理学，自己替自己的病开副药剂，才真正明白书给人类提供一座硕大的精神家园，让人们在里面疗治自己的伤，自己的痛和自己的苦闷与彷徨。

时光走到 80 年代末，一切都变了，千百年"唯有读书高"的憧憬轰然倒塌，平静的读书人变得异常浮躁。人师从讲台卷到商海，学生将昔日炫耀的奖状转换成搔首弄姿的明星照。读书也变成都市的弃儿，一切叫人那么心痛。而今，痛定思痛，擎着荒空的脑袋，我思索，在喧嚣和热闹中，人们难以将书读好。因为阅读时刻必定虚怀若谷，倘使脑袋装得满满当当，不断溢出啤酒一样的泡沫，不论这种泡沫是泛着金色的铜彩，还是热恋的粉红，都难于理解书的真味。读书应该是一种孤独，犹如孤灯中独啜一盏清茶，倾听一个遥远的灵魂对你窃窃私语，否则你无法嗅到悲剧的泪痕，摸到喜剧的笑靥，看清智者额头的皱纹，碰撞勇士鲜血淋淋的伤口。

一直，我对怀有“书中自有黄金屋，书中自有颜如玉”，急功近利的读书人甚为不屑。总认为，读书的归宿应该是做人，一个躲在时光深处的读书人必然会在书香中同古今中外圣人倾心交流、探讨，从而深化自己的认识，净化自己的人格。在潜移默化中，生长一份可贵的爱心和温暖他人、贡献社会的勇气。正若《礼记》所道：“大学之道，在明明德，在亲民，在止于至善。”一个真正受书香熏陶的人，注定要超越急功近利的索取，剖析自己的心灵与人格世界，融汇对个人与社会理想的共同思索，才会明白事理，成就和健全人格，才会推进人类文明的步伐。

兀坐在冰冷的板凳上，感受新一轮“考研热”正蜂拥而起，心理无比欣慰与坦然，无论这股浪潮中包含了多少无奈与辛酸，毕竟读书的热潮正在黄土地上悄然兴起，人类精神亦能得到重新修缮和扩建。同时也诚信，当新世纪太阳冉冉升起之时，这些埋头苦读、有渊博知识和崇高修养的时光深处的书香人，会走出狭隘的书斋，用自己优良的精神支撑起我们民族的脊梁、肩负起跨世纪的重任。

——刊发于 1997 年 2 月 28 日（第 415 期）

有大雁穿过火烧的天空

胡余良

远处的钟声敲响第六下的时候，我开始涉河而觅。我要在天黑之前找回什么。其实，我并不知道要找回什么。然而，我的确失去了许多许多。

河里该有什么，我不知道，记忆早已尘封为土。我的面孔长满霓虹灯的幻白，恐慌地涉足下水，仿佛听到水掠的声音。习惯穿梭于繁华都市和喧闹股市的脚步，沾有太多异味，脚气抑或铜臭，还是脂粉的气息？我不知道，就像我不知道应该找回什么一样。

停靠着螃蟹的石块把愤怒投向我，昔日的朋友举螯向我攻来。夕阳掉进河里，河水染得一片通红。我惊魂未定，一切原已太遥远，难道失去已成永久的伤痕？

绿色的悬崖撑舟而来，载我一程吧！一个带着城市疾病的旅人，他在寻找失去的东西。立在齐腰的河心，我想象沙漠里的驼铃声传来，一个绿色的梦长满山坡。笼着夕阳余晖的大地，我感到了阳光格外的温暖，有新的生命从绿色中长出。

晚霞把头上的天空烧得通红，我蓦然发现，在无数次的魂牵梦绕反反复复熙熙攘攘之后，我又回到了昔日的精神家园，这里仍然山清水秀，花果硕硕。还记得我放飞的大雁，它在哪里？它在哪里？我不禁击水呼唤，听得见大自然的欢呼，看得见家园的舞蹈。

穹空一声长鸣，有大雁穿过火烧的天空，衔起即落的夕阳，向我缓缓飞来……

——刊发于 1998 年 2 月 27 日（第 439 期）

四十而不惑

刘启良

科研处吴处长嘱我写篇谈治学的文章。虽曰命题作文，但写的是自己，又总觉得有些不妥，一来有王婆卖瓜之嫌，二来问学日浅，可值表现的东西不多。幸而孔子有言：“吾十有五而志于学，三十而立，四十而不惑。”孔子对不惑之年的要求，不在多少成果发表，不在是否做上硕导博导，而在惑与不惑。我今年四十有三，也在不惑之年，自以为如果按照孔圣人的尺度，还算没有虚度光阴。而且当今时代，身为大学的文科教员，这惑与不惑，或许比见诸铅字的成果更为重要。

不惑有两种情况，一是不学不思的不惑，二是学和思之后的不惑。孔子所言的不惑，自然属于后者。此种不惑是惑的果实，是怀疑的产物。如果我今天也可算得上不惑，就在于我在不惑之年以前，有过百般的困结，百般的疑惑。学问之道无他，就是学着去问。而问之必要，就是因为心里有解不开的疙瘩，希望由惑而进到不惑。

我的青少年时代，是在不惑的年代里度过的。不过，那时候的不惑是不学不思的不惑，而且权力话语也不让你惑，或者说你根本想不到有什么可值得惑的。

高考改革的头一年，我考上湘潭大学。当年的湘大，泥泞遍地，风急如啸。或许正是在这不像校园的校园里，有一种特别的灵气和野性，把我带到不知天高地厚的思想空间。我学的是历史专业，而这一专业是最能使思想脱茧的领域。因为它为权力话语所重视，作伪的地方最多，痕迹也最容易被人识破。不过，在这四年里，自己所惑的只是些枝枝叶叶的东西，如农民战争、人物评价等，对权力话语的背离，很大程度上也只是出乎逆反心理，谈不上理性的思考。

毕业留校后，我讲授世界古代史。这是一门理论性很强的课。亚细亚生产方式、奴隶制类型、社会形态、历史分期诸问题，一下子全推到自己面前，需要从理论上予以辩证。但在当时，自己的理论修养根本不足以解答这样一些重大的理论问题。三年后，我抱着一系列的疑团北上，进入北师大读研究生。北师大的三年，是我学术生涯的开始，不仅发表了十余篇颇有影响的文章，更重要的是梳理了自己的理论疑团，对权力话语中的历史理论有了初步的批判能力。1988 年回到湘大，为了进一步理清思路，我主动开设史学理论一课。我有意不写讲稿以免照本宣科而影响思维的开拓（这一做法，我一直保持至今）。与此同时，我写了《神论》和《史学与神学》两书，为的是能从人类的信仰史上弄清楚权力话语和二十世纪的历史是怎么一回事。

如果说在二十世纪八十年代，自己所惑所思主要在历史理论之一域，那么进入二十世纪九十年代之后，由于现实与理论的双重刺激，遂使我感到必须拓宽视野，审察整个人类文明史。我走的是杂家之路，文史哲经，古今中外，都想摸摸，这并非自己的兴趣所致，而是心理困惑太多，需要各种学科的知识和理论的丰富，方可求得不惑。而且这原本就是自然而然的事情，并非有意而为之的。学问之道是越走越宽阔的，到了一定的份上，自然便成了杂家。尤其是执着于思想探索的学者，更易于走上这一条路。或许用滚雪球的比喻最为恰当，一个学者，只要心有所惑，有从惑到不惑的愿望，头脑中的疑团自然会越滚越多，越滚越大，相应的其所读所思也就越来越宽，越来越博。杂家有两种，一种是博而不通的杂家，另一种是通达的杂家。二者的区别，就在于学术的冲动是否出于疑惑，是否有自己的问题域和问题链。我自以为属于后者。如果说这些年来自己的学问有何可以自慰的地方，大概就是自己有过不同寻常的困惑，有过由惑到不惑的过渡。

这一过渡本身又是一个渐次的过程，我自己也说不清究竟应该从何时算起。例如对于马克思的研究，我是下过功夫的，当初写《马克思东方社会理论》一书时，自己觉得多有创获，是由惑到不惑的飞跃。但是书出版后不到一年，我又觉得不甚满意。因为对马克思的理解，自己又有了新的问题域。《新儒学批判》一书，情况亦大抵如此。这倒不是说，我对已经刊行的著作不甚满意，即意味着它们没有学术价值，或者说是自我否定，而是随着思考的深入，发现新的解答方案或许更为合理。今日的中国问题和人类问题，所需思虑的太多太多，特别是将这二者联在一起来思考，更不是一件易事。尽管自认为对于其中的疑难，已经有了较为系统的看法，对于许多曾长期困扰学术界理论界的难题，也大体上打通了其中的关节，但学问之路永无尽头，而且情况还恰恰是这样，越是深入追问，越有可能产生疑虑。我最在不惑之年，且自以为也确实达到了一定程度的不惑，但是这绝非意味着学问可以就此打住，再也没有困惑。我 1987 年开始正式发表文章，至今不过十一个年头，虽然写过几百万的文字，但严格说来只能算作一个好的开头，未来的路还长得很。自称不惑，也只能是相对于自己的过往而言的。我想，两千多年前的孔圣人说“四十而不惑”时，很可能也是这样想的，不然的话，他何须五十而学易，还韦编三绝呢?

——刊发于 1998 年 9 月 2 日（第 452 期）

感悟大学

胡森林

在我出生的湘中丘陵，有着明丽的湖泊和妩媚的青山，还有古木幽深的小镇，是那种离城市很远，属于历史和线装书里的镇子。或许是南方的温湿和对城市的渴望，我很小就向往一座城市和一所大学——在遥远如梦的北方。这种热望一直延续到我跨进另一所大学的校门才被迫中断。

那是初秋的下午，我夹在拥挤的人流中无声地挤进我现在寄寓的这座南方城市，走进我远离小镇和田野的大学生活。在这所伟人手书校名的大学，许多人喜欢在黄昏吟唱一些感伤的文字，许多人喜欢早起叫醒黎明，人们用不同的声音表述着心情和原则。而我似乎处于一种期待之中，习惯于步履匆匆，耐心地守候着心境的平静。宁静的生活让人敏感，使我极为细致地感悟到那些仓促而不凡的瞬间。

对于那个我无法企及的北方城市，作为一种遥想，已渐行渐远，而对这座南方大学的体验，却日益清晰。在我进大学的第一个冬天，当第一场雪骄傲地飞行和降落时，我正坐在图书馆宽大的窗前望着高大的拱门沉思。当每一个夜晚的凉风穿过门缝时，我正用超越季节的热情接纳一些给生活带来意蕴和感动的文字，用哲理和诗情款待这些矜持的客人。这种方式一向被这里的人们所称道。

当季节跨过结冰的河流，这所大学从容越过冬季的冷寂，跨进了春天，在温暖和煦中渐渐萌动着花事，那些具有象征意义的樱花和抒情的山茶，总把春的鳞甲弄得纷纷扬扬。人们很自然地触摸到春季芬芳的肌体，我曾目睹无数女生穿上最亮丽的衣裙融入那火焰般的花影。有关春天的话题在这个大学不胫而走，对花季的亲近从来就如此生动而感人。

泥土气息和雨水声音混杂的早晨会使我怀念起田野，好在这所大学处在城市的边缘，有一种源于田野的气息和生命契机。我甚至可以站在教学楼的高层凝望落日的余晖，以及它即将隐去的苍莽群山。而往往就在这个时候，会有一群白鸽闯入我平缓的视线，在镀金的鸽影下，我呼吸着城市的安详和田野的风，我似乎看见某种诗歌的形体在缓缓而降。没有人张望，也没有人受惊，校园在一种形而上的静止中悄悄运转着，如同我记忆中的那条河流，总是无声地流淌。我曾渴望揭示那条河流古老的秘密，我一头扎进去，让河水漫过我的头顶，浸入我的每一个毛孔。这是个夏季的伊始，我获得了预定的满足。

——刊发于 1999 年 4 月 20 日（第 470 期）

亚运村一游

刘建平

今年四月，我们在京学习期间，天天都盼望去北京奥林匹克中心——亚运村一览风采。4 月 21 日，经张百发同志同意，这个心愿终于实现了。

北京奥林匹克中心位于北京市的北端，北辰路与北四环路的交汇处。这天下午，天气晴和，我们乘坐大轿车从驻地出发，经过半个小时的行程，到达了亚运村。

从车上望去，亚运村真是气势恢宏，雄伟壮观。现代化的建筑鳞次栉比，以银灰色为基调的现代化的建筑在蔚蓝色天空的衬托下，显得特别迷人，在阳光的照耀下，熠熠生辉。此情此景，令我们非常激动，赞叹不已，民族自豪感油然而生。过去旧中国被人称为“东亚病夫”，受人欺侮，我国运动员连出国参赛路费都出不起，而今天，我们气势宏大的亚运村，能以博大的胸怀迎接五大洲的朋友，这个比差有多大啊！

轿车沿亚运村的内环路缓缓而行，首先映入眼帘的是那巨大的圆形花坛，上面已种满了花草、青松、翠竹。坛侧是宏大的田径场，扣人心弦的田径赛将在这里举行。以钢架支起的看台高耸入云，下面排列着一排排五颜六色的座位，看台的对面是一座巨大的电子屏幕，那是比赛时公布成绩用的。田径场四端矗立着四支伟岸的灯塔，使田径场给人的印象更深。田径场四周是一个花园，一排排整齐的咖啡色灯具把花园打扮得非常美丽。再往里就是玲珑剔透的康乐宫，气势宏伟的汇宾大厦。

车子绕过弯往南行，右侧是富丽堂皇的五洲大酒店，左侧是两座中西结合的现代建筑风格的游泳馆。这两座建筑颇具特色，引人注目，成为亚运村的标志。亚运会第二套邮票中有一枚就是取景于此。

我们为这独具风格的建筑所吸引，下了车后直奔这里。从远处看，这两座建筑如展翅飞翔的鸽子，双双对称，与田径场周围的建筑和谐地融为一体。整个建筑顶部是用的银灰色的钢板，显得非常坚韧，又如两艘巨舰。外面门窗用的是各色玻璃装饰，富丽迷人。里面的设施很考究，我们禁不住都在这里合影留念。

沿着游泳馆的石级而走，就进入了田径场。绿茸茸的场地与棕色的跑道相间，赏心悦目。四周的看台能容万人之众。看台下是椭圆形的地下环道，可直通田径场，大小车子都可停在这里。田径场侧还有一练习田径场，供运动员练习之用，许多解放军战士正在那里种草植树，挥汗劳动，为亚运会作贡献。

时间过得真快，不知不觉到了开车的时间，我们依依不舍地离开了亚运村。汽车疾驶在宽敞的公路上，伴随着“亚洲雄风”那激动人心的旋律，我们翘望着消失在远方的亚运村，心中充满了自信与自豪！

——刊发于 1990 年 9 月 12 日（第 253 期）

百象杂谈

山花

张效雄

正是鲜花盛开的季节。山脚下、田塍边、小溪旁，悬崖上开放着一朵朵、一簇簇、一片片山花，密密丛丛，满眼皆是，散发出一股清爽浓郁的香味。

人们常常认为精心培育的鲜花才是最艳丽多姿、芬芳诱人的，但是你若到了深山，就会被山花迷住。她们没有矫揉造作之感，可真称得上高尚无暇。你看，她们多么质朴纯真，不用耕耘，不要播种，只要一抔土地，就可以自由自在地生根、开花结籽。看她们一朵两朵，似乎太平凡，但她们连成一片，人们就会觉得那扑鼻的香味更浓、更淳、更诱人。单看她们的容颜不怎么娇艳特别，没有翩然的风姿，但她们连成一片，五光十色，巧夺天工，把山峦装点得万紫千红。

山花，不炫耀和夸饰自己。季节到了，就默默无闻地开了，甚至谁也不知道她们的名字。时令过去，她们渐渐地消失，零落成泥，化为沃土。然而，到了来年春天，山花又绽出新的蓓蕾，就这样一代又一代地生活成长，给人们带来美好的春光。

——刊发于 1980 年 1 月 30 日（第 1 期）

秋草

王继平

秋，在人们的眼里，往往是“愁”的同义语，秋花惨淡，秋雨茫茫，耿耿秋灯，长长秋夜……而秋草似乎更成为枯亡、衰败的象征。萧瑟的秋风之中，摇曳着枯黄、萎靡的秋草，和着那黯淡的暮秋落日的残晖，给人的又何尝不是凄凉、怀旧的感情呢？然而，我总觉得这只不过是文人墨客寄愁感怀的一种寓意罢了。其实，秋草应该，并且实际上是别具一种含义的。你瞧，它在寒风中抖擞着身体，虽然没有人们所希望的那种傲然挺立的摩登姿态，然而比起那些随风飘逐的落叶，却仍不失其坚韧的风骨。尤其可贵的是，它并不以艳丽多彩的扭捏作态见姿于人们，而是坦率地把那种才子见而伤感、佳人闻而落泪的金黄——大自然赋予它的浸透丰收喜悦与芬芳的颜色——披沥于众。虽然，无情的秋风会使它形容枯槁，严寒的冰雪也将冷漠地覆盖它在内的一切，甚至落叶也在它的周围高傲地狂卷起慵慵舞姿。然而，它却始终是那样谦逊、泰然，而且，永远在搏斗、搏斗。生命之泉在岩缝中奔涌、喷突，生命之火在艰辛地燃烧！秋风，把无数新的草籽撒向无垠的原野；冰雪，融化成孕育生命的甘露乳汁。待到春回大地、百花争艳的季节，它又开放出胜似去年生机盎然的生命之花！由此看来，秋草不正是生命顽强的象征，新的希望的前奏吗？

——刊发于 1980 年 10 月 30 日（第 11 期）

我爱画椿树

李述一

我校要举办书、画、摄影展览的通知贴出来了，作为一个艺术爱好者，我应当献出点什么呢?

有的同学建议我画画。是的，画画。我要来一张宣纸，立刻动笔。画笔几来几去，一幅画面就出现了：有婆娑多姿的柳树，有俨然肃立的苦楝，有枣树、桃树……除开树，还有节节向上的青竹。树竹一片，高低参差。给人新奇的还是那俯视着其他树竹的椿树，傲然直立。因此，画题为《椿树》。

观看我画画的同学们，不解我为什么要画椿树，这普通的椿树。

他们的疑问，不禁引起我画《椿树》这甜蜜且又苦涩的回忆。

这是一个良好的开端。

少年时候，我在一次美术课堂上，听老师介绍了椿树的性格。说椿树不管和什么树栽在一起，总是要使劲地向上长，一直长到比它周围的树高出一截才肯罢休。当时，我暗暗地赞美这种性格。后来在期终考试时，老师看到的就是这样一幅画：两株苦楝的中间是一株高高在上的椿树。老师问我："你爱画椿树?""嗯。""椿树好画不好学呵，懂吗?"当然这是说力争上游必须下苦功，于是我点头说："懂，老师。"

其实，我哪里懂呢？十多年的事实告诉我，椿树哪里好画呢？学椿树，哪里只有学"力争上游"的难处呢？读高中的时候，我画的《椿树》在校美展上获得第一名。后来，我入团考验了两年，临毕业还未被批下来。后来有人告诉我，就因为我画了《椿树》，有出人头地的资产阶级思想，就因为我画好了《椿树》，有出人头地的资产阶级行动……

该过去的都过去了，现在可以画椿树了！党鼓励"冒尖"，"四化"需要栋梁材。

今天，我可以大胆地画《椿树》。然而，大概是好久没画的缘故吧，摆在我面前的这幅画，并不成功。这次我不能向学校美展交这个作品，如果下次再有机会，我一定要交上我满意的作品——《椿树》。

——刊发于 1981 年 01 月 15 日（第 16 期）

从平凡的事做起

——读校刊《细微之处见精神》有感

陈忠红

“平凡”这个词，通常作“一般”“不突出”解释。有普普通通、平平常常的意思。但这种解释，毕竟只是字面上的。我觉得“平凡”应该是指为了全人类的解放，为了整个社会的幸福而兢兢业业地干，踏踏实实地干，鞠躬尽瘁，死而后已。而虚度年华，碌碌无为，绝不是平凡，是庸俗。

鲁迅先生说过：“巨大的建筑，总是一木一石叠起来的，我们何妨做做一木一石呢?”做一木一石，也就是像雷锋那样甘当革命的螺丝钉，做好平凡小事。

“天下大事，必作于细。千里之行，始于足下。”平凡小事联系着伟大的目标。远大的理想，只有切切实实地从小事做起才能实现。石子和砖构成了巍峨壮丽的大厦，滴水和细流汇成了烟波浩瀚的海洋，千百万勤勤恳恳的人们的平凡劳动，征服了自然，改造了社会，创造了我们今天幸福的生活。不愿从一点一滴做起，从平凡的工作做起，要想实现共产主义的大事业，恰如缘木求鱼。正因为如此，列宁教导我们："要成就一件大事业，必须从小事做起。"

在我们身边，有那么一些平凡的人。他们在历史的长河中也许并不显眼，但他们不夸夸其谈，不自我表功。他们默默地干着不为人所重视的工作，甘当共产主义大厦的一砖一石。他们权衡自己的力量，有如溪泉水，认准目标，向生活的大海流去。他们在平凡的岗位上，有一分热发一分光，埋头苦干，任劳任怨。他们是值得尊重的平凡的无名英雄。我们要赞美这些平凡的人，赞美在萌芽状态中的好事情，歌唱它的生机，扶植它的成长。

读了校刊《细微之处见精神》，同学们深为谢光球同志的事迹所感动。可也有人看了后，不以为然，无动于衷，甚至说都是那些平凡小事，有什么了不起？

是的，谢光球干的确是一些平凡小事，请看看吧：厕所的管道堵塞了，他疏通水管，排除污水。在火车站，他主动帮旅客提行李、抱小孩，都不肯留下自己的名字。他关心同学比关心自己为重。同学病了，他送水送饭。进校三年如一日，他总是把某些人不屑一顾的小事悄悄地干着。只要是有利于他人，有利于集体，不管什么事，他都认真负责地尽力去做。这些小事，看上去是抬手举足之劳，然而要自觉地、长期地做，确是不容易的。小事虽小，精神可贵。那些只想出风头，无吃苦耐劳精神的人，是不能做到的。

谢光球同志能自觉地把对共产主义远大理想的追求同平凡小事、实干精神结合起来。他没有豪言壮语，却有辛勤的劳动、闪光的足迹。他的可敬之处，就是不夸夸其谈，而是埋头苦干，甘做一木一石，甘做平凡小事。通过这些平凡小事，我们可以看到一个人心灵的美，看到平凡而伟大的雷锋精神。

实现四个现代化，建设强大的社会主义强国这件大事，是由无数小事汇集而成的，需要无数平凡的人们的辛勤劳动。

平凡与伟大有不可分割的联系，伟大寓于平凡，雷锋就是在平凡的小事上找到伟大境界的。只有从平凡小事做起，才能达到伟大的目标。年轻的朋友们，请不要忽视这些平凡小事，学习雷锋，须从微小的地方做起。

平凡，这是多耐人寻味的字眼啊！既普通，又重要，既平淡，又崇高，让我们每个人都兢兢业业地工作，都来从事平凡的劳动吧！

——刊发于 1981 年 04 月 10 日（第 20 期）

渡船

胡茂盛

在河流遍布的大地上，到处都有你的身影。你没有高山的巍峨，也没有古柏的伟岸，陋小的身躯就栖息在河的两岸。你用你的善良和勤勉，为人们铺上一座无形的桥，让他们平稳地渡过，去继续奔他的前程。

多少个春夏秋冬，你都顽强地度过了；多少次风风雨雨，你都默默地忍受了。如此地执着，如此地坚定。你的生活理想是什么？你悄悄为着别人，自己却默默无闻。可为什么仍那么认真？也许，浪花知道一点。不然，当你在河上奔忙的时候，她为什么总发出“哗哗”的笑语？

——刊发于 1983 年 4 月 9 日（第 64 期）

一片永不凋零的绿叶

李克和

一个高位截瘫、时时面临死神威胁的姑娘，不戚戚于乖舛的命运，不屈服于凶恶的病魔，而以惊人的毅力，孜孜不倦地学医学、学文学、学外语、学艺术、学多种技术，执着地追求生活理想，深切热爱祖国人民，其事迹确实令人感动。但也有少数人私下议论：她这样苦撑，精神诚然可贵，实际上又有多大用处？

由此，我想起了美国著名小说家欧·亨利的《最后一片藤叶》：一个入世未深、纤纤弱质的女画家，为了艺术事业来到异乡，不幸在秋末冬初时节染上了重病。她无声无息地躺在床上，满目凄凉地从窗口看墙头的一株枯藤，一片一片地数着残存的藤叶，默默地等待死神的到来。在她的眼中，墙头的叶儿一天天减少，她的生命之光也一天天黯淡，当最后一片藤叶凋零，她的理想、艺术、生命都会随之飘去。这时，住在楼下的一个一生从未创造出重大作品的老画家获悉了此事，于是，他冒着风雨，举着灯笼，在最后一片藤叶飘落之夜，爬上墙头，画了一片藤叶。由于受凉，老人身染肺炎，两天之后就悄然逝世了，然而他留下了毕生的杰作——墙头的那一片藤叶。正是这片任凭风狂雨猛，始终岿然不动的藤叶，维系了年轻女画家的希望，给了她起死回生的力量，使她恢复了生的意志，恢复了对艺术、对理想的渴求，最后战胜死神，站立起来了。

张海迪不就酷似那一位舍己救人的老画家吗？不是正在自己的生命史上创造“毕生的杰作”吗？张海迪以她不畏病魔、不避风险、顽强搏斗的事迹，绘制了一片永不凋落的绿叶，给人以赋予生活意义的深刻启示，给人以奋发向上、进击的力量。不过，这幅人生的杰作不是画在墙上，而是刻在亿万青年的心中，将使亿万青年的生命之光更明更亮！

——刊发于 1983 年 6 月 5 日（第 67 期）

壮丽的诗篇

——读毛泽东同志的诗词

国　甫

毛泽东同志在戎马倥偬、日理万机的革命生涯中，写下了许多光辉壮丽的诗篇，这些诗篇，艺术上挺拔新颖，思想上哲理深刻。灿如朝花、丽若红霞，永远装点着祖国文学艺术生机勃勃的花园。

毛泽东同志的诗词，运用刚劲质朴、精练含蓄、绚丽多姿、生动鲜明的语言和优美的韵律，博采群芳，熔神话传说、寓言故事、典故成语于一炉，将革命现实主义和浪漫主义手法结合运用，既有真实的描写、典型的概括，又有丰富的想象、驰骋的联想和奇特的艺术夸张。在改造现实的艰苦斗争中，畅想美好的未来，展现革命乐观主义和革命英雄主义精神，使革命现实和革命英雄主义艺术幻想融为一体，形成了立意诡奇、气势磅礴、豪放壮丽的艺术风格。特别是那宏伟瑰丽的意境和卓越奇特的手法，创造的一个个奇丽的艺术境界，更使人心旷情怡，获得丰富的艺术享受。

生活是诗的泉源和强大生命力所在。毛泽东同志的诗词正是来自火热的革命斗争生活，统摄了时代的风雷，反映了时代的本质。如它对革命先驱者生死斗争的真实颂扬，对革命的武装斗争的讴歌赞颂，对史无前例的二万五千里长征的激情抒发，对“天翻地覆慨而慷”的人民解放战争的引吭高歌和对“到处莺歌燕舞”的社会主义革命和建设的绚丽图画的精心描绘，都组成了一幅幅瑰丽多姿的中国革命和建设的历史画卷，把无产阶级崇高的革命精神和远大的共产主义理想表现得淋漓尽致。读毛泽东同志的诗词，既是一种难得的艺术享受，又是一种振奋革命精神的政治陶冶。

今天，毛泽东同志虽然与世长辞，但他留下的壮丽诗篇，仍然不失为中华民族的艺术珍品，在祖国四化建设中将放射出更加灿烂的光辉。

——刊发于 1983 年 12 月 25 日（第 76 期）

给黑色以希望

——读散文《梦》后有感

唐名芳

年前，老同学送我一叠《湘潭大学校报》，说：“读读罢，这些学校生活，或许还能勾起你昔日的校园之梦呢！”于是，我欣然地读了，读到了梅红的散文《梦》（载校报1986年元月10日第118期）。我为《梦》中那无遮无掩的几乎使人净化的自我表白所感动，更为一个天使般纯真的充满童贞幻想和永恒追求的灵魂而欣喜。

梦，多么神奇，多么诱人的精灵。它常常伴随着生活中每一个潜意识的“我”，它是理性的表白，也是灵感的升华，更是对心中那长久的感情和积蓄的淡淡倾泻，如光，如水。美梦给人喜兆，促人奋发，噩梦给人余悸，使人沮丧。常常，人们向往美好的梦，诅咒令人心寒的噩梦。然而，《梦》的作者却以她新奇的构思、独到的感受，提出了一个崭新的命题：梦是黑的，真正的梦是黑的。

是的，梦，也有黑色的，像沉重的翅膀。在《梦》中，从童话般的梦想消逝，到初恋的阴差阳错，留给“我”的只“是一股带涩味的香甜”。但是，“我”并没有被那沉重的色彩所吓倒、所慑服。相反，这倒使“我”更加向往彩色的使人依恋的梦了。“我”心中那永恒的希望之光更加明亮，黑色的世界里孕育了“我”许许多多五彩缤纷的憧憬和展望。文中，作者巧妙地运用了象征的表现手法，通过抒发自己对油画《鲍雷丝》和《小女孩玛丽》所呈现的瑰丽色彩以及令人喜爱的天真，纯洁的少女形象的倾慕，含蓄地表达了自己对生活、对人生的看法：“油画的黑色背景如梦境一般，唤起了我的联想。我在画当中找到了自己，梦里我就是这样的呀!”然而,《梦》中的“我”并不是一个空洞的理想主义者，她承认现实，承认生活的本来面目。梦，有彩色的，也有黑色的，有真实的，也有虚幻的。但她没有在复杂的现实面前畏而却步，而早以自己的正义之感、进取之心，向生活、向梦，发出了自己由衷的祈愿：“我多么想做梦的使者！让人世间一切都洁白无瑕。让真字战胜一切虚假。”到此，我不得不为作者的独具匠心拍案叫绝：给黑色以希望。这是多么大胆而又充满无限期盼的命题，这是何等令人振奋而又惴惴不安的思想。它使我想起了法国著名诗人阿尔芒·苏利-普鲁多姆的一段诗句：“蓝色的或黑色的，一切都令人喜爱，一切都那么美，无数的眼睛眺望着晨曦；它们眠宿在坟墓深处，而太阳还在冉冉升起。”而当我读完《梦》中结尾那两句神来之笔：“我还会做梦的。我还没有到完全不做梦的年龄呢。”我竟油然产生了一种对过去、现在、未来的怀想和追求。哦，我发现，每一个“自我”都渴望像星星般闪烁的希望之光!

——刊发于1986年3月5日（第121期）

对柏杨先生《丑》一文的驳击

孙国栋（香港）

编者按：作者《评〈丑陋的中国人〉》一文，共分八个部分，转载于今年第二期《博览群书》。我们选登第七部分，以飨读者。

柏杨先生说："若干年前，我在洛杉矶有一次演讲，有人问我：'你是否以当一个中国人为荣？'我脱口而出说，'我不以当一个中国人为荣，请你告诉我，中国人的荣耀在哪里？是我们国家强？是我们文明高？是我们民族对人类整个文化有建设的贡献？是我们的音乐、绘画、文学出类拔萃？我们到底有什么？请随便讲出一个我们国家有，其他国家没有，或是我们可以和其他国家同享荣耀的事例，举得出来吗？'"

好一串气势汹汹唬人的问话！不错，近几百年来中国的社会科学、自然科学都落在西方之后。我以前有一学生，后来在美国读比较文学，取得博士学位后，在美国大学教比较文学。有一次，偶然相遇，我问他："中国的诗比西洋的诗如何？"他白眼一翻说："中国有什么诗？床前明月光，疑是地上霜，举头望明月，低头思故乡。这是小孩子的诗。”他的无知，使我瞠目结舌。我想到3000年前的文学，其脉搏竟仍在今日的文学中跳动，在我们现在生活中仍活泼有生命。《诗经》中的句子，今日我们还常挂在口边，如“窈窕叔女，君子好逑”“昔我往矣，杨柳依依”“一日不见，如三秋兮”“有女怀春，吉士诱之”“执子之手，与之偕老”“悠悠苍天，此何人哉”“青青子衿，悠悠民心”“今夕何夕，见此良人”“所谓伊人，在水之眉”“惠而好手，携手同行”“巧笑倩兮，美目盼兮”……这种至今仍葱茏有生意的句子，在《诗经》中随处都是。请想想，有哪一个国家、哪一个民族，它3000年前的文学能活泼地应用于今日的日常生活中的？本人粗涉史学，于中西史学的优劣长短，因为问题太复杂，此处不能探讨。但是史学的基础在记事，只就记事一端而论，则中国史比西方史详备，可以无疑。中国周以前诸史姑置不论，自共和元年开始，即有编年史。《史记·十二诸侯年表》由周共和元年（公元前841年）起逐年记载各国的大事，直至周敬王四十三年（公元前477年）止。跟着《六国年表》再由周元王元年（公元前476年）再逐年记载，直至秦二世三年（公元前207年）止。秦以后自汉高帝元年（公元前206年）以下的大事有各正史的本纪逐年记载。换言之，自周共和元年（公元前841年）开始，直至今日，前后2800余年间的大事，俱有编年记载。请问哪一民族、哪一国家能有一部记载2800余年间大事的编年史？从这两事表现中国文化潜藏着一种可持久性。如果我们能从此探究，或可以找出中国民族所以能绵延几千年的一些原因。

柏杨先生又说："这个文化，自从孔丘以后4000年间（应该是2000多年）没有出过一个思想家。"但另一篇文章中又推崇王安石是一个了不起的政治家、思想家。如果以孔子的水平为标准，确不易找出第二人能与之比肩，但如果以王安石为标准，在孔子之后，思想家亦不少。先秦的孟子、荀子、庄子、墨子、韩非子不必说，秦汉时《中庸》《易经》的不知名作者，董仲舒，王充、王苻、仲长统等，魏晋南北朝时的王弼、竺道生等，隋唐时的王通、智者大师、玄奘、慧能等，两宋时李觏、周敦颐、程颢、程颐、张载、朱熹、陆九渊等，明代的王守仁、李贽等，清代的王夫之、黄宗羲、颜元等，在思想上的成就，亦不在王安石之下。柏杨先生只认识一位王安石，无怪乎柏杨先生以当中国人为不光荣了。

——刊发于1987年4月6日（第157期）

生命本能的勃兴与升华

——影片《红高粱》读解

刘演林

如果仅仅从大背景和造型支点的选择来看，影片《红高粱》无疑是《黄土地》的继续。

《黄土地》试图表现的是“对我们民族性格的探索”。由于创作者过于凝重的心理负荷与责任感，有意将画面组接成一连串具有某种暗示性的符号，强迫观众透过迟缓而压抑的画面构图去领悟某种象征意味。

《红高粱》同样以广袤而贫瘠的黄土高原为其造型支点。然而它没有故作高深。《红高粱》更多地运用近景和特写甚至是豪放明快的节奏以凸现人物及其不停顿的激烈的动作。诚然，影片中也时时透出某种约制本能勃发的文化因素。比如人类文化最险恶的结果——战争破坏了青杀口喧闹而平安的生活，“我奶奶她爹”对“我奶奶”的说教，“罗汉大叔”总习惯于喊“掌柜的”等。这些隐约可见的细节不仅具有使电影情节发展的功能，更重要的是它们作为抑制本能的因素最终又成为催促本能勃兴的基因。

在《黄土地中》，顾青的出现与离去，翠巧的成婚而逃婚，只在静止先麻木的生活之河中激起几圈微澜，一切又复归于宁静。憨憨学唱了几句革命歌就可以代表未来和希望也实在令人怀疑。而在影片《红高粱》中，当“我奶奶”死于日军的机枪之下，“我爷爷”用酒（鲜红的高粱酒与英气郁郁的鲜血互为表征）引爆汽车之后，画面沉入一种恒久的鲜红之中，随着隆隆鼓声的敲响，“我爷爷”雕塑般的脸孔无疑象征着如野高粱般自生自灭的生命本体的净化和升华，在血、火、死亡还有酒的浸染中升华。

影片《红高粱》叙述的是一个遥远的故事。它的叙事范式既陌生又能为公众所认可并接受，它试图摆脱世俗生活情感的束缚而进入一种特殊的审美境界，它不刻意追求玄奥的纯风格化和唯美主义的温性情调，作为行为标志的和作为象征符号的画面造型达到了和谐的统一。影片始终以人为主体的叙述语调导致出现高度感情显现的非语言抽象能力。因此，《红高粱》具有恢宏的艺术气度和动人心魄的震撼力。从这个意义上来说，《红高粱》是对“西部电影”甚至整个中国电影创作的一次超越。

——刊发于 1988 年 4 月 30 日（第 190 期）

芳草年年绿　名花月月红

——羊春秋教授文化生活记趣

剑　红

羊春秋，这个带有经典气息的名字，使人不由得想到一个学识渊博、满腹经纶的老学者。是的，他是一位在古典文学研究方面颇有成绩的老教授，著有《历代论诗绝句选》《历代论史绝句选》《唐诗今译集》《元人散曲选》等多种专著，有十七家出版社出版他个人的或参加编撰的诗作和学术论著、论文。不过，不要因此推断他是个钻故纸堆的冬烘先生，他的业余爱好和文化生活还挺有趣呢！

每天清晨，他早早地起床，老伴提着个菜篮子，他拿着两个健身球，“夫妻双双上市场”。问价、讨价、还价，这些微观上的“细枝末节”自然是老伴的事，而他则跟在老伴后面，走马观花，“宏观指导”，两个锃亮的钢球在手掌中玩得飞转自如，大有“运筹帷幄之中，决胜千里之外”的儒将风度。

他看电影、电视很“刁”，只看三种类型的。一是历史片，如《西安事变》《血战台儿庄》等。二是启迪智慧和激发民族气节的，如《狄公传》《岳飞》《史可法》等。三是体育节目，如乒乓球、排球、篮球，“每赛必看”，不时发出一两声“前三板”“短平快”“三秒违例”之类的专业术语，令旁边作陪的老伴也为之刮目。但是他讨厌足球赛，因为它老半天进不了一个球，没劲！羊老的生活还是“快节奏”的哩！

不过他最喜欢的还是旅游，“长江长城，黄山黄河”，他“走呀走，乐呀乐”，游遍了祖国大江南北，而且他有个习惯，每到一处，便诗兴大发。他吟诗作词数百首，许多著名的游览区、名胜地，都留有他“到此一游”的痕迹。黄河游览区的大禹岭贵宾厅有他的“过门不入，诞子不亲，终使洪流归大海，菩言是拜，寸阴是惜，留将遗范育斯民”，月季园里有他的“芳草年年绿，名花月月红”。他到了乌鲁木齐，《丝绸之路诗词选》有他的十四首作品，他到了扬州，《扬州现代诗词选》也有他的两首绝句，他到了桂林，到了伊仙岭，《桂林当代诗词选》《伊仙岭诗词选》都有他的作品。至今，他已在《中国当代诗词选》《中国当代诗词百家》《人民日报（海外版）》《芙蓉》《诗词报》《文学月刊》《当代诗词》等省以上书刊报纸上发表诗词 200 多首。

羊老的书法也颇佳，他十一岁便能给人写对联，新中国成立后一度停止操练，直到二十世纪八十年代才又重操翰墨。现在练书法成了他以气养身、强筋舒络的养身之道。

由于羊老社会活动多，头衔也有一大串：中国韵文学会副会长、《中国韵文学刊》主编，中华诗词协会理事、中国古代戏曲研究会理事，省文学学会副会长、省诗词协会名誉会长、南岳诗社社长、白石诗社、武陵诗社顾问、船山学社和《船山学报》顾问……30多个“帽子”，足可以开个“帽子工厂”。不过，羊老也沾了这些“帽子”的光，要不，羊老这个“帽子工厂”的老板怎能有那么多机会“云游四方”呢！

——刊发于1988年5月23日（第192期）

诗是美的创造与发现

——访著名诗评家李元洛

小苑　建瓴

“大学生是崇拜名人的，而我们更崇拜这样平易近人的名人。”台下，一位捧着有作者题名的《诗美学》的大学生兴致勃勃地说，台上，当代著名诗评家、湖南省作协副主席李元洛，正应邀给湘大的研究生、本科生讲学。讲学完毕，我们“跟踪”到招待所，采访了他。

话题自然是从诗开始的。谈到诗，李元洛总是抑制不住内心的“躁动”。也难怪，从“小小少年”时起，他便和诗发生了“初恋”，并结下了“百年之好”，从创作而评论，他在诗歌这一崎岖而又诱人的山径上已整整跋涉了四十年，先后出版了六本文集。他题赠我们的《诗美学》，便是他的近作，捧在手上，确实感到沉甸甸的。

“我以为，诗是美的创造与发现。一首诗作的最后完成，有赖于鉴赏者的慧眼灵心。”三句话不离本行，作为诗评家的李元洛，常常喜欢从鉴赏的角度来谈诗。近年来，他运用西方的“接受美学”理论，对新诗的创作和鉴赏作了许多精辟的论述。他认为，那些对新诗持冷漠，鄙夷态度的人根本不是鉴赏者，而是“诗盲”。对于诗创作，他也认为，诗起码应有诗的素质，而不是徒有诗形而无诗质的赝品，如同市场上常见到的“冒牌货”。

我们随机问道：“当前的校园文学基本上是诗歌文学，而有些青年诗作却‘远离现实’，不屑于表现某种思想性追求的倾向。您如何看待这个问题?”

“这种倾向不好。我们应坚决反对‘文艺为政治服务’，但我们的诗歌创作同样也应该是有理想、有追求、有热情的，而不应是对现实生活的冷漠与自暴自弃，不应是一种活得腻味的无病呻吟与孤芳自赏。”他点燃一支烟，表情庄重地说。

我们又追问一句：“那么您对当前文坛现状如何看?”他不无遗憾地说：“尽管‘创作自由’已喊了几年，但创作从外部到内部常常受到种种有形或无形的束缚和限制。我觉得应该给文艺界进一步‘松绑’，应该在创作实践中更充分地相信艺术家的良知和追求。”

言诗之余，我们好奇地问：“李老师，听说您不但是个‘诗迷’，而且还是个‘球迷’，有道是‘观球时，不言诗’。”他笑了笑，说：“我确实是个球迷，但并没有‘观球时不言诗’那么‘迷’。”

当我们请他谈谈对湘大的印象时，这位二十世纪五十年代北师大中文系的高才生，兴致盎然地说：“来到湘大，又好像回到了我的学生时代。湘大的师生很热情，你瞧，《旋梯诗社》请我当顾问，学校又聘我为兼职教授。我觉得，湘大是一所充满活力的大学，给我的印象是一种‘诗’的美感。”

最后他应我们请求，挥笔写下：“一代英才的摇篮，百年俊彦的基地。”

——刊发于1988年6月11日（第194期）

我所认识的冯飞先生

黄垠大

冯飞，字孔修，湘潭人。抗战时就读于西南联大，新中国成立初从北大西语系毕业，在北京几所学校任教三十余年。在长期的教学生涯中，冯飞先生潜心于书法，国画，造诣甚深。

第一次见到冯飞先生是1986年春在湘潭县一中。当时冯先生刚刚回到阔别已久的故乡，很想为家乡人民干点什么，恰好我们文科毕业班的英语教师请产假了，于是校长便请他为我们授课一个学期。这段时间为照顾他的身体，也为自己能更好地复习功课，我和他住在一起。我们相知颇深，冯飞先生有时为我讲解英语疑难之点，有时讲解国画技巧，使我受益匪浅。

1986年秋，冯飞先生作为中国画研究院美术公司的英文翻译参加第26届广州秋交会归来的途中，特地赶到湘大看我，三个小时匆匆一晤，他又踏上了返京的征途，这是我第二次见到他。放寒假的时候，他托我一位在北京求学的朋友带给我一幅《梅竹图》，上书：“相思竹年更年，梅与伴湘水长，我与湘君多少夜，三人一路永毋忘，南北神伤。”我深为冯飞先生一颗眷眷之心所感动，几欲泪下。

今年5月，68岁的冯飞先生应邀回湘参加母校岳云中学七十周年校庆，并举办个人画展。后来我看到了这次画展的留言簿，赞美褒扬之辞溢于言表。这次见面，使我萌发了把这位在北京画坛有些名气的画家介绍给正在他的家乡求学的大学生们的欲望。

冯飞先生作墨竹山水画，注重运用传统技法，又师承我国画坛名家叶仰曦、王遐举、张希贤等老先生。他根据自己几十年研习所地，发挥个人所长，无论山水、墨竹还是书法，均自成风格。他的《来日方长》《梅竹先春》在《北京教育》《班主任》等杂志上发表以后，得到社会各界的广泛好评。时人评论他的《青松黄鹤图》时说他“对竹梅山水造诣很深，笔法苍劲朴雅。此幅构图幽美，秀色可观，堪称佳品”。这番话确实道出了冯飞先生书画作品的胜处。

纽约中国音乐学院院长范乐天教授对祖国传统书画很是喜爱，欣赏水平也很高，每次见到冯飞先生的书画总是流连不已。近年来他珍藏了冯飞先生的十来幅书画作品，最喜爱的是《君子之风》，他常对人说“冯先生的这幅墨竹，最是清雅不过”。他评价冯先生的山水《大观晓月图》时称之为“笔下妙境”。堪称当代中国书画界泰斗的王遐举先生也为他题画多幅。

从这里发表的两幅作品中，我们对冯飞先生的书画风格可略窥一斑，并享受到其中的妙境。

——刊发于1988年10月20日（第202期）

吹牛三戒

汤效纯

近读《庄子·列御寇》中“曹商使秦”一段，似乎悟出了一点什么。姑且叫作“吹牛三戒”吧。

宋国曹商，自告奋勇为宋王出使秦国。其时，秦强宋弱，曹商愿意赴秦，朱王自然喜出望外，当即奖给他好几辆车子。曹商到了秦国，讨了秦王的欢心，秦王又赏赐他上百辆车子。曹商回国后，便向庄周炫耀：“住在偏僻狭窄的街巷，穷困得自己织草鞋，饿得面黄肌瘦，这是我受不了的。一旦取悦于大国的君主。随即获得上百辆车子的赏赐，这是我的长处。”矛头指着庄子，句句口含机锋。庄子是个具有铮铮铁骨的穷知识分子，从不愿与腐朽贵族同流合污，“以心为形役”，便冷冷地说：“我听说秦王有病求医，能替他割除毒疮的，奖车一辆，能给他舔舐痔疮的，赏车五辆。您大概是给秦王舔舐了痔疮吧，不然，为什么得的车辆这么多呢?”

曹商可算是个吹牛家，得了宋王的重托，讨了秦王的欢心，但在庄子面前，何以被弄得下不了台呢？我看主要有三点原因：一是他之所以得了宋王和秦王的奖赏，靠的主要是逢迎献媚。这算什么“真牛皮”呢？所以一戳即穿。二是他吹牛皮时瞄准的是庄子，选错了对象。三是他吹牛皮甚无道德，用心太坏，万不该除了吹嘘自己之外，还要去刺痛庄子。庄子盛怒之下，顺手一击，曹商便陷入了不可自拔的困境。

总括起来，“牛皮”不能全是冒牌货，吹时不可选错对象，不宜伤害他人。这三点，可不可叫作“吹牛三戒”呢？

——刊发于1989年6月28日（第220期）

串起你生命的“珍珠项链”

润　昆

有位诗人曾说过：“小事是珍珠，岁月是金线。谁最勤于拾起珍珠，串入金线，谁就有一条青春常在的‘珍珠项链’。”

的确，珍珠虽小，但价值赫然。在人生的长河中，在事业的海滩上，每个人脚下都有无数颗看起来不起眼，但却包含着伟大意义的珍珠，就看你愿不愿意弯腰拾起它。如果勤于拾起这些珍珠，那你人生的长河上就会翻起永不消失的壮观的浪花。

在日常的生活和工作中，有些人却认为其小而有意无意地丢失了珍珠般的“小事”，委实可惜。“小”是相对而言的，没有“小”也无所谓“大”。正是从一言一行的小事中，可以看到一个人的精神风貌，也正是由无数个珍珠般的小事，堆砌成了人生的金字塔。那种以“善小而不为”的人，实在是丢掉了人生中最可贵的东西。

要串起生命的“珍珠项链”，关键在于一个“串”字。雷锋之所以能成为伟大的共产主义战士，他的名字能成为一种伟大精神的象征，就在于他从不放过一次做好事的机会，走到哪里就把好事做到哪里。只要是对人民有益的，哪怕再微小的事他也干。毛主席说得好，一个人做一件好事并不难，难的是一辈子做好事。要串起生命的“珍珠项链”，就要做这种“难”事，持之以恒，坚持不懈。如果一日曝十日寒，前面“拾”后面“丢”，做做停停，那是决然成不了事的。

朋友，拉紧你岁月的长线，“拾”起你足旁小事的珍珠，串成长长的“项链”吧，事业的大厦将在这里耸立，青春的壮美将在这里常驻！

——刊发于 1990 年 3 月 30 日（第 241 期）

诗与兴

吕　永

《文心雕龙》曾把不受时空限制的想象称为神妙的精神活动（神思）；是我以为想象的神妙处不仅在于超越时空，而且在于它能激发灵感→催化意象→诱导联想、感发情思，换言之，即神思外化后不会僵死纸上，而是依靠巨大的感发力使个体创造能转入群体再创造，从而保证该作品获得永恒的活力和不朽的价值。

有趣的是，我发现如果把中国诗论中“兴”字三个义项构成连续有序的系统，正好揭示神思高潮→外化→传导这三个阶段的特异功能和价值（见下图）。

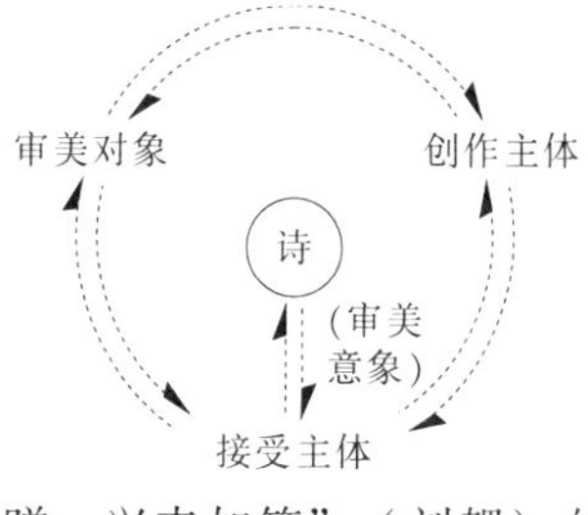

1．“情往似赠，兴来如答”（刘勰）的“兴”，指触景生情，移情入景达到物我同一时突然爆发的灵感和创作冲

动。这是想象成熟的重要标志。

2.“依《诗》取兴，引类譬喻”（王逸）的“兴”，指《诗经》常用的譬喻，象征手法。它的特点是通过鲜明生动的对应性形象去表现深刻的思想、微妙的感情或者差异之中有同一的事物。由于它最便于创造鲜明与含蓄、有限与无限相统一的多层意象，最便于体现物我同一的理想境界，所以成为中国人喜见乐闻的传统手法。

3.“诗可以兴”（孔子）的“兴”（这个“兴”字念平声，用为动词），指形象鲜明生动、含意丰富深刻的诗所必有的感发力。正是它，促使读者的想象力活跃起来，发现诗人没有直接表现的象和意，从而通过审美，达到萌善和悟真。

值得注意的是，中国诗论家对“兴”字三义的解说和西方诗论家对灵感论、形象论、价值论或功能论的解说，同中有异，各有所长（因篇幅所限，暂且从略）。倘能加强交流、加深了解，因利制宜、取长补短，这对双方都有好处吧？

——刊发于1990年3月30日（第241期）

小心卖乖反露丑

周森甲

某报载文《小议“破格晋升”》（以下简称《小议》），批评几家新闻单位报道北大、清华晋升51位中青年教师为教授、副教授“无一例外地用了‘破格晋升’的提法”，说这“使本来立意很好的新闻报道黯然失色”了。何故？据《小议》说“所谓‘破格晋升’或曰‘破格提拔’，是指本来不够‘格’的被‘破格’照顾拔高，很有点勉强的味道”，其实“这些人除了不够老以外”，“担任教授、副教授应是当之无愧的”。窃以为，这属吹毛求疵，倒的确“有点勉强的味道”。

何谓“破格”？《现代汉语词典》的权威解释是：“打破既定规格的约束，～提升；～录用。”换句话说：破格就是打破常规或陈规或不合理规格的束缚之意，破格晋升、提拔就是打破常规或陈规或不合理规格的束缚而将才能突出者晋升，提拔之意。这是人们的共识。《小议》者凭什么硬将其解释为“使本来不合‘格’的被‘破格’照顾拔高”呢？若真如此，那岂不成了不正之风或用人失误？那不仅没有正面报道的新闻价值，而且要予以严肃批评了。

《小议》也承认：51 位晋升者都“不够老”，那么打破“论资排辈”的陈规算不算“破格”？如果 51 位中还有越级晋升者，打破“台阶论”的旧矩又算不算“破格”？这哪里来的“照顾提拔”的“勉强的味道”呢？

吹毛求疵，人多不取，吹毛求疵而不知何者为疵，更在其下，若故意指瑜为疵、指疵为瑜，则又在其下矣。《小议》有意对“破格”作“破格”之解释，在好蛋中挑骨头，未免真有点“黯然失色”了。

——刊发于 1990 年 10 月 30 日（第 258 期）

心里要时刻想着群众

彭国甫

焦裕禄精神最可贵之处在哪里？我认为，是他心里时刻想着群众。

心里时刻想着群众，这是我党的优良传统。能否时刻想着群众，为群众谋利益，是衡量真假共产党员、真假人民公仆的一个根本标准。在过去艰苦创业的年代，我们需要焦裕禄这样的好党员、好干部，在党风、政风、干群关系不尽人意的今天，我们更需要像焦裕禄这样的心里时刻想着群众的千千万万的共产党员和干部。

心里时刻想着群众，就要不计较个人得失，敢于维护群众的正当利益，关心群众的疾苦，为群众谋幸福。

心里时刻想着群众，就要吃透“两头”，搞好结合，创造性地贯彻、执行党的路线、方针、政策，到群众中去，不当“吹牛皮，填肚皮，拍马屁”的干部。

心里时刻想着群众，就要进一步端正思想作风和工作作风，深入调查研究，搞好团结协作，减少冲突和内耗，防止和克服干多干少一个样、干好干坏一个样、干与不干一个样，甚至干的不如看的、不干事的人来整干事的人的现象，充分调动广大工作人员的积极性，提高办事效率。

心里时刻想着群众，就要尊重群众，相信群众，依靠群众，不搞愚民政策。特别是在一些重大问题的决策上，一定要让群众参与，集思广益，防止和克服“屋里拍脑袋，会上拍胸脯，错后拍屁股”的现象，使决策更符合实际，更符合群众的愿望，并转变为群众自觉的行动。

心里时刻想着群众，就要从我做起，从现在做起。具体到我们湘大来说，每个干部，每个共产党员，心里都应时刻想着湘大的荣辱兴衰。作为机关干部，就要当好教学科研的后勤部长，全心全意为基层服务，为教学科研服务，作为党员教师、党员科研工作者，就应切实搞好本职工作，力争多出成果，出好成果，全心全意为学生服务，为工农服务，为社会主义现代化建设服务。

——刊发于 1991 年 4 月 10 日（第 271 期）

对“湘大意识”的再思考

张践明

我曾对“湘大意识”作过这样的诠释：湘大意识，即爱湘大，为湘大争光。并进而提出自觉、自强、自豪三个依次发展层次。这是具体形象的说法。我们还可以对湘大意识进行更深一层的理论反思。我认为，湘大意识应该是一种具有凝聚力的群体意识，也是一种具有驱动力的主体意识。

首先，湘大意识应该是一种具有凝聚力的群体意识。群体意识是一定人群共同体的共同意识，由群体中的个人意识交互作用而产生。如有同学说，进了湘大门，就是湘大人。共同的工作和学习使大家生活在一起，相互依存、相互作用，每一个湘大人与湘大这个共同体发生千丝万缕的联系，自觉不自觉地形成了湘大意识。由此形成的湘大群体意识包含两个层次：湘大人关于湘大的情感意识和理论意识。

湘大情感意识或称为湘大群体心理，包括对湘大产生的自发情感、倾向等，或许可以说是个人情感对湘大共同体的一种情感投射，是被某些心理学家称为水仙花情结的跃迁或升华。情感意识直接影响每个人的日常行为，影响广泛，是群体凝聚力的心理基础。它的强化，使每个湘大人产生了与湘大荣辱与共、风雨同舟的戚戚相关感。因此这里便产生了湘大个体与湘大共同体的双向反馈作用。虽然情感意识是自发形成的，但循循善诱者可以应用社会行为规律、辅之健康发展校园文将，自觉激发、培养这种情感，成为建设好湘大的巨大热情。情感意识具有不稳定性，故应把握时机，不能挫伤这种情感，否则将泛散凝聚力和战斗力。

湘大群体的理论意识是高层次的湘大意识，是情感意识的理论升华，我想它应包括湘大人的集体主义伦理观，以及湘大的“团结、勤奋、求实、创新”的八字建校方略，广义上还包括湘大校园文化。湘大理论意识付诸实践，则将成为办好湘大的持久自觉行动。湘大群体的理论意识指导情感意识，与情感意识相结合，湘大可以成为具有巨大凝聚力的社会群体。

湘大意识同时又是具有驱动力的主体意识。主体意识是社会主体对自身的意识，是对自身结构、功能和属性的反思，包括对自身存在及其活动的价值评价，如利益、权利意识、义务意识和参与意识等。湘大是全国重点大学、湖南唯一的综合性大学，湘大人就要正视湘大在全省和全国高校中的地位，一方面要为湘大建设尽自己的义务，积极参与湘大管理，另一方面要为湘大争得自身应有的利益和权利。每个湘大人都这样做，才会有建设好湘大的紧迫感、义务感、责任感和使命感，这些正是湘大人的事业和前途的驱动力。湘大意识作为主体意识，将为自身发展提供精神力量。不能枉戴“重点大学”这一桂冠的自我意识，驱动着湘大人为湘大教学上质量、科研上水平而努力工作学习。

总之，作为主体意识的湘大意识就是湘大人的主人翁意识，湘大人发挥自己主观能动性、创造性，振兴湘大的意识。

——刊发于1991年10月1日（第283期）

“大预言”真灵验吗?

致　友

所谓“大预言”，说的是这么一回事：400 年前，法国有一位名叫诺思特拉达穆斯的预言家，用十分隐讳的语言写了一些诗，共 12 卷，每卷 100 首，每首 4 行，取名《诸世纪》，现在原诗已难找到。一些研究者说，其内容是预测未来的世界，其中要害之处是 1999 年人类将彻底毁灭。

“大预言”真灵吗?

现以日本的“大预言”研究者五岛勉所著《诺思特拉达穆斯大预言》一书来作分析。该书引用的诗不过 1200 首中的四五十首而已，为什么？因为这几十首是可以从近 400 年的历史中找出相似的事实来加以解释的。明眼人一看十分清楚，这是研究者用现代观点和历史事实去套解原诗，许多分析都缺乏科学根据。比如，预言 1999 年人类将彻底毁灭的原因大致有三方面：一是占星学家的预测和《圣经》中“主”的意愿，这当然是无稽之谈；二是环境污染和宇宙现象（如冰河、星球撞击)，环境污染固然危害严重，但人类完全可以控制，冰河、星球撞击等宇宙现象早经科学家证实是不可能的；三是核大战，这是篇幅写得比较多的。其中预测苏联的统治只能维持到二十世纪九十年代的初期至中期，苏联“将陷入任人宰割的境地，变成一个四等国家”。这是目前一些人津津乐道的地方，并认为是“大预言”灵验的证据。其实，书中写的苏联的失败，完全是因为核战争。虽然苏联今天的政局发生重大变化，但是不是由于核大战，这是众所周知的。

可见，“大预言”纯粹是后人凭主观想象分析的一些看法，并非诺思特拉达穆斯真正的预见。正因为如此，五岛勉也不得不在书中承认：“本书在发行以来……也招来了各种批评。他们认为，把一个 400 年前的怪人任意杜撰的诗句，按现在的情况进行解释，用那种不科学的东西制造人类面临灭亡的恐怖气氛，未免可笑。”的确是可笑的。除了这一点之外，另一点也可笑，那就是：1999 年如果人类真正面临灭亡的话，那些科学技术和经济高度发达的国家还在拼命地发展经济搞科技竞争干什么呀？何不趁早享享清福？

——刊发于 1991 年 10 月 20 日（第 285 期）

访“普希金之家”

张铁夫

1991年12月26日，我们从爱沙尼亚首都塔林乘火车抵达圣彼得堡。第二天，我便给俄罗斯科学院（苏联科学院）俄罗斯文学研究所（即“普希金之家”）的福米乔夫博士挂了一个电话。当我通报姓名之后，他高兴地说：“欢迎，欢迎！明天上午11时我在所里恭候。”然后他问了我的住处并详细说明了乘车路线。我告诉他，我们一行共四人，两位语文学家，两位数学家。他不无惊讶地问道；“数学家也对普希金感兴趣吗?”我回答说：“他们跟我一样喜欢普希金。”他用兴奋的口气说：“很好，很好，同样欢迎!”

福米乔夫博士是俄罗斯科学院普希金委员会学术秘书，知名普希金学家，我跟他是在莫斯科认识的。12月10日，我在莫斯科普希金国家博物馆出席了“普希金学术会议”。这次会议是由博物馆和“普希金之家”共同主办的，主题为“普希金的笑”。会议从上午11时一直开到晚上7时，十多位普希金学家从讽刺、幽默、喜剧色彩等方面做了发言。福米乔夫博士介绍了普希金手稿中诗人本人的绘画。他讲得十分风趣，引起了一阵阵笑声。我因住在弗拉基米尔市，得到消息最晚，未及准备书面发言稿。在征得主持会议的博物馆副馆长米哈伊洛娃女士的同意后，我按会议规定的发言时间用俄语作了 15 分钟即兴演讲。演讲完毕之后，美国学者安东妮娅和福米乔夫博士来到我眼前，同我热烈握手，并交换名片。福米乔夫博士还邀请我去圣彼得堡的“普希金之家”访问。

“普希金之家”是研究俄罗斯文学和普希金的最权威的机构，坐落在圣彼得堡瓦西里岛的马卡罗夫滨河街。从旅游图判断，它距我们下榻的赫尔岑师范大学招待所不远，我们决定步行前往。12 月 28 日早饭后，我们从招待所出发，冒着鹅毛大雪，经涅瓦大街、宫廷广场、宫廷桥，约半个小时便到了瓦西里岛。看门的老太太告诉我们，博士在二楼等候。刚上楼，福米乔夫博士便发现了我们，立即把我们让进他的办公室。他首先向我们简要介绍了“普希金之家”的情况，然后和女秘书一起带我们参观了普希金的藏书室。一个个高大的书架上整齐地排列着 15 种文字的 8000 册书籍，它们都是普希金生前的藏书。女秘书从书架上取出一本小开本法文图书，福米乔夫博士告诉我们，这本书是 17 世纪出版的，极其珍贵。女秘书又从书架上取出俄国汉学家比丘林翻译的中俄对照《三字经》。我说：“我记得普希金的藏书中还有一本比丘林的《西藏概述》。”女秘书笑着说：“对，这就是。”原来她已经从书架上取下来了。普希金生前对中国怀有浓厚的兴趣。1830 年 1 月 7 日，他曾给“皇帝办公厅第三厅”长官宾肯道夫写信，要求随使团去中国访问，他还在一首诗中表示，要去“遥远中国的长城脚下”。尽管由于沙皇政府的阻挠，他的生前理想未能实现，但从20世纪初以来，特别是新中国成立以后，他的重要作品都已译成中文。今天，他正乘着缪斯的飞马在中国辽阔的大地上空遨游。普希金九泉有知，一定会感到无比欣慰。

从藏书室出来，我们被带往手稿室。进入手稿室之前，女秘书要求我们把提包存入过道里的一个柜子内。然后她打开铁门上的大锁。她的动作是如此熟练，神色是如此庄重，仿佛领我们去参观秘密金库或是领我们去圣地朝圣。诚然，普希金是俄罗斯的诗圣，他的手稿比黄金更珍贵。除了少数研究人员，这些手稿是秘不示人的。手稿室是一间约16平方米的房子，靠墙立着好几个深红色的柜子，房间中央摆着一张小圆桌和4把椅子，我们被安排在圆桌旁边坐下。女秘书打开一个柜子，取出一个用红色封套包着的大夹子，然后小心翼翼地解开封套上的绳子。福米乔夫博士告诉我们，这是普希金的诗体小说《叶甫盖尼·奥涅金》手稿，女秘书还向我们展示了中篇小说《上尉的女儿》的原稿。这些手稿上的墨水虽已褪色，但字迹仍非常清晰，它们是研究普希金创作的第一手资料，得到了严格和科学的保护。尽管我曾在出版物上看到过一些手稿的影印件，但目睹普希金的真迹，还是第一次。作为外国人，这是给我们的最高礼遇。

离开手稿室，我们被带往研究所的图书室。这里藏有普希金著作的各种版本和各种研究资料。管理员卡佳找出了几种中文版著作，其中有戈宝权与罗果夫合编的《普希金文集》和戈宝权赠给该所的《叶甫盖尼·奥涅金》（智量译）。我把我和黄弗同合译的《普希金论文学》一书赠给福米乔夫博士，扉页上用俄文写着：“尊敬的谢尔盖·亚力山得罗维奇惠存，本书译者赠。”他看了后说：“太好了，不过，我可不敢占为己有。”他要求我重写一次，并且要用中文写，我只得遵命．在原题词后用中文补写了一行字：“赠俄罗斯文学研究所，本书译者。”写完后，我用俄语把意思告诉他。他笑着说：“让这本书藏在这里吧！”

最后，福米乔夫博士还安排我们参观了该所的博物馆，并引荐我们同所长见了面。临别时，他把该所编著的《普希金生平和创作年谱（1799—1826）》《普希金委员会年鉴·第24期》《普希金之家搜集和收藏的手稿》《鲍利斯·维克托罗维奇·托马舍夫斯基》等书赠送给我，并与我们在二楼楼梯旁的普希金巨幅油画像前合影留念。

出门后，只见雪花仍在封冻的涅瓦河上空飞舞。我们在“普希金之家”最年轻的研究人员萨达陪同下，向着普希金的真正的家——莫伊卡河畔的普希金故居博物馆走去。

——刊发于 1992 年 2 月 29 日（第 294 期）

水中花

老　岗

水中花生长在岸边，它的绰约风姿和柔嫩的颤抖，是一种令人心悸的张扬，仿佛漂泊在春天梦中的一声钟，牵动着空中的飞鸟和水中的游鱼，以诗的形式出现。显示悠远而空灵。

对水中花的描绘是拙劣的，永远挂一漏万。只在南方的风中用一只梦幻的眼睛追逐和瞩望，另一只眼睛脉脉含情地闭起。贴近和逃避都是缠绵悱恻而又艰难曲折的，正如与另一颗心的结识与分别。以天空和云朵为背景，水中花其实不是花。过滤了原始的焦虑和企盼，荡漾一掬一掬的清纯。水中花没有脂粉气。却用不定的笑靥，制造一个谜，一个永恒的、与生存、与爱、与死亡的诗意有关的谜。

面对水中花，放纵与克制都是一种好俗气的感情，对它的痴迷更是一场殊死决斗，学习把美丽的憧憬和憧憬的美丽蕴藏在心中，听凭它怂恿所有沉睡的欲望和高傲，使它在黑暗深处痛苦而欢快地歌唱，滋润坚韧而脆弱的心，如即将点燃的火把，也如将使星辰消失的一抹平凡的光明。

是否可以潇洒地逃避难以企及的意境的羁绊？水中花在幽蓝的液体中舒展地绽开和活泼，似乎与虚幻的意境有所不同。给彼岸的每一双多情的眼睛送去故事。关于蜜蜂与蝴蝶。关于雪野上血的腥气与南方泥土中种子的萌动。关于生命的爆发与美的凋谢。水中花与尘世的眷念和凡俗的仇恨无关。你甚至可以把它当成紧张神经的一阵阵亲切而悦耳的蜂鸣——设想在深沉如水的睡眠里，有一种如花的思念像冷的火焰熊熊燃烧……

——刊发于 1992 年 4 月 10 日（第 298 期）

双手托起明天的太阳

成洪波

记得古希腊有一句著名的格言——“认识你自己”。这句话，对于每一位即将毕业的大学生来说，似乎显得格外意味深长。

人的一生总是由无数个转折点连接而成的。善于把握的人，将转折点变为起点，不断走向新的成功。懒于进取者，转折点成了终点，结果庸庸碌碌，一事无成。今天，当社会的大门面向我们敞开，当面向社会的主题无可回避地成为我们生活中一部分的时候，我们又该如何认识自己，确定恰当的位置呢？

有的同学曾发出这样的疑问：我们这代人能否去建功立业？带着这个问题，我曾拜访过一位知名的老教授。老教授沉思良久，最后拉住我的手说：“年轻人，送你两句话，国家有前途，个人才有前途，未来在于竞争，竞争在于青年。”

是的，当我们在适者生存、劣者淘汰的现代社会中谈论前途谈论起竞争的时候，这些名词就绝不只代表机遇，更多地恐怕是意味着沉甸甸的责任。它像一个巨大的问号，无时不在提醒我们：该以怎样的步伐迈入社会？又将以何种姿态去叩响新世纪的门环？

或许历史已经注定我们这一代是二十一世纪无可争辩的主人，但不妨扪心自问，我们将是怎样的主人？在这场跨世纪的严峻挑战中，我们能否及格？要知道，走向社会，就是走向责任啊。我想请问在座的每一位青年朋友，您可曾想过，到2000年的时候，我们与发达国家的差距缩短了多少？在世界民族之林中我们将居于何种地位？有中国特色的社会主义能否充分显示它的威力？到那时，站出来回答这些问题的，不再是我们的祖辈、父辈，而是我们，今天被称为“跨世纪一代”的青年们！

朋友，在宁静的校园里，你可以尽情设计属于自己的小天地，但你不能忘记肩头沉重的使命。你也可以要求社会的理解与宽容，但你不能不看到，至今我们还是躺在索取与奉献的不等式上，你可以选择等待时机，但你是否知道，一个崭新的世纪正带着国家强盛、民族腾飞的宏愿从历史深处大踏步向我们走来？七十年前，青年毛泽东站在湘江之畔向历史质疑：“问苍茫大地，谁主沉浮？”今天，我们能否自信而沉着地回答：“数风流人物，还看今朝！”

明天的太阳永远是辉煌而壮美的，它带着青春的激情与渴望，在我们心中熊熊燃烧。朋友们，脚踏一方热土，头顶一片蓝天，勇敢地迎接挑战，踏实地开始人生，明天的太阳一定会在我们勤劳而智慧的双手中灿烂升腾！

——刊发于1992年6月3日（第304期）

以自己的方式热爱生活

——访校友肖建国

孙健　尹虹

肖建国是中文系一九八〇届毕业生，湘大的骄傲。在他入湘大以前，他做过县篮球队队员，当过下乡知青，做过六年锅炉工，湘大毕业后，他又做过编辑，当过副县长，当过专业作家，现在是湖南文艺出版社社长。最近我们采访了他。

“速度、机智和过硬的投篮技术是我在球场上立于不败之地的原因所在。”

肖建国人生得敦实，个子不高，一米六四的样子，典型的湖南人形象。见到他的人，无论怎样都不会将他和篮球队中锋联系在一起. 但他确确实实是靠打篮球起家的人。当我们毫不讳言地问起没有空中优势的他是怎样成为出色的篮球队员时，他笑了笑，爽朗地回答了上面的话。

在嘉禾一中读初中时，他爱上了篮球。开始，人家总是不要他，嫌他矮。他只得在歪歪斜斜的球架下自个儿玩。后来，有场比赛，正好缺一个人，邀他上场。只见他接过队员传过来的球，猫着腰，左躲右闪，几下子就运到了自己的篮筐前，一个三步跨，球从对方队员上下闪动着的手臂间，稳稳地飞向篮筐。“好球！”场上响起一片喝彩声。

肖建国就在这样一片喝彩声中读完了初中。然后，和一群哥们下到老家桂阳县桥石乡做知青。一年后，长沙卷烟厂到乡下招工，看中他的球技，于是，他又开始了六年锅炉工的生涯。厂里原本要他进最轻松的机修班，他却认准了锅炉房，因为他觉得那里是个读书的好地方。六年以后，他在人们吃惊的目光中，揣着一张初中文凭和发表的几篇小说走进湘大中文系创作班。

“做知青的那段时间是我最难忘的，它使我坚定了自己要走的路。”

肖建国湘大毕业后，被分到《湘江文艺》（即现在的《湖南文学》）编辑部。两年以后，又考入鲁迅文学院深造。毕业回湘不久，他又受省委组织部派遣，下到他的家乡郴州永兴县任副县长。

回到家乡，当他以“父母官”的身份，面对由于种种原因仍然残破不堪的校舍，一家三代八口人只有一床形同渔网的棉絮的特贫户，漫山遍野如蚁蜂拥械斗的父老乡亲，各类神像下面的善男信女，被掏空得千疮百孔的矿山……那份深潜在心底对故土的情感，一下子变得具体浓烈起来，他禁不住哑然地喊了一声：“这就是我的故乡啊！”

于是，他除了回县城参加县长办公会和县委常委会议，几乎天天在乡下跑，有时带一大帮子人，有时只带一两个工作人员，有时独自就走了，一竿子插到底，走村串户，现场办公。短短一年多时间，他把全县的乡镇和大部分村都跑到了。这使他看到了人性，看到了民情，从而也看到了潜伏着的勃勃生机，这也使他对家乡产生了“任何力量都割舍不了”的依恋之情。

1986年8月，北大作家班招生，肖建国面临新的选择。不少人劝他安心做“官”，认为现在的社会，爬格子没来头。可是，这一年多来的所见所闻所理主事，使他创作的激情一次一次汹涌起来。他认定了这是他今生今世无法逃避的责任。于是，他毅然告别为他挥泪送行的父老乡亲，以优异的成绩考入北大作家班学习。

“小说有两种写法：一种写法是把米做成饭，一种写法是把米酿成酒。家乡人最大的愿望是吃饱肚子，我现在也只能老老实实把手里的‘粮食’做成‘饭’。”

当我们谈到文学创作时，肖建国谦虚而风趣地说了这段话。

其实，读过肖建国作品的人都知道，他何尝只是会“做饭”的“厨师”呢？他实际上是个“酿酒”的能手。

——刊发于1992年7月10日（第307期）

跋涉者之歌

——献给壮年的共和国

彭国华

你从震撼人寰的阵痛中诞生。血火的交融，构成你命运的基调；枪炮的轰响，竟是你人生的序曲。

你从支离破碎的襁褓中挺直幼嫩的躯体，历史与现实的重负压向你并不坚实的双肩。你没有屈服，更没有倒下，而是凭永恒的信念，开始了执着的征程。

你是叛逆者，像一道闪电，从黑暗的背景中画出生命的轨迹。你遗传基因中沉淀了太多古老的禁锢，它们使你每迈出一步，都要面对重重的阻力。你从多病的母腹中获得了瘠薄的躯体，而你的性格却要求你唱一支强者的歌。这其中，又将包含多少艰辛和进取。

然而，忍辱负重、卧薪尝胆毕竟是你老一代传下的本色。四十三年，物换星移，桑田沧海。挫折，铸就了你压不倒、打不垮的伟岸躯体；岁月，启迪你领悟到生存的哲理。尽管漫长的跋涉曾留给你肉体和精神的创伤，尽管在探索中你几乎迷失了自己，但你毕竟从幼稚走向了成熟，拥有一片更为广阔的天地，你瘠薄的身躯在奋争中已日渐发达，你执着而成功的探索，已赢得了世界而成功的探索，已赢得了世界的赞许。

步入壮年，你更懂得光阴之可贵，也更加珍惜那稍纵即逝的机遇。你欣悦地看到了复兴的黎明，但你也明白：鲜花与荆棘同在，所以你为着追赶时代的步履而只争朝夕。世界相信你，会再唱一支强者的劲歌。

——刊发于 1992 年 9 月 30 日（第 311 期）

谈谈学习广州话

梁安全

广州话在读音、语法，声调和发音情况等方面都跟普通话有很大的差异。讲普通话的人学广州话是不是很困难呢?可以说难又不难。说它难，因为广州话跟我们所掌握的普通话有许许多多的不同。所以，没学过广州话的人是听不懂广州话的。接触过广州话的，即使听得懂广州话，但不一定就会讲广州话。这些情况大量存在着。因此，学广州话有一定难度。但是，要把广州话学到手，既听懂又会讲，也并非难事。俗话说，要过河就得有桥和船。同样的道理。要学广州话，需要有行之有效的学习方法。

采用在汉语拼音字母拼音、注音和标调的基础上，反复练习、朗读的学习方法是个行之有效的学广州话的好方法。因为广州话所使用的文字都是汉字。每个汉字无论是普通话的读音，还是广州话的读音，都是一个语音的自然单位，也就是一个音节。一个音节的结构，一般都是由“声”“韵”和“调”所组成。普通话语音是这样，广州话语音也是如此。比如在普通话中，快慢的快读“Kuài”，是由“K”声母表示“声”，“ua!”韵母表示“韵”，以及去声声调所组成。“快”在广州话读“fai”，也同样是由“声”（f声母表示），“韵”（ai韵母表示），以及“调”（阴去声）所组成。因此，根据汉字字音的这个结构特点，在听讲广州话的同时，采用汉语拼音字母把所听讲的词语的声、韵、调准确地拼出来，注上音，标上调，并在此基础上，反复地练习、朗读。或直接选取采用汉语拼音字母注音的广州话教材为读本进行学习。这种方法之所以是学广州话行之有效的好方法，因为它不但能字音读得准确，学得扎实、记得牢，而且简便易行。这是因为，一般人在中小学都学过汉语拼音，学中文和文秘专业的，一年级还开过现代汉语语音课。因此更为易行。

应该指出的是，采用汉语拼音字母注音标调、反复练习、朗读的方法，虽是学广州语的行之有效的好方法。但是，要想学好广州话，还得要认真下一番功夫。关键是手、眼、口、耳要勤，四个方面都要相互紧密配合。特别是口要多说、多练习，才能达到既能听懂又会讲广州话的目的。

——刊发于1992年12月10日（第318期）

根本大法“法力”大

——纪念《宪法》颁布十周年

张爱国

我国现行宪法一九八二年十二月四日颁布实施，她是我国一百多年来的基本历史经验，特别是社会主义革命和建设的经验的结晶，是中国共产党的正确主张和广大人民的共同意志的统一，受到全国各族人民的衷心拥护。

（一）现行宪法是建设有中国特色社会主义的根本法律保障。

现行宪法是在党的十一届三中全会召开三年之后，我们党已经否定了“以阶级斗争为纲”“文化大革命”的错误方针和理论，恢复和确立了正确的思想政治路线，重新确定把党和国家的工作重点转移到经济建设上来，并做出实行改革开放的重主决策的条件下，认真总结新中国成立三十多年正反两方面经验教训的基础上制定的。现行宪法以坚持四项基本原则为总的指导思想，以扩大人尽民主、建设高度民主的社会主义法制为出发点，以全面促进社会主义现代化建设为核心，以加强社会主义法制为根本任务。充分表达了工人阶级和全国人民的意志和愿望，是实现党的基本路线的根本法律保证，是建设有中国特色社会主义的根本法律保证。概要地说，有六个方面的特征：一是确立了四项基本原则作为宪法总的指导思想的地位。四项基本原则一经写入宪法，即成为国家意志，具有最高法律效力，体现了国家和人民的最高利益，是中国制宪史上的一个创举。二是确立了我国的国体、政体和国家机关的组织与活动原则。从根本上否定了“多党制”“议会制”和“三权分立”，体现国家权力不可分割的民主集中制原则，保证了人民当家作主的政治地位，反映了我国的社会主义本质。三是确立了经济建设的中心地位。规定国家的根本任务是集中力量进行社会主义现代化建设，对国家工作重点转移的历史性转变予以确认，这是现行宪法的一个显著特征。四是确立了改革开放的法律地位。明确规定了我国公有制为主体、多种经济成分并存的所有制结构形式，确认了个体经济、私营经济、“三资企业”应有的法律地位，为改革开放顺利进行和不断发展提供了根本的法律依据和保障。五是突出了社会主义民主、法制建设和公民基本权利、义务的地位。六是明确提出了建设社会主义精神文明的要求。建设高度文明的社会主义国家被确定为国家的根本目标和根本任务之一。

（二）现行宪法实施十年发挥了伟大作用。

现行宪法对维护国家和社会的稳定作出了重大贡献。在八十年代中后期，特别是一九八九年春夏之交，资产阶级自由化泛滥，敌视和破坏我国社会主义制度的势力蓄意制造动乱和反革命暴乱，有的疯狂叫嚣要取消宪法中的四项基本原则？妄图颠覆社会主义制度。党和人民以宪法和法律为武器，与敌对势力进行了坚决的斗争，取得了决定性胜利，捍卫了人民民主专政的社会主义制度，维护了国家和社会的稳定。

现行宪法对保障和促进我国经济建设、改革开放的顺利发展作出了重大贡献。十年来，我国以宪法为依据，突出加强了社会主义经济法制的建设，大量的经济法律法规的制定和实施，对各种经济活动起了调整和规范作用，特别是1988年4月全国人大通过的宪法修正案，保障和促进了社会主义商品经济和市场经济的发展。

现行宪法对推进社会主义民主政治建设作出了重大贡献。近十年来，我国各级人大包括乡镇人大的工作和建设都有了很大发展，国家权力机关及其组成人员——人民代表的作用有了显著加强。同时，先后制定了《行政诉讼法》《居民委员会组织法》《工会法》《妇女权益保障法》等，对加强基层民主建设、保护公民的合法权益和保证人民当家作主的地位起了重要作用。

——刊发于1992年12月10日（第318期）

“诗人”唐湘岳

蔡雄文

唐湘岳在新闻界有“笔侠”美誉。所谓“笔侠”，是指写批评报道或敏感报道而言的。唐湘岳两获中国新闻作品的最高奖——中国新闻奖，并于1994年获得了范长江新闻奖提名奖。他的两篇获中国新闻奖的作品可以说都是他“笔侠”人格的体现。以前听说唐湘岳，心中还以为他高大冷峻、寒气逼人，直到跟他实习，才知他很瘦弱，性格也出奇地温和。

其实，跟唐湘岳老师待得久了，迷惑不解的事也就多了。说他胆大，他告诉我，他曾驾车从长沙到衡阳，腿一直发抖，手心都是汗；说他胆小，湖北监利县有农民绑架了一位小学生达140天之久，公安人员去解救被打伤，车被扣留，他却和他们去谈判。我和唐湘岳老师打了几个月交道，从未见他发过一次脾气。群众来访，他悉心地听取意见，直至自己下去干预解决。采访时，他总睁着那双好奇的眼睛倾听、诱导，即便面对批评报道的对象，也是温文尔雅地和你摆事实、讲道理。说他脾气温和似乎也不尽然，有时他又倔强得很。他曾和湖南几家报社的记者去采访长沙某县一位被誉为“教育功臣”的副县长，恰好这时，唐湘岳了解到该县一小学的操场被人非法占用，8 年无法正常上体育课。唐湘岳先后跟他联系两次，希望他前去解决，这位副县长以种种理由推诿。唐湘岳果断地退出采访，把车开到了那所小学，促使了这一问题的解决，并通过文章巧妙地批评了那位“教育功臣”。

唐湘岳曾因披露湘潭市某中学挪用公款经商打了三年官司，他似乎并不把它放在心上。相反，他的批评报道越写越多，写得越来越见功力。应该说，唐湘岳是个坚强的人，但有时他又很脆弱。他曾去采访过一次残疾人文艺团体，他关切的话语使这群青少年第一次感受到记者的形象。一位盲人姑娘轻声地问：“记者同志，我可以摸摸你吗?”随着她敬畏而轻缓的抚摸，唐湘岳的泪水沙沙地流下来。唐湘岳的许多作品都是流着泪写出来的，即使现在读起来也能感受到他那赤热的心跳。唐湘岳曾对我说过这么一件事：他曾去一座监狱采访过一群失足的少女，但新闻的本质在用事实说话，他不能直接表露自己的情感。回到家里，他写了一首 200 多行的长诗。

唐湘岳说他的新闻作品可以分为两类：一类是应景之作，自己都不愿看；另一类是用“心”写出来的，可以留藏。按理说，唐湘岳是个名记者，大人物、名人写得多。其实不尽然。相反，唐湘岳很少写名人，他倾注了大量心血的却是普通人。纵观唐湘岳的作品，涌淌的是他对这个世界及这个世界中普通人的关注。他的笔下有教授，有普通教师，有修墓人、清洁工，有木偶师、魔术师，有挑战生命的癌病患者和高位截瘫者，有高墙内的罪犯，有改过的新人，有未成名时的女演员，也有遁入空门的尼姑……其中，唐湘岳有一类别具风格的作品是“普通人自述”，用的基本上是第一人称手法。唐湘岳说，自述可以写出他们的酸甜苦辣，反映的是真实的人生。他自己曾打算出一本书，书名就叫“100个普通人自述”，并把已发表的30多篇都整理成了文稿。我曾对唐湘岳老师说，这些肯定能传下来。对人的生存意识的关注，对人的生命力的挖掘不应该只是文学的主题。

唐湘岳毕业后一直献身于新闻事业。但是，唐湘岳曾一度钟情的却是诗。他11岁就发表了第一首诗，现在保存的大学前的诗就有近千首，大学四年他就写了600多首。他说他大学时把所有能见到的舒婷的诗都背下来了。他大学时期的诗，带有梦幻般的忧伤：“黎明，星星向远方去了/唯有两颗眷念的露水/在青春的柳叶上闪动/当我抱着金色的梦幻/躲在柔软的稻草上/我忘记了自己是谁/忘记了自己的年龄/……只记得在蓝天上飘游的/不是轻烟不是风筝/而是一颗纯洁的心沾着眼泪。”当然，也有风雨后的顽强：“冷雨一阵阵泼来/无聊的风一片两片摘你的叶子/你思考着不曾弯下刚直的腰/你有倔强的根须勤奋的触角/将结实的地层作自由的天空/在这里呼吸在这里伸展/在这里青翠的微笑。”我曾对唐湘岳老师说，他本可以做一个很好的诗人。新闻却是带着镣铐跳舞。他却说，他现在不大读诗。我说，可能是读不懂。

他笑了。

唐湘岳的很多举动似乎很难统一到他身上，这或许正成了他的风格，为人也为文。唐湘岳亲手写的新闻作品大多结构精巧，语言纯粹、洁净、清新。我觉得金庸好像说过这么一句话：“至侠者仁也。”如此说来的话，“无情未必真豪杰”中“无情豪杰”不能说不是豪杰，但却不能是“至侠”。或许正是唐湘岳的一颗诗心使他容不下生活中的“砂子”，他捍卫的也正是一种诗的尊严。如此说来，你就不难理解他的大胆、他的眼泪，他的爱、他的恨，他的温和与倔强，直至他的诗以及本质诗化了的新闻。

——刊发于 1997 年 2 月 28 日（第 415 期）

紫荆花

封继承

人们都喜欢花，中年人喜欢百花丛中最鲜艳的牡丹，热恋中的情人总想送给对方九百九十九朵玫瑰，而香港人最喜欢的花却是紫荆花。因为她与众不同，情深义重而又令人难忘，她表达了全港600万同胞对祖国的骨肉深情，也寄托着香港同胞，甚至全中国、全世界华人对香港明天的深深祝福。

紫荆花又名满枝红，每当春天来到大地，她便满枝红艳，独领风骚。不仅在柔嫩的枝条上绽开一簇簇玫瑰红的花朵，就连那遒劲的老干也会怒放出艳阳的花簇。春风一吹便馨香四溢，摇曳生姿，给人以朝气蓬勃和欣欣向荣的感觉。早在1965年，紫荆花就被定为香港市花。1994年5月，中国银行在香港发行了30亿元新港币，紫荆花代替了原来硬币上的英国女王头像。而今，象征英国在香港殖民统治的女王皇冠等主要官方标记，又进一步被一朵朵盛开着的美丽的紫荆花图案所取代。我们仿佛听见不平凡的紫荆花在向世人宣告："香港百年屈辱的历史将一去不复返。"

紫荆花不仅气质不凡，而且情深义重。传说在汉代的京城有一户姓田的，兄弟三人要分家，分完财产后，只剩下屋前的一棵紫荆树未分。于是兄弟三人约定第二天一早把树分砍成三份，每人得一份，可是就在这天晚上怪事发生了。第二天早上，紫荆花树竟由花枝招展，根深叶茂一夜之间变成花落叶凋枝萎的死树。兄弟三人由此深为感动道："树本同株，闻将分斫，所以憔悴，是人不如木也。"于是这三兄弟便不分家了。这时，奇迹又发生了：那株同根连理的紫荆花树又繁茂起来，而且更加生机勃发。从此，紫荆花便成为团结和睦、骨肉难分的象征。难怪唐代诗人韦应物也写下了"杂英纷已积，含芳独暮春。还如故园树，忽忆故园人"的美丽诗篇。今天，紫荆花树已被香港同胞广为栽种，春暖花开之时，她便姹紫嫣红、风情万种，那醉人的花香不正向人们诉说着香港与大陆的骨肉情深吗。

1997 年 7 月 1 日，五星花蕊的紫荆花旗已作为香港特别行政区区旗，在中国香港的蓝天上高高飘扬。这紫荆花旗，象征着 600 万香港人和大陆同胞的团结友爱，情同手足，真诚到永远。也意味着在中国共产党的领导下，"一国两制"的香港特别行政区，将进一步团结稳定，繁荣昌盛，兴旺发达！

写到这里，我仿佛又闻到了紫荆花那飘逸扑鼻的馨香，就让我们伴着这紫荆花的馨香，同声祝愿：香港的明天会更好！祖国的明天会更好！

——刊发于 1997 年 10 月 25 日（第 431 期）

“爱”已无心?

王绘华

近日，不经意间，我在课桌上看到几行这样的字，曰：“爱”已无“心”为“爱”；古老的“爱”走到今天，已没有了“心”。

乍然一看，似乎仅仅指古代汉字的一种演变结果。实则不然，蹙眉一想，此话颇有一语双关之妙！

在我看来，这其中韵味无穷。

其一，讽指今世之人对于爱情的玩世不恭。越来越多的人玩弄情感，利用和亵渎爱情，把圣洁的爱情、严肃的婚姻同金钱、权力、名利等挂上钩，达到不可告人的目的。似乎用真心来相亲相爱、缔结良姻的爱情没有了“市场”。

其二，以我一家之言看来，也许指应该“无心”，即在不经意中遭遇爱情，一切顺其自然，以应“强扭的瓜不甜”之意。

对于第二种理解，我感触较多。

记得大学第一堂现代汉语课上，老师给我们读过这样一段话：

“朋友，对于爱情最好听其自然，如果它们微笑着翩翩而至，悄悄地来到你的身边，它将永远属于你。如果它无意降临，你又何必如放风筝般揪住不放呢？请松手，它属于蓝天，而不属于你，因为爱不是采撷也不能采撷，你纵然能摘下枝叶，但你能留得住芳香吗？”

不知老师是有意为之，还是心血来潮。总之，这段话朗读得很富诗意，也很有深度。大家听完先是一阵激奋，继而一片沉静……

也许万事还是顺理成章的好，许多事虽然需要有执着的态度，但是却不必刻意去追求。这话看似矛盾，关键在于你怎样处理，就像机遇一样，可遇而不可求。当你刻意寻求时，不知他在何处，而当你淡泊心境时，却可能在不经意中抓住稍纵即逝的他，所谓“希望越大，失望也越大”“爱得越深，恨得越深”就是其具体表现吧。

注定属于自己的终究会属于自己，不属于你的也无所谓失去。让一切都随风。

——刊发于 1998 年 11 月 10 日（第 458 期）

葬我于水

黄惊涛

汨罗江

也许，在南方，再也没有哪条江会比汨罗江更令人感动的了。

我不远千里来到这座具体而微的城市，原因只是想见识一下这条曾经响彻千年、澎湃泛滥了整部历史的河流。

汨罗江纯粹是一条个人的江。如果说一爿草堂可以属于杜甫，一座明楼可以属于范仲淹，甚至一个偌大的曲阜可以属于孔丘，那么，汨罗江应该是属于屈原的。上苍在高渐离击筑作别壮士荆轲时，送了这位刺秦的英雄一段寒冷如匕的易水，在四面楚歌的关头又送给了战神项羽一条柔肠寸断的乌江。而在公元前 278 年，随着一位叫屈原的诗人的纵身一跳，上苍便将这条诗性的河流给了他。

耳边是地地道道的楚言楚语，我疑心是重返了那本叫《楚辞》的典籍。战国的风也是这样的风罢？战国的河也是这样的河罢？本以为一千九百九十七年的汨罗江该是静若止水，该是舒缓铺陈如美女娴静的裙带，然而，蜿蜒而至的汨罗江仍是《史记》里的那一注奔腾的热流，平静和懦弱，也许早被它一齐带走。

江还是那条江，然而水已不是那曲水。“沧浪之水清兮，可以濯我缨；沧浪之水浊兮，可以濯我足”，还可濯我《怀沙》之赋的诗意罢，不然洁身自好的诗人又怎会做出宁赴常流而葬乎江鱼之腹的选择？如今的汨罗江早就让上游城市的工业污水生活污水弄得污浊不堪，不知今天屈原还敢不敢从这里跳下去？

但是江却还是那条江。

想象那位与屈子交谈于风雨舟中的渔夫，曾怎样地在这条江边打桨饮酒，一船楚歌一船潇洒。想象那位行吟泽畔仰天长问的夫子，又曾怎样地在这里上下求索，掩涕太息。想象这条江是怎样地承载了一副厚重的体躯一颗升腾的诗魂……

李元洛先生在散文《蓝墨水的上游是汨罗江》里暗示了汨罗江是一条中国源头文化的中心河流，我不知道一部《楚辞》、一位诗人、一段江水能成为多少文化人道德指向的归宿，但我分明在整整一部文化史中都听到有这一管江水在响。

听朋友说市场上有古筝《汨罗江》的磁带，买来于这风雨行舟中细听，果然有一条江自峻岭间挟悲愤激越之天籁而来。

屈子祠

涉江而过，便是玉笥山上的屈子祠了。

但是如何得济？百十米宽的江面，春雨如骤，洪水暴溢。半小时后有一小舟随波而下，喊不能喊，拼命做几个单调的招呼手势，船上人竟领会了，一路啸歌而至。风雨中爬上了船，才发现一身蓑衣的船家眉眼里有些许沧桑岁月的感觉，我便疑心是故人。不知说话是用“兮”字格否？一问，果然是正儿八经的楚音楚律。立于舟头，恍惚里看茫茫黄成一片的江面，不知是“去故乡而就远兮，遵江夏以流亡”，还是“将运舟而下浮兮，上洞庭而下江”，只觉得此刻能渡我的，不再是这一叶独篷小船，不再是这一鼓动双桨浩歌而去的舟子，而是那一程诗句一程忧患的流亡诗人。

真没想到在这江边竟会有这么一处幽静的所在，真没想到在这么一座小山上会立着这么一座祭坛，陈列起诗人千年呼痛的灵牌。上书“屈子祠”的五龙捧圣匾额下迎面而开的三孔大门，会不会是灵堂的所谓正阶、东阶、西阶，从这里通向人间热闹的殿堂，抑或是佛家的空门、无相门、无作门并立的“三解脱门”，魂随水逝的诗人自此处领悟死亡的禅意和超脱的愉悦？

祠中三进厅里分别陈列着司马氏为屈子所作列传的巨幅木刻和高达丈余的屈子神位及屈子塑像。长铗陆离的诗人对我说“路漫漫其修远兮，吾将上下而求索”，我有了惊心动魄的感觉。随处可见的诗句对联使我突然间涌起了愤懑之情而不得语。

我们这个民族有许许多多的宗庙祠堂，不是太热闹，就是太俗气。天子九庙，诸侯七庙，成为权力的绝对象征。祭祀诸葛的有武侯祠，跪拜岳飞的有武穆祠，这两位忠臣享受高香，只是某种政治观念的物化而已，而更多的是或大或小的家族祠堂，私家宗庙，供奉着一宗一脉延续的香火。我的家乡就有过几座这样的祠堂，逢清明闹鬼节就开祠堂门祭祀老先人，更多时候是在那里召集族会，不肖子孙打屁股，不合族规者开除驱逐出族，同姓男女苟合就宣判沉河。这些祠堂所代表的都是建立在小农经济基础上的宗法制度的神圣不可侵犯，而在这里，作为一种文化精神的衍息之所，屈子祠的矗立，于它们又是一个多大的嘲弄和讽刺。

有这么个传说，当年汉武帝来到此地，在这里设坛祭天，忽空降一卷天书，拿玉笥（玉篓）接了，展开一看是屈原的《离骚》。玉笥山由此得名，那个背负了整整一个朝代的霸气的皇帝下令，在这山上修建了屈子祠，来拜奉这被先代流放了的骚人。我不知道是否是上天有意杜撰了这样一座小山，人们又随之有意杜撰了这样一个传说，但我对此能够成为中国文化特别是楚文化的精神道场深信不疑。

王笥山上，还有骚坛、独醒亭、濯缨桥等围绕屈子祠形成完整的精神群落。前几年又在祠旁建起了屈原碑林，辞章深处有静默的离骚阁、九章台、招魂堂等建筑，所有这些复活了楚辞神话，天问坛上屈老夫子一口气向天问了一百七十二个科学、哲学、文学问题。在领悟中国文明化中早就有了强烈的天问意识和宇宙精神。我想起我的大学老师曾提出的一个问题：屈原死在湖南，到底是湖南人的骄傲还是湖南人的耻辱？“哀南夷而莫吾知兮。”当年面对一江流水，指望理解和承纳的诗人为何要发出这无助的叹息和感慨？我感到莫大的悲哀。为什么一种价值的被承认，要用价值载体的毁灭来换取？为什么中国传统的英雄观，会狭隘到如此地步？我还想问一句：湖南人是否真的理解屈原？

据说汨罗山上还有屈子的“十二疑冢”，据说下河不远还有那最后一跳的历潭，据说屈原后来被封为汨罗江的水神守望一方水土，然而，久违的1996年的那一场百年未遇的大水，曾吞噬了多少土地和生命，不知当时的河伯屈原有无失职之嫌。但我知道那不是屈原的错。

沅江木筏上的水命诗人

当年的那个披发行舟的逐臣，曾乘一条吟船，沿着这一线水流上行下浮，写下了多得山川之助的奇崛诗句，这线水流，便是沅江。

千年风尘的古老悬棺，依山傍水的小吊脚楼，洄流之中弄篙荡桨的少年水手，风致楚楚采兰配芷的多情女子，倘若你寄身于一张木筏，去溯九歌的源，还听得到滩边涯际的拉纤号子和塞头镇尾的浪漫故事。这些故事多是与水、与船、与女人，与在这条河上的浪荡漂泊有关。

我无意去探索追寻“水”这一原始而又鲜活的语汇在中国文化里是如何传承继递，也无法去破译它作为文化系统中一个特殊的文化密码所有拥有的情趣含量。当我站在这船头，架起照相机，想起的却是20世纪沅江木筏上的两位水命诗人：沈从文和朱湘（从文算不算个诗人？诗是他为人为文的内质，在每一篇文章里都掬得到他深沉的诗意）。

边城汉子沈从文流浪到北平，在那城里拥有了地位、前途，与夫人张兆和的结合可说是与城市结了婚，然一生总自谓“我是一个乡下人”，只为了抗拒那个“城市居民”的头衔。后来在都市得了盘缠，美滋滋地做了回特拉克式的返乡诗人，一路美文不断。《湘行书简》《湘行散记》就是那时的收获。再后来突然由乡土野趣边城民风的歌颂者一转而半路出家，研究起服饰文化来。

若干年后的一天，可能觉察到了文人的天命，叹喟道“我与我的读者都行将老去”，由此可体味到其中无可奈何的悲哀。客居他乡又客死异域，表侄黄永玉送了他一句话：“一个士兵，要不是战死沙场，便是回到故乡。”城市是沙场，灵魂与骨灰一起运回来了。二十世纪八九十年代的文坛从文作品也出奇地火爆，作家和读者似乎都没有老，永恒的终是永恒。

被鲁迅称之为“中国的济慈”的短命诗人朱湘，字子沅，出生地沅陵，正是湘江与沅水的交汇处。一生坎坷多艰，魂魄破碎，率直任性，富有天才，活着与志摩、一多同为新月派的诗魁。29岁上因为生活窘迫，家庭不睦，走投无路中在由上海乘轮赴南京的途中跃入江流，终其一生。

荷尔德林说：“人，诗意地栖居于土地之上。”沅水流域的沈从文，正是实现了这一诗意的栖居。水是一个富于诗意的语词，含纳了深层面的哲学意味。我在沈从文的每篇作品里都能读到水，都能体悟到水这一命题。水贯穿于他的一生：生存因为水，因为有一条江，成为生命的召唤；活着因为水，因为有一柱笔，笔里有墨水；栖居因为水，因为有眼睛，眼里有泪水。水是文人的命，也是从文的命。

如果说存在是一种诗意的话，那么作为存在的反题——死亡，也应是一种满蘸诗情的行为模式，而水葬，又是一种怎样的漂泊肉体超脱魂灵的方式呢？朱湘在《葬我》一诗中写道："葬我在荷花池内/耳边有水蚓拖身/在绿荷叶的灯上/萤火虫时暗时明—/葬我在马缨花下/永作着芬芳的梦—/葬我在泰山之巅/风声呜咽过孤松——/不然，就烧我成灰/投入泛滥的春江/与落花一同漂去/无人知道的地方。"很久以前我读起这一和谐澄明的小诗，就不止一次地为这死亡的壮丽和凄美而热泪盈眶。特别是"烧我成灰，投入泛滥的春江"的句子，如此之冷峻，又如此之热烈。生存于水深火热，只是摧残了肉体而葬身于火热水深，却陶冶荡涤了精神。

诗人以绿水与紫泥，作了自的殓衣，罗念生有句哀悼的话："工水于，凭你污浊的力量把诗人的骸骨冲到清洁的海里，让海豚将他的灵魂升入天星。屈子，太白，你们成了人。"但愿海豚们能托起所有水葬者的灵魂。

山主静，水主动。孔老夫子面对流逝水，拍着大腿发出了"水哉！水哉！"的叹喟。水成了中国文化中一个具有容纳涵括一切的意象符号。《诗经》《楚辞》里有水，唐诗宋词里有水，《红楼梦》里说女孩是水，今人沈从文为文几十载如鱼得水，天才诗人朱湘又葬身于水。水哉！水哉！时间如流水，因此每个人又活在水中。又是那个为水而感动的老夫子，有了“逝者如斯夫！不舍昼夜”的惊人之语。在时间的河流里我们有老冉冉其将至矣的恐惧，有这种恐惧又必须活在这里头，活在这里头又不得不葬身于这里头。

我这个肉身该死在海中间，
我要的不是在一块新坟，
六尺来见深的土里去长眠，
我要在汹涌的海水里浮沉，
让骇人的巨鱼啮我的骸骨，
你们生人想起了得发抖，
让它们吞我趁我在新鲜时，
别等我死过了一年半载后。

美国女诗人文森特。米莱的这首《海葬》也可以看作是屈子、朱湘、陈天华、老舍、戈麦等人的墓志铭罢，或许还可以作为使我们活着的人发抖的梵文。

——刊发于 1998 年 11 月 30 日（第 460 期）

认识黄惊涛

孟　泽

"浩荡的楚国是一个破碎的瑰丽的梦，因为屈原，这个梦变得伤感而凝重。进化的历史走过了两千年，遥远的相思却绵延至今，如歌的舞乐，断肠的诗篇，一直指对着那已经无法复原的文化与文明：放浪的审美思维，不羁的想象力，忠贞到赴死的品质，烂漫到神人合一，如水的沉默和激越，辗转天人的悲怆和愤怒。楚文化是唯美的、反叛的，楚地发散着一种异样的性情，无论生长于斯，还是迁谪贬窜于斯，都无法逃避它的渗透和感染....."

读了黄惊涛的《葬我于水》。我首先想到的就是上面这些，这是我曾经写过的一篇题为《梦中的楚国》的文章中的句子，我想表达对那种不幸失落的精神和气质的缅怀伤悼，可是我习惯成自然地用学术写作方式响应激情召唤，结果表达显得零碎而且不伦不类。《葬我于水》吟唱楚地的精灵却是情理适中、一气贯注、浑朴完整的，是时人所说的美文。虽然充满书卷气，但一切理性的思考和话问都安置在鲜活的，有着无限色相、风情和意蕴的水的意象中，感受与感性的迁移，于是有了流水行云的气象。黄惊涛告诉我，这是他大一时的习作，写得有点取巧。他给我看了另外的习作《乡雪无界》《诸神的黄昏》《脱离艺术文本的几种意义阐释》等，相比之下，《葬我于水》确实显得有点“取巧”。但我要说，即使是“取巧”的《葬我于水》也显示了黄惊涛在涵养、激情、灵性、匠心多方面难得的协调匀称，以及结构、表达的大度和从容。何况，其中有一股浩然的混沌之气时时在涌动。

自然，文章远远谈不上完美，它甚至掩饰不住稚态，一些“时文”和“范文”式的语气语感文字也间或在不经意之间“顺流而下”。这已经属于苛刻的打量了，按下不表。且说我曾经在某大学听人复述过一段师生的对话：老师问学生，你为何要到这所大学来读书？学生答，因为这里有中国最好的老师。学生反问，你为何要留在这所大学教书？老师答，因为这里有中国最好的学生。这段话让我怔忡良久，然后感动得莫名其妙（关于这段对话之所以让我感动的是，关于教育本质的含义，容我日后另文申述）。我自知不是最好的老师，但我基本上敢肯定，黄惊涛是那种最好的学生。愚妄如我而忝为师长，面对黄惊涛和他的同学张赞波、刘涵之、周智灵一行，油然而生欣悦幸福之情，又时时感到紧张、迫压和惶惭，我不得不朝乾夕惕，努力让自己拥有学识、视野、胸襟和一种精神的高度。这无关乎功名，仅仅是为了让他们以及和他们一样“疯狂”地成长的同学不至失望，让我自己不至尴尬。是为“教学相长”，是为“教学相长”也乎？

——刊发于1998年11月30日（第460期）

见微知著

曹雪芹送礼

李　聪

清朝乾隆年间，“送礼”之风盛行。曹雪芹对穷苦的乡邻总是解囊相助，很讲义气，而对当时那些大官们搞变相的“敲竹杠”却恨之入骨，并且很会捉弄他们，时常闹得这些大官哭笑不得。

有一次，键锐营的副都统赫老爷做五十大寿。曹雪芹请人挑上两只灌上水的酒坛，手托字画来到都统衙门。都统赫老爷见到喜出望外，把曹雪芹送来的酒坛摆在上桌，把曹雪芹敬为上宾。这时宴席开始，都统命人将曹雪芹送来的酒“启封”，给每人斟了一盏。性急的人一尝，怎么没有味道？可又不敢说不吉利的话。都统也觉得不对劲，可也不便说不好，只好自欺欺人地说；“真乃佳酿也！”曹雪芹哈哈大笑：“非佳酿也！我送您一副对联，请悬挂！”管事的连忙将对联挂于“寿”字两边。上联是“朋友之交”，下联是“淡淡如水”。顿时满堂宾客鸦雀无声，都统脸色一沉。但很快又自我解嘲地说：“高！高！实在是高！朋友之交，淡淡如水。圣贤有言，水淡而情浓，更显交情之厚也。”众人也随声附和地说：“对呀！水淡情浓，来！干！干！”

结果，曹雪芹的两坛清水被喝个精光。曹雪芹起身告辞，都统心里虽然恨死了他，然而又不得不礼貌地将曹雪芹送出大门。曹雪芹哈哈大笑，扬长而去。

——刊发于 1980 年 5 月 26 日（第 5 期）

小家伙

李建林

学校那小书店里，挤得热气腾腾，墙都快开拆了。大家都争先抢购着新来的书。

我消息灵通，捷足先登了，趴在玻璃柜台上，挑选着自己称心如意的书。

后面的人一个劲地往前挤着。我觉得背后好像有个小东西在向自己身边挤来，一会儿，一个小脑袋汗津津地从我臂下的空隙处冒了出来。我低头一看，嗬，刚刚齐柜台高的小家伙，你也来凑什么热闹。小孩子就是这样，哪里人多，就喜欢往哪里凑。我不屑一顾地继续选购着我的书。这个小家伙人是小，但老扎得很，他仰起透红的脸蛋，严正地向我抗议道：“叔叔，你的手别挡着我。”咳，这个调皮鬼，成心在捣蛋，无非是为了那些小猫小狗的小人书？我不耐烦地瞥了他一眼，手还是让出了他的脑袋，他那小脑袋直冒热气，蒸得自己腋窝也怪难受的。我仍选购着自己的书。谁知，这个小家伙伸出一只捏着两块钱的小手，向女售货员喊道：“阿姨，阿姨！我要《十万个为什么》第二册。”我不禁有点惊讶了。这个小家伙，竟能看懂这样的书？我不能不高抬一下他，对他另眼相看了。他圆球般的脑袋，头发柔软略黄，由于刚才一挤，弄得汗巴巴、乱糟糟的，突起的前额，亮晶晶的，中间有一条小槽，看样子还只有六七岁。厚厚的书递给他了，他捧着书，津津有味地翻着，长长的睫毛一闪一闪的，俨然是个小大人。翻了几面，他似乎很满意，咧开嘴笑了。他抱着书急着往外钻，连找给他的钱也忘在柜台上了。我一把拉住他："喂，小家伙，钱。"我顺便把钱递给他。他接了钱，朝我调皮地一笑，又要往外钻。我侧身让了让，他"呼"地一下钻了出去。

——刊发于1981年11月17日（第32期）

正是等不得

王建章　李国良

从前有个酒铺老板，见到官府里的人来喝酒，就打躬作揖，一脸的笑。见到作田的做小买卖的穷人进铺子里来，生怕他们出不起酒钱，硬是摆出一副卖牛肉的相。他酒铺开久了，看官府里的人看花了眼，也有了想当官的瘾，总想搞个一官半职来神气神气。

想个什么办法才能弄个官职到手呢？他想了好久，终于想出了一个自认为聪明的办法，把当官的引进铺里来喝酒就有了门路嘛，于是他写了一张条子贴在铺门口：

“老爷喝酒不要钱作田的做买卖的等不得不出钱喝酒”。

他的意思是：当官的老爷们喝酒不要钱。作田的做小买卖的穷人喝酒得出钱。

条子贴在铺门口，白纸黑字，作田的做买卖的一看，气得脸都发青了。正在这时，一个作田的后生子，粗手大脚，满身是泥巴，也挤到人圈子里看条子。看了条子后，却满面春风，大大方方走进酒铺子里，客客气气同酒老板讲起来：“恭贺大老板财神菩萨敬得好，以后会日进千乡宝，夜进万里财，官运也会蛮好的咯！”

讲完，他向老板娘子要了一大碗酒，几口就喝得个精打光。老板听了他的恭维话，心里喜得发痒，不好意思马上伸手要现钱。这后生子，趁机一连喝了五大碗。喝完，衣袖子一拂，起身就往外边走。酒老板火了，追拢后生子，指着他的鼻子放肆骂：“你这个酒马桶，喝了我五大碗。你是个光眼瞎子，喝酒不出钱，冒看到那张条子吗?”

“我进门就看见了，上面不明明写着‘老爷喝酒不要钱，作田的做买卖的等不得，不出钱喝酒’吗?”

酒老板一听，晓得条子上写出了漏洞，气得浑身发抖。

后生子更来神了：“老子一身泥巴，不是个作田的?我还有几丘田要赶紧回家去插，正是等不得。”说完，三脚两步走了。

站在条子前边一大群作田的做小买卖的，本来怄了一肚子气，看了这场面，个个都把肚子笑痛了。酒老板脸上红得像泼了猪血，低着脑壳走进酒铺子里边，叫老板娘快把铺门口的条子撕下。

——刊发于1982年4月15日（第41期）

一幕严酷的社会悲剧

——影片《苔丝》主题管窥

沈家庄

托马斯·哈代是以主人公苔丝被处绞刑来结束他的名著《德伯家的苔丝》的。在小说末尾他写道："众神的主宰对于苔丝的戏弄也完结了。"这里，作者用画龙点睛之笔，酸楚地点出了自己创作这部小说的全部意图。他是企图通过苔丝个人命运的悲剧，来集中概括地揭露当时社会阶级压迫的惨酷与虚伪，社会的愚昧与昏暗，传统市民意识的狭隘、落后与自私。通过苔丝这个出淤泥而不染，却又不能掌握自己的命运，受尽凌辱、摧残，最后被毁灭的形象，控诉了"众神的主宰"对人类有价值灵魂的亵渎和戏弄。

电影《苔丝》所表现的戏弄苔丝的"众神"究竟有哪些呢？一般的观众，可能认为只有纨绔子弟亚历克一人。事实却不止于此。

首先是苔丝的父母。诚然他们是爱苔丝的，然而由于家族破落梦想重振家业，受牧师的戏弄与鼓惑，遂使慕富贵的毒菌在他们贫困的心田里迅速滋长，以至终于决定驱使苔丝去攀富亲戚。尽管父亲的要求并不高，只想要匹马，然而正是这一匹马，换走了他们心爱的女儿苔丝。当然，父母并非自觉地对女儿“戏弄”，追根究底还是牧师对苔丝父亲的鼓惑。这里我们看到了戏弄苔丝的“众神”中的两位：宗教和父权。

其次是亚历克。他是当时社会权贵的代表，也就是阶级压迫的化身。他对苔丝并无爱情，而是以家族的显贵与尊崇作为占有苔丝的神圣权利，就像他占有万顷地、一头羊或笼中一只鸟一样。他对苔丝的占有，可以不经过本人的同意，因为他的家族给了他占有一切的权力。他是造成苔丝悲剧命运的直接罪魁祸首，是毁灭苔丝的元凶。苔丝将他杀死，不仅是对他个人的报复，而且是对整个社会的抗争，是对戏弄她的众神之主——贵族政权的挑战。

再次是克莱尔。他爱过苔丝，也曾爱过别人。可以说，他对苔丝的爱是真的，但他逃不了毁灭苔丝的罪责。他有顽固的市民意识，他不是一个品格高尚的人，他没有真正认识苔丝灵魂的价值。他自私、偏狭，他对苔丝的爱情是为了追求自身的幸福，而并不是为了替对方承担痛苦和不幸。他新婚后的出走，摧毁了苔丝对人生仅存的一线希望，是对苔丝人生信仰的污辱。因为亚历克仅是污辱了她的身体，而并未占有她的灵魂，克莱尔却将苔丝的灵魂占有了，并亲手糟蹋了她珍贵的灵魂。受了这次戏弄——丈夫的戏弄，苔丝的精神堤防才再次崩溃，再度陷入亚历克的魔掌，濒于堕落的边沿。克莱尔的悔悟，是去巴西经营大农庄失败，身染重病不得不回国之后，并非全是他对苔丝的信任与谅解使爱情苏醒。最后，苔丝杀死亚历克，当然有向克莱尔表示自己坚贞爱情的因素，也是用血来教育克莱尔，但主要还是向戏弄自己的众神之主做的最后一次最彻底的反抗。在荒颓的古堡，面对追捕的警士，苔丝是那么泰然自若，并未流露丝毫与克莱尔永别的痛苦与踌躇。就证明了她之所以杀死亚历克，并不仅是为了与克莱尔的爱情，而是用生命捍卫了自己做人的信仰。她以死，换取了丈夫的信任与理解；她以死，与整个冷酷的社会诀别；她以死，显示自己灵魂的价值与力量。这是怎样的血腥而壮烈的悲剧美啊！

我们可以看到，宗教的神对苔丝的戏弄，是贯穿影片始终的。不光父亲是受牧师鼓惑，孩子死后苔丝受到牧师冷遇，而且克莱尔的父亲也是牧师。这绝不是哈代顺手拈来的。在苔丝一生最困难、最孤独、最凄惨的时候，是在克莱尔做牧师的父亲门前吃了“闭门羹”。克莱尔的为人虽然有正直和开明的一面，但也明显地从牧师那里继承了虚伪、冷酷，对己宽宏，对别人严厉的孽根性。在当时社会，宗教与贵族政权是孪生兄弟，这两者通过亚历克和克莱尔两个典型直接和间接地表现了出来。所以说毁灭苔丝的，既是亚历克，又是牧师，也是克莱尔，还有她父母一份责任，是“众神”组成的整个冷酷的社会。

——刊发于 1982 年 10 月 31 日（第 53 期）

老同学

段林毅

中学时代已经过去八年了，那些老同学现在也难得一见，而我却时常希望见到他们。

一个偶然的机会终于来到了。那是星期天上午，我正在公园里看菊展，一个并不显眼的女青年与众不同的表情引起了我的注意。她微微地低着头，双眼注视着人们脚上的鞋，仿佛那些沾满灰尘的皮鞋比洁净的菊花更引人入胜。她走路的姿态，使我想起了中学时一个名叫李菊的同学，莫非真是她？

我怀着一种想见老同学的好奇心走到她面前，她慢慢地抬起头。当我们从被时间化了妆的脸上认出对方当年带着稚气的脸庞时，我们又惊又喜，不约而同地喊了一句：“呵，老同学！”此刻，我觉得“老同学”三个字是多么亲切的称呼。还有什么词能表达老同学相逢的喜悦之情呢？

在那“读书无用”的年代，她是我们班学习最用功的同学。尽管她因病跛了脚，又寡言少语，但是，大家都很喜欢她。中学毕业后，我一直没有见到她。现在久别重逢，我们很自然地谈起了过去的经历和今天的生活。

她说：“你们下放后，我在家待了四年。恢复高考制度后，我满怀希望参加了考试，虽然成绩上了录取分数线，但是体检时卡了壳。接着几次招工也因为体检不合格挂了筒。那时，我比前几年更苦恼，甚至感到绝望，觉得一个残疾人活在世上没有什么意思。”

我朝她的双脚望了一眼，同情之心不觉油然而生，我正想说几句安慰的话，她又接着说：“前年春，我进了一家街道皮鞋厂，学制图和皮鞋设计。这时，我才感到‘书到用时方恨少’，后悔那几年没有多学点知识。于是，我一边工作一边自学。两年来的工作和学习，使我尝到了生活的甜头，认识了自己的存在价值，特别是去年打开了皮鞋的销路，我心中的苦闷自然就烟消云散了。”说到这里，她脸上露出了一丝微笑，我心里也释然了。

我这才想起问她：“你到X市来做什么呢？”

“噢，我是来参加皮鞋设计经验交流会的。”

我高兴地说：“今年春节，我们县轻工业品展销会上最畅销的那种皮鞋是你们厂出品的吧？你看，我正穿着你设计的皮鞋呢。”

一见我穿着她设计的皮鞋，她顿时喜上眉梢，但是，她立即又慎重地说：“销路越广越要注意产品质量。我准备在经验交流会上虚心学习别人的长处，在生活中仔细观察，使设计方案更加完善。”

“难怪你刚才在公园里那么认真地看着人们的皮鞋，原来是想博采众长。”我说。

她笑着点了点头。

这次偶然的相遇，我了解了她的过去，也认识了现在的她，我为老同学在生活中找到了自己的位置而高兴。

——刊发于 1982 年 11 月 30 日（第 56 期）

犟大爷

沈达夫

一辆装满炉渣的手扶拖拉机从车间开到厂卫门口停下来，拖拉机手把出门证塞进值班室的窗口，跳上拖拉机准备走。

“请你等一下。”祥大爹手执小铁耙，走出值班室，叫住了他，“我还要检查一下车上的炉渣。”不一会，拖拉机手便向大爹求起情来了：“算了吧，大爹。就是路边上几铲煤，我铲上去了，下次一定不这样做了，你老就原谅这一次吧。”

“不行！”

“算了吧。”

“不行！”

……

“嘿嘿，祥大爹，又是什么事情？抽烟。”一个工人走过来，似乎要作调解。

“不抽。你看，他这叫什么炉渣？上面盖一层炉渣做样子，里头尽是好煤炭。哼，以为我检查不出来。上个星期，一车间的小汉伢子提了个热水瓶子出去，我一看瓶塞子上面有油印子，打开一检查，里头满满的全是柴油，罚了他五块钱，还写了检讨。哼，搞鬼的莫想混过我的眼睛。”

“是的，您老厉害，坚持原则，人老心红，工作负责，维护集体，不愧是老党员、老工人。”

祥老爹一挥手：“去，去！你搞你的事去！”

“嘿嘿，他是我姨妈隔壁的，在厂里买了点炉渣回去烧砖。”

“既是你的熟人，就去帮他卸下来！”

“嘿嘿，祥大爹，这个事我给曾厂长打了招呼。”

“哼，他敢点这样的头，你去告诉他，准备到职代会上作检讨。这车煤炭要卸下来。”

“曾厂长是您老的女婿，要他作检讨，你老也不光彩嘛。”

“哼，光彩！什么是光彩？要是他点的头？我硬要扎扎实实骂他一顿……”

那工人再也作不得声了，厂门口一片寂静。

“哎，你还站着干吗？还不去卸！”那工人犹豫着，谁知祥老爹又喊起来：“哼！你们莫想走！我去找张书记。”那工人没有法，只好和拖拉机手，操起煤铲上了车……

——刊发于1983年5月15日（第66期）

九岭十八岗

谷　枫

终于，他看到红曦漫进寝室了。恍惚间，他走上了一个山岗，弯弯的山路，九岭十八岗的峰峦。“九岭十八岗，小哥把坡上，黄荫树下歇歇凉……”忽然，从山谷传来这山歌声。他循声张望，却只见歌声不见人，他急了，一个鲤鱼打挺爬起来。啊，同学们都已起床，原来又是一个归梦。

临近毕业分配了，思想真不安静啊。连做梦，都要奔向自己向往的地方。昨天，有人说他是高才生，可能留校，有的说他没有……

他失眠了。昨天，女莎福的诗《答“我没有”》和请求他指教的便笺，弄得他心更不平静了。他是老教授老诗人的得意门生，可是在这种时候，谁的心能死水一塘哟。他常跟诗友说：“诗要写缠绵萦绕、令人心醉的情绪，要不含杂质，像民歌一样纯朴。”然而，学院式的诗友，有几个喜欢民间的东西呢？他很想问他们：“‘双璧’是什么？”唉！何必呢，反正老教授喜欢他，老教授喜欢民歌。几乎每个星期天，他都要跟老教授下乡去，帮农民做事，听他们讲故事、唱歌。

小时候他就常听见大嫂子们哼："九岭十八岗呀……"老教授告诉他："这是人民的集体创作。这首叙事长歌，太美了，可惜残缺了，它是宝，你年轻，应该把它挖掘出来。"

暑假采风，在故乡采《九岭十八岗》。想了却老教授的心愿。他到爱唱山歌的嫂子们那里去，可她们说："歌早丢了，去找年轻姑娘吧！"山坡上一群姑娘围住了他，要他说说外国人的模样，他却要她们唱歌。这一下惹坏她们了：

"你是记者？"

"你是密探？"

"大学生，你得先教我们读书写字！"

他还想求情，却被她们推倒在山坡上。

"唱歌吗！"一位骑牛的妹子走来，"有条件，你得叫我大姐，还要帮我放牛，还有，还有……"

他憨厚地点点头，抽出钢笔："好，你慢点唱，我要把它记下来。"

"哟，不教了，不教了，你不是好徒弟。前辈传下的歌，只准装在心上，用笔记得住么？"

他迷惑不解。

"告诉你，唱这歌的人有个规矩，不教给外地人。你读大学了，不会回这九岭十八岗了。教你做什么！"说着赶着牛进了山谷，霎时，"九岭十八岗，岗岗穿绿裳……"的山歌声从山谷飘了出来。

想不到这时候，这悠扬的山歌倒从自己梦里飘了出来。

他爬起来站在窗口，望着远山，不知什么时候，女莎福走进来了：“你不是说你们那山沟很落后吗，为什么要回去呢?”

“我想好了。我是去播种我所学的知识，同时挖掘不为学士们所知的那种文化。”他手指北方说，“那边遥远的地方，有九岭十八岗，还有一首美丽的长歌《九岭十八岗》。”

——刊发于 1983 年 7 月 4 日（第 69 期）

修仓

诚　然

康师傅会修谷仓，在我们金田村周围没有哪个不知道的。谁家想修口仓，连三岁的小孩子都知道要叫康师傅来。

可是前些年康师傅却“失了业”，他那些用来修仓的什么刀呀、铲呀全都丢了。现在即使能从家里的某个角落翻出个什么来，是铁的也锈透了，是木的则被腐蚀得也快成豆腐渣了。

生产责任制实行后，康师傅被人们“逼”得重操了旧业。有趣的是，有几个让小伙子当家的人家还是在早稻秧刚刚插下的时候，就硬把康师傅请去修仓。看样子，不早些作准备，到时候黄灿灿的稻谷只能露天堆放了。结果，到早稻收割完

后，大多没有“预见能力”的人家果然吃了哑巴亏。靠以前那几个仅能供糊口的谷柜子装谷，显然是不行了。于是乎，康师傅忙得不可开交了。

笃笃笃……“康师傅，康师傅，你起来了吗?”你看，东方才露出一线鱼肚白，请人的就找上门了。

康师傅打开门，见是张老倌，不由得愣了：“你不是修过了一口吗？”

“不瞒你说，今年这收成不知是什么神仙在帮忙，硬是使我那口仓变小了，哈哈哈哈。”张老倌掩饰不住内心的高兴，十分得意地说。

“谷多了往粮站送嘛，送上一万斤，还要奖你一辆‘永久’，你家三小子每天跑几十里为大伙送报送信正用得着哩。”

“我说你康师傅呀，也不应每天专管修仓抓票子，也要注意注意些新闻呀。昨晚上你就没有听到粮站的通知吗？说他们的谷仓不够用了。”康师傅一听这话，立即计上心来，对张老倌说：“你请我修仓，当然可以。不过你得答应我一件事。”

“什么事？”

“你别问，先跟我走。”康师傅边说边收拾着修仓用的工具。

张老倌迷惑不解：“去哪儿？”

“粮站呀！”

“康师傅，我请你去修仓，不会亏待你的，一日三餐，再也不会是前些年那样子了，工钱嘛，也决不会少，付现钱……”张老倌慌忙解释。

“张老倌，你别以为我康某只盯着钱。昨天，我到粮站，他们说还有一口几年没用过的旧仓，我看修补一下应急完全可以。”

“那我的仓怎么办?”张老倌急了。

“哈哈哈，张老倌，你真是老糊涂了，修好了大仓还愁你的谷没处放，这呀，比你放在家里还保险哩。”

“呵，我真糊涂了……哈哈哈。”张老倌笑了。

“哈哈哈……”康师傅也爽朗地笑了。他们笑得那么爽朗，那么愉快。

——刊发于1983年10月15日（第72期）

买年鸡

柳　艾

离过年还有一个月，她一天能和我叨叨上十遍："老柳呀，我们该买年鸡了。"

"唉，你成天趴在桌子上写，写，这年鸡什么时候买。"

"喊你连屁股都不挪一挪，这年鸡到底……"

"买！买！买！"

我实在叫她喊腻了。快过年是不假，可我的课还没讲完呀，要备课，还有考试，要出题，要评卷，多少事等着呢，可她，老是鸡、鸡……"你莫以为日子还长，三十天，眨眨眼睛就过去了。"

我依旧不理她。

"一到年关，是样东西都得长三分。"

看来，她今天是非要起我的驾不可了。中国人也真怪，过年没有鸡就不行么？尽管她啰唆，我自岿然不动。不过，动是不动，心绪终于再也不能全集中到书本上了。相反，倒是她的影子，随着声音，齐在我脑子里晃动起来……

她先前似乎并不这样。虽然我们结婚后，她就挑起了家务担子，但那也总是一料理完，就离不开她的书本子。到学堂去，可以拿个馒头边走边吃，生怕迟到那么两三分钟。那时候，她做事麻利、大方，到菜店称一颗白菜，人家说多少，她就掏票夹子，好像不知有多少工作等着她。那时候，当老师，兼着家庭主妇，除了上课的讲、写，还有下课后的开门七件事。由于市场东西紧俏，渐渐地，花在这七件事上的功夫，似乎比在课堂上的还多。有时为几斤萝卜，可以花费一个上午。或者为了一分钱的价钱，要和卖主争上半天。上课带网袋，出门提篮子，已经成了她的生活习惯了。在家里呢，也不再翻什么书了，那个四平方米的小厨房，对她好像有着无限的吸力。更叫人感到惊异的是，不知怎么竟练就了这样一张啄米的嘴。只要你在书桌前坐下，她那边就啰唆开了。这不，还没完呢，撩得我只好把本一掷："你不要老眼光……"

"我说你是书呆子不是。"谁知她倒更来劲了，执意和我辩论，"就是有，排队也能排你个腰酸腿麻。要不，人家当着你面开后门，气也得气死你！"

"你怎么老是这样！"

"我怎么啦！"她逼到我面前来了，"行！今年你买个试试。"

这倒确实把我唬住了。你想，我这嘴拙舌笨的，哪是这块料！在这种形势下，我只能偃旗息鼓了。

谁知她见我不吭气，竟以胜利者的姿态，大声宣告："好，今年过年我不管。"竟像是下最后通牒。

面对着她这样凌厉的“攻势”，我能有什么办法呢？

就在我坐以待毙的当儿，门“吱呀”一声，二楼的周姨伸进一张春风脸：“陈姐陈姐，有鸡买了，有鸡买了。”

“不买！”她把脸扭到一边去，我知道这是喊给我听的。

当然，周姨的话算是给了我一线生机，我故意问：“真的？”意在请周姨再说一遍，好显示我并非书呆子呀。

“就在农贸市场，有的是。”周姨看来是不知道我们在唱戏。

不知是听了我的话气的还是周姨的话喜的，她却几步迈到周姨面前，悄悄问：“价钱怎么样？”

“嗨，陈姐，要是不公道，我能来叫你么？”

我更乐了：“那，今年有个美年咯！”

“那还用说。”

这一回，该着我用胜利的眼光看她了。谁知我刚转过脸，她也昂起乐脸子：“行！这一回，就你去，反正，东西有，也不要你多长时间。”说完把竹篮真的往我手里一塞，自己却在书架上又摸起了那本满是灰尘的书……

——刊发于1984年1月18日（第77期）

池塘边

熊国华

孤寡的五保户周婆婆，又担着水桶到池塘边挑水来了。

池塘靠近村子东边，周婆婆住在村子西边，来回差不多一里路。早几年，她身子骨还硬实，大半桶水还挑得回去。没想到年前病了一场，连小半桶水也要歇几回气，才到得了家。有一次在路上，被高中毕业回乡的海伢子看见了，帮她把水送了回去，从此以后，海伢子每天都给她挑一担水送来。老婆婆感激得不得了，逢人便夸海伢子，可是，村里跑生意的牛二却说："你怕是还不晓得，海伢子是想入党哩，田都包到户了，谁还管谁哟!"周婆婆半信半疑，听过也就忘了，反正海伢子每天都送水来。

周婆婆小心地迈着步子，慢慢挪到塘边做跳板用的青石板上。碧清清的水面上，映出一个苍老的、孤零零的身影，背像耕田的犁一样弯着，头发全白了，连脸上深深的皱纹也看得清楚。周婆婆有半年没到这里来了，池塘边竟起了三户新屋。那个二层的红砖小楼房，怕是牛二家的吧，她前些日子听海伢子讲过，也没有来饱饱"眼福"。这世道变化大着哩！不知为什么，她心里忽然有一种说不出的滋味，一股孤独、寂寞、伤感的情绪向她袭来。她不愿再想下去，赶紧打了两小半桶水，吃力地担起来了，小心翼翼地移动着脚步。

“嗨，周婆婆!”有人在喊。

周婆婆抬头一看，原来是牛二。他推着一部崭新的“凤凰”自行车，从屋门前出来，嘴里还叼着一根香烟，大概是到镇上去办什么事。

“海伢子怎么没来帮你挑水呀?”

“他……”周婆婆刚一开口，马上又闭上了，心里头直嘀咕：“是啊，海伢子上哪去了？两天都没见他人影，连煮饭的水都没用的了。以前他不是这样的。就是有事出门，也要事先打声招呼。”

“嘿嘿，我说呢，世上没那么好的人!”牛二却像得了什么宝似的，高兴起来。“告诉你吧，海伢子早几天入党了。他呀，再也用不着给你挑水啦！读过书的人，心里鬼着哩。”

周婆婆听了，脸色陡然一下变得灰黄。海伢子怎么会是那样的人呢？她不敢相信，也不愿相信。海伢于是她看着长大的，小时候，每年梨子熟了，她总要打几个最大的给海伢子留着，海伢子也最喜欢吃她的梨，海伢子惦着弟弟二海，她就让他多带几个回去。后来，海伢子到县城中学念书了，每次回来也都要看看她，讲些外面的新鲜事儿给她听。这两年，人们都各忙各的活路去了，把这个孤寡的老婆子淡忘了，只有海伢子还惦着她、想着她……可是，牛二……难道海伢子也变了么？她痛苦地想着，脚下一不留神，“扑通”

一声摔倒在地上。水桶里的水泼翻了，顺着斜坡，带着泥砂流回池塘里。“不要紧吧？”牛二站在岸上说：“唉，快七十的人了还要你自己挑水，海伢子也真不像话！”

周婆婆朝前趴在地上，浑身都让水给打湿了，右腿膝盖钻心地痛。她两手撑着地面，想爬起来，只觉得一阵眩晕，眼前直冒金花，手一软，又倒在地上。

正在这时，池塘边跑来一个十四五岁的伢子，纵身跳下塘基，把周婆婆扶起，坐好。他是海伢子的弟弟——二海。

“周婆婆，您没摔着吧？”

“废话，老人家经得起摔么！只怕要送到卫生院去看看。”牛二脚不停步地说着，骑上新自行车，走了。

二海帮周婆婆擦净脸上的泥水，查看了一下伤势，周婆婆的右膝盖已碰破了皮，有些肿了，还渗出鲜红的血来。

“都是我不好，都是我不好！俺哥昨天出去时，要我帮你挑水，我，我忘了……”

没想周婆婆一听这话，连伤也不觉得痛了，忙问：“你哥他上哪去了？”

“去镇上，他想请个师傅在你屋前打口井。”

同婆婆心里一热，眼泪就上来了。她笑了，欣慰的泪珠在布满皱纹的脸上滚动……

——刊发于 1984 年 5 月 15 日（第 82 期）

云雀和纸鸢

张松斌

一只纸鸢乘风飞离了地面，飞过了树梢，飘飘然到了半空。风越大，它飞升得越快，也飞升得越高。后来它干脆把主人眷恋它的那一丝情思也挣断了。于是它在空中洋洋得意，手舞足蹈起来，还梦想要飞到玉帝的宫殿里去。

这时，一只云雀在它下面奋飞。纸鸢居高临下地对云雀嘲笑道："老弟，怎么样，你飞了一辈子还在我下面呀？"云雀斜视了纸鸢一眼，没有理睬。

不一会儿，风渐渐小了。于是，纸鸢也随之颤颤巍巍地飘落了下来。风完全停了，纸鸢就颠倒着迅速下坠。云雀看见了说："老兄，怎么坠下来了？"

纸鸢叹口气说："唉，风没了。"云雀说："原来你凭借的仅仅是风的势力呀！""……"纸鸢说了什么，云雀没听见，只见它倒悬在树枝上，身子被树枝挂了几个洞，连它那想攀上天宫的美梦，也被挂得稀烂。

云雀靠自己的力量，仍然奋飞在天空。

——刊发于1984年6月15日（第84期）

新生：于波

郭金之

助学金早该评好了。我们不明白为什么入学一个多月到今天才开始评，关心这件事的同学都有点急不可耐了呢！要评，我得争取评个甲等，我家里经济很困难，至于困难的情况嘛，这里就毋庸赘述了，等会儿到讨论会上再来摆吧。不瞒大家，在中学，我是班里的“雄辩家”。

上课铃响之前，大家就到齐了。外语系一个班的人不多，我们班一共才二十人。班长决定，不分小组了，干脆来个“大合唱”，全班一起讨论。

按新生入学报到注册表上的名单次序进行，第一个是王强。王强申请丙等助学金，根据他家的经济情况，大家都同意他的申请。

第二个是马小亮。他是农村来的，家里人口多，特别困难，大伙一致同意给他评甲级……

讨论进行得很顺利。

下面一个是于波。于波嘛，不用讨论，我就同意给他评甲级。要是有谁不同意，我这个雄辩家可要替他“雄辩雄辩”！他家里的情况我虽不了解，但入学以来，他个人的生活情况，我是耳闻目睹的。

瞧，坐在教室一角，低着头，听到叫“于波”才抬起头来的那个同学，就是于波。

他上身穿件旧的确良衬衫，右肩上有块显眼的补丁，下身着一条洗得发白的蓝布裤，脚上是一双旧凉鞋。这副样子，跟报到那天见到他时一个样。

那天，他挑了一大担，一头是被子、衣服和书本，另一头呢，是一捆干稻草，外搭一个半新不旧的铁桶。大家都是带一床棉被来垫床，他显然是要用稻草垫的……吃饭的时候，我同他一起找到食堂。食堂里有块小黑板，上面写着菜单。在大学吃第一餐饭，我可要吃好一点儿。我要了一份三角钱的菜，他呢，买了一份五分钱的白菜……

有一天下雨，人家撑着雨伞去上课。我看见于波没拿伞，书包一背，裤管一卷，就冲进了雨帘。

我赶上他，把伞递过去说：“于波，我们共共伞吧。”他笑了笑说：“不用啦，谢谢！反正上课路不远，跑跑步挺舒服呢！”

“要是下大雨也这么跑吗？你得买把伞呀！”

“六块多钱一把，我买不起。昨天刚好花六块钱买《新英汉词典》了……”带着一缕余音，他已跑到前面去了，我一直望着他的身影消失在雨雾之中……

“于波同学，先念念你填的表吧。”班长的声音打断了我的沉思。我抬头看着于波，等着听他的家庭经济情况介绍。

于波手里拿着一张表格，凝视着，但没有念。是不是害羞不敢念？你看他的脸红了呢。我跳过去一把拿过他手中的表：“你自己不念，我越俎代庖了！”

转身在教室中间站定，我大声念道：

“父亲，于业旺，60岁，务农；大哥，于雄，28岁，瘫痪；二哥，于建，22岁，共产党员……”下面却没有了，“工资或工分收入”一栏空着。

“往下念呀！”同学们催我。

“念完啦！这又不是可以发挥的……”我无可奈何地把表格摊给大家看。

同学们感到莫名其妙，一个个不解地看着于波。

我暗里嘀咕：“他为什么不把他二哥的情况填清楚呢？莫非——我脑子一运转——莫非他二哥是国家工人或干部什么的，工资收入高，他想要高等级的助学金，于是怕填写了？”

这时有个同学提议给于波评乙级——他显然是被于波那张表弄得有点烦了，想草草告一段落。

我本来要坚持给于波评甲级的，不知怎么也好像被他那张表冲淡了固有的意念，我也就附和道：“同意，于波乙级。”

“不，不！”于波忽然抬起头喊道，脸憋得通红。我似乎看出来了：“给他评乙级他是不满意呢，人家是向着甲级的呀！”

“于波同学，你可以发表意见嘛。”班长见于波欲言又止的样子，连忙给他加“催化剂”。于波看了看大家，嘴巴动了动，脸更红了，又低下了头，“催化剂”无效，“化学反应”还是迟迟不发生。咳！叫人真难理解，你想要甲级助学金，把理由摆出来不就是了，何必那么扭扭捏捏。

等了好一会，于波好像终于下定了决心似的掏出一张信纸来，大家凑过去一看——申请书！呵，他要甲级助学金，口头表述不够，还非书面申请不可呢，足见其要钱心切，郑重其事了！

然而，我完全是自作聪明，我完全想错了！那是一份怎样的申请书呵：

敬爱的系领导：

我申请放弃人民助学金，把它让给比我困难的同学。

我家四口人，三口人吃饭，爸爸、大哥、二哥和我。二哥在对越自卫还击战中牺牲了，但他还活在我们心中，所以我家还是有四口人。每逢节日，我们家餐桌上都要摆四份碗筷，把二哥的遗像端放在餐桌上，给他敬上酒……

二哥牺牲后，组织上给了我们一家无微不至的关怀和照顾，我们的生活是幸福美满的。近两年农村实行生产责任制，我们家的生产、生活也好多了。

二哥在他的遗书中嘱咐我们，在他牺牲后不要向组织提出过高的要求，有什么困难尽量自己去解决，因为“我们家不算很困难，而我们的国家还不富裕”。他说，他坚信我们的日子会越过越好的。

……我不能违背哥哥的遗愿，我要像哥哥那样，心里装着祖国，想着人民。为此，我愿意把助学金让给比我困难的同学，请批准我的申请吧！

申请人　于波

1983 年 × 月 × 日

原来如此！

讨论会一下子变成了“沉默会”。教室里的空气一时似乎也静止了。同学们都沉浸在对烈士的敬仰和对于波同学那种高尚情操的钦佩之中。

过了一会儿，还是于波打破了沉寂的空气。他显得如释重负，一反刚才的拘谨之态，说话大方流利起来：“就算通过了吧！我家里确实不困难呢，我看同学们大都比我困难，评给他们吧！像马小亮、丁小春……”我听到这里像被电击了一下，神经质地一颤：“干吗要提到我的名字，我……”

“好吧。”班长接上说：“于波同学的申请书我们将替他交到党委办公室去。我们大家要学习于波同学的精神、发扬共产主义风格，把助学金评好。下面，我们就评丁小春同学的吧。”他转头对我说：“你先念念你填的表吧。”

念我的表？我……我……我的脸一下子发起烧来，我仿佛做了什么见不得人的事情一般。我说：“等等，等……一会儿。”

我心里乱极了，我不敢抬头，但我知道同学们都在望着我，我似乎觉得于波此时也正看着我……我又回想起入学以来所知道的于波的一些生活情况，而且想得很多，很多。真怪，于波那份申请：我几乎能背诵出……最后，我抽出钢笔，把表上“申请甲级”四个字中的“甲”字划掉了。我似乎觉得还不行，又画一个圈，又一个圈，直到把“甲”字，涂成一块小“黑板”……

——刊发于1984年9月10日（第87期）

巴士上的“骑士”

舒　煜

要进城就得挤车。费了九牛二虎之力，我总算抢了个最佳位置，那就是前门左侧那块小天地。司机室的栏杆和东门的栏杆围成了一个凹字形。可以阻挡不少压力。尤其是在人多的时候，愈显出它的优越性。

然而，今天人太多了，不久我的小天地也受到了危害。一位女生就被人流推到了我这理想“王国”的边境线上。她的眼镜架差不多离开了鼻梁。一条眼镜腿儿也凌空在上，像是为了离开这拥挤的世界，而不惜背叛了那忠实的耳朵，可怜又可笑。我只好闪身把这位女士让进了我的“王国”，而自己就成了一名“护国军”了。

她得以解脱，徐徐地舒了口气。正了正眼镜后，她感激中仍带点羞涩地笑了笑，眼睛却不敢正视我。但我知道这笑是属于我的，我感到一种莫名其妙地兴奋。尤其是她的微笑和斜视，使我联想到一部小说所描写的一个女人。对了，就是《铁屋骑士》里的女主人公。今天我还把书带上了，准备在公园里再美美地读它一遍。

这样一联想，倒使我感到难为情了。仿佛自己真做了她的“骑士”。这不是吗？你看我满头大汗，背顶千斤力。而她却可以在我的“王国”中自由自在。我无意识中亮出了骑士的风度。

“哐当”一声，车门打开，羊牯塘到了。

下了五个，却上来十个。在学校还好，清一色的学生。在这儿，拐杖、扁担、箩筐、篮子都挤了上来。我心里发怵，但仍牢牢地站住。我不愿露出我的胆怯。

这时，她却踮起了脚尖，越过我的肩头，像在找谁。她轻轻推了推我，我不是滋味地挪开了身子，说心里话，我还没料到她这么快就会下车。

她并没有下车，却伸手接了一篮子胡萝卜，并扶来一位老婆婆，我的“理想王国”一下子成了“蔬菜摊”，老婆婆带皱纹的脸和不停的唠叨叫我心烦。特别是这一篮子带泥土的胡萝卜气味，把刚才在我脑子里回荡的一点诗情画意冲了个精光。此时，我是再也不想做什么“骑士”了，只想远离这胡萝卜。然而人太多了，稍稍动弹一下，就会惹起一串怨声。

再看那个曾被我当作“天使”护卫的弱者，此时也像我一样站着，横着肩，背顶着众人的冲挤力，她那非常吃力的样子，叫我真有点于心不忍了。我知道她是为了这老婆婆和一篮子胡萝卜才受这等委屈的。

“活该。”我忽然又这么认为，并几次想叫出声来。

车一到城里，我很快冲下了车，老婆婆也好，弱女子也好，还有那一篮子叫我受苦的胡萝卜也好，我统统都不想管，对了，还有那“铁屋骑士”，我恨不得从兜里把他拎了出来，狠狠地揍他一顿。

“骑士，铁屋骑士！”这声音如嘲弄似地紧跟着我来，我回头一看，车上的那位姑娘和那老婆婆正急急地向我赶来。盛满胡萝卜的篮子里躺着我那本《铁屋骑士》，封面上的光辉形象不知被谁踹了几脚，“骑士”变成了大花脸。

——刊发于1985年5月10日（第101期）

顶风草

隆振彪

上市场买东西，是一大学问。

适逢集日，墟场上热闹非凡。走出街口，我在一只竹篮旁蹲下了。

手提秤杆的小伙子微笑着，任凭人们翻来覆去地挑选，篮里的天麻快要被摸熟了。

“真难挑。”一个少妇娇声嘀咕道。她身旁的“眼镜先生”拉起她：“去那边看看。”

他俩一走，另几个人也随之离开。我拿起天麻，放到面前端详：形状像薯根，表皮起皱折，且附着须茎，捏一捏，硬得像块铁。

“这是山上的野天麻。”小伙子解释道。

“听说不容易找?”

“其实寻它也不难。天麻长在高山阴湿处，叶子像鳞片。起风的时候，花草树木都随风摇晃，只有它纹丝不动，俗名又叫顶风草。凭这种特性，就可以认出。”

但面前的天麻像小伙子一样其貌不扬，不能吸引人。见我停住了手，他沉不住气了："放心，这是地道的山麻。我发誓。"

我暗自好笑，打算走了，随便问了一句："什么价？"

"一块二。"

"一块二？"我几乎不相信自己的耳朵了。种植的天麻也要两块钱一两，野天麻自然珍贵。

他大概被我的声音给怔住了。过了一会，他才不无惶恐地说道："我不指望它发财，要是嫌贵，一块一怎样？"

"一块一？"我更加惊奇了。

"真的！"他见我似乎来了兴趣，又充满希望地补充了一句："全都要的话，一块钱也行。"

"嘿嘿。"我嗤笑一声，头也不回地走向街那边的货摊。朝里望去，一个神采焕发的姑娘正热情地招呼着围观的顾客。雪白的塑料布上，摊放着比大拇指还要粗的壮实的天麻，肉鼓鼓的，表皮富有光泽。她的身后，一面面锦旗红光四射，将她皎洁的脸庞衬托得格外地媚。

"我家祖传草医。"姑娘笑容可掬地左顾右盼，"老爹挖天麻时摔伤了脚，交代要五块钱一两，说是一分钱一分货。我想，人为重，钱为轻……总要让大家满意……"

人们似乎心动了，不过谁也没有掏出钱来，毕竟大家都学乖了，先观观动静再说。

"真的？"

姑娘不慌不忙，从精致的提包里抽出一张盖有大印的字条，递给那位极有气派的"眼镜先生"。"做事凭良心，害别人等于害自己。要是谁吃了天麻不见效，我们保证加倍赔钱。喏，这是药材公司的鉴定书……”

“眼镜先生”展开纸条，念念有声。许多人把头凑过来一看。他将条子还给姑娘，抓起几根天麻放到秤盘上：“给我称——”

一霎时，人们愣住了。忽然间，又像发现了珍宝，大家嚷着叫着，一张张钞票在眼前挥舞。我也赶忙挤进人群，扑向货摊……

姑娘收拾东西走了。我走到街口，小伙子还落寞地、孤傲地挺立在道旁，脸上流露出既痛苦而又不甘流俗的复杂的表情。那神态，就像大山上万紫千红中的顶风草，无人赏识却又倔强、自信。

我心头陡然涌上一种说不清是怜悯还是同情的东西，很想对他说些什么：“怎么，你——”

他打量着我手里的天麻，直视着我的眼睛，深沉有力地说：“你会后悔的！”那口吻，被怜悯的似乎应该是我，而不是他。这世界，好怪！我想……

——刊发于1986年1月30日（第120期）

阿Q趣事（故事新编）

吾　湘

成了“专业户”的阿Q，从城里回来了！消息长了腿似的即刻传遍整个未庄。

当阿Q哼着“我手执钢鞭……”驾着新买的拖拉机刚到庄口，人们便“呼啦”一下围了上去。

“呵，阿Q，发财了……”

“发财？自然。要什么就有什么！”阿Q满不在乎地拍拍车身。

大家凑过去一看，嗬！电视机、落地灯，长沙发……一片啧啧之声。瞧那小D、王胡的傻样馋相，更令阿Q舒气扬眉。

“阿Q哥，能收我为徒吗？”小D望着飘飘然、乐颠颠的阿Q，怯怯地问。瞧那可怜的样子，阿Q也动了恻隐，于是乎，便爽快地答应了。

“老Q，你看我……”王胡艳羡地伸过头来。想起这个曾使自己蒙受生平“第一次屈辱”的王某，阿Q心里委实有点“妈妈的”，不禁大声呵斥道：“懒虫豸！去你的吧！”

阿Q手一挥，王胡的头便电光石火似的缩了回去。

阿Q一来神，便腾地跳上车，眉飞色舞地讲开了：

“你们知道吗？城里现在管长凳叫Sofa——这是洋话，你们不懂的。城里的娘们不再缠小足了，时兴穿那个什么‘高跷鞋’，走起来一扭一扭的。但伊们不假正经，见到我还跟我捏捏手，搭搭讪呢！”

“阿Q，别净瞎吹，有本事怎么没娶个城里女人？”王胡在下面瓮声瓮气地插了一竿子。

“女……”是呀，自己什么也不少，似乎就少那么一个……阿Q的目光从赵司晨的妹子转到小尼姑头上，最后落到了吴妈身上。热心的邹七嫂把阿Q拉到一旁，问他：

“你看吴妈这人……”

“就是脚……太大。”

“其实呀，吴妈对你早就有意思，只怨你以前不争气，又偷又赌，还有那次无礼……”

“嘿嘿，嘿嘿……”阿Q搔搔头，傻笑起来。

“喏，这是她特意为你做的，说你经常光着脚风里来，雨里跑，也没见穿一双好鞋。”

阿Q接过邹七嫂递过的布鞋，一试，正合适。不由得自语道：“这孤孀，还真会疼人呢！”

这时吴妈也被大家推搡着到前面。邹七嫂趁机说：

“今天，阿Q真是双喜临门啊。一是他从个游手好闲的浪子成了远近闻名的专业户，二是他与吴妈又重归于好。我看呀，这得请请客才行！”

阿Q拿眼睛看看吴妈，满面红光地说："好好，蒙大家看得起，今晚请大家赏脸光临寒舍……"

一不留神说溜了嘴，犯了自己"光""电"之类的大忌了。"哈哈哈哈……"大家都发出了一阵开怀哄笑。

——刊发于1986年4月5日（第124期）

太阳·女郎

成吉思

星期天，青下宿舍乱得像候车室。阳光挤进了弥漫着烟臭味的房间。段胡子、四古仔和我三条光棍，横七竖八地躺在床上。天热，三人都“全方位开放”，无遮无挡。

“笃笃。”敲门声。见鬼，别是山羊这小子出去忘带钥匙。门边的四古仔嘟哝着拉上裤头。立在门后，将门打开了一线缝。

“请问山春羊住在这儿吧?”一位女郎的声音。不好，火警119。我赶紧拉过毛巾被盖住。段胡子更神速，居然穿好了裤子。

山羊到街上办什么事去了。四古仔让进女郎。女郎坐在我对面。四古仔、段胡子此时早已穿戴完毕。我因一念之差，结果被堵在了床上。骑虎难下，只好装睡。 “呼——呼。”

“他真能睡啊。”女郎的声音柔柔的。“他昨晚协助公安局破案，搞了个通宵。”四古仔编排人在全厂是第一流的。昨晚明明打了个通宵的麻将。不过他还够哥们，把我编排成英雄。

“我是山春羊的姐姐，想来看看他。”“噢，都是自己人！大姐，请用茶。”四古子跟谁都是一见如故。段胡子一般不正眼看女人，但他有时借剃胡子之际，从镜子里窥视一下。

“你们八小时外都怎么打发啊？”女郎像问她弟弟一样问四古仔。“这个，反正是‘三饱一倒’。有时兴趣来了，玩玩扑克麻将、篮球拳击，或是跳跳太空霹雳舞、抽筋迪斯科。”“你们平时也喜欢看看书吧。”女郎关切地问。“书吗？也翻翻。像《中国妇女》《红领巾》。”女郎掩嘴笑了。我也暗暗发笑。

“你们这儿够乱的啊。”四古仔赶忙解释，这是偶然现象。我猜此时的四古仔肯定在把那些积攒了好几个月的臭鞋袜往床底踹，段胡子也一定摸出他那面镜子在装模作样地“刮胡须”。

阿弥陀佛，女郎起身了。留下一斤苹果和一本书。四古仔、段胡子有点怅然若失。四古仔瞅了一下女郎留下的书，段胡子也瞥了一眼，我伸过头去看一眼——《自学考试指南》。

又是一个星期天。房里收拾得像个样了，段胡子将胡子刮得一干二净。四古仔装模作样看什么书，我也漫不经心地拨弄着吉他，弹着《我的太阳》。

太阳升得很高了。

女郎却没有再来。

——刊发于1988年4月30日（第190期）

那鲜红鲜红的灯

沈森林

十字路口。红灯。

公共汽车戛然而止，车内一片骚动。

“挤什么！都快成馅饼啦！”老于头被挤得骨头嘎嘎作响，真希望车皮是橡皮的。

“没瞧见，人这么多！”甩过来的话干巴巴、冷冰冰，像是从车皮上反弹过来的。

是的，人多。这“人多”可是害苦了老于头。当年，“儿”迷心窍，老婆子下猪崽子一般，连下五女一男。单位同事戏谑他是“孩子王”，要他传授“快速养猪法”。家里老婆子也数落他“只管生不管育”，家务事一揽子推开。儿女们也抱怨他没好吃好穿的，动不动就跟那些子女少的家庭比。唉，“僧多粥少”，有什么法子！老于头真是老鼠掉进风箱里，受尽了窝囊气。红灯。人流涌过。汽车引擎。

老于头心口闷闷的。前阵子说什么单位也“人多”，人浮于事，要精简机构。他这位年近“花甲”的基层干部，首当其冲，被“精简”而下。如今不讲“人多力量大”而是

“人少效率高”！

红灯。行人如云。熙熙攘攘。绿灯。

哎，精简下来也好，下下象棋子、带带孙伢子、提提菜篮子，不亦乐乎？孙女倩倩长得多可爱，老婆子偏偏还想盼个孙子。这不，要他到市一医院王院长那里弄个假证明，说孙女患有先天性心脏病，申请生育第二胎。尽出些这样的馊主意！

“吱——”大家身子非常一致地往前倾。

“又是红灯！”记不清这是第几次吃“红灯”了。老于头望着那太阳一样高悬在十字路口、睁着鲜红的大眼睛的红灯，眼前一片晕眩，心里有点发怵，似乎那大眼睛正锐利威严、一眨不眨地注视着他，洞穿着他……

“不生啦！”他大喊一声，挤下了车门。

满车愕然。

“神经病！”售票员吐瓜子皮一样吐下一句骂语。

汽车拖着沉重的喘息而去。老于头拍拍脑门，喃喃自语：“这神经怕真有毛病啦！”

双腿毅然迈向马路对面的候车站。

——刊发于1989年1月20日（第210期）

较量

黄兆晖　鞠　坚

老古又有一组诗发表了。

别人都说他是我们这儿有名的诗才，但我不承认。方格纸才爬了几米，就跟我较起劲儿来？心里特别讨厌他。终于有一天，我实在忍受不住了，认为必须下决心杀杀他的狂气，给他点跟头栽栽。于是练了三天，然后就打马扬鞭直奔“威虎山”。

见面寒暄之后，我甩舌便问：“花为什么是红的？是苍白失血的月亮染红的，还是一往情深的落日吻红的？是姑娘的脸映红的，还是喝多了酒醉红的？是相思泪滴红的，还是撩魂风吹红的？是彩霞给的？还是自己偷的？”

连珠炮似的吐完之后，我长长地嘘了一口气。腿歪成稍息之式，优哉游哉地晃着胀了一倍的头，斜视着正沉思的老古，心想，我看你还往哪能儿吹！

这时只听老古哼了一声，说：“嗬！瞧你漫无边际地扯了这么一大窝儿，其实只要六个字就行了。”说着信手在纸上写道：“因为草是绿的。”写完便扬长而去。

我手里端着那张纸。定在那儿。脸色铁青。

——刊发于 1989 年 3 月 10 日（第 212 期）

探亲

陈　奋

当年跟国民党一起到台湾去的昌虎，今天要回家乡来探亲了。村口，密密匝匝站着许多人。大家眉飞色舞地谈论着这桩村里几十年来的“爆炸新闻”：

“听说当年昌虎和他哥哥昌龙一起被国民党抓去了，昌龙跑了出来，投奔了解放军。”

“如今昌虎在那边当大老板，成阔佬啦。而昌龙伯现在哪比得上他。”

“昌龙伯也是的，当时打仗断了腿，上级要安排他在城市，他怕给组织上添麻烦，偏偏要回老家来。现在儿子媳妇住上了小洋楼，自己却还住在破土屋里，唉……”

“听说前几年昌虎给他寄来过几千美元，昌龙伯硬是给退回去了。”

在密密匝匝的人群中，饱经沧桑的昌龙伯也伫立其中。他右腋夹着根已磨得发亮的老榆木拐杖，黄军裤已洗得发白，一条裤管在风中空荡荡地吊着、摇着，古铜色的脸上带着复杂而冷峻的表情。

“嘀——”随着一声喇叭响，一辆黑色的小轿车驶进了村口。在县统战部同志的陪同下，一身西装革履、戴着变色眼镜的昌虎从车上下来。当他抬手扶扶变色眼镜时，人们发现他手指上有五个金戒指，黄澄澄闪着诱人光泽。

昌虎在人群中认出了昌龙，昌龙伯也马上迎上去。“大哥——”“昌虎——”两位分别几十年的同胞兄弟，终于拥抱在一起了。一阵唏嘘后，两人都相互凝视着。他们一个像“龙”一样苍劲瘦挺，一副老农打扮，一个像“虎”一样腰圆福态，一副富商派头。谁能想到，这仅仅是相差四岁的兄弟啊。

在昌龙伯那间破旧的老屋里，龙虎两兄弟促膝而坐，共缅先父先母养育之恩，同叙兄弟手足离别之情。昌虎环顾一下这破旧的老屋，感慨地说：“大哥，当年我们被国民党一齐抓去，你却要跑出来投奔共产党。现在是不是有点后悔了？”

昌龙伯正色道：“昌虎，你我各有所志，打从逃出来参加解放军，至今我一直没后悔过。”

“你还不后悔？该认输还得认输。”

昌龙将拐杖在地上猛一顿：“昌虎，我们共产党从来没认输过！八年抗战，我们没认输。打蒋家王朝，我们没认输。现在搞社会主义，我们经济上虽暂时落后些，但我们迟早会赶上去。”

“大哥，口气别这么硬，要看现实。瞧你现在……”

昌龙伯大声打断他的话，说：“你别只看到我一个人的情况。你到我们村上其他家庭看看，小洋楼都盖起来了，彩电冰箱都有了。现在我们的政策对了头，将来好日子还在后面呢。”

“大哥，几十年了，你这倔脾性一直没改。好，我们不要‘龙虎斗’了。明天我要走了，这里是五千美元，你用它改善改善这土屋吧。”

昌龙伯执意不要，昌虎硬是塞在了他枕头下。这时，昌龙伯的儿子媳妇骑着摩托来了。他们一进门，对昌虎“叔叔”长“叔叔”短地叫得特别亲热，并连拉带请地要叔叔到他们家去喝酒。昌虎盛情难却，便去了。

第二天，昌虎要走了，昌龙伯赶到村口去送行。只见昌龙伯从怀中掏出一个小布包，递给昌虎，说：“请原谅我那不孝之子，昨天我知道他们醉翁之意不在酒，他们看上的是你这五个金戒指，现在完璧归赵。”原来，儿子媳妇昨天请叔叔喝酒，将叔叔灌得烂醉，趁机取下了他手上的五个金戒指。没想到昌龙伯当晚便将儿子媳妇大骂一通，要回了金戒指。

昌虎接过布包，深情地叫了声“大哥，多保重”，便坐上小轿车。昌龙伯目送着轿车驶出村口，眼角淌着泪珠……

不久，乡里的小学便收到了五千美元的捐款。

——刊发于1991年9月10日（第281期）

少将，在异国飞了二十八年

东　华

1919 年，北京，五四运动。新华门前，一位 15 岁面目清秀的少年，和同学们一起，面对军警的刺刀、水龙和棍棒，泰然自若，慷慨悲歌。他，就是一生充满传奇色彩的唐铎。

唐铎（1904—1983 年），曾任人民解放军空军少将，辽宁省政协副主席。唐铎是湖南益阳人，曾经留法勤工俭学。一生中，蹲了三回大狱。1921 年在法国，因同法国反动当局进行斗争而被捕，并作为 104 名“激进分子”之一被驱逐回国。1938 年在苏联时，因苏联肃反扩大化，又无辜入狱。十年内乱中，他又身陷囹圄七年之久。

1925 年秋，唐铎从广州革命政府军事飞机学校毕业了。8 月，唐铎等 9 人受国民政府派遣，到莫斯科学习航空技术。从此，这位以后的空军少将，开始了在苏联二十八年的战斗生活。

唐铎先后在苏联空军第二、第三飞行学校和空军战斗学校飞行观察学校学习。最后，在茹科夫斯基空军工程学院毕业，获得航空机械工程师学位。

1932年，“十月革命”节，莫斯科红场，盛大的阅兵式正在举行。斯大林等党政领导翘首仰望天空，一队战鹰在红场上空轰鸣而至，做着各种特技动作，接受检阅。可是，很少有人知道，驾驶领航机的，竟是来自三湘大地的中华骄子——唐铎。

苏联卫国战争爆发后，唐铎直接参加了反法西斯战斗。他以苏联空军集团军空中射击团副团长的身份，多次飞上蓝天，出生入死，参加对德空战。在回忆这段枪林弹雨的岁月时，他是这样说的：“每次起飞，关上机舱盖，就把个人生死置之度外。当时只有一个心愿，揪住敌机，拼上命也要干掉它。因为我们心里都明白：‘为正义事业，血洒长空，是值得的！’”

在苏联的二十八年中，唐铎由一名优秀学员成长为一名英勇善战的飞行员，一名博学多才的军校教官、智勇双全的空军指挥员和一名中国共产党党员。为了表彰他的光辉事迹和崇高的国际主义精神，苏联最高苏维埃主席团先后授予他列宁勋章、红旗勋章、红星勋章、苏联卫国战争勋章等。

唐铎身在苏联，心想故园，时刻盼望早日回国参加解放祖国的战争，但是他的多次要求都未能得到批准。中华人民共和国成立后，1953年3月，周总理赴苏参加斯大林葬礼时，经总理多方交涉，他的回国梦才得以实现。

——刊发于1992年10月12日（第312期）

悟

代剑君

十字路口，又是一个十字路口。他已记不清这是第几个了。

他稍稍迟疑了一下，便沿着右边那条小道，缓缓向前走去。一片枫叶从他手中滑下来，随即被风轻轻托起，又静静地落在了路旁。

时令还是秋天，冬天还没来临，可是秋风中却早已添了几分寒意。这条平日很浪漫的“情侣道”，在这深秋黄昏之时，也似乎被人冷落了，不见了情侣们交臂漫步的身影，只有那光秃秃的老榆树阴郁地立在风中。

“晖哥，还是让我做你的妹妹吧……”没想到，他盼了很久，却盼来了她这么一封回信。

“难道我有什么过错伤害了她?”他努力回想着与她在一起时的情景。

“不，没有。”他实在找不出自己的哪一点举动会伤害她。

“阿芸的经历提醒了我，我们还小，还需要等待，等到更能把握自己一些的时候。我真不愿这么早便走进两个人的世界里。我想，我们还应当属于更为富有的年龄……”他一遍又一遍地思索着她的话。

不知何时，天色已渐渐暗了下来。一抬头，面前是一片灯光。不知不觉，他已绕到图书馆前面了。望着灯光下那四个醒目的大字“博学多才”，他不由得停了下来。几个背着书包的同学匆匆走了进去。

“晖儿，你是咱村子里第一位大学生，在学校，你可要好好读书啊!”他想起了上大学前父亲的嘱咐。他家姐弟多，只有他一人顺利念完高中，考上了大学。他知道自己读大学的机会来之不易，进大学第一天晚上，他便在新日记本的扉页上，写下了“博学多才”四个大字。自从和她认识以后，慢慢地，他将这些淡忘了，倒是今天她的信提醒了他。几丝愧疚不由悄悄地袭上心头。

天，已更暗了，图书馆里的灯光也更亮了。

“不要在五月就把整个夏季挥霍掉。”他想起了这句诗，“十九岁，是还小了点，是还应当属于更为富有的年龄啊。”

他扔下手中还剩下的几片枫叶，大步向前走去……

——刊发于1992年11月10日（第315期）

布料

羡　菊

段老太太从省城儿子那里回来那天，家中桐木门槛差点被踏破了。

段家儿子大学毕业后便留在省城工作，以后又娶某某厅长的女儿。不久孩子生了，一纸电报，段老太太便笑呵呵地上路抱孙子了。走那天全村几乎倾巢而出，夹道相送。也难怪，这村子里连见世面最宽的三爷还没走出县境呢，谁不眼红老太太的福分呢？

“城里可热闹？”

“天天逢圩哩。”

“什么都能买到？”

“什么都要钱买哩，几根白菜也要几毛钱。”

“啧啧！”

“新媳妇打发了啥好东西？让我们也见见世面。”

“有！有！”老太太于是颤巍巍地走进里屋，取出一件厚呢子布料，“哗啦啦”一抖，顿时满屋生辉，众人眼睛也发亮了。

“啧啧，怕是要几十块钱一尺咧。”

“城里妹子文化高，孝心强着哩。”

众人轮流上前用手轻轻摸一摸布料，赞不绝口。老太太笑开了花。

大年初，段家儿子带着媳妇、孩子回家拜年。当天中午二叔家请饭。席间，二婶端上来一盘热气腾腾的红枣蒸肉，笑嘻嘻地瞅着斯斯文文的侄媳。

“侄媳上次买的呢料，可真合老人心意。又暖和，又气派。”

“喔……”段家儿子含含糊糊地应着。娘回家时，他正好到外地出差了。忽然，他看见妻子一脸通红。菜很丰盛，他吃着吃着有点不对劲。

饭后妻子说身体不舒服，带着孩子先回家了。

晚上，他悄悄问娘布料的事。娘泪流了一脸：“那可是进城前我卖出的八个猪崽的苦心钱，本来打算给孙子的……要不，怎么做人啦……”他怔了。

——刊发于 1992 年 12 月 30 日（第 319 期）

古风

陈　雄

娥奶奶，八十有五，眼花齿落，动一下，浑身嘎吱嘎吱响，像一把快散架的椅。

这几天，山风刮得紧，娥奶奶屋前两棵树，叶子转天掉光了。村人知她最禁不得风，一遍遍心里说："怕快不行了。一世贞名，不容易啊。"

不容易，真的。娥奶奶十五嫁进村，光光鲜鲜，韭芽般嫩，不想青山公公三十岁那年，受风寒招至沉疴，竟不起，四年后伸腿西去。那时娥奶奶二十五岁，不复嫁，荤事全无，颇得众人口碑。

娥奶奶果真要去了，月白灯光下的屋前，匆匆忙忙的几个男女来来回回走动着，都用同一种焦灼的声调，向观望的村人传递着不聿的消息。

"娥奶奶，不行了。"

"娥奶奶，不简单，守寡六十年啦。"

娥奶奶瘦削的身贴在床板上，两眼陷下去如黑洞，游动着的不知是泪还是水？鼻息细若游丝，谁一声咳嗽，都有可能打断她的生命。

“娥奶奶，可有后话?”一老人问。

头左右动了两下。

“娥奶奶，您放心地去。”

忽然，娥奶奶眼睛睁开了，嘴唇轻轻地蠕动着，想开启，那眼却射出精亮的光来。

“有话?”

终于，娥奶奶她说出一句话来，断断续续，却清清楚楚。

“死了，和王皮匠葬一地。还有那杆烟筒也葬一起。”

说着，枯手指了指床前的老式柜子，定定地。眼却闭了。

王皮匠？烟筒？老人们齐愣住。

在村人的记忆中，王皮匠自江西过来，手艺人，人精瘦不起眼，却使一杆晃眼的烟筒。当时村人疑此为御品遗落民间，被这人捡个便宜。嗬，这家伙，村人先前都不怎么理他的，唯一好像记得的是，王皮匠似乎腰驼过一阵，最后一次见他，已老死庙中，后族里出资一床草席裹了，埋在对门山里乱葬岗。

今儿个怪了，娥奶奶与王皮匠，莫非……

老头们不相信。

“看看吧。”有人拉开柜门。

只见在柜的二层上，铺着一块少见的红缎子，在上头熠熠晃眼的，竟是那杆雕花鎏金的烟筒，王皮匠的。

老人们的眼花了，谁也不说话，都只喝着酽酽的茶，吱吱，吱吱。

“虽无后，可贞名远播，能进大坟山呢。”有老人起首。

“王皮匠，这人，定是个祸害。”

“八成是，娥奶奶不是那种人。”

“那也难讲，老猫还叫春哩。”

一天后，娥奶奶被送上了山。山是对门的山，王皮匠的葬地。

回来的路上，有一个娃拾了个铜烟筒。

风从山那边狠狠地吹来，娃儿们说怪冷怪冷。

——刊发于 1993 年 1 月 10 日（第 320 期）

黄狗的故事

刘　昕

我喜欢狗，喜欢狗的灵性。爷爷也喜欢狗，从我懂事起，常给我叨念起二十年前的一条黄狗。爷爷说着就哭了："旱娃儿，你的命是黄狗换来的哩。"

那是爷爷捡来的一条并不出众的土狗，通身是家乡那贫瘠的黄土地一样的颜色，架子也没有而今的狼狗高大威猛，连名字也是许许多多的狗的名字：黄狗。虽然重名，但别人就唤不动，而当听到爷爷那一声嘶哑的略带压抑的呼唤，不管它在哪儿玩，准会飞快地扑到爷爷跟前，亲昵地围着爷爷团团转。

黄狗跟随爷爷种田、上山、挑水，有时窜到林子里老半天，出来时嘴里便叼了一只野兔或是山鸡，这便成了我们一家的美餐，让许久没沾过荤的一家老小乐一阵子。黄狗便钻到桌子底下，有滋有味地嚼着弃下的骨头。爷爷在大家吃完后总是自豪地说："黄狗虽是捡的，可也不赖呢！"

这一年便发生了几十年来未见的干旱，从立春起就再也见不到一点儿雨星，天永远是那么白，白得让人想哭。秧插不下去，暴烈的日头将播下的任何种子几乎晒成了灰。耕种成了问题，可更成问题的是我出生了。爹在报告我出生的消息后，小心翼翼地问爷爷给取个啥名字。爷爷叹了口气悠悠地说："天旱成这样子，干吗要出世，就叫'旱娃'吧。"

干旱持续了几个月，家里任何可吃的东西都已近枯竭。黄狗也找不到吃食了。有一天黄昏，爹疲惫地走进家门，扔下一把野菜后便找到爷爷，支吾着说："爹，我看……我看……把咱家黄狗……""什么？你想害狗？"爷爷跳起来，气急败坏地说。"那您说咋办，总不能看旱娃饿死！"爷爷不说话了。隔壁我的哭声又响起来。黄狗从外面跑回来。黄昏的霞光渗进窗扉，一缕缕铺到地板上，铺到寂冷的灶台上，铺到屋子里的人和狗的身上。

爷爷失神地盯着黄狗，终于沉重地吐出话来。

"打吧……"

爷爷的故事讲到这总是以泪水结束。

黄狗死后十多天，老天终于开了眼，将一场猛烈的暴风雨倾泻到无比干涸的黄土地上。爷爷听到第一声雷时就哭了："老天呀……我的黄狗、黄狗呀……"雷声很猛，倾盆大雨将爷爷浑身淋得湿透，而爷爷的泪仍在汩汩地流，苍老的声音颤抖着、撕扯着暴风雨的夜空："我的黄狗呀……"

"那是一条好狗。"二十多年来，爷爷总是忍不住这样说，又悠悠讲起二十年前的故事。

——刊发于 1994 年 3 月 10 日（第 348 期）

七老爹的心事

王凤根

除夕之夜，各家各户都透出欢快而祥和的气氛，七老爹家那豪华宽敞的客厅却异常沉闷。

“爸，您哪点不好？吃的、用的应有尽有。您到村子里瞧瞧，哪个老人能比得上您？”在缅甸做珠宝生意的小儿子气鼓鼓地说完，便低头欣赏起手指上那几个沉甸甸的钻石戒指来。

“爸，不是我说您。人生七十古来稀，您都是快入土的人了，还找个伴干什么？别人还以为是我们照顾不周，您老才产生这样的念头呢。”大儿子来了个一吐为快。

七老爹惴惴不安地环顾四周，最后将企盼的眼光投向在县城当官的二儿子。二儿子扶了扶金丝边眼镜，开始了他的讲话。

“这个嘛……现在确实提倡老年人结婚。可那毕竟是城里人的事。如果您老也……村里人会怎么看呢？您得替自己也替我们考虑考虑啊！”

七老爹最后的一丝希望也像肥皂泡一样地破灭了。“好，好，就依你们……”他嗫嚅着，缓缓地站起来，颤巍巍地走向卧室。

新年过去了，二儿子回了县城，小儿子远赴缅甸去经营他的珠宝店去了。大儿子正踌躇满志地担当起村办企业厂长一职的重任，烧“新官上任”的“第一把火”。七老爹搬一把太师椅整天坐在屋前的柳树下，吧嗒吧嗒地吸着旱烟，企图在那缥缈的烟雾中寻得一丝安慰。

“您老有福啊，三个儿子这么有出息。”李大爷放下肩上的萝卜担子接着说，“哪像我们，一把老骨头了还得挣钱养活自己。”说完，惭愧地望了一眼站在身旁拿着一杆秤的老伴。

“嗯……好，好啊……”七老爹嗯啊了一阵，便低头自顾自地吸起旱烟来。

许久，他抬起头，羡慕地望了望李大爷老两口挑担远去的身影，陷入了沉思。弓着腰坐在椅上的七老爹像一把古老而寂寞的琴，在晨光里发出沉闷的叹息。

——刊发于 1996 年 10 月 17 日（第 405 期）

瞒

柳硕红

尹虎洗干净饭盒后，慢慢地朝寝室走。肚子还显得饿，刚吃下的四毛钱饭和五毛钱菜不知能填满哪儿。“啊！吃过饭了？”“嗯！”他不置可否地笑笑。“那么快？我才看见你下来的。”同学一脸的惊奇。但他没作声。他想今天是10号，还要20天才能回家取钱。回去？想到家，他心里一热，眼睛有些发酸。他清楚地记得上次回家的情景。

从学校搭车到家乡的小镇，下车后还要走30里山路，小路弯弯曲曲，捆住山峰，绕了一圈又一圈。每次快到家的时候，不觉脚底生风，小跑起来，好像早晨吃的两个馒头到现在才产生能量。

“这个月的钱够了吗？”吃饭的时候，妈妈问他。

“够了呢，妈妈！”他不想告诉父母他把伙食费减了一半。

“好像又瘦了，伙食不好是不是？这次多拿200元钱去，可不能弄垮了身体。”妈妈拍了拍他的肩膀。

“怎么会有多的钱？”他很奇怪，家里近段时间没有新的变化，哪来多的200元钱？他见妈妈看了爸爸一眼，爸爸摇了摇头，示意她别说。“妈，你说呀！”他紧追了一句。

“哎，好孩子！你问什么？你爸赚的呗！”

他没再问，只顾埋头扒饭，心里却结了个疙瘩。

夜已经很深了，他隐隐约约地听见隔壁父母的谈话声。

“别让虎儿知道了，莫影响他……”爸爸低低的声音。

妈妈长长地叹了一声。

他心里一紧，父母是不是有什么事瞒着他。他再也睡不着了，想着兄妹几个都在念书，父母的负担太重了。想着早两个月回家时，看见爸爸正一筹莫展地拿着一张纸发呆，见他进来，慌忙塞进口袋。“什么？爸爸！”“没什么。”爸爸不自然地笑笑。晚上他从爸爸换下来的衣服里找到了那个纸团，竟是银行的催款单！他的学费是贷的款！他以前一点都不知道！回到学校后，他记挂着这件事，他从伙食费里抽出150元寄到银行，心想他这么做，爸爸还不知道呢！他心里甜甜的。

像往常一样，在他走的时候，爸爸才将一包钱掏给他。他看见爸爸从口袋往外掏钱时带出一张薄纸，飘落到地上。他捡起来，一眼瞧见了300cc！原来是这样，原来是这样！“爸……”他难过得说不出话来。

到校又是黄昏了。刚跨进寝室就听室友说：

“尹虎！汇款单！银行来的！”

“汇款单？”他一把抓过来。150元！备注栏上写着：欠款已还清，款退回。

还清？不可能的！到底是怎么回事？

尹虎当然不会知道，是第二次催款单到家的时候，爸爸发现了他的秘密。虎儿在校不能没钱花呀？爸爸跑到银行，好说歹说，办事员才同意帮他撒个谎，将钱寄回给尹虎。

一切都会瞒不住的。

尹虎一下子不觉得饿了，可怎么处理这150元呢？该给爸爸买一点补品回去。当然事先不能让爸爸知道，他会不同意的。他想。

——刊发于1997年3月14日（第416期）

观音菩萨是不是掷骰子

胡余良

某日，天气大好，衡山过往看客络绎不绝。我立在观音石像前，仔细地欣赏着这尊艺术品。一个小女孩，六七岁左右，扎着羊角辫，径直走到佛像前，双手合十，口中念念有词：“观音菩萨，奶奶又要我来求您了，上次爸爸妈妈根本没听您的话，他们仍天天掷骰子，丢下我和奶奶不管了，奶奶现在也病了，我好害怕。”小女孩回过头来看到我惊异的神色，抛给我一个问题：“叔叔，你说观音菩萨是不是也掷骰子，她怎么不灵呢?”我更加愕然，不知所答……

——刊发于 1997 年 5 月 25 日（第 422 期）

求职

姚本俊

人才交流会上，盛况空前。

刘兵，湘潭大学法学院的高才生，有点手足无措地站在圆桌旁。两份推荐表已被翻来覆去看了两遍，老总又翻到“备注”一栏。当他看到刘兵的推荐表上“愿到能实现人生价值的单位施展才华，以实现报效祖国之理想，待遇不论”这段话时，脸上露出点飘忽的笑：“眼前这个愣小子可不正是当年的自己吗？可最终呢……”

他弹弹烟灰，又打量了刘兵一番：布鞋，帆布书包，新衣服也肯定是从地摊上买的，他一眼就看得出。

刘兵从老总的神态中感到了些什么，他有点窘。

老总的目光移到刘兵旁边的瘦高个子身上——一个连毕业学校也是名牌的求职者。

“这番话如果是写在他的推荐表里，可能更富戏剧性！”他心想，拇指揉着太阳穴，“可是他有个管钱的爸，那家银行和本公司一直有业务来往，而这个比起刘兵的学识、能力、干劲来……”

“假如有一块大饼，”他开了口，“我们每人都有份，你们是愿拿多呢？还是拿本该有的那份？”

“当然越多越好！”瘦高个毫不犹豫。

刘兵清楚老总的言下之意。“我选择后者！”他扶了扶书包，“至于原因，相信您也清楚！”

“那是那是！”老总生硬地点头。

死一般的沉默。

突然，老总掐灭烟，从皮椅上弹起，面对着瘦高个：“待会儿，请你留一下！”

瘦高个很有风度地握住老总的手。

“原因！”刘兵抬起头，语气镇定得连他自己都感到惊讶，“我想知道原因！”

“对我们公司而言，××大学的毕业生可能更合适些！”老总早就想好了搪塞之辞。

刘兵的自尊心受到了极大的伤害，他甩下书包，拖过一把椅子，在桌前坐定：“我希望您能以事实证明这一点！”

人群马上围了过来，所有的目光一下集中在瘦高个身上，他整了下领带。

“我接受你的挑战！”

题目立刻被送到两人面前，“永生笔”和“派克笔”不停在纸上移动，好几次，“永生笔”划破了纸。

老总拿着两份答案狠狠地看了一阵，半晌，才抬起头来对刘兵说：“年轻人，你很有抱负，但是……”

“但是你们不需要，是不是？对不起！我并不想为难您，只是我必须这么做！其实从贵公司招聘职员的方式上看，我确实‘不适合’。谢谢您给了我机会证明这一点，再见！”

说着，刘兵抽回推荐表，挎起书包，转身准备离去。忽然，人群中闪出一个身影，挡住了他的去路：

“小伙子，我们能单独谈谈吗？”

——刊发于1998年11月10日（第458期）

三路车上

罗宋根

伟是某军校的新学员，刚从火车站出来，把父亲送走后，顺便购了些日用品返校。

中午的太阳火辣辣地烤着水泥街道，伟又热又累。

伟挤进3路车时，车内已是人头攒动了，目光搜寻一圈，总算在临门处找到了一个空位，伟长吁了口气。车子一摇一荡地开动后，一股倦意袭向伟，他闭上眼，打起瞌睡来。

车子猛烈地摇了一下，伟实在太困，想看时间也懒得睁开眼睛，只是微微抬臂，把左手送到眼前，还没看清楚几点钟，他的眼睛却睁圆了：一只黝黑瘦长的手从他眼前一晃，朝前边那人的口袋探去。扒手！伟顿时睡意全消。

伟正准备伸出自己强壮的手臂，捉住那只黑手，车子急晃一下，上来了许多人，他的手再也无法从空隙中伸过去了。伟耳旁响起父亲上火车前的话："儿哇，到了城市，本分一点，千万莫乱惹麻烦啊……"

"算了！谁知道他们有几个人。再说，前边又有人隔着，

‘手长莫及’啊!”他为自己找了个借口，又合上眼睛。可他心里还是不舒畅，又一个借口涌上来：“别人都没有动，为何我要管……”

过了一会儿，车又晃了晃，门“咔嗒”一声开了。伟张开微闭的双眼，特别留意到那个瘦长身影第一个下车，急匆匆地走了。

到校还有三站路，伟再次合上了眼皮。迷迷糊糊中，一个声音钻进耳膜：“那家伙好厉害，连当兵的口袋也敢掏呢!”“那条‘绿懒虫’，还在睡他的觉……”

“当兵的?”“绿懒虫?”伟睁开双眼，车内没有第二个穿军装的。冷汗一下就冒了出来，伟赶紧摸口袋：“天啊！钱，学员证……”

伟沮丧地看了看四周，说话的还在说话。蓦然，他听出刚才惊醒他的，就是被“黑手”摸过口袋的那人……

——刊发于 1998 年 11 月 25 日（第 459 期）

后记

“恰同学少年，风华正茂。书生意气，挥斥方遒。”读一个人青年时期的文章，更容易理解他的心志和抱负。

让我们把时间回溯到几十年前。黄土地，荒山坡，几栋建筑，几千学生，在这“黄土高坡”上，湘大学子写下了诸多激扬的文字。而今，他们或已成为行业里仰之弥高、钻之弥深的专才，或已成为社会上触类旁通、中流砥柱式的精英。再读他们当年的作品，那段岁月仿佛又重现在人眼前，勾人情思。

2018 年 9 月 10 日，是毛泽东同志为我校题写校名并指示“一定要把湘潭大学办好”暨建校 60 周年纪念日。为展示一代代湘大人的风貌，我们从二十世纪八九十年代的《湘潭大学报》文艺副刊中挑选出部分作品，收录于这本《回眸——校友散文选集》。该选集涵括了散文、评论、杂文、小说等多种文学体裁。作品分六个专题，其中“湘大记忆”是复校 40 周年征文“湘大记忆——我的湘大我的梦”作品专辑，其余五个专题的作品均选自1980年至1999年刊发的副刊文章。

南苑阶梯前的芭蕉生了一茬又一茬，北苑十人寝已变为六人间，年轻的笑声荡漾在画眉潭的柔波上，图书馆前坪栀子花开过不知多少毕业季，九月西风又送来一教前几载丹桂飘香。

再回首，你是否还在它的身旁？

《回眸——校友散文选集》编写组

图书在版编目（CIP）数据

回眸 ： 校友散文选集 / 《回眸——校友散文选集》编写组编. -- 湘潭 ： 湘潭大学出版社， 2018.8

ISBN 978-7-5687-0232-4

Ⅰ. ①回… Ⅱ. ①回… Ⅲ. ①散文集－中国－当代 Ⅳ. ① I217.1

中国版本图书馆 CIP 数据核字 (2018) 第 179016 号

回眸——校友散文选集

HUIMOU XIAOYOU SANWEN XUANJI

《回眸——校友散文选集》编写组 编

责任编辑：刘　丹　邓江爱
装帧设计：何　健
出版发行：湘潭大学出版社
社　　址：湖南省湘潭大学工程训练中心
电　　话：0731-58298960 0731-58298966（传真）
邮　　编：411105
网　　址：http://press.xtu.edu.cn/
印　　刷：长沙超峰印刷有限公司
经　　销：湖南省新华书店
开　　本：889 mm×1230 mm 1/32
印　　张：18
字　　数：375 千字
版　　次：2018 年 8 月第 1 版
印　　次：2018 年 8 月第 1 次印刷
书　　号：ISBN 978-7-5687-0232-4
定　　价：49.80 元（上下册）

ISBN 978-7-5687-0232-4

9 787568 702324 >